Ein neuer rätselhafter Fall für Skip Langdon vom Morddezernat in New Orleans: Arthur Hebert, Besitzer des berühmten Feinschmeckerrestaurants Chez Hebert's in New Orleans und von seinen Kindern gehaßter Familientyrann, hat die begehrte Lizenz für das Restaurant im ersten Spielkasino der Stadt erhalten. Doch an der feierlichen Eröffnung kann er nicht mehr teilnehmen – er wird in seinem eigenen Haus beim traditionellen Montagsmahl mit der Familie brutal erschossen. Seine Frau, die sich kurz aus dem Familienkreis entfernt hatte, um für das Enkelkind frische Kleidung zu besorgen, findet ihn bei ihrer Rückkehr in einer Blutlache. Das Zimmer ist verwüstet, Tochter, Schwiegersohn und Enkelkind sind spurlos verschwunden …
Bei der Suche nach dem Mörder und den vermißten Angehörigen des Opfers stößt Detective Skip Langdon auf Verrat und Korruption – auch in den eigenen Reihen. Ihre Ermittlungen in der Unterwelt von New Orleans bringen sie diesmal in höchste Gefahr.

Julie Smith wurde 1944 geboren. Sie hat als Reporterin in New Orleans und San Francisco gearbeitet und lebt heute als freie Autorin in Oakland/Kalifornien. Sie hat zahlreiche Kriminalromane veröffentlicht und 1991 für ihren ersten Skip-Langdon-Krimi, ›Blues in New Orleans‹, den Edgar-Allan-Poe-Preis erhalten.
Weitere lieferbare Titel im Fischer Taschenbuch Verlag: ›Blues in New Orleans‹ (Bd. 15056), ›Ein Solo für den Sensenmann‹ (Bd. 11615), ›New Orleans Beat‹ (Bd. 15057), ›Eine ehrenwerte Familie‹ (Bd. 15058), ›Stumm wie ein Fisch‹ (Bd: 11720).

Unsere Adresse im Internet: www. fischer-tb.de

Julie Smith

Eine ehrenwerte Familie

Ein Fall für Skip Langdon

Roman

Aus dem Amerikanischen von
Regina Winter

Fischer Taschenbuch Verlag

Neuausgabe
Veröffentlicht im Fischer Taschenbuch Verlag GmbH,
Frankfurt am Main, Juni 2001

Die amerikanische Originalausgabe erschien 1995
unter dem Titel ›House of Blues‹
im Verlag St. Martin's Press, New York

Gesamtherstellung: Clausen & Bosse, Leck
Printed in Germany
ISBN 3-596-15058-2

Für Linda Buczek,
weil dies ihr liebstes ist.

Dank

Die lieben Menschen bei Arnaud's haben mich mit ihrer unschätzbaren Fachkenntnis des Restaurantbetriebs unterstützt – Chefkoch Kevin Davis lieh mir sogar seine Messer. Herzlichen Dank an Chefkoch Kevin, Rick Mayeaux, Ross Miller, Norman Henry und besonders an Jane und Archie Casbarian, die mich nach Herzenslust spionieren ließen.

Captain Linda Buczek vom New Orleans Police Department stellte mir großzügig ihre Zeit, Energie und Phantasie zur Verfügung, ebenso wie Lieutenant Bob Italiano, Sergeant Jimmy Keen und die Detectives Wayne Rumore, Tony Caprera und Joey Catalanotto.

Hilfe leisteten auch viele andere Bürger von New Orleans, darunter Betsy und Jim Petersen, Kit und Billy Wohl, Janet Plume, Debbie Faust, Chris Wiltz und zwei Schriftsteller, auf deren hervorragende Bücher ich mich gestützt habe: Bethany Bultman, Autorin von New Orleans, *meinem Lieblingsstadtführer, und Carol Flake, Autorin von* New Orleans: Behind the Masks of America's Most Exotic City.

Ich danke ihnen allen und darüber hinaus David Ramus, Earl Emerson, Susan Berman, Becky Light, Steve Holtz, Sandy Pearlman, Jon Carroll und Captain Ronnie Jones vom Glücksspieldezernat des Louisiana State Police Department.

Für das Restaurant, das ich für dieses Buch erfunden habe – Hebert's – gibt es kein Vorbild in der Realität, aber das geplante Kasino ist sehr real. Zum jetzigen Zeitpunkt ist dort allerdings ein größeres Restaurant nicht vorgesehen, und daher gibt es auch keine Machtkämpfe, darum, wie ich sie in diesem Buch beschrieben habe.

Allerdings ist in Louisiana nichts vorbei, ehe alles vorbei ist.

1

Wie in so vielen Städten Amerikas ist auch in New Orleans die Kriminalität Thema Nummer eins. Die jährliche Mordrate liegt so um die vierhundert und steigt stetig. Und dann werden jedes Jahr noch weitere zweitausend Menschen angeschossen, die ihre Verletzungen überleben.

Schlägereien gibt es dagegen kaum mehr, behaupten die Detectives der Mordkommission.

Wie üblich im Amerika der neunziger Jahre, ist die Polizei überarbeitet, unterbesetzt und unterbezahlt.

Die Weißen geben den Schwarzen die Schuld, und viele schaffen sich Schußwaffen an.

Die Schwarzen – und ein Großteil der zweitausendvierhundert jährlich Verwundeten oder Getöteten ist schwarz – haben das Gefühl, von allen Seiten unter Beschuß zu stehen; auch von ihnen bewaffnen sich viele.

Die Wirtschaft hat sich vom Einbruch des Ölpreises noch immer nicht erholt, aber es gibt Hoffnung. Das größte Kasino der Welt, dessen Baubeginn bevorsteht, könnte Arbeitsplätze schaffen und vielleicht jene Touristen anziehen, die die Stadt so dringend braucht – Leute mit geringer Intelligenz, aber um so mehr lockersitzendem Geld. Man wird mit dem Bau des Kasinos beginnen, sofern die Rangeleien über jedes Detail des Bauplans und künftigen Betriebs jemals ein Ende finden.

Kleine Gaunereien gehören in diesem Bundesstaat so sehr zum Alltag, daß die Einwohner von New Orleans den Touristen erzählen: »Louisiana toleriert korrupte Politiker nicht bloß, es braucht sie geradezu.«

Doch trotz Korruption und Kriminalität ist New Orleans unbestritten die schönste amerikanische Stadt; die anmutigste, die bezauberndste.

Auch die exzentrischste. Walker Percy, einer der bekanntesten Autoren der Stadt, hat festgestellt, daß »Touristen hier wahrscheinlich mehr Nonnen und nackte Frauen zu sehen bekommen als irgendwo sonst«, wobei der Reiz in der Kombination liegt. Aber Exzentrizität birgt Risiken: Auch in Louisiana ist Fahren unter Alkoholeinfluß verboten, und in New Orleans gibt es mehr als genug Alkoholiker – und dennoch blüht der Umsatz der Drive-in-Daiquiri-Bars.

Andererseits ist die zu Recht berühmte Extravaganz der Stadt auch ihr größter Reiz. Selbst wenn die Wohnviertel sich verändern, die Banden an Einfluß gewinnen und mehr und mehr Mittelstandsgattinnen eine Pistole in der Handtasche tragen. Transvestiten sind hier so willkommen wie Voodoopriesterinnen, und dasselbe gilt für Vampirschriftstellerinnen und Karnevalsprinzessinnen – solange sie nicht langweilen.

Wie in Mexiko und in der Karibik herrscht in dieser Stadt eine seltsame Mischung aus Improvisiertem und Archaischem – wobei letzteres immer noch eine größere Rolle spielt.

Aber vielleicht ändert sich auch das. In einer Lokalzeitung wurde kürzlich beklagt, daß immer weniger Leute davon sprechen, »einholen« zu gehen.

Oder nur noch selten den Bürgersteig als »Bankett« bezeichnen.

Immerhin haben ein paar der alten Gewohnheiten überlebt. Früher gab es montags überall rote Bohnen und Reis, weil Montag Waschtag war – man konnte die Bohnen aufsetzen und sich dann in Ruhe der Arbeit widmen. Und obwohl die Waschmaschine diesen Brauch sinnlos gemacht hat, folgen ihm immer noch etliche Restaurants. Und auch in einem illustren Haushalt, in dem dies sicher niemand vermutet hätte, im Haus von Sugar und Arthur Hebert, war er schon vor Jahren wiederbelebt worden.

Die Besitzer und Betreiber von Hebert's (»A-Bear's«, wird auf der Speisekarte den Touristen erläutert), einem Restaurant, in dem dieses Gericht nie angeboten wurde, waren der Ansicht, daß sie nach einer Woche mühevoller Arbeit an kreolischen Delikatessen nichts mehr genossen als Hausmannskost, und tischten dieses Gericht bei ihrem allwöchentlichen Familienessen auf – am Montag, ihrem Ruhetag.

Warum bloß? dachte Sugar, als sie an einem milden Juniabend Bohnen auftischte. *Warum, wenn wir doch auch Krebssalat essen könnten? Warum Woche für Woche rote Bohnen und Reis und sonst nichts?*

Warum?

Weil Arthur es so will. Und so ist es mit allem.

Warum haben Termiten das Haus beinahe aufgefressen? Weil Arthur es einfach nicht wahrhaben wollte. Warum hätte Nina beinahe gekündigt? Weil Arthur ein solcher Snob ist, daß er anfangs nicht mal mit ihr reden wollte.

»Mom, kann ich dir helfen?« Ihre Tochter Reed.

»Jetzt bin ich fertig.« Diese Hilfe hätte sie vor zwanzig Minuten brauchen können.

Die anderthalbjährige Sally saß bereits am Tisch, schaukelte auf ihrem Kinderstuhl und zappelte, um sich daraus zu befreien.

Dennis, Reeds Mann, versuchte ihr das auszureden.

Arthur entkorkte den Champagner.

Das war Arthurs kleine Ironie. Auch wenn er rote Bohnen mit Reis aß, er servierte immer einen hervorragenden Wein dazu. Und heute würden sie Champagner trinken, weil sie etwas zu feiern hatten.

Er schenkte ein.

»Ein Hoch«, sagte er, »auf la deuxième Hebert's – ein Triumph gegen eine überwältigende Übermacht.«

»Möge unser Glück andauern«, sagte Dennis.

Arthur warf ihm einen Blick zu, der besagte: Was meinst du mit ›unser‹?

»Hört, hört«, rief Sugar, um die Wogen zu glätten.

»Wir haben's geschafft«, stellte Reed fest. »Ich weiß nicht, wie, aber wir haben's geschafft.«

»Auf daß du nie wieder eine Komiteesitzung ertragen mußt.«

»Darauf trinke ich.«

Ein Dutzend Restaurants – alteingesessene und neue – hatten um die Konzession für das Kasino gekämpft. Man wollte ein elegantes Restaurant, und es mußte Tradition haben, der Name mußte für die Touristen ein Begriff sein. Hebert's erfüllte diese Bedingungen zweifellos, aber es stand gegen größere Namen – gewaltige Namen wie Antoine's, Arnaud's, Brennan's.

Und doch hatten sie gewonnen.

Hebert's hatte gewonnen. Reeds unermüdliches Pläneschmieden, ihre wiederholten Anfragen beim Komitee, die endlosen Abende, die sie der Planung des Restaurants und ihrer Strategie geopfert hatte, hatten sich bezahlt gemacht.

Sie ist ein Schatz, dachte Sugar. Der Stolz der Heberts, ganz sicher. Ein Wunder war geschehen, und Reed hatte es möglich gemacht.

»Es gibt noch was, auf das wir trinken sollten«, verkündete Dennis mit einem etwas schiefen Grinsen, ein wenig unsicher.

»Und auf was?«

»Arthurs Fünfundsechzigsten.«

»Herzlichen Glückwunsch, Daddy«, sagte Reed.

»Das haben wir doch schon hinter uns.«

»Feiern wir einfach noch mal.«

»Lieber nicht.«

Ach, sei doch kein Spielverderber. Sugar sprach es nicht aus, aber sie war verärgert; sie konnte es nicht ausstehen, wenn er Reed kränkte. Und Dennis zu kränken lief auf dasselbe hinaus.

Man sollte meinen, jetzt, wo Sally da ist, hätte er sich allmählich beruhigt. Aber er wird immer reizbarer. Ob er deprimiert ist? Fängt nicht Alzheimer so an?

Obwohl er so schlecht gelaunt war, tranken alle auf Arthur. Sugar brachte die Teller herein, wie jeden Montag, seit sie sich erinnern konnte.

Sally protestierte.

»Was ist denn, Kleines?« fragte Reed. »Was ist los? Hm. Rote Bohnen. Hm! Sallys Lieblingsessen.«
Arthur war verlegen. »He, Dennis, hör zu, da sind diese drei schwarzen Jungs, Jackson, Leroy und Clarence. Und Leroy sagt zu Clarence, also, er sagt...«
»Daddy, bitte nicht.« Reed zog ein gequältes Gesicht.
»Ach, Reed, immer mit der Ruhe – ich hab ja noch gar nichts gesagt.«
»Ich weiß jetzt schon, daß es einer von deinen Witzen wird, die ich nicht mag.«
»Na und? Muß denn immer alles so sein, wie gnä' Frau es gern hätten?«
Verlegen senkte Reed den Blick.
»Du hast einfach keinen Sinn für Humor.« Er wartete einen Augenblick, aber niemand sagte etwas. »Oder?«
»Ich sehe einfach nicht ein, wieso du rassistische Witze erzählen mußt.«
»Ich bin kein Rassist, und das weißt du auch, Reed. Dennis stört das nicht. Dennis mag meine Witze, oder, Dennis?«
Dennis fletschte die Zähne, aber Sugar war nicht sicher, ob das wirklich ein Lächeln war.
»Immerhin behandle ich meine Angestellten besser als jeder andere im French Quarter. Und ich stelle Schwarze ein. Wer ist denn mein Stellvertreter im Restaurant – nicht nur eine Frau, sondern auch noch eine Schwarze! Und außerdem zahle ich die besten Prämien in der Branche. Also überleg dir lieber, wen du einen Rassisten schimpfst.«
»Ich finde solche Witze einfach unpassend, das ist alles.«
Um die beiden abzulenken, sagte Sugar: »Am Wochenende war wirklich viel los.«
»Reed hat am Samstag zwölf Stunden gearbeitet«, sagte Dennis. »Sally hat sich schon gefragt, ob sie überhaupt noch eine Mutter hat.«
Arthur schnalzte. »Dann hätte sie eben heimgehen sollen. Hätte eh keinen großen Unterschied gemacht.«
Reeds Stimme war ganz leise. »Ich tue, was ich kann.«
Sugar wußte, daß er es nicht ernst gemeint hatte – Reed war

seit Jahren praktisch Leiterin des Restaurants; es war einfach seine Art zu reden.

»Außerdem«, meinte Reed, »kannst du dich bald ausruhen. Ab jetzt werde ich mich um alles kümmern.«

»Gott helfe uns.«

»Weißt du, was ich machen werde? Ich lasse das Restaurant cremefarben streichen – wie dieses Zimmer, wie euer Eßzimmer – und eine Menge Spiegel aufhängen.«

»Das wirst du nicht. Wir haben unsere Erfolgsformel gefunden – wieso sollten wir daran herumpfuschen?«

»Und ein paar Grünpflanzen. Ich möchte alles einfach nur ein bißchen modernisieren, auffrischen.«

»Wenn du Hand an Hebert's legst, werde ich dich mal auffrischen, junge Frau.«

Reed ließ sich nicht entmutigen, sondern lächelte – sie war an solche Reaktionen gewöhnt. »Ich denke, beim Personal sind wir auch ein bißchen unterbesetzt. Wir hatten noch nie Kellnerinnen – ich werde ein paar Frauen einstellen.«

»Nein!« Ein Brüllen. »In einem Restaurant gibt es keine Kellnerinnen; Kellnerinnen sind was für Gaststätten.«

Sugar schaltete sich ein: »Immer mit der Ruhe, Arthur. Sie ist doch nur aufgeregt. Es braucht einige Zeit, bis sich alle umgewöhnt haben, wenn eine neue Chefin kommt.«

Auf der Geburtstagsfeier am Freitag zuvor hatte Arthur offiziell angekündigt, er werde in den Ruhestand treten und das Lokal seiner Tochter übergeben. Da Reed seit ihrer Teenagerzeit im Restaurant gearbeitet und Fachschulen besucht hatte, um dort zu lernen, wie man einen solchen Betrieb führt, ihr ganzes Leben lang nichts anderes als Hebert's gekannt hatte, war dies der Höhepunkt ihrer Ausbildung und ihrer anstrengenden Arbeit.

»Und Reed schmiedet jetzt schon drei Tage lang Pläne – sie ändern sich nur alle paar Stunden.«

Reed selbst schien nicht zuzuhören. Sie sagte: »Daddy, was hältst du davon, einen Innenarchitekten dranzusetzen? Vielleicht hast du recht. Vielleicht sollte ich es wirklich nicht selbst versuchen.«

»Du wirst keinen Innenarchitekten dransetzen.«
Sugar hatte genug. »Sie kann machen, was sie will, Arthur. Reed ist jetzt die Chefin.«
»Na, ich glaube nicht, daß sie schon soweit ist.«
»Das hättest du dir überlegen sollen, bevor du ihr das Restaurant übergeben hast.«
»Ich habe es ihr nicht übergeben; das war nur Gerede.«
Einen Augenblick lang herrschte verblüfftes Schweigen, das Dennis schließlich brach: »Was meinst du mit ›nur Gerede‹?«
»Darf ein alter Mann nicht mal betrunken und sentimental sein? Ich war in guter Stimmung, wegen Hebert's II, und überhaupt hatte ich Geburtstag.«
»Dad, willst du damit sagen, daß du mir das Restaurant nicht übergeben willst?« Reeds Stimme war wie eine Feder – körperlos, sie streifte kaum die Luft.
»Genau das will ich sagen, ja.«
»He!« Dennis' Augen blitzten vor Zorn.
»Aber du hast ein Dokument unterzeichnet. Ich bin jetzt Geschäftsführerin.«
»Das will ich morgen wieder auf dem Schreibtisch haben.«
»Das ist nicht dein Ernst.«
»Reed, du bist viel zu unreif, um einen Betrieb zu führen. Mit dir am Ruder wären wir innerhalb von zwei Wochen pleite.«
»Was redest du da?«
»Ich habe mich doch laut und deutlich ausgedrückt, oder? Ich war betrunken, ich habe es nicht ernst gemeint, und dieses Dokument hat auch nichts zu bedeuten. Ich trete nicht in den Ruhestand, und du wirst nicht übernehmen.«
»Das kannst du mir nicht antun! So kannst du nicht mit mir umspringen. Für mich ist das kein Spiel! Ich hab mein Leben lang für dich gearbeitet, und jetzt...« Sie hielt inne, breitete hilflos die Arme aus, rang um Worte. Mit der Hand streifte sie Sallys Teller auf dem Tablett des Kinderstuhls. Der Teller kippte dem Kind gegen die Brust und dann wieder aufs Tablett zurück. Heiße Bohnen tropften in Sallys Schoß.

Die Kleine schrie auf.
»Dumme Kuh!« brüllte Arthur. »Mein Gott, Reed, du bist dümmer, als die Polizei erlaubt. Sieh dir das arme Kind an. Steh nicht so dumm rum – wisch ihr das heiße Zeug ab, bevor sie ins Krankenhaus muß.«
Dennis streckte die Arme nach Sally aus und bedeutete Reed mit einem Blick, daß er gerne mehr getan hätte. »Schon gut, Kleines, alles in Ordnung«, murmelte er beruhigend und wischte die rötlichbraune Masse mit einer Leinenserviette ab.
»Seht euch das an«, sagte Arthur. »Ihre Sachen sind völlig hinüber.« Seine Stimme hatte einen merkwürdig zufriedenen Unterton.
Sugar ging in die Küche und nahm den Schlüssel zu Reeds Haus vom Haken; sie wohnten nur ein paar Straßen auseinander, und jede Familie hatte den Schlüssel zum Haus der anderen. »Ich hole ihr ein neues Kleidchen.«
Sugar schlüpfte beinahe unbemerkt hinaus. Zunächst wollte sie den Wagen nehmen, aber dann entschied sie sich, doch lieber zu Fuß zu gehen – es war ein Weg von etwa fünfzehn Minuten. Die Uhren waren schon auf Sommerzeit umgestellt, und bis zur Dunkelheit war es noch lang.
Sicher, sie wohnten mitten im Garden District, einem Stadtviertel mit hoher Kriminalitätsrate, aber die Kinder waren immer noch zum Spielen draußen, Leute sprengten den Rasen, kamen gerade von der Arbeit. Mochte es auch für die Heberts Wochenende sein, für alle anderen war es Montag.
Es war bestimmt noch ungefährlich draußen, und Sugar brauchte dringend ein bißchen Abstand von der Familie. Und frische Luft. Sie atmete tief ein. Die Innenstadt glich einer Sauna, aber langsam kam Wind auf. Es würde ein himmlischer, samtiger, subtropischer Abend werden.
Die Blumen blühten.
Sugar malte Blüten.
Es war ihr Hobby und mehr als das. Sie hatte im Restaurant arbeiten wollen, aber Arthur wollte sie dort nicht haben; sie

hatte sich der Wohltätigkeit zugewandt, dabei aber immer das Gefühl gehabt, nur eine unter vielen zu sein. Sie hatte etwas gebraucht, was ihr alleine gehörte, und einen Kurs für Aquarellmalerei belegt.

Und das hatte sich als Volltreffer erwiesen. Sie liebte die sanften Farben, die weichen Blütenblätter; beides gehörte zueinander.

Sie hatte auch noch anderes versucht, war aber nicht damit zurechtgekommen. Menschen konnte sie nicht malen. Landschaften waren zu mühselig.

Blüten paßten einfach zu ihr, zu ihrem Charakter und zu ihrem Namen.

Sie wurde nicht ohne Grund von allen Sugar genannt – blond und mit einer Haut wie Pfirsich und Sahne, hatte sie ihre Eltern immer an eine besonders leckere Nachspeise erinnert. Das hatte ihr Dad ihr tausendmal erzählt.

Ihre Lieblingsfarbe war Rosa.

Sugar hätte am liebsten jede Erinnerung an die häßliche Szene am Tisch aus ihren Gedanken verbannt. Sie wollte eine Weile nichts damit zu tun haben.

Vielleicht möchte er, daß Nina das Restaurant führt.

Und vielleicht kann er es einfach nicht ertragen, es aus der Hand zu geben.

Je näher sie Reeds und Dennis' Haus kam, desto langsamer ging sie – froh, der bedrückenden Atmosphäre zu Hause entkommen zu sein.

Arthur entkommen zu sein.

Was ist denn los mit mir? fragte sie sich. *Er ist mein Mann, aber ich kann ihn kaum mehr ertragen. Je älter er wird, desto rechthaberischer wird er.*

Sie dachte nicht darüber nach, wie das Problem mit Reed gelöst werden könnte – das interessierte sie nicht. Sie dachte nur an Arthur. Er war schrecklich unfair zu Reed gewesen, wenn man berücksichtigte, wie schwer sie für das Restaurant gearbeitet hatte. Aber Fairneß hatte selten Einfluß auf Arthurs Entscheidungen. Er wollte, was er wollte: im Recht sein und alles unter Kontrolle haben.

Wie konnte er auch nur einen Augenblick lang mit dem Gedanken spielen, die Leitung des Restaurants aus der Hand zu geben? Er hatte erklärt, er wolle sich um Hebert's II kümmern und nicht zwei Restaurants führen. Aber es wäre typisch für ihn, es zu versuchen, und zwar um jeden Preis.
War es eigentlich immer schon so, daß wir uns nicht ausstehen konnten? Er mag mich nicht, sonst würde er nichts mit anderen Frauen anfangen. Und ich mag ihn nicht mehr seit... seit wann eigentlich?
Wahrscheinlich, seit die Kinder auf der Welt sind. Man verliebt sich und bekommt Kinder und interessiert sich dann nur noch für sie, und eines Tages schaut man quer über den Tisch und fragt sich: »Was will ich bloß mit diesem Mistkerl da?«

Reeds Haus war schön. Geräumiger und besser restauriert als Sugars eigenes. Reed war keine große Gärtnerin – es blühten nur ein paar mehrjährige Pflanzen –, und das Haus war einfach weiß angestrichen, mit grünen Fensterläden. Sugar hätte sich etwas Phantasievolleres einfallen lassen.
Aber es war gepflegt und elegant, ein viktorianisches Gebäude mit einem wunderbar großen Vorbau, der auf ionischen Säulen ruhte.
Der Hof vor dem Haus war gewaltig. Zwei riesige Eichen überragten einen kleinen Bananenhain.
Sugar betrat den Hof durch ein kleines schmiedeeisernes Tor, ging rasch zum Vorbau hinauf und genoß dabei den Anblick, den das Haus bot
Sie steckte den Schlüssel ins Schloß, schaltete die Alarmanlage aus und verschloß die Tür von innen wieder. Gerade als sie die Treppe hinaufeilte, hörte sie das Telefon klingeln. Sollte sie die Treppe hochlaufen oder lieber nach unten zu dem Anschluß in der Küche gehen? Sie entschloß sich für die Küche und erreichte den Apparat, als es gerade aufhörte zu klingeln.
»Hallo?« sagte sie.
»Hallo?« erwiderte eine Männerstimme. »Bist du das, Reed?«

»Hier ist Sugar Hebert, Reeds Mutter. Kann ich ihr etwas ausrichten?«
»Oh, hallo, Sugar, wie geht es Ihnen?« Sie verkrampfte sich ein wenig, weil in der Stimme etwas Gezwungenes lag, eine künstliche Forschheit. »Hier sprich Milton Foucher, Dennis' Vater. Ich freue mich, Ihre Stimme zu hören.«
»Ich freue mich auch, Mr. Foucher.« Sie war ihm nur einmal begegnet – bei Reeds und Dennis' Hochzeit –, und sie war ziemlich sicher, daß sie ihn nicht erkennen würde, wenn er jetzt hereinkäme.
»Wie geht es Ihnen, Sugar?«
»Sehr gut. Und Ihnen? Und Mrs. Foucher?«
»Oh, wir sind alle gesund und munter, Sugar. Uns geht es großartig. Es geht uns sogar ausgesprochen gut.«
Wieso konnte er nicht wie ein normaler Mensch reden? Hatte er noch nie davon gehört, daß man sich am Telefon kurz faßte? Sugar wollte noch einmal fragen, ob sie etwas ausrichten solle, aber er sagte: »Wir haben gehört, daß Hebert's die Konzession für das Kasinorestaurant erhalten hat.«
»Ja.«
»Meinen herzlichsten Glückwunsch! Wir sind alle sehr stolz auf Sie.« Sugar kämpfte mit ihrem Snobismus. Einerseits wußte sie, daß Milton Foucher ein höflicher (wenn auch aufgeblasener) Mann war, der zu spät im Leben Vater zu vieler Kinder geworden war und viel durchgemacht hatte, hauptsächlich wegen seines Jüngsten, Dennis.
Doch andererseits sträubte sich alles in ihr dagegen zu akzeptieren, daß Foucher ein Verwandter war, wenn auch nur ein angeheirateter.
»Vielen Dank, Mr. Foucher. Soll ich...«
»Wir haben uns so für Sie gefreut, als wir davon gehört haben. Das ist wirklich eine bedeutende Auszeichnung für Sie.«
»Es wird uns alle ziemlich in Atem halten, nehme ich an.«
»Ich wünschte, Dennis hätte sich auch dieser Branche zugewandt« – er klang tatsächlich bedauernd –, »aber was kann man den jungen Leuten schon sagen? Man muß sie tun lassen, was sie wollen; anders geht es nun einmal nicht.«

»Ja.« Sie hoffte, daß in ihrer Stimme nicht die Bitterkeit mitschwang, die sie empfand.
»Nun, ich will Sie nicht länger aufhalten. Ich habe schlechte Nachrichten für Dennis.«
»Er ist im Augenblick leider nicht hier. Kann ich ihm etwas ausrichten?«
»Ja bitte. Sagen Sie ihm, Justin wird diese Woche vermutlich nicht überleben.«
Sugar durchforschte ihr Gedächtnis. War dieser Justin ein Verwandter? »Das tut mir sehr leid«, sagte sie.
»Es ist eine Schande, wirklich eine Schande.« Sugar konnte beinahe sehen, wie er den Kopf schüttelte. »So ein junger Mensch.«
»Ich werde es Dennis gleich erzählen.«
Sie legte auf, sah auf die Uhr und beeilte sich, das Kleid zu holen. Sie war schon fast zwanzig Minuten weg und würde noch mindestens zehn Minuten brauchen, selbst wenn sie sich beeilte, sich in keine Gespräche verwickeln ließ und nicht in anderer Leute Gärten spähte. Sie hoffte, die anderen würden sich nicht immer noch streiten, wenn sie zurückkam.
Sie hob die Hand, um die Alarmanlage einzuschalten, konnte sich aber nicht an die Kombination erinnern, die sie beim Hereinkommen unwillkürlich eingegeben hatte. Jetzt war ihr Kopf leer. Sie mußte sich hinsetzen und konzentrieren, bis es ihr wieder einfiel.
Auf dem Rückweg beeilte sie sich, aber als sie sah, daß ihr ein paar Jungen mit verkehrt herum aufgesetzten Baseballmützen entgegenkamen, überquerte sie die Straße und machte einen Umweg. Damit verlor sie weitere Minuten. Langsam bekam sie Schuldgefühle.
Sie begann, noch schneller zu gehen.
Als sie schließlich ein wenig atemlos vor ihrer Haustür stand, fiel ihr ein, daß sie ihre Handtasche nicht dabeihatte, sie hatte einfach nur nach Reeds Schlüssel gegriffen und war hinausgeeilt.
Sie kam sich albern vor, als sie an ihrer eigenen Tür klingelte und wartete. Es dauerte fast zwei Minuten, bis ihr klar

wurde, daß niemand öffnen würde. Sie sah sich um und bemerkte, daß Reeds Auto nicht mehr an der Straße stand, und sie fragte sich, ob Reed und Dennis so wütend geworden waren, daß sie das Haus verlassen hatten.

Aber wieso war sie ihnen dann nicht begegnet?

Sie holte den Notschlüssel unter dem Stein hervor, wo sie ihn aufbewahrte, und schloß auf.

»Arthur?« rief sie. Als sie keine Antwort erhielt, ging sie vom Flur ins Eßzimmer, wo sie ihre Familie vermutete.

Statt dessen fand sie Blut.

Rot auf den cremefarbenen Wänden verspritzt, als hätte ein Kind einen Ballon damit gefüllt und in einem großen Bogen herumgewedelt, um ihn zu leeren. Aber dieses Kind mußte dabei auf dem Boden gesessen haben. Das Blut war unten an der Wand, und oberhalb der Spritzer war ein blutiger Handabdruck zu sehen. Es gab auch eine Blutlache auf dem Boden.

Blut. Wie in einem Film. Oder im Fernsehen; etwas, das nur anderen Leuten passierte.

Der schwere Mahagonitisch war umgestoßen. Porzellan, Silber und Bohnen waren in alle Richtungen verstreut, die Stühle gleichfalls umgestürzt, bis auf Sallys leeren Kinderstuhl.

Arthur lag auf dem Boden, auf dem Rücken, mit offenen Augen, das Hemd rot durchtränkt. Auch auf seiner Hose war Blut, in der Leistengegend.

Es war so still im Haus, daß Sugars Atemzüge laut wie Schreie klangen.

2

»Mrs. Hebert? Ich bin Skip Langdon.«

Die Frau auf der Veranda schaute verständnislos drein. Sie sah ausgesprochen durchschnittlich aus, obwohl sie sich Mühe gegeben hatte – sie hatte eine Menge Make-up aufgelegt, und ihr mausfarbenes Haar war aufgehellt und dauergewellt. Sie war ein wenig zu dick, aber nicht sehr, nur ein bißchen rundlich, und trug teure rosafarbene Sporthosen mit einem ärmellosen weißen Stricktop, das am Ausschnitt mit kleinen Perlen besetzt war.

»Ja?« sagte sie und verstand offenbar nicht, was all diese Fremden in ihrem Haus wollten.

»Detective Skip Langdon. Von der Mordkommission.«

»Ach so.«

Skip war mit ihren Kollegen zusammen angekommen, alle im selben Auto, weil sie nicht annähernd genug Zivilwagen hatten. Sie mußten furchteinflößend ausgesehen haben: eine eins achtzig große Frau und drei Männer in Anzügen, die sich dem Haus wie eine Phalanx näherten. Skip hatte den anderen bedeutet, schon ins Haus zu gehen – sie würde sich um die Zeugin kümmern.

Die Frau auf der Veranda sah nicht unbedingt traurig aus, eher verwirrt und vollkommen verängstigt, obwohl sie inzwischen ein wenig Zeit gehabt hatte, sich zu beruhigen. Die zuständige Streife war zuerst am Tatort gewesen und hatte die Mordkommission verständigt. Skip wußte nur, daß Sugar Hebert nach Hause gekommen war und ihren erschossenen Mann im Eßzimmer gefunden hatte.

Mrs. Hebert sagte: »Sie sind verschwunden. Alle. Und ich war doch nur eine halbe Stunde weg.«

»Sollen wir uns ins Auto setzen?« Die Frau sah aus, als sollte sie sich besser hinsetzen.

»Ja. Bitte. Sie haben gesagt, ich könne nicht im Haus bleiben.«

»Es tut mir leid.«

Ein weiteres Auto hielt an – Paul Gottschalk von der Spurensicherung und Sylvia Cappello, Skips Vorgesetzte. »Können Sie mir erzählen, was passiert ist?«

»Wir waren gerade beim Essen – mein Mann, meine Tochter, ihr Mann und ihre kleine Tochter. Jemand hat einen Teller umgestoßen, und Sallys Kleid bekam Flecken ab, also bin ich rübergegangen, um ihr ein neues zu holen. Als ich wiederkam, sah es hier so aus wie jetzt. Überall Blut, und Arthur...«

»Die anderen drei waren weg?«

»Weg! Verschwunden.«

Langsam zog Skip Sugar Hebert die ganze Geschichte aus der Nase – daß die Familie jeden Montagabend zusammenkam, daß sie vor kurzem Arthurs Geburtstag gefeiert hatten und er dabei angekündigt hatte, er wolle in den Ruhestand treten, das aber an diesem Abend wieder zurückgenommen hatte; wie sie sich gestritten hatten, die anderen drei, nur Sugar selbst hatte sich nicht eingemischt. Daß sie nur kurz weggewesen war – höchstens eine halbe Stunde –, um danach ihre Welt in Trümmern zu finden.

»Haben Sie irgendwas berührt?«

»Nein. Nicht mal Arthur. Ich konnte ihn überhaupt nicht ansehen, es war zu... das war nicht mehr mein Mann. Ich bin rückwärts raus aus dem Zimmer, zum nächsten Telefon, und habe die Polizei gerufen.«

»Und wo war dieses Telefon?«

»Im Flur.«

Im Haus. Also hatte sie doch etwas angefaßt. »Haben Sie sonst noch jemanden angerufen?«

»Meinen Sohn Grady. Aber er war nicht daheim.«

»Möchten Sie es noch einmal versuchen?«

»Ich habe eine Nachricht hinterlassen.« Sie sah sich um, als erwartete sie, Grady ebenfalls im Auto sitzen zu sehen.

Die schlüssigste Erklärung für Skip war, daß der Streit eskaliert war und jemand eine Waffe gezogen hatte – wahrscheinlich Dennis –, um Arthur zu erschießen. Dann waren Reed und Dennis mit ihrer Tochter geflohen.

»Entschuldigen Sie mich einen Augenblick«, sagte sie und wies eine Streife an, Reeds und Dennis' Haus zu überprüfen.

Dann wandte sie sich wieder Sugar zu. »Wissen Sie, wohin sie sonst noch gefahren sein könnten?«

»Nein.« Sie schien sich unbehaglich zu fühlen.

»Sind Sie sicher?«

»Na ja, Dennis' Eltern wohnen hier. Aber dort würden sie nie hingehen. Wieso auch?«
»Wie lautet die Adresse?« Skip bat die Streife, auch dort nachzusehen.
»Wissen Sie«, fragte sie schließlich, »ob Dennis eine Schußwaffe hatte?«
»Ich weiß, daß er keine hatte. Er und Reed waren absolut gegen Schußwaffen.«
»Also hatte Reed auch keine.«
»Nein.«
»Was ist mit Ihrem Mann? Hatte er eine Waffe im Haus? Gegen Einbrecher?«
Skip hörte rasche Schritte, blickte auf und sah, daß ein junger Mann auf das Auto zugelaufen kam, das Gesicht bleich, das Haar wirr. »Mutter? Mutter, was ist denn los?«
»Ach, Grady.« Sugar stieg aus, breitete die Arme aus und ließ sich gegen ihren Sohn fallen, ließ ihren Gefühlen endlich freien Lauf. Eine Weile schluchzte sie an seiner Brust, dann sagte sie: »Ach, Grady... und ich war nur kurz weg.«
»Was ist denn passiert?«
Rasch erzählte sie ihm alles. Skip stieg aus, um zuzuhören, aber Sugar wich nicht von dem ab, was sie bereits berichtet hatte.
Grady war ein schlaksiger junger Mann, groß und zu dünn, als würde er zuviel rauchen und zuwenig essen. Er trug ein weißes Hemd, das vor Alter schon grau war, und Jeans, die er seit dem letzten Waschen schon oft angehabt hatte. Er trug eine Brille und hatte fettiges Haar.
Skip stellte sich vor, starrte ihm ins Gesicht, versuchte, ihn einzuschätzen. Wie seine Mutter sah er völlig überrumpelt aus, versuchte immer noch, sich alles zusammenzureimen.
»Was ist hier passiert?« fragte er. »Wo sind Reed und Dennis?«
»Vielleicht haben Sie eine Idee.«
»Ich? Wieso ich?«
»Was hat Ihre Mutter Ihnen auf den Anrufbeantworter gesprochen?« Skip war selbst nicht sicher, wieso sie diese Frage

stellte; es hatte damit zu tun, daß er so bleich und atemlos hier angekommen war.

»Sie sagte: ›Dein Vater ist ermordet worden. Komm, sobald du kannst.‹«

»Tatsächlich?« Sie konnte kaum glauben, daß die Dame im rosa Zuckerguß so kühl gewesen war.

»Na ja, es hat gewirkt.« Grady lächelte nervös. Es verunsicherte ihn, sich für seine Mutter entschuldigen zu müssen.

»Vielleicht können Sie uns helfen.«

Er aber schaute zu Sugar hin, die jetzt leise weinte. »Ich glaube, ich muß jemanden anrufen, der mir mit Mutter hilft.«

»Sie dürfen das Telefon im Haus leider nicht benutzen, solange die Ermittlungen nicht abgeschlossen sind. Wir versiegeln den Tatort zwar nicht, wenn ein Mord geschehen ist, aber wir werden noch lange im Haus zu tun haben.«

»Aber sie muß doch irgendwo bleiben können.« Er wandte sich seiner Mutter zu. »Mutter, hast du Nina angerufen?«

Sugar Hebert schüttelte den Kopf.

»Ich werde sie rüberholen.« Er eilte so schnell davon, wie er gekommen war.

Wahrscheinlich ist er froh, hier verschwinden zu können, dachte Skip. Er kam ihr nicht gerade wie der ideale Sohn vor.

Sie und Sugar stiegen wieder ins Auto. »Wie fühlen Sie sich?« fragte Skip.

»Ich fühle mich wie betäubt. Ich wünschte, Reed wäre hier.

»Erzählen Sie mir von ihr.«

Sugar schaute verdutzt drein. »Was erzählen?«

»Was sie für ein Mensch ist. Wohin sie gehen würde, wenn sie Zuflucht sucht.«

»Zuflucht?« fragte Sugar nachdenklich, als wisse sie nicht genau, was mit dem Wort gemeint war. »Das paßt gar nicht zu Reed. Es ist eher umgekehrt: Die Leute suchen bei ihr Zuflucht.«

»Hat sie Freunde?«

»Nina. Die Frau, die mein Sohn holen will. Sie arbeitet für uns im Restaurant – sie ist so was wie Reeds Assistentin.«
»Ihre Sekretärin?«
»Nein, sie ist ihre rechte Hand. Sie war Reeds Trauzeugin.«
»Hat sie noch andere Freunde?«
Sugar überlegte. »Eigentlich nicht. Sie hat ziemlich viel zu tun, mit Dennis und Sally und dem Restaurant und so.«
»Und was ist mit Dennis?«
»Oh. Na ja. Seine Geschäftspartnerin. Sie haben eine Gärtnerei – Dennis mag Pflanzen. Wie seine Schwiegermutter.«
»Ach, Sie auch?«
»Ich mag Blüten. Ich male sie.«
»Sagen Sie, Mrs. Hebert – wenn Sie kein Familienmitglied wären, wie würden Sie Dennis und Reed beschreiben?«
»Ein reizendes, fleißiges junges Paar. Sie lieben ihre kleine Tochter abgöttisch. Arthur hat Reed nie zugetraut...« Ihre Augen blitzten jetzt, und sie hatte lauter gesprochen als zuvor, aber dann zögerte sie. »Das ist wohl eine Familienangelegenheit.«
Skip ließ es ihr durchgehen. Sie konnte es sich leisten, Geduld zu haben; bevor sie den Fall abschloß, würde sie jedes Geheimnis, das die Heberts hatten, jede noch so geringfügige »Familienangelegenheit« ans Licht gezerrt haben.
»Würden Sie mir einen Gefallen tun? Würden Sie mit mir aussteigen und mir Ihr Auto zeigen? Und das von Arthur, und das Ihrer Tochter?«
»Das da drüben ist meines. Und das von Arthur steht in der Einfahrt.«
»Würden Sie mir noch Reeds zeigen?«
Sugar öffnete die Autotür. »Ich versuche es.«
Es war inzwischen dunkel geworden. Aber als Sugar – offenbar zum erstenmal – auffiel, daß die Nachbarn draußen standen, wich sie zum Auto zurück. »Ich glaube, ich kann das nicht. Ist das schlimm?«
»Nein.« Skip konnte auch auf Grady warten. »Haben Sie ein Foto von Dennis und Reed?«
»Drinnen – auf dem kleinen Tisch im Wohnzimmer.«

»Und eins von Sally?«
»In meiner Handtasche – auf dem Tisch in der Halle.«
Skip fand die Handtasche, durchsuchte sie nach einer Waffe und bat Paul Gottschalk, die Tasche zu fotografieren und auf Fingerabdrücke zu untersuchen. Währenddessen sah sie sich in aller Ruhe das Eßzimmer an, um sich das Bild des Tatorts einzuprägen, und suchte dann das Foto von Dennis und Reed.
Es war ein Hochzeitsfoto, ein Porträt: Reeds strahlendes Gesicht von Tüll umrahmt, Dennis mit leicht herausfordernder Miene. Reed war eine klassische Southern Belle, eine natürliche junge Frau mit glattem braunem Haar und gleichmäßigen weißen Zähnen – die sicher nicht billig gewesen waren, dachte Skip, aber das Ergebnis rechtfertigte die Kosten für den Kieferorthopäden.
Dennis war da schon anders. Seine Züge waren sehr ausgeprägt, sein Mund großzügig, der Blick ausdrucksvoll. Er hatte noch ein bißchen Babyspeck, wie der junge Brando, was ihn weicher wirken ließ, ihm eine gewisse Verletzlichkeit verlieh. Aber er hatte auch etwas Mürrisches an sich.
Heathcliff, dachte Skip; aber die Tatsache, daß er Begonien mochte – oder was immer er in seiner Gärtnerei züchtete –, paßte nicht in dieses Klischee.
Zunächst ließ sie das Foto, wo es war, damit Paul es nach Fingerabdrücken untersuchen konnte.
Sie kehrte wieder zu Sugar zurück.
»Können Sie mir sagen, was die drei anhatten? Und wie groß sie sind, das Gewicht, Augenfarbe – all das?«
Zu Skips Überraschung begann Sugars Unterlippe zu zittern. Sie versuchte, sich zusammenzunehmen, aber es gelang nicht. Sie stieß ein gequältes Keuchen aus, das beinahe ein Schluchzen war. »Sally!« sagte sie. »Sie hat immer noch das schmutzige Kleidchen an.«
Es dauerte einen Augenblick, aber dann erfuhr Skip, was sie wissen wollte: Dennis hatte dunkles Haar, Reed helles; er trug Jeans, sie ein Sommerkleid und Sandalen, und Sally Bohnen.

Skip fragte sich, ob noch irgendwelche Informationen rauszuholen waren. Sie wiederholte Sugars Aussage: »Reed und Dennis haben also was gegen Schußwaffen?«
»Sie hassen sie regelrecht. Arthur hat versucht, Reed eine kleine Pistole zu schenken, die sie in der Handtasche tragen sollte – Sie wissen, wie gefährlich es hier im Garden District ist – , aber sie wollten beide nichts davon wissen. Sie sagten, sie wollten nicht so leben.« Einen Augenblick lang wandte sie den Blick ab. Dann sah sie Skip wieder an. »Arthur hatte natürlich auch darüber seine eigenen Ansichten.«
Wieder hörte Skip Schritte. Es war Grady, der eine hübsche Frau mitbrachte, eine Schwarze, die sich selbst wahrscheinlich als Kreolin bezeichnet hätte. Ihre Haut war eher beige als braun, und sie hatte das glatte Haar zu einem Zopf geflochten.
»Das hier ist Nina Philips. Sie ist unsere Restaurantleiterin bei Hebert's.«
Bevor Skip Nina die Hand reichen konnte, veranstaltete Sugar dasselbe wie mit Grady – sie fiel Nina jammernd um den Hals.
»Schon gut«, sagte Nina. »Grady hat mir alles erzählt. Weinen Sie nur.«
Es war eine gute Gelegenheit, mit Grady zu sprechen. Da Sugar nicht zuhörte, stellte Skip ihm dieselben Fragen wie vorher seiner Mutter. »Erzählen Sie mir ein wenig über Reed und Dennis.«
Er überlegte einen Augenblick, dann sagte er: »Das typische Paar der Neunziger. Sie war der Kopf des Unternehmens. Und der Bauch.«
Skip lächelte. Das war sicher noch nicht alles. »Wie das?«
»Möge Gott verhindern, daß mich jemand als Feminist bezeichnet – es gibt Gegenden in dieser Stadt, wo man für so was erschossen wird –, aber wissen Sie, er hat's leicht gehabt und sie nicht. Sie bringt die Brötchen heim und schmiert sie ihm auch noch; selbstverständlich, nachdem sie sich was Nettes angezogen und das Baby gewickelt hat.«
»Sie halten wohl nicht viel von Ihrem Schwager?«

»Vollkommen falsch. Netter Kerl, prima Kerl. Jemand, den mein Dad so sehr gehaßt hat, kann gar nicht schlecht sein.«
Skips Herz begann, schneller zu schlagen.
»Machen Sie sich bloß keine Hoffnungen.« Er zuckte die Achseln. »Es gab nicht viele Leute, die mein Vater mochte.«
»Hatte Ihr Vater Feinde?«
Grady war verblüfft. »Solche, die ihn umbringen würden, meinen Sie?«
Skip nickte.
»Daran hab ich noch nie gedacht. Er war ziemlich aufbrausend. Aber deshalb bringt man doch keinen um, oder?«
»Sagen Sie's mir.«
»Was soll ich Ihnen sagen? Daß ich ihn ermordet habe?«
Skip schwieg.
»Die Sache ist doch völlig klar: Irgendein Gauner ist eingebrochen und hat ihn umgebracht.«
»Und was ist in diesem Fall mit Reed und Sally und Dennis passiert?«
Gradys Gesicht, um dessen Ausdruckslosigkeit er sich so bemühte, wurde wieder bleich. »Das weiß ich nicht. Ich will gar nicht dran denken.«
Ich auch nicht, dachte sie. Die Heberts waren eine stadtbekannte Familie. Sie wußte nicht, wieviel Geld sie hatten, aber man konnte schon annehmen, daß sie ein hohes Lösegeld für ein Familienmitglied zahlen würden. Vielleicht war der Mord an Arthur das Ergebnis eines fehlgeschlagenen Entführungsversuchs. Aber wieso hatten die Täter dann drei Personen mitgenommen, wenn eine genügt hätte?
Weil sie die Gesichter der Entführer gesehen haben.
Was nichts Gutes für ihre Zukunft bedeutet.
Sugar kam langsam wieder zu sich und redete leise auf Nina ein. Skip sprach die junge Frau an: »Wissen Sie, ob Reed oder Dennis eine Schußwaffe besaßen?«
Sugar meinte: »Ich hab Ihnen doch gesagt...«, aber Nina unterbrach sie lächelnd und schüttelte den Kopf: »Auf keinen Fall. Keiner von beiden. Dennis hat einmal... einen Verwandten verloren...« Sie ließ den Satz in der Luft hängen,

dachte offensichtlich an etwas, das zu unangenehm war, um darüber zu sprechen.
»Das habe ich Ihnen doch gesagt«, erklärte Sugar; es klang ziemlich jämmerlich.
»Und Arthur?«
»Arthur hatte eine Pistole.«
»Wo bewahrte er sie auf?«
»In einem Safe in seinem Büro. Hier. Hier, meine ich. In diesem Zimmer, das er als sein Büro bezeichnete.«
»Würden Sie das bitte Mr. Gottschalk erzählen? Dem Mann von der Spurensicherung?«
»Selbstverständlich.«
Skip lächelte Sugar an. »Kommen Sie einen Moment allein zurecht?«
Sugar wirkte ein wenig desorientiert, als ginge ihr alles zu schnell. »Ich glaube schon. Soll ich es ihm jetzt sagen?« Sie legte sich eine Hand auf die Brust.
Skip hätte nicht sagen können, ob sie schauspielerte oder nicht, aber sie nickte Grady zu. »Sie können sie begleiten, wenn Sie wollen – nur bis zur Veranda. Ein Officer wird Ihnen entgegenkommen.«
Sie wollte einen Augenblick mit Nina allein sein. »Sie tun mir leid«, sagte sie mit einem Blick auf Sugar und Grady.
Nina schüttelte einfach den Kopf, wie Skip es oft bei Verwandten und Freunden sah, die plötzlich mit dem Tod konfrontiert wurden.
»Arbeiten Sie schon lange für die Familie?«
»Ein paar Jahre.«
»Aus dem, was Grady sagt, schließe ich, daß der alte Herr wohl nicht ganz einfach war.«
Sie zuckte die Achseln. »Grady selbst ist auch nicht gerade pflegeleicht.«
»Und Mrs. Hebert?«
»Kompliziert. Sie tut mir leid.«
»Warum?«
»Arthur hat sie behandelt wie ein Stück Dreck. Und außerdem ist sie emotional nicht besonders gefestigt.«

»Wie das?«
»Sie hat kein besonders großes Selbstbewußtsein.« Nina Philips dachte einen Moment nach. »Und ich glaube, sie versucht, das zu überspielen, indem sie so tut als ob.«
Nina hatte die nervtötende Angewohnheit, sich so allgemein zu äußern, daß es zunächst wenig Sinn ergab. »Als ob was?« fragte Skip.
»Was auch immer. Unterschiedlich.«
Skip verstand immer noch nicht so recht, aber sie konnte sich damit nicht weiter aufhalten. Es gab zu viel, was schnell abgeklärt werden mußte. »Kannten Sie die Familie gut?«
Zu ihrer Überraschung schnaubte Nina. »Könnte man sagen. Grady und ich hatten mal was miteinander.« Sie hielt kurz inne. »Reed ist meine beste Freundin. Und Dennis ist mein Cousin.«
»Dennis! Aber ich dachte...« Sie hielt inne, aber etwas an Nina brachte sie dazu, den Satz zu beenden. »Ich dachte, er wäre weiß.«
»Ist er wohl auch. Jedenfalls stammt er aus dem weißen Zweig der Familie. Wir sind nicht zusammen aufgewachsen – ich wußte nicht mal was von den Fouchers, von den weißen. Dennis hat mich aufgesucht, als wir schon erwachsen waren.« Wieder schnaubte sie. »Er brauchte Geld.«
»War das, bevor Sie die Heberts kennenlernten oder danach?«
»Vorher. Er hat mich ihnen Jahre später vorgestellt. Sie müssen verstehen, daß er damals ein anderer Mensch war. Er war süchtig.«
»Aha.«
»Er ist nie gefährlich gewesen, kein bißchen. Er ist ein sanfter Mensch – ein sehr sanftmütiger Mann.« Sie hielt inne und starrte die Wand an. »Mein Gott.«
»Was ist denn?«
»Ich dachte nur gerade daran, wie ähnlich er und Grady sich sind. Passiv. Liebenswert, aber wenig nützlich.«
Grady war Skip nicht besonders liebenswert vorgekommen, aber sie hielt den Mund.

»Kein Wunder, daß er und Reed gleich aufeinander geflogen sind. Sie und ich, wir sind wie Spiegelbilder, eine weiß, die andere schwarz. Abgesehen davon könnten wir Zwillinge sein. Na ja, nicht ganz, ich bin rebellischer als sie.
Guter Gott! Rotkäppchen hat mehr von einer Rebellin als Reed.
Aber wir sind uns ähnlich, weil wir ziemlich besessen sein können. Wir geben keine Ruhe, bis alles erledigt ist, und zwar perfekt.
Aber ihr Vater hat alles kritisiert, was sie tat, und um ehrlich zu sein« – sie senkte die Stimme – »ihre Mutter ist kaum anders. Reed hat die Grenzen, die ihre Eltern gezogen haben, nie überschritten, und inzwischen glaubt sie selbst nicht mehr, daß sie irgendwas kann. Aber sie ist wunderbar. Eine tolle Mutter, eine großartige Köchin, führt den Haushalt, führt das Restaurant, hilft Dennis mit seinem kleinen Betrieb.«
»Eine Gärtnerei, nicht wahr?«
»Ja. Das meinte ich auch, als ich sagte, er sei sanftmütig. Er liebt seine Pflanzen abgöttisch.« In ihrer Stimme schwang so etwas wie Verachtung mit.
»Es hört sich an, als wäre Reed ziemlich unter Druck.«
Nina zuckte die Achseln. »Kann schon sein. Sie strengt sich so sehr an, nett zu allen zu sein, daß es einem normalerweise nicht auffällt.«
Paul Gottschalk kam aus dem Haus, gefolgt von den beiden Heberts. Er sagte: »Die Waffe ist noch da. Ich glaube nicht, daß daraus geschossen wurde.«
Skip nickte. »Danke, Paul. Ich werde Sie jetzt allein lassen.« Sie wollte sich den Tatort noch einmal ansehen. »Aber, Mrs. Hebert, Sie werden mit mir durchs Haus gehen müssen, wenn wir fertig sind, um nachzusehen, ob irgendwas fehlt. Können Sie vorläufig bei Freunden wohnen?«
»Ich könnte im Haus von Reed und Dennis bleiben – ich glaube nicht, daß es sie stören würde.« Fragend sah sie Grady an, die Hände in Brusthöhe, einem Präriehund nicht unähnlich. Allmählich sah sie müde und sehr verängstigt aus. Skip nahm an, daß der Schock nachließ.

Grady sagte: »Meine Bude ist sicher nicht das richtige.«
»Meinst du, du könntest vielleicht...« Sie brach ab, wollte offenbar vermeiden, ihren Sohn um einen Gefallen bitten zu müssen.
Grady warf Nina einen hilfesuchenden Blick zu, aber sie ignorierte ihn. Schließlich sagte er: »Ja, Mutter, ich bleibe bei dir«, und das klang nicht annähernd so sanft, wie die Umstände es verlangt hätten. Zu Skip sagte er: »Darf ich sie zu mir bringen und wieder zurückbringen, wenn Sie anrufen?«
»Sicher, aber noch eins: Können Sie Reeds und Dennis' Auto hier irgendwo entdecken?«
Er ging mit Skip die Straße entlang. »Es ist nicht da.«
»Nein?«
»Es ist ein beigefarbener Mercedes – sehen Sie irgendwo einen?«
Das war nicht der Fall. Sie gab allen ihre Karte, bat anzurufen, sobald sie von Reed oder Dennis hörten, verabschiedete sich dann und ging ins Haus.
Die Streifenpolizisten, die die Häuser von Dennis und Reed und Dennis' Eltern überprüft hatten, berichteten, daß sie niemanden gesehen hatten. Skip gab eine Fahndungsmeldung nach Dennis, Reed und dem Auto aus.

Der letzte Schritt bestand darin, die Nachbarn zu befragen – eine Pflicht, die sie fürchtete. Die Leute im Garden District mit seinen Herrenhäusern und privaten Sicherheitsdiensten hatten von allen Bürgern der Stadt vielleicht die meiste Angst vor Verbrechen. Skip hatte keine Lust, ihre weitaufgerissenen Augen und verkniffenen Lippen zu sehen und ratlos dazustehen,wenn sie ihre manikürten Hände rangen und sie anflehten, ihnen doch zu sagen, wie man sich schützen könne.
Sie hatte nicht die geringste Idee, wie sie sie beruhigen sollte, und außerdem hatte sie jetzt nicht die Zeit dazu.
Zufällig waren die Bewohner des Hauses rechter Hand in Urlaub, wenn man den Nachbarn glauben durfte. Die Nachbarn auf der anderen Seite waren zur Zeit der Schießerei nicht da-

heim gewesen, und die gegenüber waren in ihrem klimatisierten Haus abgeschottet gegen die Geräusche der Außenwelt.
Zwei Häuser weiter jedoch, auf derselben Straßenseite wie das Haus der Heberts, glaubte eine Mrs. Gandolfo, einen Schuß gehört zu haben; sie hatte sogar durch die Vorhänge nach draußen gespäht. Sie hatte ihre Nachbarn angerufen, die zur linken Seite der Heberts, und als dort niemand an den Apparat gegangen war, hatte sie es bei den Heberts versucht. Ein junger Mann hatte geantwortet und erklärt, alles sei in Ordnung und er habe nichts gehört.

3

Das Rauschen des Bluts in ihren Ohren war wie ein wilder Trommelwirbel, das Lenkrad war glitschig von ihrem Schweiß. Reed fuhr den Mercedes wie einen Sportwagen und fluchte, weil sie die Kurven nur schwerfällig nehmen konnte.
Meine Schuld, dachte sie. *Dennis könnte das besser. Verdammt noch mal, jeder könnte es besser.*
Blind vor Tränen, versuchte sie, nicht nachzudenken, nur zu fahren. Seltsamerweise waren die Straßen fast leer, sonst wäre der Tercel vielleicht mit einem anderen Wagen zusammengestoßen. Oder sie selbst; oder ein Streifenwagen hätte sie stoppen können.
Aber es war eine träge Nacht im Big Easy – alle waren nach der Arbeit nach Hause gegangen und offenbar auch dort geblieben.
Sie glaubte, sich an einen Satz zu erinnern: »Wenn jemand mir folgt, werde ich ihn abknallen, das schwöre ich.«
Aber sie war nicht sicher. Zunächst hatte sie die Worte nicht verstanden. Sie hatte überhaupt nichts verstanden. Ihr Verstand hatte sich verabschiedet. Reed war einfach auf Autopilot.
Ihre Füße hatten noch funktioniert. So einfach war das.

Sie war ihnen hinterhergerannt, hatte gesehen, wie Sally grob in den Tercel geworfen wurde, als wäre so etwas wie ein Autositz noch nicht erfunden, und war zu spät gekommen. Die Autotür war bereits verriegelt gewesen.

Vor Reeds geistigem Auge flackerten Szenen auf wie in einem Alptraum. Sie sah sich selbst, wie es in Wirklichkeit überhaupt nicht möglich war, wie sie aus der Tür stürzte, beinahe die Treppe hinunterfiel und innehielt, um das Gleichgewicht zu bewahren, kostbare Millisekunden verlor, dann an der Autotür zerrte, durchs Fenster sah, wie Sallys kleiner blonder Kopf gegen die Tür auf der anderen Seite prallte; sie rief ihren Namen – *Sally!* –, dann hörte sie den Motor des Tercel anspringen. Der Schlüssel hatte noch gesteckt, der Wagen war fluchtbereit gewesen.

Reed hatte ihren eigenen Ersatzschlüssel erst unter dem rechten Kotflügel hervorfingern müssen, eine weitere folgenschwere Verzögerung. Dann begann die Verfolgungsjagd, Reed immer noch auf Autopilot, sie tat nur, was sie tun mußte, um ihr Kind zurückzubekommen. Sie achtete überhaupt nicht darauf, wohin sie fuhr, welche Stadtviertel sie durchquerte, wo sie auf die Schnellstraße einbog – sie fuhr einfach, und jetzt hatten diese Rückblenden begonnen, vielleicht ein erstes Anzeichen dafür, daß sie wieder zu Verstand kam.

War das wirklich Reed Hebert, die hier am Steuer saß? Was machte sie hier eigentlich?

Sie sollte anhalten und die Polizei rufen, aber sie wußte auch, daß sie es nicht tun würde. Wahrscheinlich würde sie keine Telefonzelle finden. Und wenn, dann war der Notruf vielleicht besetzt. Sie würde den Tercel verlieren.

Was, wenn sie im Haus ihrer Eltern geblieben wäre und die Polizei von dort aus angerufen hätte? Das wäre das einzig Vernünftige gewesen, aber daran hatte sie nicht gedacht, sie hatte zu diesem Zeitpunkt überhaupt nicht gedacht, sondern war einfach Impulsen gefolgt. Aber jetzt fiel ihr ein, daß sie dann nichts über das Auto gewußt hätte, nicht seine Farbe, das Modell, die Nummer, und all das wußte sie jetzt.

Also tue ich doch das Richtige.

Sie glaubte es weder, noch zweifelte sie daran. Es war einfach ein Gedanke, während sie fuhr.
Jetzt merkte sie, daß sie in der Nähe des Bayou St. John waren.
Da stimmt doch was nicht. Was zum Teufel machen wir hier?
Ihr wurde klar, daß sie geglaubt hatte, den Grund für die Entführung zu kennen, aber ein Viertel wie dieses hier wäre ihr dabei nicht in den Sinn gekommen. Bürgerlich. Der vornehme, neue Teil, etwa zwei Querstraßen von den Beinahe-Slums entfernt.
Der Tercel hielt vor einem riesigen Haus, einem absurd großen Haus, so groß wie diejenigen an der St. Charles Avenue, aus grauem Stein und umgeben von einem soliden schmiedeeisernen Zaun. Eine Gruppe von Männern kam gerade heraus auf den Bürgersteig.
Sally wurde aus dem Wagen gezerrt und zum Tor geschleppt. Sie schrie laut: »Mommy! Mommy! Mommy!«
Reed hatte nicht vor, durch ein Parkmanöver Zeit zu verlieren. Sie ließ den Wagen einfach auf der Straße stehen. Als sie herausstürzte, fand sie sich einem der Männer aus der kleinen Gruppe gegenüber, die sich dem schreienden Kind zugewandt hatte.
Es war Bruce Smallwood, den sie von den Anhörungen vor dem Kasino-Komitee her kannte. Neben ihm stand Lafayette Goodyear, ein weiteres Komiteemitglied, und sie glaubte, in dem dritten Barron Piggott zu erkennen, einen Kollegen der beiden anderen, aber sie war nicht sicher.
Gott sei Dank.
Eine Sekunde lang schloß sie die Augen, vor Erleichterung oder wie in stummem Gebet. »Bruce! Lafayette! Hilfe!«
Keiner rührte sich.
Männer, mit denen sie am selben Tisch gesessen, die sie angelächelt hatte.
Barron hatte sogar versucht, ihr den Schenkel zu tätscheln, aber sie hatte es kommen sehen und die Beine übereinandergeschlagen.

Die ganze Gruppe kräftiger, aktiver, wohlangesehener Männer stand wie angewurzelt und sah ebenso verschreckt aus wie Reed.
Es blieb ihr überlassen, ihr Kind zu retten.
Sie wollte nach Sally greifen, wollte sie an sich reißen.
»Gib sie her, verdammt! Sally, Kleines, alles wird gut. Mommy ist hier. Alles wird wieder...« Das letzte Wort hätte ›gut‹ sein sollen, aber sie brachte es nicht mehr heraus, weil sie so außer Atem war. Und außerdem hatte sie nicht den Mut. Sie glaubte es selbst nicht. Anklagend sah sie die Männer an.
Einer hatte sich einen Schritt von der Gruppe entfernt, Lafayette, der einzige Schwarze, kam auf sie zu, hatte endlich den Arsch hochgekriegt.
Aber dann ging das Tor auf.
Erschrocken fuhr sie herum und sah, daß zwei Männer Sally mitsamt der Person, die sie entführt hatte, durchs Tor gezerrt hatten.
Dann zogen sie auch Reed hinterher.

Grady fuhr seine Mutter zum Haus von Reed und Dennis; Sugar saß ganz still, statt wie üblich ununterbrochen zu reden, und starrte geradeaus. Das war erstaunlich genug, aber als sie ohne ein Wort die Treppe hinaufging und sich in eines der Gästezimmer zurückzog, war er ernstlich erschrocken. Er folgte ihr mit ihrer hastig gepackten Reisetasche in der Hand, sah, wie sie den Fernseher einschaltete und sich aufs Bett legte, vollständig bekleidet, mit leerem Blick. Er hatte sie noch nie so erlebt, und der Schock veranlaßte ihn, ungewohnt beflissen zu reagieren.
»Mutter? Mutter, kann ich dir irgendwas bringen?« Er fand, daß seine Stimme merkwürdig unterwürfig klang.
Sugar gab keine Antwort.
Sie gehörte nicht zu den Leuten, die zu etwas überredet werden konnten. Sie wußte, was sie wollte, und das war immer dasselbe: soviel Aufmerksamkeit wie möglich. Sie würde weinen und die Fassung verlieren und immer wieder dieselbe

Situation provozieren – andere würden zuhören, bis sie es nicht mehr aushalten konnten, sie würden sie anschreien, alles tun, um sie endlich loszuwerden, und dann würde Sugar wieder weinen und die Fassung verlieren. Sie lechzte nach menschlichem Kontakt wie ein Kind, das unter Wölfen aufgewachsen war, und im allgemeinen verlief dies für sie ebenso unerfreulich.

»Soll ich dir was zu trinken holen?«

»Ich brauche wirklich nichts.« Sie klang nicht sonderlich überzeugend.

»Wie wäre es mit Bailey's Irish Cream?«

Das Zeug liebte sie, wahrscheinlich, weil es wie eine Süßspeise schmeckte.

»Also gut.« Sie klang, als erwiese sie ihm einen großen Gefallen.

Er lief nach unten, erleichtert, überhaupt etwas tun zu können.

Es gab keinen Bailey's.

Als er wieder nach oben kam, bemerkte er, daß sie die Schuhe ausgezogen hatte, was er für ein gutes Zeichen hielt. »Mutter, ich muß raus und welchen kaufen. Kommst du einen Augenblick allein zurecht?«

Sie sah ihn an. »Ich glaube schon.«

Er mußte einfach raus. »Ich schalte die Alarmanlage ein. Mach dir keine Sorgen, hier kommt keiner rein.«

Er hatte vorgehabt, sofort zum *House of Blues* zu gehen, aber am Ende konnte er sich doch nicht dazu durchringen, sie allein zu lassen. Außerdem mußte er sie noch zurückfahren, um das Inventar ihres verdammten Hauses durchzusehen.

Er kaufte den Likör, und als er zurückkam, klingelte das Telefon: die Polizistin bat sie zurückzukommen. Er begleitete seine Mutter, fuhr sie wieder zurück und überraschte sich dann selbst durch die Art, wie er mit ihr sprach – so, wie man es von einem braven Sohn erwartete und wie er es sonst nie tat.

»Also, Mutter, ich will, daß du dich jetzt ausziehst und ins Bett legst, und in der Zeit gieße ich dir einen Drink ein. Tust du mir den Gefallen?«

Er glaubte, so etwas wie Überraschung in ihrem Blick zu erkennen, aber sie sagte kein Wort.
»Ich werde jetzt die Tür zumachen, damit du ein bißchen Ruhe hast. Wenn ich zurückkomme, trinken wir etwas miteinander. Legst du dich jetzt hin?«
Sie nickte.
Er ließ sich Zeit, die Flasche zu öffnen und Gläser zu suchen, damit Sugar seiner Bitte in Ruhe nachkommen konnte. Als er an die Tür klopfte, sagte sie: »Herein«, und nun lag sie tatsächlich unter der Decke. Sie hatte ihr Make-up noch nicht abgewischt, aber er wollte nicht kleinlich sein.
»Gut, Mama. Du brauchst jetzt Ruhe.« Er hatte sie nicht mehr ›Mama‹ genannt, seit er zwölf gewesen war.
Im Hintergrund lief der Fernseher, und Grady befürchtete plötzlich, sie könnten in den Nachrichten über den Tod seines Vaters berichten. »Komm, wir machen das aus, ja?«
Er goß einen Schluck ein und reichte ihr das Glas. Dann bediente er sich selbst und setzte sich auf den Hocker vor dem Frisiertisch. Er wußte nicht, was er sagen sollte. Normalerweise war sie diejenige, die redete – redete und redete und redete, sehr zum Mißfallen aller anderen. Seine Beziehung zu ihr bestand im allgemeinen darin, sie auf Distanz zu halten.
Schließlich sagte sie: »Glaubst du, daß sie ihn umgebracht hat?«
»Wer?«
»Reed.«
»Reed?« Er hätte nicht weniger entsetzt sein können, wenn sie Hillary Clinton gesagt hätte. »Wieso denn Reed?«
»Es war nicht recht, was er ihr angetan hat. Dieses Mädchen wollte immer nur eins: das Restaurant leiten – und es ihrem Daddy recht machen. Und er hat alles kaputtgemacht.«
Grady spürte ein Kribbeln. *O Gott, ich bin schon wieder fällig für einen Abend im House of Blues.*
Das House of Blues war ein Musikclub, der beste in New Orleans. Er war kunstvoll auf funky und schäbig getrimmt, voll mit einheimischer Kunst. Die Elektronik hatte vermutlich Millionen gekostet. Hier traten nur die besten Musiker auf.

Nichts spiegelte besser das Selbstverständnis dieser Stadt wider, und irgendwie war es exakt die Art von Club, die Grady selbst eingerichtet hätte – vorausgesetzt, er hätte über einen unbegrenzten Etat verfügen können. Grady ging mindestens dreimal die Woche hin; immer, wenn er sich deprimiert fühlte.

Aber als erstes hatte ihn der Name angezogen. Er hatte es immer enttäuschend gefunden, daß es gar kein House of the Rising Sun gab. Mit zwölf oder dreizehn hatte er lange Zeit über die zweite Zeile nachgedacht: »It's been the ruin of many a poor boy and Lord, I know I'm one.«

Der Name House of Blues, die Melancholie, die er heraufbeschwor, traf ihn ähnlich, ließ ihn an das alte Lied denken. Aber der Name bewirkte noch etwas anderes, einem Messer ähnlich, das jemand in der Wunde noch einmal herumdreht, und das erregte ihn. Es inspirierte ihn, brachte ihn auf neue Ideen.

Er hatte eine Menge Artikel geschrieben, für *Gambit* und das *New Orleans Magazine*, und jetzt hatte er begonnen, Kurzgeschichten über Vampire zu verfassen. Wenn Anne Rice das konnte, wieso nicht auch Grady Hebert? Die Metapher – die Liebe, die verschlingt und tötet, das Blutsaugen, Aussaugen, Aussaugen, Aussaugen, bis nichts mehr übrig war – hatte ihn schon als Teenager fasziniert. Heute gab er vor, es nur noch als Metapher zu sehen.

Er fand, daß Untote zu dieser Stadt paßten, also hatte er es versucht.

Ein paar der Geschichten hatte er an Horrorzeitschriften verkauft, und es hatte ihm Spaß gemacht, es seinen Eltern zu erzählen, ihre Verwirrung zu beobachten. Sein Vater hatte ihn selbstverständlich lächerlich gemacht, wie er es immer tat; Sugar hatte versucht, nett zu sein, aber am Ende hatte sie ihren Widerwillen nicht verbergen können. Grady glaubte allmählich, ähnlich zu empfinden.

Er wollte etwas schreiben, das mehr mit der Wirklichkeit zu tun hatte.

Er hatte begonnen, sein eigenes Elternhaus, Sugars und

Arthurs Zuhause, als House of Blues zu bezeichnen, als habe die Hebert-Dynastie einen eigenen Namen, wie das Haus der Atriden, das Haus Tudor, das Haus Hannover.
Und er hatte gewußt, er würde über *die Sache* schreiben müssen. Nicht, um es zu veröffentlichen, aber er würde es aufschreiben müssen.
Und danach würde es ihm gehen wie Clea im *Alexandria Quartett*, der Künstlerin, die erst wirklich gut malen konnte, nachdem sie ihre Hand verloren hatte.
Er würde einen künstlerischen Durchbruch erleben.
Er wußte, daß er über *die Sache* schreiben mußte; der Gedanke erregte ihn auf makabre Weise, aber er wußte auch, daß es ihm noch unmöglich war. Und so ging er Abend für Abend ins House of Blues, wo die Musik ihm durch den Körper strömte, ihn läuterte.

Sugar erzählte ihm, was Arthur mit Reed gemacht hatte, wie er ihr das Restaurant wieder abgenommen hatte.
Reeds Welt, ihr Leben, ihr Weltbild, hatten Grady immer schon zur Verzweiflung getrieben.
Was er nun erfahren hatte, brachte ihn fast zum Weinen.
Es berührte ihn, wie es der Tod seines Vaters nicht getan hatte, oder jedenfalls noch nicht – er wußte, auch das würde ihn schließlich treffen. Reeds Geschichte war eher nachzuvollziehen: diese Demütigung, dieser Schlag ins Gesicht.
Aber nein, er glaubte nicht, daß sie ihren Vater getötet hatte. Das wäre das letzte, was er gedacht hätte. Er sagte seiner Mutter, er glaube, es sei ein Krimineller gewesen – jemand, der sich Einlaß verschafft hatte.
»Aber warum?« fragte Sugar. »Im Haus fehlt doch nichts.«
Warum. Er hatte über das Warum nicht nachgedacht; auf seine Weise war er ebenso betäubt wie Sugar.
Damit die Täter die anderen entführen und Lösegeld verlangen konnten.
Aber das sprach er nicht aus.
Moment mal. Jemand hatte Reeds und Dennis' Auto weggefahren.

»Sie hatten vielleicht vor, die Bude auszuräumen, aber Dad ist durchgedreht. Du weißt doch, wie er ist. Und dann haben sie Angst bekommen.«

»Ich glaube, jetzt kann ich schlafen«, sagte Sugar. »Wie er *war*, meinst du.«

Sie hatten fast die ganze Flasche geleert.

Er ließ sie allein und ging ins House of Blues. Es gefiel ihm, dazustehen und Bier aus einem Plastikbecher zu trinken, zu schwanken, die Musik zu spüren. Es war eine gute Art, den Kopf zu leeren, nicht mehr an das eigene Versagen zu denken; zu vergessen, wie sehr Nina ihm fehlte, nicht mehr an den Tod seines Vaters zu denken, an die eigenartige Ruhe seiner Mutter.

Buddy Guy spielte. Eigentlich hätte Grady ein Zombie sein müssen, ausgelöscht von Musik und Alkohol, aber sein Hirn funktionierte noch immer.

Jedenfalls hätte man es so nennen können. Waren das Gedanken, waren es Ahnungen oder undeutliche Gefühle?

Er hat nie bekommen, was er wollte.

Wenn es ein Gefühl war, dann war es Schuld.

Eigentlich hätte ich an Reeds Stelle sein sollen.

Das machte ihn wütend. Er spürte Hohn in sich aufsteigen, fühlte sich abgelenkt von Buddys magischen Riffs.

»Sei ein Mann.«

»Gracie... O Gracie« – im Singsangton – »trägst du etwa Spitzenhöschen?«

»Steh auf und tu deine Pflicht...nein, du kannst es dir nicht *aussuchen. Du bist ein Hebert...«*

»Reed kann es besser als du. Willst du dich etwa von einem Mädchen übertreffen lassen?« An diesem Punkt knickte sein Vater immer das Handgelenk geziert ab und sprach im Falsett weiter: *»Grady Hebert. Schriftsteller-Schwuchtel. Pardon – unveröffentlichte Schriftsteller-Schwuchtel. Etepetete. Vermutlich wird die kleine Reed deine Arbeit machen müssen.«*

Grady hatte jeden Sommer als Kochgehilfe im Restaurant gearbeitet und jede einzelne Sekunde gehaßt. Er hatte seine

Zeit mit Gemüsehacken verbracht, und die schweren Kochmesser hatten blaue Flecke an seinen Unterarmen hinterlassen. Er hatte Kartoffeln geschält, geputzt, gefegt und gewischt, er hatte geschält und entkernt, Brühen gekocht, Krabben gepult, bis seine Finger schrumplig wurden, er hatte Krebse geknackt, Fleisch geschnitten und gehackt und gelernt, vierzig Gallonen Gumbo auf einmal zu kochen.
Wieso war Küchenarbeit männlicher als Schreiben? Er wußte, sein Vater hatte nur versucht, ihn zu schikanieren. Aber das hatte seine Spuren hinterlassen.
Grady schwitzte, und das kam nicht nur von der Menschenmenge.
Warum habe ich keine angenehmen Erinnerungen an ihn?
Er bestellte sich noch ein Bier und versuchte es.
Er strengte sich wirklich an.
Eine weitere Erinnerung stieg auf: Sein Vater im Sessel, vor dem Fernseher, die Krawatte nicht einmal gelockert, mit dem gesamten Schweiß des Tages bedeckt, wie er bestenfalls grunzte, wenn die Kinder ihn ansprachen. »Er ist müde«, sagte Sugar dann. »Er ist im Moment einfach zu müde für euch.«
Aber wenn Grady sich neben die Armlehne von Arthurs Sessel auf den Boden setzte, strich sein Vater ihm früher oder später einmal durchs Haar, zauste es. Grady hatte Evie gebeten, ihm übers Haar zu streichen, und später Nina und andere Frauen.
Er spürte, wie er rot wurde; dieser Zusammenhang war ihm noch nie aufgefallen.
Aber es war doch angenehm, oder? Wenn er mir über den Kopf gestreichelt hat?
Er konnte sich erinnern, wie warm und stark sich die Hand seines Vaters angefühlt hatte. Ihm wurde ein wenig schwindlig davon, oder vielleicht kam das von dem Bier, nach dem ganzen Bailey's.
Ob er mir wohl fehlen wird?
Und dann eine andere Vignette: Arthur im Restaurant, im dunklen Anzug, mit weißem Hemd und Krawatte, tadellos; er

sah mit seinem weißen Haar so distinguiert aus wie Walker Percy – das Ideal eines Südstaaten-Gentleman.
Damals war der große Speisesaal Grady wie ein Palast vorgekommen: Die Prismen der Kronleuchter fingen das Licht ein und warfen es aufs Silber zurück, das perfekt auf dem weißen Leinen aufgereiht war.
Das dunkle Holz der Stühle, die kleinen Kacheln am Boden, der Faltenwurf der Vorhänge, die Smokings der Kellner – es war herrschaftlich, aber auch beruhigend, so warm, wie eine Daunendecke mit Satinbezug. Wenn seine Eltern ihn dorthin mitnahmen, fühlte er sich wie ein Prinz im Schloß seines Vaters.
Arthur war König.
Gewandt bewegte er sich durch den Speisesaal, grüßte jeden, setzte sich manchmal an einen Tisch, machte einen Witz, legte Männern die Hand auf die Schulter. Er war großartig, königlich. Grady war stolz, sein Sohn zu sein.
Später hatte all dies künstlich gewirkt, und er hatte von Getue gesprochen, mit der ganzen Verachtung eines Teenagers und nur ein einziges Mal. Sein Vater hatte ihn geschlagen.
Laß es bleiben, Grady, alter Junge. Geh weiter zurück, bis in die Zeit, als du zehn oder zwölf warst.
Er sah seinen Vater, wie er durch den Speisesaal glitt, alle lächelten ihn an, und wieder hatte er dieses merkwürdige Schwindelgefühl.
Das ist es, Grady, bleib dabei. Bleib dabei und sieh, ob du ein menschliches Gefühl entwickeln kannst. Du solltest traurig sein, weil dein Vater tot ist. Wenn du das nicht kannst, iß lieber nie wieder Knoblauch.
Er war betrunken genug, im Spiegel über der Bar nachzusehen, ob er noch ein Spiegelbild hatte.
Schon gut, es ist da. Du. Bist. Noch. Nicht. Untot.
Aber wenn du noch lebst, wieso empfindest du dann nichts?
Tust du doch. Gib es doch endlich zu. Dein Hals schnürt sich zu.
O Gott, er hatte nie eine Chance, ein Mensch zu sein. Er ist gestorben, ohne die geringste Ahnung zu haben.

Schließlich kamen die Tränen. Automatisch warf er einen Blick in den Spiegel, ob Gefahr bestand, daß es jemand merkte. Aber es war natürlich zu dunkel, und bevor er sich albern vorkommen konnte, wurde er abgelenkt.
Eine Blondine stand neben ihm, im schwarzen Kleid. Eine hinreißend hagere Frau mit hohlen Wangen, ein wenig abgehärmt.
Er drehte sich um. »Evie?«
Die Blonde lächelte. »Leslie.«
Er war überrascht, daß er laut gesprochen hatte. Eigentlich sah sie Evie nicht besonders ähnlich. Sie hatte braune Augen, die lebhaft glitzerten. Evies Augen waren blaugrün und ein wenig verwaschen.
Tragisch.
Als er sie zum letzten Mal gesehen hatte, war ihr Haar schmutzig und verfilzt gewesen. Sie hatte schmutzige Jeans und ein bauchfreies Top getragen, und man hatte sehen können, wie dünn sie war, ihren ausgemergelten, jämmerlichen Körper – ihre Rippen, ihre Schultern, zerbrechlich wie Fischgräten. Er hatte versucht, ihre Ellbogenbeugen nicht anzusehen, sich dann aber doch nicht beherrschen können, und schreckliche Blutergüsse entdeckt.
Das war vor fünf Jahren gewesen.

4

Sugar hatte sich geirrt, was das Schlafenkönnen betraf. Sie war zu wütend. Sie war so wütend, daß sie ständig die Fäuste ballte und einen ganz steifen Hals bekam.
Sie hatte versucht, etwas Gutes aus ihrer Ehe zu machen. Über dreißig Jahre lang hatte sie es versucht, aber Arthur war entschlossen gewesen, keine Ehe zu führen, obwohl er es auf dem Papier tat und mit Sugar zusammenlebte.
Sie wollte Nähe, wollte ihn wirklich kennen, aber er wollte sie so weit wie möglich von sich fernhalten. Dies erreichte er

auf unterschiedliche Weise – indem er die ganze Zeit im Restaurant blieb, immer kurz angebunden war und sogar ziemlich ekelhaft wurde, wenn ihm nach anderen Frauen zumute war.
Und sich umbringen ließ.
Ich hoffe, du bist jetzt zufrieden, Arthur. Sie biß die Zähne fest zusammen.
Sie war wütend, weil es jetzt überhaupt nicht mehr funktionieren würde – sie würde nie die Ehe haben, die sie sich wünschte. All die Gebete dieser Jahre für nichts.
Verdammt, ich hab mir die Knie umsonst ruiniert.
Er war ein schlechter Vater gewesen – sie hatte den Kindern immer erklären müssen, wieso er sich so benahm – und ein schlechter Ehemann. Er hatte seit zwanzig Jahren nicht mehr mit ihr geschlafen. Das heißt, sie hatten keinen Sex mehr gehabt; selbstverständlich hatte er jede Nacht im Bett neben ihr gelegen und fromm getan.
Seine Mätressen kamen einfach ins Restaurant spaziert, ganz unverfroren, mit ihren kleinen kichernden Freundinnen, ihren schwulen Freunden und ihren Müttern. Wann immer Arthur eine Frau samt ihrer Mutter anschleimte, wußten alle Bescheid. Einmal hatte sie es sogar selbst miterlebt. Er hatte behauptet, die Mutter arbeite mit ihm zusammen in einem Komitee und er sei es ihr schuldig, weil sie für die richtige Seite stimmte. Er glaubte, dies sei der Lauf der Welt, und erwartete von Sugar, daß sie ihm das abnahm.
Das war vor Jahren gewesen, aber er hatte immer eine gehabt. Sie wußte es, wenn sie ihn telefonieren hörte, flüsternd, immer nur flüsternd.
Gott, wie ich dieses Miststück hasse. Wenn sie zur Beerdigung kommt, kratze ich ihr die Augen aus, das schwöre ich.
Diesen Ausdruck hatte sie zum erstenmal von einem Hausmädchen gehört, dem sie am Schluß auch am liebsten die Augen ausgekratzt hätte. Wütend warf sie sich auf die Seite.
Wahrscheinlich wird sie auch noch Schwarz tragen, und einen Schleier; vielleicht wird sie den Leuten sogar erzählen, sie wäre Mrs. Hebert.

So etwas war schon öfter passiert. Sie kannte jemanden, dem es passiert war. Der Mann war kein Bigamist gewesen, die Geliebte war einfach übergeschnappt, das war alles.

Es ist mir egal.

Es ist mir egal, wenn alle in der Stadt es wissen. Das fällt auf Arthur zurück, nicht auf mich.

Sie weinte.

Überrascht setzte sie sich auf.

Um Gottes willen, was soll ich nur alleine anfangen? Ich bin mein ganzes Leben mit Arthur zusammengewesen.

Ein Schlüssel klapperte. »Reed? Dennis?«

Sie zog schnell den Morgenmantel über, vergaß die Pantoffeln.

»Ich bin's, Mutter. Grady. Ich war eine Weile aus.«

Sie hatte nicht gehört, daß er gegangen war. Vielleicht hatte sie doch ein wenig geschlafen.

»Wie spät ist es?«

»Spät. Kann ich dir noch was bringen?«

Sie tappte nach unten. »Grady. Ich hab nachgedacht. Es ist unerhört, wie dein Vater mich behandelt hat.«

»Was?«

»Hör zu. Was geschehen ist, ist geschehen. Aber jetzt müssen wir Nina loswerden. Ich kann mir das einfach nicht mehr bieten lassen. Diese Frau muß weg. Und wenn sie zur Beerdigung kommt, werde ich sie bitten zu gehen, das tue ich wirklich, Grady, das schwöre ich.« Sie konnte spüren, wie ihre Lippen sich anspannten, und das Gefühl gefiel ihr.

Grady ließ sich in einen von Reeds wasserblauen Sesseln fallen, die Arme schlaff, der Schlüssel glitt ihm aus den Fingern. Er sah müde aus.

»Nina?« fragte er. »Wieso bist du wütend auf Nina?«

»Weil sie die Geliebte deines Vaters war, deshalb. Das weißt du ganz genau.«

»Nina?« fragte er noch einmal. Er war heute abend schwer von Begriff. Sie fragte sich, ob er betrunken war.

»Natürlich Nina. Sie war es seit Jahren.«

»Mutter. Nina ist schwarz. Reed hat sie mitgebracht, und er

hat sie nur gewähren lassen, weil Nina so verdammt gut ist; er konnte ohne sie nicht auskommen. Er hat ihr nur halb soviel gezahlt, wie sie wert ist, und Reed konnte nichts dagegen tun.«

»Sie hat bekommen, was sie wollte.«

»Und was soll das sein? Einen fetten alten Rassisten, der im Bett furzt? Reiß dich zusammen, Mutter. Sie hätte Dad nicht mal angesehen, und wenn er der letzte Mann auf der Welt gewesen wäre.«

»Ich kann einfach nicht glauben, daß du so mit mir redest. Dein Vater ist tot, und du sprichst so über ihn.«

»Das ist allerdings ein Argument. Mein Vater ist tot. Meine Schwester ist verschwunden. Meine Nichte ist verschwunden. Mein Schwager ist verschwunden. Meine Mutter kann nicht in ihrem eigenen Haus bleiben, weil überall Blut an den Wänden ist. Guter Gott, wieso mußt du jetzt auch noch Geschichten über Nina erfinden? Hast du nichts Besseres zu tun?«

»Du bist betrunken.«

»Nun, um ehrlich zu sein, halte ich das für angemessener, als mir verrückte Anschuldigungen aus den Fingern zu saugen.«

»An was soll ich denn sonst denken, wenn nicht an die außerehelichen Aktivitäten meines Mannes?«

»Ich weiß nicht. Wie wäre es denn mit der Beerdigung?«

»Oh. Die Beerdigung. Wann soll die stattfinden?«

»Nun, unter den derzeitigen Umständen wohl nicht so bald.«

»Welche Umstände?«

»Dennis und Reed. Sally.« Sie hörte die kalte Wut in seiner Stimme.

»Du brauchst nicht wütend auf mich zu sein.«

»Tut mir leid.«

»Grady, was soll ich bloß machen?«

Er starrte auf seine Armbanduhr. Er blickte auf, überrascht, vielleicht wegen ihres verängstigten Untertons. »Was machen?«

»Den ganzen Tag. Was soll ich den ganzen Tag tun?«
»Du mußt überhaupt nichts tun«, sagte er sanft. »Freunde werden vorbeikommen und Essen mitbringen. Sie werden sich um dich kümmern. Du kannst dich eine Weile ausruhen.«
»So bin ich aber nicht. Das paßt nicht zu mir.«
»Komm, Mutter…«
»Ich bin eine aktive Frau.«
Er stand auf. »Was hältst du davon, wieder ins Bett zu gehen?«
»Geh du. Ich kann nicht schlafen.«
Sie setzte sich auf das seidenbezogene Sofa, das – obwohl ein Kleinkind im Haus war – noch wie neu aussah.
Wer wird sich um das Restaurant kümmern, wenn Reed und Arthur nicht da sind?
Sie spürte eine gewisse Erregung, als ihr die Antwort einfiel.
Miss Nina kann sich auf eine Überraschung gefaßt machen.

Skip schmiegte sich an Steve Steinman und legte ihm den Arm um die Taille. Er regte sich, zog sie noch dichter an sich.
»Wie spät ist es?«
»Das willst du doch gar nicht wissen.«
»Hm.«
Er war schon fast eine Woche hier, und bald würde er wieder nach Hause fliegen. Sie fing an, seinen Rücken zu streicheln.
Er sagte: »Wie wär's mit einem Heroindealer?«
»Wie bitte?«
»Für mein Projekt. Das Porträt eines Heroindealers.«
»Bist du wach? Heißt das, ich kann das Licht anmachen?«
»Sieht so aus.«
Sie tastete nach der Tischlampe. »Es gibt hier nicht viel Heroin. Nur hin und wieder. Es geht meist um Kokain. Vor allem Crack.«
»Ein richtig ekliger Crackdealer.«
»Ich weiß nicht, wo du so einen auftreiben könntest. Es sind meistens richtige Sunnyboys.«
»Ich frage lieber nicht, woran du gerade arbeitest.«

Aber er platzte natürlich vor Neugier – er versuchte nur, diskret zu sein.

»Du wirst es in der Zeitung lesen. Kennst du Hebert's? Jemand ist in das entzückende Heim des Besitzers im Garden District spaziert und hat ihn beim Abendessen erschossen. Drei weitere Familienmitglieder sind verschwunden.«

»Entführt?«

»Ich hoffe nicht. Das wird die Leute nicht gerade beruhigen.«

»Hysterie – wie wäre das als Filmthema? Hysterie unter weißen Großstadtbewohnern.«

»Warum nicht?«

»Nein, hat keinen Zweck. Das ist keine gute Ausrede, wieder hierherzukommen. So was könnte ich überall drehen.«

»Hier ist es schlimmer.«

Sie wollte, daß er wiederkam. Er wohnte in Los Angeles, und er fehlte ihr immer mehr. Vor ein paar Monaten hatte sie zugelassen, daß er sich von ihr trennte, genaugenommen hatte sie es sogar provoziert, aus reiner Unsicherheit.

Und dann war er gegangen.

Ihr war nicht klar gewesen, was für eine Lücke er hinterlassen würde. Und was für eine dumme Kuh sie gewesen war.

Wie konnte ich nur?

Eigentlich wußte sie das immer noch nicht genau. Sie wußte nur, daß sie schreckliche Angst gehabt und in reiner Panik gehandelt hatte.

Schließlich war sie nach Los Angeles geflogen und hatte gebettelt; etwas, was sie sich vorher nie hätte vorstellen können. Sie hatte einfach vor seiner Tür gestanden, ohne die geringste Ahnung, ob sie noch willkommen war.

Er hatte kein Wort gesagt, hatte nur gelächelt, so eindeutig erfreut, daß sie lachen mußte, und dann hatte er sie so fest in den Arm genommen, daß sie sich zum ersten Mal in ihrem Leben zierlich vorgekommen war.

Er war jetzt Cutter und sehr erfolgreich, aber er vermißte seine erste Liebe, der er lange vor Skip begegnet war – die Dokumentarfilmerei. Daher die Sache mit der Hysterie.

»Wie wäre es mit einen Tag im Leben einer Polizistin?«
»Ich weiß nicht, ob du so viel Leidenschaft einfangen könntest.« Sie fing sich einen Teil von ihm.
»Du hast recht. Polizeiarbeit ist so aufregend.«
»Und schweißtreibend.«
»Ich würde über so was stehen.« Er fing gerade damit an. »Ich weiß nur nicht genug.«
»Vielleicht könntest du eine Polizistin finden und einfach, na ja, ein Geständnis aus ihr rausprügeln.«
»Mit einem stumpfen Gegenstand?«
»Denk mal drüber nach.«
Er schüttelte den Kopf und legte ihr eine Hand auf die Brust. »Vielleicht quetsche ich die Wahrheit einfach aus ihr heraus.«
»Es könnte sein, daß sie eine Leibesvisitation durchführen muß. Wegen versteckter Waffen.«
»Was würde sie denn tun, wenn sie eine fände?«
»Sie an einem wirklich sicheren Ort deponieren.«

Sie erwachte frisch und munter.
Am Abend zuvor, nach der Befragung der Nachbarn, hatte sie noch alle Krankenhäuser angerufen und sogar im Computer nachgesehen, ob etwas gegen Reed oder Dennis vorlag. Es gab keine Akten über sie außer der von Dennis' Drogenvorgeschichte.
Also blieben noch die inoffiziellen Quellen: Ein Anruf bei Eileen Morcland, Skips Freundin bei der *Times-Picayune*, und bei Alison Gaillard, für Skip die Leiterin der hiesigen Tratschzentrale.
Die einzigen Zeitungsausschnitte, die Eileen finden konnte, behandelten so Unspektakuläres wie das Erscheinen der Heberts bei Wohltätigkeitsveranstaltungen und Reeds und Dennis' Hochzeit. Über Grady gab es nicht einmal so etwas.
»Kein Problem«, sagte sich Skip mit gewisser Vorfreude. »Alison wird die schmutzige Wäsche schon waschen.«
Alison wußte die verblüffendsten Einzelheiten, selbst über ziemlich unbekannte Familien. Die Heberts standen fast so

sehr im Licht der Öffentlichkeit wie die Neville Brothers – Alison würde alles wissen, sogar, zu welchem Friseur Sugar und Reed gingen.

»Hier ist Alison«, sagte der Anrufbeantworter. »John und ich nehmen unseren ersten Urlaub, seit das Baby auf der Welt ist. Ihr glaubt doch nicht im Ernst, daß ich verrate, wo wir sind.«

Skip starrte den Hörer an. »Der Teufel soll dich holen, Alison Gaillard.«

Nachdem sie sich von diesem Schock erholt hatte, beschloß sie, Nina Philips aufzusuchen, die sich bereits als gute Quelle erwiesen und wahrscheinlich noch viel mehr zu sagen hatte.

Sie wurde durch mehrere schwere Schwingtüren geführt, um eine Ecke und dann an Büros vorbei. Jeweils eins für Arthur, Sugar, Nina und den Chefkoch.

Nina telefonierte gerade, bestellte die täglichen Lieferungen. Neben ihr saß Sugar und machte ihr, soweit Skip das beurteilen konnte, das Leben zur Hölle.

Nina wies auf einen Stuhl. »Eine Kiste Mandeln«, sagte sie ins Telefon. »Eine Kiste Anchovis, zwei Kanister Rinderbrühe, zwei Kanister Hummerbrühe; vier Dosen kreolischen Senf; zehn Kanister Pflanzenöl; vier Säcke Reis; fünfundzwanzig Säckchen Steinsalz.«

Sie legte auf und wählte, ohne Sugar und Skip auch nur anzusehen, eine andere Nummer. »Hallo, Mr. Daroca; hier Nina von Hebert's. Ich brauche vier Kisten Garnelen; hundert Pfund Krebse; fünfzehn Pfund Alligator; fünfzehn Pfund Froschschenkel; fünf Gallonen Austern; siebzig Pfund kalifornischen Küstenfisch, und... warten Sie, ich glaube, das war's.« Sie hörte eine Minute lang zu. »Nein. Nein, keine Krabben heute.«

Sugar schüttelte heftig den Kopf.

»Einen Augenblick, Mr. Daroca.«

Sugar sagte: »Was soll das heißen, keine Krabben? Wir haben neun Krabbengerichte auf der Karte.«

»Riesenkrabben kosten achtzehn fünfzig das Pfund. Wenn

ich sie zu diesem Preis kaufe, werden die Menüs so teuer, daß sie kein Mensch bestellen wird.«
»Können Sie denn keinen Krabbenersatz bekommen?«
»Ihr Mann hat immer gesagt: ›Wir sind hier bei Hebert's, Ms. Philips. Wenn man hier Krabbenremoulade bestellt, sollten auch Krabben drin sein.«
»Wir mischen einfach, halb und halb«, sagte Sugar. »Das wird niemand merken.« Sie war sichtlich stolz auf diesen raffinierten Plan.
»Reed hat das vor fünf Jahren mal versucht. Wissen Sie, was passiert ist? Beinahe hätte der Koch gekündigt.«
»Können wir dann nicht einfach einen neuen einstellen?«
Nina schloß die Augen und griff wieder nach dem Telefon. »Mr. Daroca, ich melde mich später noch mal.« Sie warf Skip einen Seitenblick zu, offensichtlich ganz angetan von der Anwesenheit einer Zeugin. »Sugar, Sie haben einen schlimmen Schock hinter sich. Ich weiß, Sie haben das Gefühl, Sie müssen sich um alles kümmern, nachdem Arthur und Reed weg sind, aber Sie sollten sich wirklich ein bißchen Ruhe gönnen. Sie sollten nicht hier sein und sich so anstrengen, in einer solchen Zeit.« Sie strich sich das Haar aus dem Gesicht. »Gott weiß, ich wäre auch lieber daheim geblieben, aber ich hatte keine Wahl.«
»Nina Philips, kommen Sie mir jetzt bloß nicht auf die gönnerhafte Tour.«
»Das tue ich doch nicht, ich versuche nur, mein Bestes für das Restaurant zu tun.«
»Es ist nicht Ihr Restaurant.«
Skip fragte sich, wie Nina darauf reagieren würde. Sugar gehörte offenbar zu den Leuten, die sich auf Äußerungen spezialisiert hatten, auf die es keine Antwort gab. Skips Mutter besaß ein ähnliches Talent.
Wieder fuhr sich Nina durchs Haar. »Sugar, ich weiß, daß Sie es nur gut meinen, aber vergessen Sie nicht, daß Ihr Mann in dieser Branche aufgewachsen ist. Reed hat es ebenfalls von der Pike auf gelernt; ich habe fünf Jahre Erfahrung hier, und fünf davor bei Dooky Chase. Sie können nicht einfach

hier hereinspazieren und einen solchen Betrieb übernehmen.«

Sugar sah aus, als könne sie sich nicht so recht entscheiden, ob sie alles kurz und klein schlagen oder weinen wollte. Es war der Zorn eines kleinen Kindes, und es tat Skip weh, sie anzusehen.

Was die wohl für eine Mutter abgegeben hat, dachte Skip. *Eine zu groß geratene Vierjährige.*

Nina redete sanft auf sie ein. »Jetzt muß ich ein paar Minuten mit Detective Langdon sprechen, und wenn ich fertig bin, kümmere ich mich um die Bestellungen.«

Sugar warf Skip einen kurzen Blick zu. Sie sah immer noch wütend aus, aber Demütigung und Kränkung erwiesen sich als stärker. Sie drehte sich um und verließ das Büro auf klappernden hohen Absätzen. Skip glaubte, ein Schniefen zu hören, als sie an ihr vorbeikam.

Nina war viel zu verärgert, um sich noch zurückhalten zu können. »Sie ist wie ein Kind. Ganz plötzlich kommt ihr der Gedanke, das Restaurant leiten zu können, und niemand kann sie davon abbringen. Seit sie Künstlerin geworden ist – nicht, daß sie Malunterricht genommen hätte oder so –, war das Leben für uns hier ein bißchen einfacher geworden. Jetzt ist sie plötzlich Expertin für den Krabbenpreis – können Sie sich das vorstellen?«

»Tut mir leid, wenn ich ungelegen komme, aber ich muß Ihnen ein paar Fragen stellen.«

Nina war plötzlich wieder sehr sachlich. »Selbstverständlich. Entschuldigen Sie das alles.«

»Zunächst einmal: Stört es Sie, wenn ich mich in Mr. Heberts Büro umsehe?«

Nina zögerte. Konnte sie das überhaupt entscheiden? Skip konnte fast hören, wie sie sich das fragte. Schließlich erklärte sie seufzend: »Bitte. Aber ich möchte dabeisein.«

Als Skip die Papiere durchging, griff Nina nach dem Telefon und wählte. »Grady Hebert«, sagte sie. »Deine Mama ist hier und bringt alles durcheinander. Wenn du sie nicht von hier fernhältst, wird es bald kein Hebert's mehr geben.«

Skip suchte schweigend weiter, fand aber nichts, das ihr etwas gesagt hätte. Schließlich meinte sie: »Ich bin, ehrlich gesagt, ein bißchen erstaunt. Mrs. Hebert scheint nicht sonderlich zu trauern. Wie sind sie und Arthur miteinander ausgekommen?«

Nina dachte nach. »Ich nehme an, sie haßten einander mehr oder weniger. Aber trotzdem wird er ihr fehlen.«

Es sei denn, sie hat seine Ermordung arrangiert. Es wäre nicht das erste Mal, daß so etwas passiert.

»Eigentlich wollte ich mit Ihnen über Dennis reden. Sind Sie sicher, daß er wirklich keine Drogen mehr nimmt?«

»Er ist bei den Anonymen Alkoholikern engagiert. Schon seit Jahren.« Sie warf Skip einen Seitenblick zu. »Glauben Sie mir, ich wüßte es, wenn er wieder angefangen hätte. Reed hätte es mir gesagt. Und sie würde ihm das nicht eine Minute lang durchgehen lassen. Das war Teil ihres Abkommens, als sie geheiratet haben.«

»Ein seltsames Paar.«

Nina schüttelte heftig den Kopf. »Nein, nein. Reed hat ihn von den Drogen abgebracht – sagt Ihnen das was?«

»Sollte es?«

»Sie ist die klassische Koabhängige; sie liebt es zu helfen. Und ich weiß, wovon ich rede. So was ist ziemlich weit verbreitet.«

»Was hat er genommen?«

»Heroin.«

»Koks?«

Sie schüttelte den Kopf. »Keine Ahnung. Ich weiß nur von Heroin. Und er hat getrunken; ziemlich viel.«

»Es hört sich an, als wäre Reed eine kompetente Frau. Ich kann mir schwer vorstellen, was sie an ihm anziehend fand.«

Nina seufzte. »Darüber gibt es meterweise Bücher. Oder Sie könnten zu Al-Anon gehen, wenn es Sie wirklich interessiert. Sie ist ein Dynamo, und er braucht sie, um am Laufen zu bleiben.«

»Sie halten ihn für schwach.«

»Wahrscheinlich.« Sie zögerte. »Obwohl ich nicht weiß, ob man das wirklich über jemanden sagen kann, der eine solche Sucht überwunden hat. Aber er ist ganz bestimmt kein Energiebündel.«

»Wissen Sie, wo er sich früher rumgetrieben hat?«

»Danach hab ich nie gefragt.«

»Wer könnte es denn wissen?«

»Sie könnten mit seinen Verwandten reden.«

»Ich möchte auch mit seiner Geschäftspartnerin sprechen.«

»Ah. Die liebe Silky Sullivan.«

»Wie bitte?«

Nina nickte. »Ein Uptown-Mädchen. Die haben's nun mal mit Spitznamen. Wahrscheinlich heißt sie eigentlich Susan oder so.«

Skip mußte unwillkürlich lächeln. Es war tatsächlich ein typischer New-Orleans-Name – einer ihrer Kollegen war auch so gerufen worden, ein irischer Katholik, der zum Judentum konvertiert war.

Sie ließ sich die Adressen geben und rief in der Gärtnerei an, bekam aber keine Antwort. Das Uptown-Mädchen wohnte jetzt am Faubourg Marigny, in einem hübschen, niedrigen, langgezogenen Gebäude, das frisch blau verputzt war, mit Dekorationen in Braun.

Niemand reagierte auf Skips Klingeln, aber sie ließ sich nicht entmutigen. Es dauerte mehr als fünf Minuten, bis eine Frau in Jeans an die Tür kam, die Arme bis zu den Ellbogen schlammverkrustet.

»Tut mir leid«, sagte sie, nachdem Skip sich vorgestellt hatte. »Ich war hinter dem Haus. Ich bin so durcheinander wegen Dennis, daß ich mir den Tag frei genommen habe. Kommen Sie doch mit.«

Sullivan ging ihr voraus in den Hinterhof, wo sie sich an einem Gartenschlauch den Dreck von den Armen wusch. Sie war fast so groß wie Skip, aber erheblich schlanker, schlaksig und hager. Skip konnte sich dem Eindruck nicht entziehen, ein Vollblut vor sich zu haben – ihr Spitzname, den man ihr wahrscheinlich schon als Kind gegeben hatte, hatte sich als passend erwiesen. Ihr kurzes Haar war braun und glänzend und tatsächlich seidig, ihre Haut wie Porzellan.

»Was kann ich für Sie tun?«

»Wissen Sie, was gestern abend passiert ist?«

»Ich weiß, daß Arthur umgebracht wurde und alle anderen verschwunden sind, wenn Sie das meinen. Ich habe fast den Verstand verloren.« Skip glaubte zu sehen, daß ihre Augen feucht wurden.

»Stehen Sie der Familie sehr nahe?«

»Dennis. Und Sally ist natürlich reizend, aber Reed kenne ich kaum. Ich meine, sie ist immer sehr nett, ich kenne sie schon seit der Tanzstunde, aber wir hatten nie viel gemeinsam.«

»Und Dennis? Wie haben Sie Dennis kennengelernt?«

Sie wurde ein wenig rot. »Das sollte ich lieber nicht sagen.«

Skip meinte: »In einer Zwölf-Schritte-Gruppe. Darüber weiß ich Bescheid.«

»Er hat mich hingebracht. Er hat mir sehr geholfen – ich meine wirklich sehr.« Sie zuckte die Achseln. »Wir interessierten uns beide für Pflanzen, also haben wir schließlich zusammen die Gärtnerei eröffnet. O Gott, was wird jetzt aus mir?«

Skip fragte sich, wie die finanzielle Grundlage des Unternehmens aussah. »Hat Dennis das Geld aufgebracht?«

»Nein. Ich. Aber er ist unersetzlich – ich kann ohne ihn nicht weitermachen. Ich habe den ganzen Tag über telefoniert – haben Sie die geringste Ahnung, was da drüben passiert ist? Bei Arthur und Sugar?«

Das war genau die Frage, die Skip am wenigsten hören wollte. »Tut mir leid, die Ermittlungen laufen noch. Ich darf nicht darüber sprechen. Sagen Sie – wie hat es funktioniert? Geschäftlich, meine ich?«

»Na ja, wir arbeiten ja erst seit ein paar Monaten zusammen. Aber bis jetzt ging es phantastisch. Nur in Dennis' Nähe zu sein ist… Ich weiß nicht… als wäre man neu geboren.«

»Das ist eine ziemlich starke Formulierung.«

Sullivan hatte eine ihrer Pflanzen betrachtet. Jetzt starrte sie

Skip an. »Ich klinge wohl völlig verrückt. Lassen Sie mich noch mal anfangen. Ich stamme aus einer Familie, in der alle Männer Machos sind... alle müssen ununterbrochen beweisen, wie groß und böse sie sind. Dennis hat so etwas Liebenswertes, Ruhiges, Sanftes; ich habe noch nie einen Menschen erlebt, der so beruhigend gewesen wäre.«

Sie ist in ihn verliebt.

Skip sagte: »Das würde man aus seinem Foto nie schließen können.«

Sullivan lachte. »Ich weiß. Sie sollten ihn mal sehen: durchdringender, furchteinflößender Blick; und diese mürrische Miene. Unter seinen Vorfahren muß ein Ire gewesen sein. Ich weiß es, weil die Hälfte der Sullivans es auch haben. Aber die sehen nicht nur gewalttätig aus – sie sind es auch.«

»Haben Sie von ihm gehört, Silky?«

Sullivan starrte sie fragend an. »Das hätte ich Ihnen doch gesagt.«

»Dennis kannte vielleicht aus seiner Drogenzeit ein paar ziemlich fragwürdige Typen. Vielleicht kennen Sie sie auch.«

»Soll das ein Witz sein? Ich bin an der First Street aufgewachsen. Ich hab an Orten getrunken, wo es allgemein akzeptiert wurde.«

»Hat er Ihnen viel von seinem Vorleben erzählt? Von seiner Drogenzeit?«

»Nicht viel.« Ihre Miene wurde verschlossener.

»Hören Sie, ich muß ihn finden.«

»Detective, ich kann Ihnen nicht helfen. Ich würde nur zu gern, aber ich kann es nicht. Leute, die trocken sind, reden für gewöhnlich nicht viel über diese Zeit ihres Lebens... die Zeit, die sie hinter sich gelassen haben.«

»Ich dachte, in den Zwölf-Schritte-Gruppen ginge es um nichts anderes.«

»Ich könnte Ihnen erzählen, was Dennis emotional durchgemacht hat... wenn Sie das wissen wollen. Aber das werde ich nicht. Wir haben eine Regel: ›Was wir in der Gruppe hören, bleibt in der Gruppe.‹«

»Mich interessieren auch mehr die Leute, die er früher kannte. Mit wem er sich rumgetrieben hat und wo.«
»Tut mir leid, ich habe nicht die geringste Ahnung.«
Skip reichte ihr ihre Karte. »Rufen Sie mich an, wenn Ihnen noch etwas einfällt.«

5

Dennis' Eltern wohnten in dem alten Viertel in der Nähe des Mercy-Krankenhauses, einer ehrbaren, aber nicht gerade prestigeträchtigen Gegend. Ihr Haus hätte zwar ein wenig frische Farbe vertragen können, war aber ansonsten ordentlich und beileibe kein Schandfleck. Es machte lediglich den Eindruck, als hätten die Besitzer den Anstrich ein Jahr zu lange aufgeschoben. Den Büschen im Garten sah man an, daß sie regelmäßig beschnitten wurden. Das Haus war im Bungalowstil gehalten, und spalierähnliche schmiedeeiserne Säulen stützten den Vorbau. Eine altmodische Fliegentür führte von der Veranda ins Haus. All das erinnerte Skip an kleine Häuser in verschlafenen Landstädtchen.
Als sie sich vorstellte, schnappte Mrs. Foucher nach Luft. »Er ist tot. Dennis ist tot, oder?«
»Oh, entschuldigen Sie, ich wollte Sie nicht erschrecken. Wir haben noch nichts von ihm gehört. Ich bin nur hier, um Ihnen ein paar Fragen zu stellen. Ich versuche, ihn zu finden.«
Mrs. Foucher hatte ein Papiertaschentuch in der Hand, das sie schon völlig zerknüllt hatte. Sie war übergewichtig, und ihr Gesicht wirkte, als würde sie selbst dann traurig aussehen, wenn kein Familienmitglied vermißt oder tot war. »Wirklich? Ich dachte, er wäre tot. Milton, ich dachte, er wäre tot.«
Ihr Mann sagte: »Schon gut, Josie. Es ist alles gut.« Er legte ihr einen Arm um die Schultern, wandte sich Skip zu und hielt die Fliegentür auf. »Treten Sie ein, meine Liebe. Erlauben Sie.«

Diese förmliche, altmodische Art zu reden klang fremd in Skips Ohren.
Es ist eine ganz normale weiße Familie, dachte sie. Aber die Stadt war voll solcher Familien – mit »weißen« und »schwarzen« Mitgliedern. Mrs. Foucher war hellhäutig, mit graugesträhntem braunem Haar, und ihr Mann war dunkelhaarig, ebenfalls ergrauend, und er hatte einen Schnurrbart.
Skip war überrascht, beide Fouchers an einem Wochentag zu Hause vorzufinden. Vielleicht waren sie arbeitslos oder doch einer von ihnen. Oder Dennis' Vater war zu Hause geblieben, um auf Nachrichten von seinem Sohn zu warten. »Dürfen wir Ihnen einen Kaffee anbieten? Sie sind eine blaue Person«, sagte Milton. »Sie können verstehen, wie Josie zumute ist. Wir sind erfreut, daß Sie uns aufsuchen.«
Er verschluckte keine Silben, und seine Aussprache war so korrekt und überdeutlich, daß er, wäre er Prediger gewesen, auch ohne die Unterstützung eines Mikrofons jedes Ohr seiner andächtigen Gemeinde erreicht hätte. Skip fragte sich, ob er vielleicht Laienprediger war und gern übte – oder war er einfach verrückt?
»Eine blaue Person«, wiederholte sie. »Meinen Sie, weil ich Polizist bin?«
»Wohl kaum. Ich würde eine junge Dame nicht als ›Polizisten‹ bezeichnen. Genauigkeit ist meine Leidenschaft, und Fehler, die sich so leicht vermeiden lassen, unterlaufen mir nicht.«
Er und seine Frau hatten Skip in eine enge und trostlose Küche geführt, in der es immer noch nach dem Frühstück roch. Skip lehnte den Kaffee ab, aber sie setzte sich zu den beiden an den Tisch.
Josie schwieg. »Eine blaue Person«, sagte Milton, »ist eine Person voller Mitgefühl, jemand, der mit anderen fühlt, ein freundlicher Mensch, der helfen möchte. Josie gehört auch zu dieser Gruppe. Ich selbst bin eine grüne Person – ein Gelehrter, so etwas wie ein Einsiedler, ein Intellektueller, jemand, der das Lernen über alles liebt.«
Skip war gegen ihren Willen fasziniert. »Haben Sie dieses System selbst entwickelt?«

»Nein. Wir grünen Menschen sind zwar tatsächlich die kreativen – die Erfinder, die Wissenschaftler. Aber dies ist nicht die Frucht meiner eigenen Arbeit. Ich habe es auf einem Seminar gelernt. Ich nehme an jedem Seminar teil, dessen ich habhaft werden kann. Ich lese auch ununterbrochen. Aber selbstverständlich nur Sachbücher. Mich interessieren nur Fakten.« Hier hob er die Stimme, als wäre er entweder zornig oder auf der Kanzel und bei der wichtigsten Schlußfolgerung angelangt. »Nur Fakten!« tobte er und lief rot an.
Dann senkte er die Stimme wieder. »Was nicht mit Fakten zu tun hat, interessiert mich nicht. Aus diesem Grund sehe ich auch nicht fern.«
»Gibt es noch andere Farben?«
»Selbstverständlich. Ohne goldene Menschen könnte die Welt nicht überleben. Das sind die Aktiven, diejenigen, die alles bewegen.«
»Aha. Welcher Typ ist Dennis?«
Miltons Gesicht nahm einen merkwürdigen Ausdruck an. Skip hätte schwören können, daß er verwirrt aussah, aber Milton gehörte offenbar nicht zu den Leuten, die sich durcheinanderbringen ließen. Er erholte sich schnell.
»Er ist nicht intelligent genug, eine grüne Person zu sein. Ich würde sagen, er ist eine blaue Person, aber er hört nicht zu. Kein System ist vollkommen.«
Skip wandte sich Josie zu und lächelte. »Haben Sie seit gestern von ihm gehört?«
»Natürlich nicht«, warf Milton ein. »Sonst hätten wir es bereits erwähnt. Dennis war immer ungehorsam. Er war ein notorischer Schulschwänzer, trieb sich mit fragwürdigen Individuen herum und rauchte Marihuana. Ich war gezwungen, ihm mindestens dreimal in der Woche Prügel zu verabreichen. Oft genug hat er sich die ganze Nacht mit seinen zweifelhaften Freunden herumgetrieben.«
»Wir haben uns solche Sorgen gemacht«, fügte Dennis' Mutter hinzu. »Dabei ist er ein kluger Junge. Er war zwei Jahre an der Universität, wußten Sie das? Aber dann ist er verschwunden und eine ganze Weile nicht heimgekommen.«

»Auf irgendeine Art hat er dann Miss Reed Hebert kennengelernt. Weder Josie noch ich haben die geringste Ahnung, wie ihm das gelungen ist. Sie hat ihn zivilisiert, wie es niemandem zuvor gelungen war. Wir haben erlebt, wie sie ihn in einen vollkommen anderen Menschen verwandelte. Im Augenblick stirbt ein sehr guter Freund von ihm an Aids, ein Junge aus der Nachbarschaft, zwei Straßen weiter. Aus diesem Viertel. Aids.

Dieser junge Mann ist ebenso männlich wie ich. Er hat sich durch den Gebrauch von Spritzen angesteckt. So ist das. In dieser Nachbarschaft. Ich betone nochmals, der Junge ist kein Homosexueller – so etwas hätte auch Dennis passieren können. Und wenn er verschont blieb, dann ist das Reed Hebert zu verdanken.«

Er kniff die Lippen fest zusammen, und Skip war nicht sicher, ob nicht ein gewisses Bedauern in seiner Stimme gelegen hatte. Er hatte Dennis vermutlich ein solches Schicksal vorausgesagt und konnte es nicht leiden, sich geirrt zu haben.

»Zufällig habe ich gerade mit Mrs. Sugar Hebert gesprochen, als die Entführung passierte. Ich wollte Dennis anrufen, um ihm von seinem Freund Justin zu erzählen – das ist der kranke Junge –, und Mrs. Hebert war ans Telefon gegangen.«

»Welche Entführung, Mr. Foucher? Was meinen Sie damit?«

»Das ist es doch, was passiert ist. Sicher hat die Polizei es auch bereits herausgefunden. Wir werden bald eine Lösegeldforderung erhalten – genauer gesagt, Mrs. Hebert wird sie bekommen. Von den Fouchers können diese Leute keinen Cent erwarten.« Er klang selbstzufrieden.

»Dieser Freund – Justin. Würden Sie mir bitte seine Adresse geben?«

»Sie möchten Justin besuchen? Warum, um alles in der Welt?«

»Ich möchte mit Justin und mit anderen alten Freunden von Dennis sprechen.«

Beide Fouchers sahen jetzt erbost aus – vielleicht waren sie verärgert, daß Skip noch mit anderen sprechen wollte, nachdem sie bereits der Welt größten Experten zum Thema Dennis Foucher, Drogensüchtiger, konsultiert hatte.
»Wir sind froh, der Polizei mit allem dienen zu können, was wir wissen«, sagte Milton. »Wir wissen allerdings nichts über weitere Freunde von Dennis.«
Seine Wut war so heftig, so offen, daß es Skip schwerfiel, noch lange genug mit ihm im selben Raum zu bleiben, um sich Justin Arceneaux' Adresse geben zu lassen.
Wenn ich bei diesen beiden aufgewachsen wäre, dachte sie, *hätte ich Drogen sicherlich auch sehr verlockend gefunden.*
Sie stellte auch fest, daß sie ihr Bild von Reed revidiert hatte und jetzt einen gewissen Respekt empfand. Jungs aus solchen Familien heirateten eigentlich nie in Uptown-Familien ein.
Wie um alles in der Welt hatte Reed Dennis kennengelernt? Und vor allem, woher hatte sie den Mut genommen, ihn mit nach Hause zu bringen?
Sie mußte doch etwas von einer Rebellin in sich haben, dachte Skip, und das gefiel ihr. Aber dieser Wesenszug mußte tief vergraben sein; es paßte ganz bestimmt nicht zu all dem, was sie über Reed gehört hatte.
Als sie sich verabschiedete, sagte sie: »Darf ich Sie noch etwas fragen? Kennen Sie Nina Philips?«
Milton Foucher wurde rot. »Ich glaube nicht.«
»Sie arbeitet im Restaurant. Sie sagt, Sie seien mit ihr verwandt.«
»Das hat ihr Dennis wahrscheinlich erzählt. Ich fürchte, der Junge hat kein Verhältnis zur Wahrheit. Wenn er jetzt hier wäre, würde ich ihn schon wieder auspeitschen müssen.«
Skip warf Josie einen verstohlenen Blick zu. Ihr Gesicht sah so verbraucht aus wie das Papiertaschentuch, das sie in der Hand hatte.

Familie und Freunde von Justin Arceneaux hatten sich im Wohnzimmer versammelt, als wäre er schon gestorben. Auf dem Eßzimmertisch türmten sich die Speisen. Trauer hing in der Luft wie schwerer Nebel über einem Fluß.

Als Skip das Haus betrat, hätte sie sich am liebsten umgedreht und wäre wieder weggerannt oder hätte behauptet, sie sei die Avonberaterin – alles, um nicht erklären zu müssen, wieso sie wirklich hier war.

Wie kann ich sagen, ich bin Polizistin? Das ist im Augenblick das Letzte, was sie brauchen.

Sie hörte die Anspannung und Verlegenheit in ihrer Stimme. »Könnte ich vielleicht mit Justin sprechen?« hörte sie sich sagen, und sie schämte sich ihrer Arroganz. Wie konnte sie, eine Fremde, seine vielleicht letzten Minuten beanspruchen?

»Er ist sehr, sehr krank«, sagte seine Mutter. »Wir erwarten jeden Moment...« Sie beendete den Satz nicht, sondern schluchzte laut.

»Ich würde nicht darum bitten, wenn es nicht ausgesprochen wichtig wäre. Es geht um Dennis Foucher.«

»Dennis?« Verwundert sah sie sich um. »Dennis ist nicht hier.«

Wahrscheinlich hatten sie keine Zeitung gelesen und den Fernseher nicht eingeschaltet.

»Er ist verschwunden. Zusammen mit seiner Frau und seiner Tochter.«

»Dennis? Aber Justin hat ihn seit Jahren nicht mehr gesehen.« Sie sah so verwirrt und verzweifelt aus, als hätte Skip ihren Sohn auf dem Totenbett eines Verbrechens bezichtigt. Des Verrats vielleicht oder mehrfachen Mordes.

»Es tut mir sehr leid, Sie jetzt stören zu müssen.« Sie hatte das schon einmal gesagt, aber sie nahm an, daß Mrs. Arceneaux im Augenblick nur bruchstückhaft hörte. »Könnten Sie Justin vielleicht fragen, ob er mit mir sprechen möchte?«

Skip hoffte, daß er nicht schlief. Sie wollte nicht, daß seine Mutter ihn weckte.

Als Mrs. Arceneaux zurückkam, sah sie aus, als würden die Falten in ihrem Gesicht von unsichtbaren Gewichten nach

unten gezogen. »Er sagt, er würde gern mit Ihnen sprechen. Aber er ist sehr, sehr krank – es ist jetzt das zweite Mal, daß wir glaubten, er würde den nächsten Morgen nicht mehr erleben. Aidskranke gehen sehr, sehr langsam von uns – man weiß es wirklich nie –, aber er ist immer noch vollkommen klar.« Sie nickte. »Vollkommen klar. Er kann sprechen, wenn er nur... wissen Sie, er hat fast keine Kraft mehr.«
Skip ließ sich ins Schlafzimmer führen und hatte dabei das Gefühl, ihrem eigenen Tod entgegenzugehen. Vor der Tür sagte Mrs. Arceneaux: »Erschrecken Sie nicht. Er wiegt nur noch vierundachtzig Pfund.«
Der Vorhang der Trauer, der Nebel, hatte sich wie ein dichtes Netz über Skip gesenkt, und sie konnte ihm nicht entkommen.
Das erste, was sie sah, war das Gestänge, das Justins Infusionen hielt, und dann die Menschen im Zimmer. Eine junge Frau, die am Bett saß, aufrecht, mit wachsamem Blick. Ihr Haar war weißblond, kurz und wellig, ihr Gesicht schmal und hager, aber Skip sah, daß dies von der Anstrengung kam. Sie sah außergewöhnlich aus, diese junge Frau; selbst in dieser Stadt der schönen Frauen hätten sich viele nach ihr umgedreht. Aber sie war starr und müde, und unter der äußeren Ruhe beinahe panisch vor Anstrengung, sich zusammenzunehmen.
Neben ihr, auf dem Boden, lag ein kleines Mädchen, ebenfalls blond; ihr Kleid war hochgerutscht, so daß man das Höschen sehen konnte; sie hatte eine Hand ausgestreckt und streichelte einen Spielzeugdinosaurier, sah ihn aber nicht an. Statt dessen warf sie Skip einen uninteressierten Blick zu. Sie war offensichtlich fast zu Tode gelangweilt, nachdem sie Stunden, vielleicht auch Tage hier verbracht hatte.
Und dann Justin selbst. Später konnte sich Skip kaum mehr an Einzelheiten erinnern, nur daran, daß sein Haar die Farbe von Sand gehabt hatte, seine Haut Sommersprossen, und daß seine Augen in dem eingefallenen Gesicht wie Löcher ausgesehen hatten. Trotz der Vorwarnung war sie beinahe sprachlos vor Entsetzen über die ausgemergelte Gestalt. Er trug

keine Schlafanzugjacke, so daß Skip seine papierdünne Haut sehen konnte, Haut wie Plastikfolie, gespannt über einen Rahmen, der zu klein für einen erwachsenen Mann schien.

»Hallo«, flüsterte er. »Das ist Janine, meine Frau. Und meine Tochter.«

Skip nahm an, er habe auch den Namen der Tochter noch sagen wollen, dann aber beschlossen, sich die Anstrengung zu ersparen. Er verzog das Gesicht, als bereite ihm das Sprechen Schmerzen, aber Janine sagte: »Es ist das Laken. Es tut ihm manchmal an den Schultern und den Füßen weh. Er ist überempfindlich, weil die Nerven absterben.«

»Ich weiß, was es ist«, warf das kleine Mädchen ein. »Es heißt Neuropathie.« Skip fand, das Kind sei viel zu jung, um so etwas zu wissen.

Janine stand auf und wischte Justins Mund mit etwas, das wie ein großer Q-Tip aussah. Sie steckte ihm ein Stück Eis zwischen die Lippen.

Skip trat einen Schritt näher, wollte nicht in seine Sphäre eindringen, aber sie war nicht sicher, ob er sie aus größerer Entfernung verstehen konnte. Wieder sagte sie, es tue ihr leid, ihn stören zu müssen, und sie erzählte ihm, daß Dennis verschwunden war. Diesmal erwähnte sie Reed und Sally nicht; das kam ihr zu grausam vor.

»Dennis«, sagte Justin. »Er war immer ein Nadelfreak. Wir haben unsere Spritzen geteilt. Aber er ist davongekommen.« Die Worte fielen langsam, eines nach dem anderen, schmerzhaft. Seine Lippen sahen aus, als hätte er Wochen in der Sahara verbracht – das waren keine normalen Risse, sondern etwas viel Schlimmeres. Wenn er sprach, konnte Skip sehen, daß sein Mund innen totenblaß war, die Zunge und alles, als hätte er kein Blut mehr.

Skip wartete einen Augenblick. »Gibt es einen Freund, an den er sich wenden würde, wenn er in ernsthaften Schwierigkeiten steckte?«

»Mich. Mich, Mann.«

»Ist er hiergewesen? Hat er angerufen?« Es hörte sich lächerlich an, aber sie mußte fragen.

»Weiß ich nicht«, flüsterte er.
Janine wandte Skip die geschwollenen, blutunterlaufenen Augen zu und schüttelte den Kopf.
»Wenn er Probleme hat, wird er zu Delavon gehen.«
»Delavon?«
»Sein Dealer.«
»Wollen Sie sagen, daß Delavon ein Freund ist – oder wird er nur was kaufen wollen?«
»Um sich zu ruinieren.«
»Er ist lange Zeit clean gewesen.«
Justin schüttelte den Kopf, oder genauer gesagt, er drehte ihn ein- oder zweimal auf dem Kissen hin und her. »Diesen Dennis kenne ich nicht. Nur den anderen. Er braucht die Wärme, den Kokon.«
»Was meinen Sie?«
»Dope.«
»Welcher Art?«
»Nur eine Sorte. Er konnte Koks nicht ausstehen, er mochte nicht, daß man davon so aufgedreht wird.«
»Heroin?«
Justin schwieg, als habe die Frage keine Antwort verdient.
»Wo kann ich Delavon finden?«
»Treme. Kein Nachname. Ich kenne Dennis. Er wird auch zu Kurt's gehen.« Die Worte kamen stockend, jedes kostete Anstrengung.
»Wer ist Kurt?«
»Kein Typ. Eine Bar.«
»Können Sie mir sagen, wo?« Sie kam sich wie ein Inquisitor vor.
»Dumaine. Nähe Rampart.«
»Danke. Noch etwas?«
Justin schloß die Augen, bewegte wieder den Kopf.
»Ich danke Ihnen«, sagte Skip, und dann wiederholte sie es, diesmal im Flüsterton. Janine sah sie an, ohne eine Miene zu verziehen. Das kleine Mädchen hatte sich auf den Bauch gedreht. Skip fragte sich, ob die Frau und das Kind den Virus ebenfalls hatten.

Selbst draußen, in ihrem Auto, konnte sie dem Nebel der Trauer nicht entkommen.
Sie fuhr wieder zum Revier, um mit ihrer Vorgesetzten, Sylvia Cappello, über den Fall zu reden. Als Skip hereinkam, warf Sylvia gerade eine Akte auf den Tisch. »Scheiße!«
Sie sah einem Officer nach, der eben das Zimmer verließ. Maurice Gresham.
»Was ist denn?«
»Verdammt, es ist schon wieder ein Beweisstück verschwunden. Ich hab dermaßen die Schnauze voll von all diesen Kleinigkeiten, die passieren, wenn...« Sie hielt inne, starrte aber weiter Gresham hinterher, zeigte auf ihn.
»Was ist denn, Sylvia?«
»Hier passiert zuviel Mist, das ist alles. Wir stehen mit einem Haftbefehl vor der Tür, aber niemand ist zu Hause. Wir verlieren ein kleines Beweisstück, und dann stellt sich raus, daß jemand« – und wieder starrte sie dorthin, wo zuvor Gresham gestanden hatte – »es überprüft hat, und stell dir vor, sie haben es *verloren*.«
Cappello war wütender, als Skip sie je zuvor gesehen hatte. Was sie sagte, grenzte ans Unprofessionelle, und Cappello war sonst nie unprofessionell. Sie tat nie etwas Unüberlegtes, sie dachte nach, bevor sie den Mund aufmachte, aber eben jetzt machte sie einen ihrer Mitarbeiter vor einer Kollegin schlecht.
Skip wies mit dem Kinn auf den längst verschwundenen Gresham. »Glaubst du, er hat Dreck am Stecken?«
»Wer hat das nicht, in dieser verfluchten Stadt? Liest du keine Zeitung? Ist dir schon aufgefallen, daß sich jeden Tag irgendein Verwandter eines Politikers auf der Gehaltsliste irgendwelcher Kasinobetreiber wiederfindet? Alle lassen sich bestechen, alle haben kleine Betrügereien laufen, alle wollen ihr Schäfchen ins trockene bringen – und das interessiert längst keinen mehr. Du kannst gestern noch in einen Skandal verwickelt gewesen sein, der auf allen Titelseiten stand, und morgen schon in ein hohes Amt gewählt werden – oder sogar berufen, weil du Beziehungen hast.«

»Wieso läßt du ihn nicht einfach versetzen?« Sie vermied immer noch, Greshams Namen auszusprechen.
»Glaubst du denn, er wäre der erste? Oder der einzige? Was ist, wenn ich den loswerde? Es kommt ein anderer. Oder ein ganzer Schwarm davon, wie bei Küchenschaben. Skip, ich halte es einfach nicht mehr aus. Ich schwöre, ich schmeiße alles hin.«
Skip setzte sich. Sie hatte das Gefühl, jemand hätte ihr den Boden unter den Füßen weggezogen. »Hinschmeißen? Du meinst kündigen?«
»Ich meine kündigen und aus der Stadt wegziehen und wahrscheinlich sogar aus diesem Bundesstaat.« Sie überlegte einen Moment. »Vielleicht werde ich Jura studieren.«
Skip war sprachlos.
»Weißt du, was dieses Kasino bedeutet? Es bedeutet, daß sieben Milliarden Dollar bereitstehen. Ich sagte Milliarden. In Form von Konzessionen und Restaurants und Arbeitsstellen und Parkplätzen und all den anderen Stücken vom großen Kuchen. Du hast vielleicht geglaubt, diese Stadt wäre schon korrupt, aber das waren nur Vorübungen für die Betrügereien, die jetzt losgehen. Ich möchte nicht, daß meine Kinder an einem solchen Ort aufwachsen.«
Skip verstand, was ihre Vorgesetzte meinte. Sie wußte, daß Gresham korrupt war. Es gab nichts, was Cappello hätte beweisen können, und sie konnte nichts dagegen tun, außer ihn von bestimmten Fällen fernhalten.
Aber da sie nicht wußte, in wessen Sold er stand und welche Fälle mit den Leuten zu tun hatten, die ihn bezahlten, war auch das schwierig.
Und dann war da noch das Problem, daß Gresham ohne Schwierigkeiten Dinge aufschnappen und bestimmten Leuten Tips geben konnte.
Sylvia Cappello konnte nichts dagegen tun, und Gresham war nur ein Symptom. Der Dreck, die Käuflichkeit, die Betrügereien konnten einen zermürben; sie zermürbten alle, die bei der Stadt angestellt waren und versuchten, gute Arbeit zu leisten, und besonders hart traf es die Polizisten.

»Ach, verdammt, du hast recht«, sagte Cappello. »Ich lasse ihn versetzen.«
Skip überprüfte ›Delavon‹ – als Vor- und Nachnamen –, ohne Erfolg. Da es fast Mittagszeit war, hatte sie wenig Hoffnung, als sie beim Drogendezernat anrief, aber ihr alter Freund Lefty O'Meara ging an den Apparat, den Mund noch voll.
»Lefty! Wenn ich gewußt hätte, daß du da bist, wäre ich rübergekommen.«
»Wenn du geglaubt hast, ich wäre nicht hier, wieso hast du dann angerufen?«
»Man darf eben die Hoffnung nie aufgeben. Kennst du jemanden, der Delavon heißt?«
»Nein. Wer soll das denn sein?«
»Ein großer Dealer. Wahrscheinlich Heroin.«
»Davon gibt's hier nicht viel.«
»Ich habe gehört, Delavon hätte einiges.«
»Glaub mir, es gibt keinen Delavon.«
Sie glaubte ihm, es war nur so, daß O'Meara Delavon wahrscheinlich unter einem Namen wie George Bourdreaux oder ›Tiny‹ kannte – ohne Nachnamen.
Sie saß an ihrem Schreibtisch und starrte das Telefon an. Sie mußte mit jemandem reden, aber nicht mit Sylvia – nicht jetzt – , sondern mit jemandem, der sie nicht deprimieren würde.
Sie rief ihre Freundin Cindy Lou an und hoffte, sich mit ihr zum Essen verabreden zu können. Aber niemand ging ans Telefon.
Sie rief Steve an, damit der sie ein wenig aufheiterte – aber sie hörte nur ihren eigenen Anrufbeantworter.
Sie rief ihren Vermieter und besten Freund Jimmy Dee Scroggin an, aber seine Sekretärin sagte, er sei am Gericht.
Desorientiert, beinahe schwindlig, stand sie auf, holte sich ein Sandwich, das sie aß, ohne etwas zu schmecken, und dachte daran, wie sich Justin Arceneaux' Knochen unter der Haut abgezeichnet hatten.

6

Treme war ein schwarzes Wohnviertel; es war arm, aber keine jener erbärmlichen alten Siedlungen, wo die Verbrechensrate so schnell wuchs wie die Zahl der Kakerlaken in New Orleans, wo die jährliche Mordrate Rekordhöhe erreichte und oftmals Jugendliche beteiligt waren, denen es egal war, ob sie lebten oder starben. Skip kannte dreizehnjährige Crackdealer, die ihre Vorräte vor ihren Müttern verstecken mußten – und das nicht, weil sie Strafe befürchteten.

Auch Treme verfiel teilweise, aber es zeigte immer noch eine gewisse Würde; die Bewohner hatten nicht den Habitus von Besiegten wie die Leute in den Sozialsiedlungen; es sah aus, als hätten sie immer noch Freude am Leben.

Ganz in der Nähe sollte das neue Kasino gebaut werden. Die Makler prophezeiten, das Kasino werde den Charakter der umliegenden Viertel vollkommen verändern. Bis zu einem gewissen Grad war das sogar schon geschehen. Die Bodenpreise waren steil in die Höhe geschossen. Jetzt wohnten dort Leute, die besser nach Hollywood gepaßt hätten, und fast keines der alten kreolischen Häuser wurde noch auf dem Immobilienmarkt angeboten, die meisten waren fest in den Händen von Investoren und Spekulanten. Jenseits der Rampart Street war der Wohlstand bereits eingekehrt.

Aber niemand erwartete, daß das alte Treme sich ändern würde. Hier waren zerbrochene Fensterscheiben ein alltäglicher Anblick. Die Farbe blätterte ab. Holz verrottete. Formosatermiten fraßen sich durchs Gebälk.

Skip hatte einmal eine Prostituierte kennengelernt, die im French Quarter wohnte, dann zu einem Mann in die Iberville-Siedlung gezogen war und jetzt in Treme lebte. Ab und zu arbeitete sie als Informantin, obwohl sie, wenn man es genau nahm, nicht viel wußte.

Aber sie hatte eine Tochter, und Skip hatte Mitleid mit ihr und steckte ihr hin und wieder Geld zu. Seit über einem halben Jahr hatte sie nichts mehr von ihr gehört, aber eines

Tages einen Zettel mit der neuen Adresse der Frau auf ihrem Schreibtisch gefunden – Jeweldean blieb mit ihr in Verbindung. Sie hatte wahrscheinlich keine Ahnung, wo man Delavon, den Dealer, finden konnte, aber immerhin wäre es ein Anfang.

Skip fand das Haus, in dem Jeweldean wohnte, ein einstmals stolzes Gebäude im italienischen Stil, das auch jetzt noch nicht allzu übel aussah – zehntausend Dollar für einen Anstrich und Klempnerarbeiten hätten es fast wieder bewohnbar machen können.

Sie klingelte, und eine Frau kam auf den Balkon hinaus.

»He, Jeweldean. Ich bin's, Skip Langdon.«

»Langdon! Mädchen, was ist los?«

»Laß mich rein, ja?« Skip hatte das Gefühl, unangenehm aufzufallen – als trüge sie eine dieser Jacken, auf deren Rücken in halbmetergroßen Lettern POLIZEI stand.

Auf dem Sofa im Wohnzimmer lag Jeweldeans Tochter und sah fern, in eine Baumwolldecke gewickelt, und ihre Augen waren viel zu traurig für die eines Kindes, das noch nicht mal zur Schule ging. Skip hatte sie noch nie gesehen; für gewöhnlich sprach sie mit Jeweldean nur am Telefon oder traf sich mit ihr, wenn die Kleine schon schlief.

»Das ist Tynette«, stellte Jeweldean vor. »Sag guten Tag, Kleines.«

Das Kind gehorchte, schien die Worte aber kaum herauszubringen.

»Gehen wir in die Küche.« Als sie außer Hörweite waren, sagte Jeweldean: »Wir waren Ostern bei meiner Mutter, da ist Tynette angeschossen worden.«

»Angeschossen? Dieses kleine Mädchen?« Skip wußte, daß so etwas häufig passierte, aber das Mädchen war so klein, daß sie dennoch entsetzt reagierte – sie war klein und das Kind von jemandem, den sie kannte.

»Deswegen sind wir aus der Siedlung weggezogen, aber wir mußten Mama mal wieder besuchen. Sie wohnt drüben in St. Thomas« – eine Sozialsiedlung – »und Tynette war draußen, Seilhüpfen. Dann ging die Schießerei los, und sie wußte nicht, was sie tun sollte. Die anderen Kinder sind weggerannt, aber Tynette hatte zuviel Angst. Arme Kleine, du hättest sehen sollen, wie sie dalag, immer noch in ihrem Sonntagskleid, Blut auf dem gelben Rock und den weißen Schuhen, den Beinchen und überall. Das Kleid hatte ihre Oma gekauft.« Jeweldeans Miene war stoisch, ihre Stimme fest.

Sie führt ein vollkommen anderes Leben als ich. Sie hat es schon so lange ausgehalten, daß sie nicht mal mehr weinen kann.

»Wie schwer war sie verletzt?«

»Schwer.« Jeweldean nickte, als müsse sie sich selbst überzeugen. »Ziemlich schwer. Aber sie wird wieder gesund.« Noch einmal nickte sie. »Sie kann immerhin wieder laufen, der Kleine von meiner Kusine kann das nicht mehr. Er ist angeschossen worden, als er zwölf war; jetzt ist er siebzehn, und er wird nie wieder einen Schritt tun können. Tynette kann laufen. Sie wird wieder gesund.«

»Wie bringst du sie zum Arzt?«

»Manchmal fährt uns Biggie hin. Der Mann, mit dem ich zusammenlebe. Wir kommen zurecht.« Stolz warf sie den Kopf zurück; anscheinend wollte sie nicht mehr sagen.

Das war genau die Bresche, auf die Skip gewartet hatte. »Aber manchmal wirst du auch ein Taxi nehmen müssen«, sagte sie und holte ein paar Zwanziger aus der Tasche, die Hälfte ihres Bargelds. »Darauf solltest du lieber vorbereitet sein.«

»Ich bin dir sehr dankbar«, sagte Jeweldean.

Skip glaubte, so etwas wie ein Seufzen hinter den Worten zu hören, die langsam und gedehnt herauskamen, gar nicht so, wie Jeweldean sonst sprach. Sie war verlegen, was wiederum Skip verlegen machte. »Ich brauche ein paar Informationen.«

»Das dachte ich mir schon.«

»Aber das Geld hat damit nichts zu tun. Das ist nur für Tynette.«

Jeweldean schaute ungläubig drein, aber auch erwartungsvoll.

»Ist im Moment Heroin im Umlauf?«
»Davon hab ich keine Ahnung. Wie kommst du darauf, daß ich so was wissen könnte?«
»Kennst du einen Typ namens Delavon?«
Jeweldeans Pupillen wurden größer. »Ach, Delavon. Na ja, wenn jemand welches hat, dann der.«
»Wo kann ich ihn finden?«
»Spinnst du, Mädchen? Wer Delavon in die Quere kommt, hat nicht mehr lange zu leben.«
»Ein gefährlicher Typ, wie?«
»Der schneidet dir schneller die Kehle durch, als andere guten Tag sagen.«
Skip zuckt die Achseln. »Ich muß ihn nur etwas fragen.«
»Fragen? Schätzchen, man fragt Delavon nichts. Delavon fragt dich. Er ist so was wie ein König, weißt du? Er ist niemandem Rechenschaft schuldig.«
»Also gut, dann werde ich ihn eben mit ›Majestät‹ anreden.«
Aus irgendeinem Grund fand Jeweldean das komisch. »Mädchen, Mädchen. Du bist wirklich was Besonderes.«
Ach, vergiß es, ich bin ein Cop. Sie wartete, bis Jeweldean aufgehört hatte zu kichern.
»Meinst du das wirklich ernst?« fragte Jeweldean.
Skip nickte.
»Na ja, vielleicht kann Biggie was einfädeln.« Sie hielt kurz inne, dann schrie sie: »Biggie! Biggie, komm mal raus!«
Gleich darauf wand sich ein drahtiger kleiner Kerl ins Zimmer, dessen Spitzname eindeutig ironisch gemeint war. Er war knapp über eins fünfzig und wog vielleicht hundertdreißig Pfund, mit Schuhen. Er trug Shorts und ein passendes ärmelloses T-Shirt, in Schwarz und Lila. Seine Turnschuhe waren offen, die Laschen hingen heraus, die Schnürsenkel schleiften.
»Biggie, das hier ist Detective Langdon; Miss Skip Langdon. Kennst du sie?«
Er nickte. »Hab von Ihnen gehört.« Von Jeweldean, das war klar.
»Sie sucht Delavon.«

»Delavon! Mit dem sollten Sie sich lieber nicht anlegen.«
»Will sie aber«, sagte Jeweldean. »Und du hilfst ihr, ihn zu finden. Und bleibst bei ihr, damit ihr nichts passiert.« Sie wandte sich Skip zu und streckte die Hand aus. »Aber das Geld dafür bekomme ich.«
Doch Skip meinte: »Nein, das ist zu gefährlich für Biggie.«
Biggie legte den Kopf schief. »Sie werden sich doch keine Sorgen um mich machen – eine weiße Polizistin?«
Skip zuckte die Achseln. »Jeweldean meint, er würde Leuten die Kehle durchschneiden, wie andere guten Tag sagen.«
Biggie nickte vor sich hin, mit kleinen, ruckartigen Bewegungen; er versuchte, Skip einzuschätzen. Schließlich sagte er: »Ich werde mal ein bißchen rumtelefonieren und sehen, was sich tun läßt.«
Zehn Minuten später waren Skip und Biggie draußen auf der Straße und sahen reichlich verdächtig aus: eine eins achtzig große gutgekleidete Weiße und ein Schwarzer, kaum größer als ein Kind, in ausgebeulten Hosen, aber immer noch mit Achselhemd, so cool es nur ging.
Beinahe sofort hörte Skip Schüsse – zwei Schüsse. Sie riß den Kopf herum; der Lärm war aus einem heruntergekommenen Backsteinhaus gekommen, aus dem nun Schreie drangen. Automatisch duckte sie sich und griff nach dem Funkgerät. Sie gab den Notfallcode durch und nannte die Adresse des Backsteinhauses. »Bleiben Sie hier«, sagte sie zu Biggie und lief los.
»He!« Er war empört. »Da können Sie nicht rein! He!« Er lief ihr nach und packte sie am Arm. »Sie spinnen ja, wissen Sie das? He, weiße Polizistin, Sie spinnen!«
Er hätte sie nicht gepackt, wenn sie ein Mann wäre, da war sie ziemlich sicher. Sie schüttelte ihn ab und lief weiter, die Treppe hinauf, hörte Lärm direkt oberhalb.
Auf dem Treppenabsatz im ersten Stock fand sie einen Jungen, kaum älter als siebzehn, blutend am Boden; Leute hatten sich um ihn versammelt, jemand kümmerte sich um sein Bein.
»Polizei! Wer hat auf ihn geschossen?«

Schweigen.
Sie seufzte, senkte die Pistole und griff noch einmal nach dem Funkgerät.
Innerhalb von Minuten war ein halbes Dutzend Streifenwagen vor Ort, aber sie hatte keine Beschreibung des Schützen. Es war einfach »so'n Kerl« gewesen, den merkwürdigerweise niemand gesehen hatte und niemand kannte. Es dauerte eine Stunde, bis sie mit allem fertig war, und als sie aus dem Gebäude trat, war Biggie längst weg.
Die Straße war menschenleer, bis auf einen jungen Mann, der sich an einen Hydranten lehnte.
Ihr blieb nichts anderes übrig, als wieder zu Jeweldean zurückzugehen und von vorn anzufangen. Der letzte Streifenwagen fuhr ab, und sie winkte den Kollegen nach.
Der Junge am Hydranten sah sie an. »Ich höre, Sie suchen nach Delavon.«
»Ja.«
»Ich bring Sie hin.«
Auf keinen Fall würde sie ohne Rückendeckung mit einem Fremden gehen.
»Aber ich muß Ihnen die Augen verbinden«, sagte der Mann.
Sie versuchte, sich ein Lachen zu verbeißen, aber da packten Hände sie am Ellbogen, streiften ihr die Tasche von der Schulter. Sie fluchte laut – hatte sie sich von diesen Handtaschenräubern reinlegenlassen wie eine Touristin? –, als jemand ihr die Augen zuband. Sie wurde jetzt sehr fest gehalten, konnte sich nicht wehren, und merkte, daß mindestens vier starke Männer beteiligt waren.
Die drei anderen mußten sich geräuschlos angeschlichen haben. Sie konnte überhaupt nichts tun.
Irgendwie beruhigte sie die Erkenntnis, daß sie nichts falsch gemacht hatte, daß diese Situation nicht ihre Schuld war.
Zu ihrem Erstaunen wurde sie nicht geknebelt. Aber wieso auch? Wenn man hier einfach eine Frau mit verbundenen Augen gewaltsam über die Straße zerren konnte, ohne daß es jemanden kümmerte, würden auch Hilfeschreie nichts nützen.

»Wo gehen wir hin?« fragte sie.

»Still jetzt«, antwortete jemand. Sie gab nach.

Man schob sie in ein Auto, auf den Rücksitz, und links und rechts von ihr stiegen Männer ein, die sie an den Armen festhielten. Es roch intensiv nach Schweiß.

Und Angst. Ihrer Angst.

Ihre Beine waren nicht gefesselt, aber es wäre sinnlos gewesen, sich zu wehren; sie würde sicher noch Gelegenheit dazu bekommen.

Sie fuhren lange Zeit, und sie hielt in Gedanken Selbstgespräche darüber, mit welch merkwürdigen Methoden man sich Zeugenaussagen beschaffen konnte – sie wollte vermeiden, wie ein Opfer zu denken.

Als sie anhielten, sagte jemand: »Wir sind bei Delavon. Seien Sie jetzt still.«

Die Selbstermutigung hatte gewirkt – sie hatte ein merkwürdiges Gefühl von Vertrauen. Diese ganze Sache war so unverschämt, daß es einfach Theater sein mußte, Kraftmeierei – sie würden ihr nichts tun.

Sie hörte, wie eine Metalltür klapperte, und dann führte man sie zwei Eisentreppen hinauf. Als eine weitere Tür aufging und man Skip die Augenbinde abnahm, hatte sie das Gefühl, auf einem fliegenden Teppich gereist zu sein, so exotisch war die Szene, die sich ihr bot.

Sie hatte angenommen, in einem Siedlungshaus zu sein oder einem der schäbigen Mehrfamilienhäuser, die vor allem im Osten von New Orleans zu finden waren.

Aber dieser Raum hier war zu groß dafür, es sei denn, jemand hätte ein paar Wände eingerissen. Und die Möblierung stimmte nicht. Überall lagen Perserteppiche, und zwar so dicht, daß kein Stück mehr vom Boden zu sehen war. Die Wände waren mit Stoff bespannt, einem schweren, dunklen Brokat mit eingewebtem Gold. Ein anderer Stoff überzog die Decke, bildete Wolken wie die Fallschirme, die Kinder manchmal aufhängten – ein glänzender Stoff, vielleicht Taft, in dunklem Weinrot, ebenfalls mit hohem Goldanteil.

Es gab keine Fenster, oder sie waren verhängt.
Skip gegenüber befand sich eine Art Podest, auf dem ein Sessel stand. Der gleiche dunkle Brokatstoff wie an der Wand war auch über Podest und Sessel drapiert. Im Sessel saß ein Mann, ein recht kleiner, drahtiger Schwarzer, der Energie ausstrahlte wie ein Bühnenschauspieler. Er trug ein Käppchen, ein weites Hemd und Pluderhosen aus golddurchwirktem Taft, ganz ähnlich dem Stoff an der Decke, nur daß dieser Stoff lila, gelb und bronzefarben war.
Passend zum Haremsmotiv räkelten sich drei Frauen am Boden, alle schwarz, alle mit Frisuren im ägyptischen Stil, und alle in Bustiers und Pluderhosen, zweifellos vom selben verrückten Designer, der auch die Kleidung des Mannes entworfen hatte.
Skip hätte gelacht, wenn das Ganze nicht auch etwas Trauriges an sich gehabt hätte.
Sie wurde das Gefühl nicht los, wenn sie jetzt die kostbaren Teppiche anhob, würde darunter ein Dielenboden und vielleicht Linoleum zum Vorschein kommen.
Und daß in den Augen der Frauen Verzweiflung stand.
Daß die Fensterdraperien den Ausblick auf Gebäude verbargen, an denen alles bis auf die bloßen Wände – Dächer, Dachrinnen, Abflüsse – nur noch reine Staffage war.
»Sie sind also die Große«, sagte der Mann. »Ich hab von Ihnen gehört.«
»Und Sie sind also Delavon.«
»Legen Sie sich nicht mit mir an.« Er schlug mit der flachen Hand auf eine der Armlehnen. Das machte wegen der Polsterung nicht viel Lärm, aber vielleicht war es auch nicht einschüchternd gedacht. Vielleicht war es nur ein Zeichen seiner Ungeduld.
»Sie wissen, wie ich hergekommen bin.« Sie konnte es nicht über sich bringen, das Wort ›Entführung‹ zu benutzen. »Wer legt sich denn hier mit wem an?«
Delavon setzte sich auf seinem improvisierten Thron zurecht – jetzt hatte er sich und die Situation wieder im Griff. Er hob die Hand wie ein Verkehrspolizist. »Nicht in diesem Ton,

Große. Friede, Mann. Ich hab Sie aus zwei Gründen hergebracht, und der erste ist, daß ich Ihnen danken muß.«
»Mir danken? Wofür?«
»Es passiert nichts, was Delavon nicht erfährt. Er weiß, was Sie für Jeweldean getan haben. Heute und früher. He! Sie müssen sich in mein Gästebuch eintragen.« Er wandte sich einer der Houris zu. »Kenyatta.«
Die Frau, ganz in Gelb gekleidet, erhob sich wie eine Tänzerin und ging zu einem kleinen Tisch aus weißem Stein oder Marmor, der die Form einer ionischen Säule hatte. Auf dem Tisch befand sich ein Buch mit grünem Ledereinband. Kenyatta winkte.
Skip rührte sich nicht.
»Na los«, sagte Delavon.
Kenyatta hielt ihr einen Stift hin und schlug eine neue Seite auf.
»Hier bekommt jede Berühmtheit eine frische Seite«, sagte Delavon. »Es geht schließlich nicht an, daß Sie erfahren, welche anderen weißen Polizisten schon hier waren.«
»Mir ist jetzt nicht nach Spielchen zumute.«
»Ach, machen Sie schon. Tun Sie's für Delavon. Vielleicht tue ich dann irgendwann auch was für Sie.«
»Vielleicht.« Skip schrieb »Scarlett O'Hara« und wandte sich wieder ihrem Gastgeber zu. »Was ist der andere Grund?«
»Sagen Sie's Delavon.«
»Ich blicke nicht mehr durch. Wenn Sie mich aus zwei Gründen hergebracht haben, dann müssen Sie ja wohl die Gründe kennen.«
Er beugte sich vor, die Hand an der Brust – ein Mann, dem man Unrecht getan hatte. »Ich möchte Ihnen einfach helfen, das ist alles. Nur helfen. Sie sagen mir, was ich für Sie tun kann, und ich tue es.«
Plötzlich wurde ihr klar, wenn sie jetzt sagte: »Finden Sie Dennis Foucher«, würde er das tatsächlich tun. Nur stünde sie dann ihr ganzes Leben lang in seiner Schuld.
»Wieso sollten Sie mir helfen?« fragte sie.
»Ich hab von Ihnen gehört. Ich weiß, wer Sie sind.«

Das war durchaus möglich. Bei mehr als vierhundert Morden im Jahr und fünfunddreißig Detectives, die diese Fälle bearbeiteten, fielen im Durchschnitt fünfzehn Fälle für Skip an. Die meisten davon hatten mit Drogen zu tun, in viele waren Jugendliche verwickelt. Und ebenso viele konnten mit Delavon zusammenhängen oder mit seinen Freunden oder Söhnen, vielleicht auch mit seinen Feinden. Es war schon möglich, daß er von ihr gehört hatte.

»Was haben Sie gehört?« fragte sie.

»Daß Sie Leute nett behandeln. Mit Respekt.«

»Ich versuche es.«

»Und daß Sie Jeweldean hin und wieder ausgeholfen haben.«

»Und jetzt wollen Sie mir einen Gefallen tun?«

»Das habe ich doch gesagt, oder?«

Sie kam sich albern vor, wie sie da in ihren Leinenhosen und dem T-Shirt stand, wie eine Bittstellerin vor einem König. Sie wollte die Situation selbst in der Hand behalten. »Na gut. Kommen Sie mit mir aufs Revier.«

Diesmal schlug er fester auf die Sessellehne. »Ich hab Ihnen schon mal gesagt, Sie sollen sich nicht mit mir anlegen.«

Gut. Er hatte wieder die Nerven verloren. Mühsam verkniff sie sich ein Grinsen. »Ich lege mich nicht mit Ihnen an. Ich dachte, Sie wollten mir helfen.«

»Wenn Sie Fragen an Delavon haben, stellen Sie sie hier.«

»Kennen Sie einen Mann namens Dennis Foucher?«

»Ich kenne Dennis.«

»Haben Sie ihn in den letzten Tagen gesehen? Oder von ihm gehört?«

»Er war an einer Schießerei beteiligt, nicht wahr?«

»Das kann ich nicht sagen. Vielleicht wissen Sie mehr.«

»O nein. Delavon hat von so was keine Ahnung. Überhaupt keine.«

»Haben Sie ihn gesehen, Delavon?«

»Nein, Sir, Delavon hat ihn nicht gesehen. Und warum nicht? Weil Dennis wahrscheinlich illegale Drogen kaufen will, deshalb. Und mit so was hat Delavon nichts zu tun.«

Nein, du leitest wahrscheinlich ein Waisenhaus.
»Ich kenne diesen Dennis Foucher. Er ist heroinabhängig, und zwar schwer. Ich weiß, wie diese Typen sind. Sie werden clean, aber dann vermissen sie dieses angenehme Gefühl, die liebevollen Arme, so wie früher. Aber wissen Sie was? Es wird nie wieder, wie es einmal war. Er wird sich Dope besorgen, dann meint er, es stimmt was nicht mit der Qualität, er beschwert sich, er geht anderen auf die Nerven. Aber dann kauft er noch mehr, weil er dieses Gefühl wieder braucht, als wäre er in Zuckerwatte eingewickelt. Warme Zuckerwatte, Mann.« Delavon starrte ins Nichts, versunken in seine eigene Poesie, die er vielleicht schon in altertümlicher Schrift auf dickem weißem Papier sah, in rotes Leder gebunden.
»Hört sich an, als kennten Sie sich aus.«
»Delavon kennt diese Arschlöcher. Sehen Sie mich an. Ich versuche, den Leuten zu helfen. Sie kommen zu Delavon, ich tue ihnen einen Gefallen. Sie glauben, ich hab mit illegalen Sachen zu tun, aber nein, nicht Delavon. Ich hab gut investiert, ich hab ein bißchen Geld, und ich weiß einiges. Zum Beispiel weiß ich, wem Ihr Junge gerade das Leben schwermacht. Es ist wahrscheinlich Turan.«
»Turan wer?«
Noch einmal schlug er auf die Armlehne. »Ich weiß nichts über Nachnamen. Turan. Mehr brauchen Sie nicht. Er ist im Augenblick der einzige in der Stadt, der Smack verkauft. Und wenn Ihr kleiner Dennis darauf aus ist – und das weiß ich , wird er Turan suchen.«
»Wo kann ich diesen Turan finden?«
»Sind Sie nun Detective oder nicht?«
»Na los, Delavon. Ich bin doch nicht den ganzen Weg umsonst gekommen.«
Aus irgendeinem Grund fand Delavon das komisch. Als er mit Lachen fertig war, sagte er: »So ein kluges Mädchen wie Sie wird ihn schon finden.«
»Soll ich ihm sagen, daß Delavon mich geschickt hat?«
Wieder lachte Delavon, ein hohes Kichern, einem König gar nicht angemessen. »Ja, genau. Sagen Sie ihm das.«

»Wird gemacht.« Sie sah über ihre Schulter. Ihre Begleiter standen hinten im Raum vor einer braunen Tür, der einzigen Fläche im Zimmer, die nicht dekoriert war.
Delavon sagte: »Ich hab gehört, Turan arbeitet für Gus Lozano.« Einige behaupteten, der Mob sei in New Orleans so gut wie tot, aber Lozano war immer noch im Geschäft.
»Ach ja?«
»Es gibt da ein paar merkwürdige Gerüchte über Gus. Was wißt ihr weißen Polizisten denn über ihn?«
Skip überlegte einen Moment, ob man sie vielleicht nur zu Delavon gebracht hatte, damit er ihr diese Frage stellen konnte.
Sie sah ihm fest in die Augen. »Es heißt, er ziehe sich zurück.«
Delavon nickte. »Ja. Das haben wir auch gehört.«
Er gab ein beinahe unmerkliches Handzeichen, und wieder spürte Skip, wie jemand ihre Ellbogen packte. Die Augenbinde wurde ihr wieder umgelegt.
Als man sie ihr abnahm, war sie in Treme, an exakt demselben Punkt, wo man sie entführt hatte. Einer ihrer Begleiter gab ihr die Waffe zurück. »Seien Sie vorsichtig«, meinte er. »Hier treibt sich viel Gesindel rum.«

7

Sie wollte heute abend zu Kurt's gehen, in die Bar, die Justin Arceneaux erwähnt hatte; aber vor neun, bevor die Stammgäste kamen, wäre das sinnlos. Vorher würde sie mit allen, die sie gern hatte, essen gehen.
Zwei von ihnen kamen nicht besonders gut miteinander aus: Steve Steinman und Skips bester Freund und Vermieter, Jimmy Dee Scroggin (»Dee-Dee« für Skip). Von dem Augenblick an, als Skip Steve kennenlernte, hatte Jimmy Dee ihn als Rivalen betrachtet (obwohl Dee-Dee dank seiner sexuellen Vorlieben eigentlich aus dem Rennen war). Steve hatte die Ablehnung gespürt und sie erwidert.

Aber ihre Beziehungen begannen sich zu ändern. Zum erstenmal seit Jahren hatte Dee-Dee wieder einen Freund, und mit Layne als Puffer konnten die vier höflich und zivilisiert miteinander umgehen. Heute abend würden sie zu fünft sein, weil Skips Freundin Cindy Lou Wootten, die manchmal als Polizeipsychologin arbeitete, zu ihnen stoßen würde. Cindy Lou war schwarz, sah aus wie ein *Vogue*-Model und kannte die dunkelsten Geheimnisse der menschlichen Seele; sie wußte sogar, wie man mit Frank O'Rourke umgehen mußte, einem Sergeant der Mordkommission, der Skip das Leben zur Hölle machte.

Sie wollten in ein italienisches Restaurant gleich um die Ecke gehen, zu Irene's. Skip freute sich darauf wie ein Kind – nach den heutigen Demütigungen brauchte sie unbedingt Ablenkung.

Sie zog gerade ein Seidentop an, als sie Steve murmeln hörte.

»Was ist?«

Er kam ins Schlafzimmer. »Tut mir leid. Ich kann mich einfach nicht an diese Wohnung gewöhnen. Ich dachte, du wärst direkt neben mir.«

»Aber es ist doch besser so, oder? Du kannst dir ein Bier holen, ohne mich anzurempeln.«

»Dieser Aspekt war mir gar nicht so unangenehm.« Er sah sich um. »Aber ich muß zugeben, die Wohnung gefällt mir.«

Skip hatte bisher in einer Einzimmerwohnung gelebt, die kaum groß genug gewesen war, um zu zweit Kaffee zu trinken. Aber nachdem Jimmy Dee die beiden Kinder seiner verstorbenen Schwester adoptiert hatte, hatte er das gesamte große Haus, darunter auch Skips Zimmer, wieder in das ursprüngliche Einfamilienhaus verwandelt. Er hatte Skip sein eigenes, kunstvoll renoviertes Apartment zur alten Miete überlassen, und sie war immer noch dabei, es von einer typischen Junggesellenwohnung in eine luftige Oase mit Pflanzen und Kunstgegenständen zu verwandeln – soweit ihre Mittel das zuließen.

»Was hast du eigentlich vorhin gesagt?«

»Ich meinte, wir könnten unsere Pläne vielleicht noch ändern und zu Hebert's gehen.«
»Vergessen wir das lieber. Ich hatte einen ziemlich harten Tag.« Sie hatte nicht vor, ausführlicher darüber zu sprechen. »Komm, wir holen die Jungs ab.«
Layne war noch nicht da, und Jimmy Dee noch beim Anziehen. Der elfjährige Kenny blickte nicht einmal vom Fernseher auf. »Hey, Steve. Hey, Skip.«
Es war vermutlich ein gutes Zeichen, daß er sie kaum beachtete, dachte Skip. Zuvor war er so bemüht gewesen, alles richtig zu machen, daß er unter ähnlichen Umständen vermutlich sofort aufgesprungen wäre und ein Lächeln produziert hätte. Seine Schwester Sheila hingegen war zunächst so schwierig gewesen, daß Jimmy Dee schon bereut hatte, je ans Vaterwerden gedacht zu haben.
Jetzt war alles viel entspannter; Kenny war frecher, Sheila höflicher.
Sheila kam den Flur entlang, wie sie es am liebsten tat: mit Anlauf, damit sie das letzte Drittel schlittern konnte. Sie war beinahe vierzehn, und wenn ihr danach war, zog sie sich wie eine Erwachsene an. Bis sie sich auch wie eine benahm, würde es vermutlich noch Jahrzehnte dauern.
Steve fragte: »Was eßt ihr denn heute abend?«
»Onkel Jimmy meint, wir könnten uns was vom Verti Marte bestellen. Aber Mann, Geneese ist stinksauer, weil sie uns schon Gemüse gekocht hat.«
»Ihr seid gemein!« stellte Skip fest.
Kenny drehte sich um. »Ih! Gemüse ist widerlich!« Er sah viel lebhafter aus, wenn er über etwas sprach, was er nicht mochte.
Es tut ihm gut, dachte Skip. *Er gewöhnt sich jeden Tag ein bißchen mehr ein.*
Sheila stellte sich in Position, um wieder zurückzuschlittern. »He, Steve«, sagte sie. »Wieso überlegst du es dir nicht noch mal?«
»Was denn?«
Sie antwortete erst, als sie schon fast am anderen Ende des

Flurs angekommen war. Im letzten Moment drehte sie sich kurz um. »Das mit dem Heimfahren.«
Steve grinste Skip zufrieden an. »Wie findest du das?«
Jimmy Dee hatte die letzten Sätze gehört. »Na ja, im Vergleich zu Onkel Jimmy ist jeder ein reiner Engel.«
»Ich hab dich gehört«, rief Sheila. »Und weißt du was? Du bist ganz okay.«
Es klingelte. Cindy Lou kam herein, und alles spulte sich noch einmal ab: Kenny ignorierte sie, Sheila flitzte hin und her, und sie warteten weiter auf Layne. Es war komisch, dachte Skip, wieviel Aufmerksamkeit Kinder in ihren ersten Lebensjahren beanspruchten und wie angestrengt sich die Erwachsenen in den folgenden Jahren darum bemühten, ihrerseits zur Kenntnis genommen zu werden.
»Kenny wirkt ziemlich entspannt«, sagte Cindy Lou, als sie die St. Philip Street hinuntergingen. »Er versucht nicht mehr, sich bei allen einzuschmeicheln.«
Skip bemerkte, daß Jimmy Dee und Layne einen Blick wechselten, und irgendwie rührte sie das. Vor allem war sie froh, daß Dee-Dee einen Freund gefunden hatte. Ihr Vermieter war jetzt über fünfzig, ein distinguierter – wenn auch ein wenig klein geratener – Herr mit ergrauendem Haar und sehr beliebt bei den Damen, von denen die meisten nicht wußten, daß er schwul war. Layne war jünger – sie schätzte ihn auf fünfunddreißig –, beinahe kahl, bebrillt, und er verdiente seinen Lebensunterhalt damit, Rätsel und Spiele zu entwerfen. (»Cool«, hatte Sheila festgestellt, und Layne war sofort in die Familie aufgenommen worden.)
»Was ist denn?« fragte Skip.
»Wie kommst du drauf, daß etwas nicht stimmt? Bis auf die Tatsache, daß der kleine Prinz sich in einen kleinen Frechdachs verwandelt hat. Sonst noch was?«
»Ich hab deinen Blick bemerkt.«
»Sag's ihnen«, riet Layne. »Sag es wenigstens Cindy Lou. Sie weiß vielleicht, was wir tun sollen.«
Als sie am Tisch saßen, kam Cindy Lou auf das Thema zurück. »Also gut, Dee-Dee, leg dich auf die Couch und rede.«

»Kenny hat angefangen, ins Bett zu machen.«

Cindy Lou trank einen Schluck Wein. »Wie alt ist er jetzt?«

»Beinahe zwölf.«

»Er regt sich über irgendwas auf.«

»Wie kommst du denn darauf? Sein Vater hat die Familie sitzenlassen, seine Mutter ist vor sechs Monaten gestorben, und er wohnt in einer fremden Stadt mit einem verrückten Onkel, der ein Verhältnis mit einem Mann hat. Das könnte er doch locker wegstecken.«

Cindy Lou lachte, aber sie ließ nicht locker. »Ich finde, er sollte eine Therapie machen.«

»Er macht eine Therapie.«

»Bei allem Respekt«, warf Steve ein, »aber ich weiß nicht, was ich davon halten soll.«

Skip war verblüfft. »Wovon?«

»Von Therapien. Entschuldige, Cindy Lou, ich weiß, es ist dein Beruf.«

Sie schüttelte den Kopf. »O nein. Ich leiste Forschungsarbeit. Ich werde dafür bezahlt, Meinungen zu äußern, nicht, mir anderer Leute Probleme anzuhören.«

Offenbar hatte Steves Äußerung Cindy Lou nichts ausgemacht, aber Skip hatte das Gefühl, er habe sie beleidigt, und seine seltsamen Ansichten erstaunten sie.

»Was hast du denn gegen Therapien?« fragte sie.

»Ich verstehe nicht, wie Reden ein Problem lösen soll.«

Wieder nippte Cindy Lou an ihrem Wein. »Na ja, das ist ein ziemlich komplizierter Prozeß. Aber es kann zumindest nicht schaden.«

»Ja, aber leistet es denn irgendwas?« Das kam, ebenfalls zu Skips Überraschung, von Layne.

Sie sah Dee-Dee an, der unbehaglich und ein wenig unentschlossen dreinschaute, als sei er drauf und dran, sich auch diesem Lager anzuschließen.

»Na ja, mehr haben wir leider nicht zu bieten«, sagte Cindy Lou. »Und es funktioniert hin und wieder.«

»Und wie funktioniert es?« wollte Layne wissen.

»Die Leute fühlen sich besser. Und darum geht's doch, oder?«
»Ich dachte, es ginge darum, daß der Junge nicht mehr ins Bett macht.«
»Wenn er das tut, ist er unglücklich. Es sei denn, es hat medizinische Gründe.« Sie sah Jimmy Dee fragend an.
»Hat es nicht. Wir haben ihn untersuchen lassen.«
Steve sagte: »Wenn ihr wollt, daß es ihm bessergeht, hab ich eine gute Idee.«
»Was denn?«
Er hatte eine widerwärtig selbstzufriedene Miene aufgesetzt. »Das verrate ich noch nicht, aber es ist eine tolle Idee, verlaßt euch drauf. Ich muß ihn nur auf einen kleinen Ausflug mitnehmen. Okay, Dad?«
Jimmy nickte. »Klar, was kann das schon schaden?«
Skip konnte immer noch nicht über die Reaktionen ihrer Freunde zum Thema Therapie hinwegkommen.
Cindy Lou warf ihr einen amüsierten Blick zu. »Viele Männer reagieren so. Und die Frauen beschweren sich, daß Männer alles verdrängen, nichts über sich selbst wissen und nichts preisgeben wollen – hast du das nie gehört?«
»Du bist meine beste Freundin, und du sagst so was nie.«
»Na ja, bei den Männern, mit denen ich mich abgebe, kannst du das auch nicht erwarten.«
Alle lachten ein wenig unsicher. Cindy Lou hatte, was Männer anging, einen unglaublich schlechten Geschmack, sie hatte sogar einmal ein Verhältnis mit dem verheirateten Vater einer Schulfreundin Skips gehabt, und das war noch nicht der Schlimmste gewesen.
»Mit wem gehst du denn derzeit aus, Lou-Lou?« Dee-Dee war offensichtlich froh, das Thema wechseln zu können.
»Was soll denn dieser Lou-Lou-Mist?«
»Rache für Dee-Dee.«
Steve sagte: »Mir gefällt's, Lou-Lou.«
Sie zog eine Grimasse. »Ich gehe mit Harry Connick jr. aus.«
»Der ist verheiratet.«

»Das macht es nur angenehmer.«
»Komm schon. Wer ist es wirklich? Und warum hast du ihn heute abend nicht mitgebracht?«
»Also, diesmal ist es wirklich ein Netter. Ehrlich – er ist wirklich nett, aber so was wie ein alter Freund. Ich kenne ihn von früher, aus Detroit.«
Skip spitzte die Ohren. Ein netter Mann? Das klang gut, aber wahrscheinlich gab es einen Haken. Auch andere waren nett gewesen – nur leider der Sohn von Cindy Lous Chefin oder der Mann einer Nachbarin. »Was stimmt nicht mit ihm?« fragte sie.
»Hört auf, mich auf den Arm zu nehmen.«
»Na gut. Aber warum hast du ihn nicht mitgebracht?«
»Er wird schnell müde. Er hatte einen Unfall.«
Sie schwiegen.
»Er ist seitdem gelähmt. Von der Taille abwärts.«
Einen Augenblick lang dachte Skip, das sei wieder einer ihrer Witze. Aber Cindy Lou hatte den Blick gesenkt. »Das tut mir leid«, sagte Skip.
»Wir waren in der High-School ein Paar. Ich glaube, ich liebe ihn immer noch.«
Steve griff nach Skips Hand und drückte sie. Sie war dankbar, daß er bei ihr war, wie kurz auch immer. Sie wußte, Cindy Lou würde über diesen Mann hinwegkommen – sie kam über alle hinweg –, aber diesmal würde es weh tun. Und was Dee-Dee durchmachte, war auch kein Spaziergang.
Für den Bruchteil einer Sekunde war Skips Leben in Ordnung. Am liebsten hätte sie diesen Augenblick in Bernstein gegossen und für immer aufbewahrt.
Aber schon bald war es Zeit, sich zu Dennis' alter Stammkneipe aufzumachen.
Kurt's war eine Bar, wie es sie überall in New Orleans gab – bei den Stammkunden beliebt, aber neuen Besuchern kam sie nur dunkel und langweilig vor.
Skip warf einen kurzen Blick in die Runde, konnte Dennis nicht entdecken und bestellte sich an der Theke eine Cola. Der Barkeeper sah recht gut aus, ein irgendwie irischer Typ

mit gesunder Gesichtsfarbe, aber ein bißchen zu dick, und er wurde schon grau an den Schläfen. Sie hatte das Gefühl, ihn von irgendwoher zu kennen, und beobachtete ihn eine Weile.
Er verstand sein Handwerk, heiterte die Leute auf, hielt überall an der Theke die Gespräche in Gang, blieb aber ständig in Bewegung, scheinbar mühelos, während er den Bestellungen nachkam. Er hatte präzise Bewegungen, wie ein Tänzer. Sie wartete auf eine Gelegenheit, aber sie hatte es nicht eilig.
Als er ihr die zweite Cola brachte, sagte er: »Kennen wir uns vielleicht?«
»Kann sein. Sie kommen mir irgendwie bekannt vor.«
»Sie wissen wirklich nicht, wer ich bin?«
»Meine Sonntagsschullehrerin aus der zweiten Klasse?«
»Denken Sie mal nach!«
Der Mann auf dem nächsten Hocker, ein älterer Typ, den Skip kaum bemerkt hatte, legte ihr die Hand auf den Arm. »Das da ist Donnie.« Er sprach schon ziemlich schleppend.
»Hi, Donnie. Ich heiße Skip.«
»Wissen Sie immer noch nicht, wer er ist?«
Skip schüttelte den Kopf.
»Aus... Sie wissen schon... aus dieser Fernsehserie.«
Donnie nannte den Titel einer Serie, die lange vor Skips Zeit zum erstenmal ausgestrahlt worden war, aber es gab immer noch Wiederholungen. Und in dieser Serie kam ein kleiner Junge namens Donnie vor, ein niedliches Kind, etwa elf oder zwölf Jahre alt.
»Ach ja, Donnie. Der Junge.«
»Eigentlich heiße ich Phil.« Der Barkeeper lächelte.
Manchmal, wenn sie das Gefühl hatte, daß sich in ihrem Leben überhaupt nichts bewegte, hatte Skip darüber nachgedacht, was wohl aus Kinderstars wurde. Etwas an Phil, an seinem etwas zu rosigen Gesicht, das einmal dem ganzen Land bekannt gewesen war, jetzt aber nur noch ein paar Betrunkenen in einer dunklen Kneipe, versetzte sie in gelinde Panik. Sie wußte nicht genau, wieso, aber es hatte vermutlich

damit zu tun, daß sich alles veränderte, daß die Welt nicht mehr so war wie früher.

Er sah sie an, immer noch lächelnd, und sie wußte, was er erwartete. »Ja, ich erinnere mich. Ich hab furchtbar lachen müssen, als Sie mit dem Hund im Schrank eingeschlossen wurden.«

»Sie können sich nicht vorstellen, wie heiß es bei dieser Szene war.«

Vielleicht muß er mir gar nicht leid tun. Immerhin hat er mit fast jedem, dem er begegnet, ein gemeinsames Thema.

Aber sie konnte die Melancholie nicht so recht abschütteln. Nachdem sie weitere Höflichkeiten ausgetauscht hatten, fragte sie: »Kennen Sie einen Typ namens Dennis Foucher? Er ist früher ziemlich oft hierhergekommen.«

»Mann, was für ein Zufall! Er war erst gestern wieder hier. Kommt rein, als wären nur ein paar Tage vergangen, säuft sich die Hucke voll, und am nächsten Tag lese ich in der Zeitung, daß er wegen Mordes gesucht wird.«

Skip zeigte ihm ihre Marke. »Er wird nicht wegen Mordes gesucht. Wir möchten nur mit ihm reden.«

»Sie sind ein Bulle?«

»Und Sie sind Donnie?«

»Jeder muß irgendwas sein.« Phil lachte, als wäre das unglaublich komisch. Nachdem er sich wieder einigermaßen gefaßt hatte, beugte er sich vor und berührte Skip am Ellbogen. Er hatte eine verschwörerische Miene aufgesetzt.

»Sie sind heute abend nicht die einzige, die Dennis sucht.« Er wies mit dem Kinn auf eine Kundin. »Die da in dem weißen Hemd ist Toni. Sie ist gestern mit Dennis weggegangen.«

Toni saß allein in einer Nische gegenüber der Theke. Sie starrte Phil an, als erwarte sie, daß er Dennis herzaubern könne, und sie hatte bemerkt, daß er von ihr sprach. Sie stand auf und kam unsicheren Schritts herüber, ihr Weinglas in der Hand.

»Hallo«, sagte sie. »Kennen wir uns?«

»Ich höre, wir suchen nach demselben Mann.«

»Ach?« Toni war eine zierliche Frau, dunkel und mit hungrigem Blick, ein bißchen mager, aber vollbusig, worauf sie offenbar stolz war. Ihr T-Shirt hatte sie in die schwarzen Jeans gesteckt, was ihre schmale Taille und die Hüften betonte, oder genauer gesagt, den Kontrast zu ihrer Oberweite.

»Aus unterschiedlichen Gründen«, erklärte Skip und stellte sich vor.

Toni zog eine Braue hoch. »Trinken wir einen zusammen.« Sie schwankte zurück zur Nische. Skip griff nach ihrer Cola und folgte ihr.

Toni streckte die Hand aus. »Geben Sie mir Ihre Hand.«

»Wie bitte?«

»Geben Sie mir Ihre Hand. Dann können wir reden.«

Na gut. Es ist ja nicht so, daß ich was Wichtigeres vorhätte. Sie streckte die Hand aus, Handfläche nach oben. Toni nahm sie und betrachtete sie forschend.

»Ihre Lebenslinie ist in Ordnung; Sie haben ein gutes Familienleben. Es gibt zwei wichtige Männer in Ihrem Leben, und das könnte Ihnen Ärger machen.« Sie hielt inne, sah noch einmal genauer hin. »Aber hier ist was – Sie befinden sich auf einer Reise, müssen durch viele Türen gehen, von einer Ebene zur nächsten, und Sie reisen abwärts. Und Sie werden leiden müssen.« Sie blickte auf, sah Skip in die Augen.

Skip spürte, wie ihr Herz schneller schlug. Sie glaubte nicht an so was, aber sie war empfänglich für Suggestionen.

»An jeder Tür werden Sie einen Verlust erleiden. Und ich muß Ihnen etwas sagen: Sie sind von Gefahr umgeben.«

»Ich bin Polizistin«, fauchte Skip. Toni machte ihr angst.

»Hören Sie mir zu. Diese Reise ist das Gefährlichste, was Sie je unternommen haben. Aber jetzt können Sie nicht mehr zurück. Die Wege der Unterwelt sind unergründlich.«

»Was soll das denn heißen?«

»Was glauben Sie denn, was es heißt?«

»Ich weiß nicht. Die Unterwelt. Ich weiß nicht – es könnte sich auf meine Arbeit beziehen –, ich sehe die schlimmsten Seiten der Stadt.«

»Nein, darum geht es nicht.«

»Um was denn?«

»Vielleicht um Dennis. Vielleicht hat er was damit zu tun.«
Skip erinnerte sich daran, wie unsicher Toni sich bewegt hatte. Noch nuschelte sie nicht, aber Skip nahm an, daß eine Kombination von Alkohol und einer ziemlich exzentrischen Weltanschauung für dieses Geschwafel verantwortlich waren.
»Sie haben bereits einen Verlust erlitten, nicht wahr?«
Sie mußte an Delavons leisetretende Boten denken und lachte. »Ja. Meine Würde.«
»Es wird noch schlimmer werden.« Wieder streckte sie die Hand aus. »Lassen Sie mich die andere sehen.«
Skip tat ihr den Gefallen.
»Sie haben einen mächtigen Feind. Einen sehr bösen Feind. Eine Frau.« Toni kicherte. »Vielleicht sind Sie es selbst.«
Was sie über Skips Leben gesagt hatte, war wahr, aber vielleicht hatte Toni auch nur geraten und einen Zufallstreffer gelandet. Skip beschloß, ihr einfach kein Wort zu glauben.
»Erzählen Sie mir von Dennis«, sagte sie.
»Er war gestern abend hier. Das hat Phil Ihnen schon gesagt.«
»Sie haben ihn gestern kennengelernt?«
»Kennengelernt?« Sie fand das offenbar urkomisch. »Kennengelernt? Ich kenne ihn seit zehn oder zwölf Jahren. Er spaziert in mein Leben, verschwindet wieder, taucht dann wieder auf, setzt sich wieder ab. Dann heiratet er, ich sehe ihn jahrelang nicht, und auf einmal steht er wieder vor mir. Zur selben Zeit am selben Ort.«
»Hat er Ihnen irgendwas erzählt?«
»Sie meinen, über den Mord an seinem Schwiegervater? Kein Wort – ich weiß es von Phil. Er hat nur über seine liebe Frau und sein entzückendes Kind gesprochen. Man wäre nie drauf gekommen, daß irgendwas nicht stimmt.«
»Hat er getrunken?«
»Und wie. Das hätte mir wohl zu denken geben müssen.«
»Was hat er über Reed gesagt?«
Sie sah Skip fragend an. »Wer ist denn Reed?«
»Seine Frau. Ich dachte, er hätte von ihr gesprochen.«

»Er hat nur von ›meiner Frau‹ gesprochen. Ich hab gar nicht drüber nachgedacht. Ich dachte, er hätte Evie geheiratet.«
»Evie?«
»Seine damalige Freundin. Ihr Vater war ein hohes Tier – hatte ein Restaurant oder so, aber Dennis hat nie gesagt, welches. Ich dachte, es wäre der, der umgebracht wurde.«
Skip holte das Hochzeitsfoto von Dennis und Reed aus der Tasche. »Ist sie das?«
»Ja.« Aber dann griff Toni nach dem Foto. »Moment. Ich weiß nicht. Sie war blond und dünner. Sieht aber ziemlich ähnlich aus.«
»Dennis hat nicht darüber gesprochen, was passiert ist?«
»Nein. Glauben Sie mir, daran würde ich mich erinnern.«
»War er in Ordnung?«
»In Ordnung?«
»Hatte er irgendwelche Verletzungen?«
Sie lachte. »Hier ist nur eine verletzt, und das bin ich. Immer wieder vom selben Mann.«
»Wie sah er aus, nach all der Zeit?«
»Ach, großartig. Derselbe alte Dennis.«
»Nichts Ungewöhnliches?«
»Was meinen Sie?«
»Er hatte keine Blutflecken?«
»Oje! Blut. Nein, er hatte keine Blutflecken an sich. Er war einfach wie immer. War auch so angezogen wie immer – T-Shirt und Jeans. Er hat einen prima Hintern. Es gibt Sachen, die ändern sich nie.«
»Waren Sie früher öfter mit Dennis hier?«
»Sicher. Ich komme hierher, seit ich im French Quarter wohne. Und er war auch mal Stammgast.«
»Also ist er gestern vielleicht Ihretwegen hergekommen?«
»Soll das ein Witz sein? Er ist hergekommen, um sich zu besaufen. Ich war einfach zufällig...« Sie hielt inne und begann, mit den Fingern auf die Tischplatte zu trommeln. »Moment mal. Wenn ich es mir recht überlege, hat er vielleicht wirklich was von mir gewollt. O Gott, ich glaube, ich bin reingelegt worden.«

Flachgelegt trifft wohl eher zu.

»Wissen Sie, es ging ihm nicht um Sex. Ich glaube nicht mal, daß er ein Versteck suchte. Ich hab ihn eingeladen mitzukommen, wie immer, also ging er mit. Aber er...«

»Moment, darf ich mal was fragen? Wie sind Sie in Ihre Wohnung gekommen?«

»Zu Fuß. Wieso?«

»Ich hab mich nur gefragt, ob er ein Auto hatte.«

»Keine Ahnung. Jedenfalls ist er mit mir nach Hause gegangen, aber er hat irgendwie rumgenölt – er war nicht gerade versessen drauf. Und dann hat er auf dem Sofa geschlafen und war schon weg, als ich aufwachte.« Sie zuckte die Achseln. »Immer dasselbe.«

Skip wollte gerade etwas sagen, aber Toni war schneller.

»Mann, bin ich sauer!«

»Das kann man Ihnen nicht übelnehmen. Aber was glauben Sie, wofür er Sie gebraucht hat?«

»Er wollte wissen, wo er Stoff kriegen kann.«

»Aha.«

»Also hab ich ihm von Maya erzählt. Nenn einfach meinen Namen, hab ich gesagt; kein Problem, Maya wird sich um dich kümmern. Scheiße! Wahrscheinlich ist er gerade jetzt dort, in dieser Minute! Mistkerl.«

»Maya?«

»Genau. Maya – Party, Party, Party, das ganze Leben eine Party. Keine Ahnung, wie Maya drauf ist, aber sie hat mit ein paar Arschlöchern der Extraklasse zu tun. Nicht gerade die typischen Südstaaten-Gentlemen.«

»Woher wissen Sie das?«

»Na ja, einmal bin ich ins Schlafzimmer gegangen, weil ich das Bad gesucht hab, und dann fiel die Tür hinter mir zu. Ich konnte gerade noch sehen, daß ich mit zwei Typen allein war, dann ging das Licht aus.« Sie hielt inne und trank einen Schluck, um die Spannung zu erhöhen.

»Und, was haben Sie getan?«

»Geschrien.« Sie zuckte die Schultern. »Hat funktioniert, aber Maya war ziemlich sauer.«

»Wie sauer sind Sie auf Dennis?«
»Ich könnte ihm den Hals umdrehen. Sie nicht?«
»Sie können es ihm ja heimzahlen. Warum bringen Sie mich nicht zu Maya?«
Ein Lächeln zuckte um Tonis Mundwinkel. »Vielleicht tue ich das.«
»Ich muß erst noch telefonieren.«
Plötzlich war Toni viel wacher, als Skip ihr zugetraut hätte. »Augenblick. *Sie* würde ich vielleicht hinbringen, aber sonst keinen.« Sie trank aus, und Skip verschwendete keine Zeit. »Ich hole Ihnen noch eins.« Sie winkte Phil zu, und dann wechselte sie das Thema. Als Toni ein halbes Glas geleert und sich ein bißchen beruhigt hatte, fragte sie noch einmal nach Maya.
»Toni, ich kann da nicht ohne Rückendeckung hin. Wie wäre es, wenn die anderen draußen warten? Nur Sie und ich gehen rein?«
»Ach, verdammt, schon gut.« Sie schlug mit der Faust auf den Tisch. »Ich werde es diesem Dreckskerl schon zeigen, nach allem, was er mir angetan hat.«
Skip wußte nicht genau, was er ihr angetan hatte. Eher zuwenig als zuviel, wie es schien. Aber Toni war zu betrunken, um noch auf Feinheiten Wert zu legen.

8

Die Besucher hatten Speisen mitgebracht, und Nina hatte einiges aus dem Restaurant rübergeschickt. Grady und seine Mutter hatten sich zusammen an den Tisch gesetzt, aber keiner von beiden hatte etwas essen können. Sugar sprach nicht über Arthur, über ihre Trauer – nicht einmal über Reed und Sally. Sie sprach nur über Nina, wie sie das Restaurant ruinierte, daß sie nichts richtig machen konnte, wie gemein sie zu der lieben Sugar gewesen war, die selbst nichts als Vernunft und gutes Benehmen verkörperte.

Grady störte sich nicht daran; so kannte er Sugar, und so zog er sie dieser passiven, fremden Frau vom gestrigen Abend vor.
Sie war jetzt bei Freunden – Freunden von Arthur. Sugar selbst schloß keine Freundschaften, und sie und Arthur hatten so wenig gemeinsam, daß sie nicht mit anderen Paaren befreundet waren. Aber es waren Leute vorbeigekommen, und Grady war dankbar dafür. Er hatte keine Ahnung, wie er sich um seine Mutter kümmern sollte, hatte nie geglaubt, daß es einmal nötig werden könnte. Er hatte sein ganzes Leben damit verbracht, sich vor ihr zu schützen.
Grady hatte seinen Computer geholt – ein kleines Notebook, auf das er lange hatte sparen müssen. Er war jetzt im ersten Stock und verabreichte sich seine selbsterfundene Therapie – die einzige, die ihm geholfen hatte zu überleben. Beim Schreiben erschuf er seine eigene Welt und konnte die Wirklichkeit hinter sich lassen. Er hatte Probleme mit seinem Vater gehabt, eine Menge Probleme, aber er wollte nicht darüber nachdenken, was Arthurs Tod für ihn bedeutete.
Was mit Reed und Dennis und Sally passiert war, war etwas anderes. Er hatte nicht das Gefühl, daß sie tot seien, und er zweifelte immer mehr daran, daß sie entführt worden waren, denn immerhin waren jetzt vierundzwanzig Stunden ohne Lösegeldforderung vergangen.
Wenn sie nicht tot waren, was dann? Er mochte nicht daran denken, was das bedeuten könnte. Und er fand es seltsam, daß seine Mutter nicht versuchte, sie zu finden, nicht wie sonst jedermann mit verdrehten Theorien nervte. Statt dessen hatte sie ihre Energien auf Nina konzentriert, ihre neueste Erzfeindin. Dafür mußte es einen Grund geben. Und Grady glaubte, ihn zu kennen. Sie hatte ihre Befürchtungen, was Reed und Dennis anging – dieselben wie er.
Er wollte nicht mehr über Vampire schreiben, wollte sich mit seiner eigenen Wirklichkeit befassen. Aber wie machte man das? Schon vom Gedanken daran wurde ihm übel. Schreiben war wichtig, es war notwendig, er war besessen davon.
Und es ängstigte ihn zu Tode.

Wenn er es sich recht überlegte, war Schreiben wie ein Vampir, der einen liebkoste, heimtückisch in die Arme nahm und aussaugte.

Nein, nein, nein, so ist es nicht. Ein Vampir würde einen erst aussaugen und dann wegwerfen. Schreiben umgarnt einen, hält einen fest, läßt einen nicht mehr los.

Wie Sugar es tun würde, wenn man sie ließe.

Aber Schreiben ist eine gute Mutter.

Richtig.

Also mach endlich.

Er fing an, etwas zu schreiben, was sich wie eine Kindergeschichte anhörte:

Es war einmal ein kleiner Junge namens Bill. Bill wohnte auf einem merkwürdigen Planeten, zusammen mit Leuten, deren er sich nicht so recht sicher war, aber das Leben dort war gar nicht so übel.

Kinder durften tun, was sie wollten, vor allem auf Bäume klettern und sich Löwen als Haustiere halten. Oder Tiger, wenn ihnen die besser gefielen, aber Bill mochte Löwen lieber, weil man sich beim Reiten an ihren Mähnen festhalten konnte.

Sie aßen nur Obst und Spaghetti und manchmal Pizza, also mußte niemand viel kochen, und es mußten keine Tiere dafür sterben. Die Spaghetti hingen von Bäumen, wie hier im Süden das Spanische Moos von Bäumen hängt. Meist schickten die Leute ihre Kinder auf den Löwen los, die Nudeln zu ernten.

Die Spaghettisoße kam von einem Berg, in einer Art Wasserfall, und die Leute fingen sie in Fässern auf. Das passierte einmal in der Woche, und jede Woche gab es eine andere Soße – manchmal Tomatensoße, manchmal Pesto, manchmal Alfredo oder Primavera.

Hin und wieder kamen fliegende Untertassen aus Pizzateig vorbei. Die Leute fingen sie mit Netzen, die sie in die höchsten Bäume hängten. Man konnte die Soße vom Wasserfall auf die Pizza streichen und fertig; es gab nur keinen

Käse. Aber das störte keinen, weil auf diesem Planeten nie jemand von Käse gehört hatte.
Ein prima Leben, wenn da nicht die Böse gewesen wäre.
Bill erfuhr davon, als er einmal Spaghetti pflücken sollte und sie nicht erreichen konnte – jemand hatte von jedem Strang fünf oder zehn Zentimeter abgeschnitten, so daß ein Junge, der auf einem Löwen stand, gerade eben nicht mehr drankam.
Er war verdutzt – so verdutzt, daß er aufschrie, was seinen Löwen scheuen ließ, und das Tier lief davon, und Bill fiel herunter. Der Boden war zwar mit Blättern gepolstert, und Bill hätte sich nicht weh getan, aber er fiel direkt auf eine Wurzel des Spaghettibaums. Er stieß sich das Knie an der Wurzel, schürfte sich die Haut ab. So etwas war ihm noch nie passiert. So etwas passierte auf seinem Planeten überhaupt nur selten, und er wußte nicht, was er tun sollte.
Er bekam so schreckliche Angst, daß er ein Geheul ausstieß, welches sämtliche Stadtältesten zur Hilfe herbeieilen ließ.
Und dann war er verlegen – so verlegen, daß er sich fühlte, wie er sich nie zuvor gefühlt hatte –, auf eine unangenehme, kratzige Art, die ihm den Hals zuschnürte und seinen Kopf rot anlaufen ließ.
Später erfuhr er, daß er wütend gewesen war – so wütend, daß er die Fäuste geballt und angefangen hatte, Leute zu schlagen und zu treten.
Das wiederum hatte einige der Ältesten wütend gemacht, und sie hatten zurückgeschlagen und -getreten.
Plötzlich redeten alle durcheinander. Er hörte Worte, die er nicht kannte: »Böse, böse. Die Böse, Böse.«
Schließlich nahm ihn eine der alten Frauen, die Weise Frau, in den Arm, tätschelte ihm den Rücken und beruhigte ihn.
Als er nach Hause kam, erzählte er den Leuten, mit denen er zusammenwohnte, was passiert war, und sie sagten dasselbe, was er schon im Spaghettihain gehört hatte: »Die Böse.«

»Sie hat es so geplant«, sagten sie. »Sie hat die Spaghetti so kurz geschnitten, daß niemand sie ernten konnte, und sie ist teuflisch schlau. Weißt du, wie sie es gemacht hat? Sie hat es so eingerichtet, daß derjenige, der die Spaghetti ernten wollte, direkt über einer Wurzel stehen mußte, so daß er runterfallen und sich das Knie aufschürfen würde. Sie muß bestraft werden.«
Bill verstand das alles nicht. »Ich verstehe nicht, warum jemand so etwas tut«, sagte er. »Im Hain sind dreißig Spaghettibäume, und an allen waren die Nudeln kurz geschnitten. Wie konnte sie wissen, daß ich an dem mit der freiliegenden Wurzel anfangen würde? Und wie konnte sie wissen, daß mein Löwe durchgehen würde?«
»Du stellst zu viele Fragen«, sagten sie. »Die Ältesten wissen Dinge, die du nicht weißt.«
Und mehr sagten sie nicht; mehr sagten sie nie.
Aber in der Nacht hörte er schreckliche Schreie, die den Planeten zu einem häßlichen und angsteinflößenden Ort machten. Bill träumte von krabbelnden Wesen mit vielen Beinen und sich windenden Wesen mit gespaltenen Zungen und geflügelten Wesen mit Fell und spitzen Zähnen.
Er wachte erhitzt und erschöpft auf und fragte die anderen, was das für Geräusche gewesen waren.
»Ach, das war die Böse«, sagten sie. »Wir haben sie bestraft.«
Und dies war nicht das letzte Mal, daß er diese Schreie hörte. Er hörte sie noch oft, immer, wenn etwas auf dem Planeten schiefgegangen war.
Einmal hatte jemand die Fässer, in denen die Spaghettisoße aufgefangen wurde, ein wenig verschoben, so daß die Soße auf den Boden lief und nicht mehr gegessen werden konnte.
Später fand Bill heraus, daß der Mann, der auf die Fässer aufpassen sollte, behauptet hatte, die Böse sei schuld gewesen.
Einmal fiel eines der Kinder in einen Fluß und wäre beinahe ertrunken.

Später erfuhr Bill, daß die Mutter dieses Kindes erzählt hatte, die Böse habe sie abgelenkt, so daß sie nicht mehr auf ihr Kind aufpaßte.

Einmal ließ jemand eine Pizza anbrennen.

Bill wußte, daß er eigentlich keine Fragen stellen sollte, aber diesmal war er so erstaunt, daß er den Mund nicht halten konnte. »Ist letzte Nacht jemand bestraft worden?« fragte er.

»Ja«, sagten die Leute, mit denen er zusammenwohnte.

»Haben sie den Mann bestraft, der die Pizza anbrennen ließ?«

»Natürlich nicht«, antworteten sie. »Die Böse ist bestraft worden.«

»Aber sicher war der Mann selbst schuld, daß die Pizza angebrannt ist«, sagte Bill. »Wieso haben sie die Böse dafür bestraft?«

»Weil es nicht die Schuld des Mannes war«, sagten sie. »Die Böse war schuld. Sie hat den Ofen heißer gestellt, als der Mann gerade nicht hinsah.«

»Warum sollte sie so was tun?« wollte Bill wissen.

»Du stellst zu viele Fragen.«

Grady war ganz aufgeregt, als er mit der Geschichte fertig war – er hatte tatsächlich etwas erreicht, der Durchbruch war endlich erfolgt. Aber als er es noch einmal durchlas, dachte er: Na gut. Das Problem ist gut dargestellt. Aber was ist mit der Lösung?

Vor die Fenster waren schwere Vorhänge gezogen, und das Licht war eingeschaltet, so daß Reed nicht wußte, ob es Tag oder Nacht war.

Der Fernseher lief, und man hatte ihr ein paar Bücher und Zeitschriften gegeben. Eine ihrer Hände war frei, mit der anderen war sie an den Sessel gebunden, auf dem sie saß.

Das Zimmer selbst war schön oder doch beinahe – die Decke war ein wenig zu niedrig für die schweren Stilmöbel, und die meisten dieser Möbel waren Reproduktionen. Dennoch, sie waren sorgfältig ausgewählt worden, vermutlich von einem Innenarchitekten. Der Teppich war dick und die Vorhänge aus schwerem Brokat – Gold, nicht gerade Reeds Lieblingsfarbe, aber das Zimmer strahlte zweifellos Gediegenheit aus.

Der Raum war dazu gedacht, Leute zu beeindrucken, und sei es nur durch seine Protzigkeit. Ein Zimmer, über das man sich in einer Pension vielleicht gefreut hätte, das man aber nicht unbedingt im eigenen Haus haben wollte – und ganz bestimmt nicht, um darin an einen Sessel gefesselt zu sein.

Sie war nicht geknebelt worden. Sie dachte, es könnte vielleicht etwas nützen – oder zumindest nicht schaden –, wenn sie schrie, aber niemand reagierte. Sie überlegte, ob das Zimmer vielleicht schalldicht war, wenn sie sich auch keinen vernünftigen Grund dafür vorstellen konnte.

Nichts als Fragen und Vermutungen.

Jemand hatte ihr den Mund zugehalten, als sie ins Haus gezerrt wurde, in das Haus, in das man Sally geschleppt hatte.

Auf dem Weg durch den Innenhof hatte sie gesehen, daß dort Autos parkten. Das Haus war hell erleuchtet wie zu einer Party, und Reed konnte Stimmen hören. Sie wurde zu einem Seiteneingang gezerrt, aber sie hatte Sally aus den Augen verloren und konnte sie auch nicht mehr hören.

Man hatte sie zu einer Hintertreppe gebracht, und von dort aus hatte sie die Küche sehen können, wo Lieferanten bei der Arbeit waren. Jemand war vor ihr die Treppe hinaufgestolpert, aber sie hatte Sally weder hören noch sehen können.

Dann hatte man sie in dieses Zimmer gebracht und für eine Weile gefesselt und geknebelt. Vielleicht war der Raum doch nicht vollkommen schalldicht. Man hatte sie im Dunkeln allein gelassen, und sie hatte nicht gewußt, wo ihr Kind war – das Ganze hatte eine oder zwei Stunden gedauert, vermutlich, bis die Party vorüber war.

Und dann kam eine Frau ins Zimmer, eine Frau zwischen sechzig und siebzig, erstaunlich gutaussehend, aber ein-

schüchternd. Ihr Haar war stahlgrau mit weißen Strähnen, so dicht, wie es Reed immer neidisch machte, weil sie keine Lokken hatte, sondern feine, seidige Strähnen.
Die Frau war keine Schwarze und keine Kreolin, obwohl man da nie sicher sein konnte. Vielleicht hatte sie südeuropäische Vorfahren, aber wer konnte das in einer Stadt wie dieser schon genau sagen?
Sie trug ein schwarzes Kleid und teuren Schmuck, viel Schmuck, auch Diamanten. Ihr Gesicht war schmal und lang, sehr elegant. Ihr Mund war rot, ihr Make-up makellos.
Sie war gepflegt, hervorragend gekleidet, bewahrte mustergültig die Ruhe – eine perfekte Drachenlady. Eine Aristokratin.
Sie hätte die Leiterin einer großen Firma sein können oder die Botschafterin eines südlichen Landes.
Aber vielleicht war sie auch nur eine gewöhnliche Frau, die wußte, wie man sich anzieht.
»Wer sind Sie?« fragte die Frau.
»Wer sind Sie?« gab Reed zurück.
Die Frau hob fast unmerklich das Kinn, und ein Mann – es war der, der Reed zum Tor hereingezerrt hatte – warf ihr ein Dokument zu. »Keine Handtasche im Auto. Das hier war alles.«
»Dennis Foucher«, las die Drachenlady. »Wer sind Sie?«
Reed sah, daß sie Dennis' Autopapiere in der Hand hielt.
»Ich sehe nicht ein, wieso ich Ihnen das sagen soll. Wo ist meine Tochter?«
»Ihre Tochter?«
»Selbstverständlich meine Tochter! Verdammt, was ist hier los?«
»Vielleicht können Sie mir das sagen.« Die Drachenlady tat etwas Unerwartetes: sie lächelte. »Wie kommt es, daß Sie hier sind?«
»Wie es kommt...« Reed hielt inne und sah sich um – sprachlos, hilflos angesichts der Absurdität der Situation. Und dann brachen die Worte aus ihr heraus, es konnte gar nicht schnell genug gehen.

Je mehr sie sprach, desto grimmiger wurde die Miene des Drachens.
Reed glaubte eine Möglichkeit zu sehen, sich mit dem Drachen zu verbünden. »Wir haben gemeinsame Feinde«, sagte sie atemlos. »Ich habe Leute gesehen, die gerade aus Ihrem Haus kamen.« Vor Erleichterung war sie ganz außer sich. »Bruce Smallwood und Lafayette Goodyear. Barron Piggott. Ich habe gesehen, daß sie von Ihrer Party kamen.«
Reed glaubte zu sehen, wie der Drache dem Mann einen Blick zuwarf, ansonsten schien sie ungerührt. »Ich glaube nicht, daß ich diese Leute kenne«, sagte sie.
»Oh.«
Der Drache schwieg.
Reed wartete einen Augenblick, dann fing sie an zu betteln: »Wo ist Sally? Wo ist mein Kind? Bitte sagen Sie, daß mit ihr alles in Ordnung ist.«
Die Frau wirkte verärgert, als hielte sie dieses Thema für Zeitverschwendung. »Selbstverständlich geht es ihr gut.« Ihre Stimme hatte sich verändert; sie klang immer noch sehr entschlossen, aber ein bißchen weicher.
Aber ihr Gesicht blieb hart wie Stein, und sie ging ohne ein weiteres Wort.
Reed wußte nicht, wie lange das alles her war, aber man hatte ihr seitdem zweimal etwas zu essen gebracht; ein Tag mußte vergangen sein oder beinahe ein Tag.
Sie konnte nichts hören, nicht einmal das Klingeln eines Telefons. Nicht ein einziges Mal hörte sie Sallys Stimme, auch nicht das leiseste Weinen.
Wo ist sie? Was machen sie mit ihr?
Sie war nicht in der Lage, zu lesen oder fernzusehen, statt dessen dachte sie daran, daß sie Sally bald wiederhaben und wie ihr Leben aussehen würde, wenn all das vorbei war.
Würde Sally einen Schock davontragen? Würde sie Alpträume haben? Vielleicht hätte sie von nun an Angst vor Fremden und vor lauten Geräuschen; es könnte sein, daß sie sich mehr an ihre Mutter klammern würde. Das arme Ding! Sie war noch so unschuldig – es war einfach ungerecht.

Reed war nie etwas Schlimmes passiert. Ihre Kindheit war idyllisch gewesen, perfekt. Von einer Sache abgesehen, selbstverständlich. Wie hatte sie das vergessen können?
Sie fand sich plötzlich in einem anderen Raum wieder, in dem sie einmal eingesperrt gewesen war, einem Raum, an den nur zu denken ihr bereits den Schweiß auf die Stirn trieb, einen Raum, in dem alles weiß war statt golden.
Schnell riß sie sich aus ihren Erinnerungen. Sie dachte an ihren Vater, wie er sie mit ins Restaurant genommen und ihr dort alles gezeigt hatte, wie er sie »mein kluges kleines Mädchen« genannt hatte.
Sie hatte ihm einen Kuchen gebacken, als sie sechs gewesen war.
Schon als Teenager hatte sie im Restaurant gearbeitet, hatte damals schon vorgehabt, auf die Restaurantfachschule zu gehen. Der Gedanke an ihn – sein Lächeln, wenn sie etwas richtig gemacht hatte, seine breiten, schweren Züge, seine leisen Worte, wenn ihre Mutter sie anschrie –, all das war jetzt so traurig.
In ihrer Angst um Sally hatte sie ihn beinahe vergessen.
War er tot? War er wirklich tot?
Sie hatte nicht viel gesehen, sie war so schnell nach draußen gerannt, aber die Antwort lastete schwer auf ihr.
Ja, er war tot. Ihr Vater war tot.
Jetzt weinte sie um ihn und um ihre Tochter, aber verstohlen, weil sie sich schuldig und ungeschickt fühlte. Sie hatte Angst, der Drache könnte sie erwischen.

9

Mayas Wohnung war nicht weit von der Bar entfernt, eine große Wohnung mit geräumigen Zimmern und hohen Dekken. Skip konnte nur die ersten beiden ineinandergehenden Räume sehen. Sie waren sparsam möbliert, aber wirkungsvoll. Ein uraltes Sofa war mit einem Überwurf wieder an-

sehnlich gemacht worden, und daneben stand ein Tisch mit einer schönen antiken Lampe.
Es war dunkel, und das wenige Licht stammte von einigen Kerzen und einigen schwachen Glühbirnen. Alle Lampen hatten Metallverzierungen, ähnlich den schmiedeeisernen Balkongeländern der Stadt.
Die düstere Atmosphäre wurde von diesen Lampen bestimmt und von den Wänden, an denen die Farbe pittoresk in großen Placken abblätterte. Vielleicht hatte sich absichtlich niemand um die abblätternde Farbe gekümmert, und das trübe Licht und die düsteren Gemälde mochten dazu gedacht sein, einen bestimmten Effekt zu erzielen. Aber zu dem Eindruck eines Sündenpfuhls wie aus dem Bilderbuch trugen vor allem weitere Details bei: der leichte Modergeruch, der deutlich unter mehreren Lagen von Räucherstäbchen wahrzunehmen war, und die dicke Staubschicht auf jeder ebenen Fläche, den Fußboden eingeschlossen.
Auf dem Kaminsims war eine Art Altar aufgebaut. Es gab Blumen und ein paar Blätter und gerahmte Fotos – eines von Marilyn Monroe und eins von Tom Cruise –, Mardi-Gras-Perlen, eine Tonfigur, die Skip nicht identifizieren konnte, und fünf oder sechs jener farbigen Kerzen in Gläsern, die man zur Beschwörung von Reichtum, Erfolg oder diversen Heiligen in Esoterikläden kaufen konnte.
In den beiden Räumen hielten sich zehn oder zwölf Personen auf; wer davon Maya war, hätte Skip nicht sagen können.
Die Frauen waren alle jung, dünn – vielleicht ein bißchen zu dünn – und trugen figurbetonte Kleidung. Soweit Skip in dem trüben Licht sehen konnte, waren sie alle einigermaßen attraktiv, so wie Toni, und hatten einen hungrigen Blick, als warteten sie auf etwas, ohne sich ganz sicher zu sein auf was.
Die Männer sahen weniger gut aus. Wie sie in diese Szene paßten, war ein wenig unklar. Sie waren keine Yuppies. Einige schienen Musiker zu sein, die Schwarzen jedenfalls. Andere hätten Kellner oder Barkeeper oder Friseure sein können oder Teilzeit-Callboys oder Kleinkriminelle oder

Leute, die bei irgendwelchen Clubs oder Bands kleine Jobs übernahmen. Viele hatten etwas Epigonenhaftes an sich, ein unsicheres Sich-zur-Schau-Stellen.
Wie die Frauen wirkten auch sie hungrig, schienen auf Beute aus zu sein, aber Skip wußte nicht genau, was sie eigentlich hier wollten, und sie war nicht sicher, ob sie es selbst wußten.
Die meisten Männer waren älter als die Frauen. Einige hatten Übergewicht, andere waren muskulös, wieder andere hatten dieses harte, ausgekochte Aussehen, das Skip überhaupt nicht mochte. Sie war ziemlich sicher, daß einer von ihnen Maya die Wohnung bezahlte.
Eine Gruppe saß im Wohnzimmer, überwiegend auf dem Boden, um einen Kaffeetisch. Eine der Frauen hatte die Bluse aufgeknöpft, und man konnte ihren BH sehen. Ein paar Einzelgänger saßen in Ecken, vermutlich zu weggetreten, um sich noch um andere zu kümmern.
Toni sagte: »Verdammt. Er ist nicht da.«
»Könnte er im Schlafzimmer sein oder so?«
Toni schüttelte den Kopf. »Damit hat er nichts am Hut, das können Sie mir glauben. Kommen Sie, wir suchen Maya.«
Sie führte Skip zu der Gruppe im Eßzimmer und tippte einer Frau auf die Schulter, die schwarze Jeans und ein schwarzes, enges Oberteil trug, das ein T-Shirt gewesen wäre, hätte es auch nur annähernd nach einem T ausgesehen. Es bestand vor allem aus Lycra und klebte an der Trägerin wie eine zweite Haut.
»Maya, darf ich dir eine Freundin vorstellen?«
Maya war eine von den zu Dünnen. Ihr Körper sah in den schwarzen Sachen gut aus, aber ihr Gesicht war ein wenig zu hager, Kinn und Nase ein bißchen zu spitz, was ihr ein rohes, unfertiges Aussehen verlieh. Ihr Haar war dick und braun, aber ziemlich ungepflegt.
Doch Skips Aufmerksamkeit wurde von der Frau beansprucht, mit der Maya gerade sprach. Es war Tricia Lattimore, Skips beste Freundin von McGehee's, der exklusiven Privatschule, auf die ihre Eltern sie geschickt hatten.

Tricia war nach New York gezogen und eine ganze Weile aus Skips Leben verschwunden. Als sie zurückgekommen war, hatte sie sich nicht gemeldet. Skip hatte schließlich zufällig herausgefunden, daß Tricia als Kellnerin in einer Kneipe arbeitete.

Tricia hatte erklärt, sie habe nicht angerufen, weil sie Drogenprobleme hatte, aber nun sei sie darüber hinweg.

Im Augenblick sah es gar nicht danach aus.

Skip spürte, wie sie rot wurde vor Angst, daß Tricia sie verraten könnte.

Gerade als es in ihren Ohren vor Panik zu rauschen begann, nickte Tricia unmerklich, als wolle sie andeuten, daß Skip nichts zu befürchten habe. Maya stellte sie einander nicht vor, aber Skip sagte: »Hallo, Tricia.«

»Hallo, Mädchen.« So sprach Tricia normalerweise nicht.

»Du kennst sie?« fragte Maya und ignorierte Toni und Skip; Gäste wurden hier offenbar genau unter die Lupe genommen.

Aber Toni war ungeduldig. »Hör mal, wir sind auf der Suche nach Dennis – du weißt schon, dem Typ, den ich gestern hergeschickt habe.«

Maya wurde plötzlich sehr kühl. »Ich glaube nicht, daß ich weiß, wen du meinst.«

»Ach, klar doch, ich habe seinetwegen angerufen. Ist er hier gewesen?«

»Toni, du bist betrunken.« Maya wandte ihr den Rücken zu.

Skip sagte: »Hören Sie, er ist mein Schwager. Er hat meine Schwester mit zwei Kindern sitzenlassen.« Sie zeigte ihr das Foto, aber Maya schüttelte den Kopf.

»Ich hab ihn nicht gesehen.«

Beiläufig wandte Skip sich Tricia zu: »Und du?«

»Könnte sein.«

»Hast du einen Moment Zeit?«

Tricia nickte, und sie traten aus dem Kreis, lehnten sich an die Wand.

Skip sagte: »Laß mich nicht auffliegen.«

Wieder nickte Tricia, offensichtlich erschrocken und wahrscheinlich schon ziemlich betäubt.
»Kennst du den Mann?«
Tricia schüttelte den Kopf, immer noch wortlos.
»Tut mir leid, dir hier zu begegnen«, sagte Skip.
Tricia sah so verlegen aus, als wäre sie beim Stehlen erwischt worden.
»Kommst du mit, wenn ich gehe?«
»Ich kann nicht. Ich habe noch...« Sie hielt inne.
»Du hast noch nichts gekauft.«
Aber warum nicht? fragte sich Skip. *Warum legt sie nicht einfach ihr Geld auf den Tisch und verschwindet wieder?*
Weil sie das Geld nicht hat.
Sie muß wahrscheinlich mit jemandem ins Bett gehen, um an Drogen zu kommen.
Skip zögerte, aber nur einen Augenblick. Sie wollte Tricias Sucht nicht unterstützen, aber es gab Schlimmeres. Sie wühlte in ihrer Handtasche. »Brauchst du Geld?«
»Nein. Natürlich nicht.«
Das Licht war zu trüb, um es genau sagen zu können, aber Skip war überzeugt, daß Tricia blaß geworden war.
Sie fand ein paar Geldscheine und hielt sie Tricia hin. »Widersprich mir nicht, Tricia, nimm es einfach. Bitte.«
Sie hatten bisher leise gesprochen, aber jetzt holte Tricia tief Luft, und Skip wußte, daß sie schreien würde – es war zu spät, sie zu bremsen. »Verdammt noch mal, laß mich in Ruhe!« Sie schleuderte Skip das Geld ins Gesicht.
Beschämt bückte sich Skip, um das Geld aufzuheben, und dann hörte sie ein Schluchzen. Es folgte ein lautes »O Gott!«, und Tricia brach in Tränen aus.
Sie hatte den Kopf gesenkt, eine Hand vor dem Mund, und Skip überlegte, ob sie sie in den Arm nehmen sollte, und wenn ja, wie, als Maya sagte: »Also gut, Toni, das war's. Nimm deine Freundin mit und komm nie wieder her. Tricia, du auch.«
Toni protestierte, aber Maya sagte: »Das ist mein Ernst. Raus.«
Skip hielt das für eine gute Idee – je eher desto besser –, aber

sie blieb noch einen Augenblick, als wäre sie zu verblüfft, um sofort reagieren zu können. Sie wollte sehen, welcher der Männer sich aufraffen würde, dem Rausschmiß Nachdruck zu verleihen.
Maya wandte sich ihr und Tricia zu. Sie legte Tricia den Arm um die Schultern und schob sie aus dem Zimmer. »Gehen wir, meine Damen. Für heute reicht's.«
Skip sah sich um. Alle Gäste waren erstarrt, wie in einem lebenden Bild, und sahen zu. Niemand schien sich einmischen zu wollen.
Sie folgte den anderen.
Tricia flüsterte nun flehentlich: »Maya, es tut mir wirklich leid, daß ich durchgedreht bin. Ich geh kurz raus und schnappe ein bißchen Luft, und dann geht's mir wieder gut. Ich komme in fünf Minuten wieder, ja?«
»Ein andermal, Baby. Heute ist nicht deine Nacht.«
Sie waren jetzt an der Tür, Toni bereits draußen, Maya schob Tricia mehr oder weniger über die Schwelle, und Skip folgte. Sie spürte eine Bewegung hinter sich, drehte sich um und sah einen Mann in Schwarz, der recht unbehaglich dreinschaute. Wahrscheinlich war er der, der hinter diesem Unternehmen steckte.
Skip sagte: »Ich kümmere mich um sie«, was ihr von Tricia einen offen haßerfüllten Blick einbrachte, aber Maya trat zur Seite.
Skip führte ihre alte Freundin die Treppe hinunter und wollte ihr gerade anbieten, sie nach Hause zu bringen, als Tricia aus vollem Hals zu brüllen anfing. »Zum Teufel mit dir, Skippy Langdon!«
Toni murmelte, »Scht«, ziemlich hilflos. Sie sah aus, als hätte ihr jemand eine Brechstange über den Kopf gezogen.
»Kommen Sie, Toni, bringen wir sie hier weg.«
»Ihr werdet mich nicht wegbringen. Ich gehe nirgendwo hin.« Tricia schrie und schluchzte gleichzeitig.
Ein Schwarzer stieg aus einem parkenden Auto. Es war Jim Hodges, Skips Rückendeckung. Er sah sie nur fragend an, ließ sie wissen, daß er da war, gab ihr aber die Möglichkeit, ihn zu

ignorieren. Sie schüttelte beinahe unmerklich den Kopf; so absurd es ihr auch vorkam, sie wollte Tricia nicht noch mehr aufregen.

Sie sprach sehr leise und tätschelte dabei Tricias Rücken. »He, Trish, ist schon gut. Komm schon. Ich bringe dich jetzt heim. Alles in Ordnung.«

»Ich kann nicht nach Hause. Verstehst du denn nicht? Ich kann hier nicht weg. Ich brauche was.« Sie setzte sich auf den Bürgersteig und begann, hysterisch zu schluchzen.

Skip warf Toni einen hilflosen Blick zu. »Sie ist eine alte Freundin. Gehen Sie ruhig nach Hause. Ich kümmere mich schon um sie.«

Aber Tricia schrie: »Nein! Toni, hilf mir! Wohin kann ich denn sonst gehen?«

Skip sagte zu Toni: »Gehen Sie«, und Toni ging.

Tricia warf sich vollends aufs Pflaster und begann sich herumzuwälzen. »O verdammt. Neeeiiin. Neeeiiin.«

Jetzt hatte sie keine Wahl mehr. Sie sagte: »Jim, bringen wir sie hier weg. Sie ist eine Freundin von mir« Als sie sich bückten, um Tricia aufzuheben, trat und schlug sie nach ihnen.

Jim hielt Tricias Beine fest, während Skip ihr Handschellen anlegte. Das alles geschah so schnell, daß Tricia es erst begriff, nachdem es bereits passiert war. Mit weit aufgerissenen Augen wandte sie sich ihrer Freundin zu und rief verblüfft: »Skippy!«

»Steigen wir ein.«

Tricia wehrte sich nicht mehr. Als sie alle drei im Auto saßen, Tricia leise weinend auf dem Rücksitz, sagte Skip: »Tricia, worauf bist du im Augenblick?«

Sie schüttelte heftig den Kopf. »Auf nichts! Das ist ja das Problem.«

»Was brauchst du?«

»Wieso willst du das wissen? Um mir was zu holen?«

»Ich möchte wissen, ob du einen Schock kriegen wirst. Zeig mir deine Arme.« Wenigstens konnte sie nach Einstichen suchen.

»Ach, vergiß es. Nur ein bißchen Kristall.«

Methamphetamin. Skip wußte nicht, was passieren würde, wenn Tricia keins bekam. Sie sagte zu Jim: »Bringen wir sie ins Charity.«
»Das ist nicht nötig. Es geht mir gut.«
Im Moment sah sie tatsächlich so aus.
»Das war vor einer Minute noch nicht so.«
»Ich hab mich aufgeregt, das ist alles.«
»Bist du sicher, daß alles in Ordnung ist?«
Tricia nickte.
Skip war an diesem Abend zu Fuß unterwegs. Sie sagte: »Jim, ich bringe sie nach Haus, wenn du uns beide absetzt.«
»Kein Problem.« Sie war sicher gewesen, daß er das tun würde. Jim war ein lieber Kerl – einer ihrer Lieblingskollegen; sie wußte, er ließ sie nur ungern mit einer so unberechenbaren Frau allein, und sie freute sich darüber. In Gegenwart eines Fremden würde sich Tricia vielleicht ein wenig zusammennehmen.
Skip sah Tricia an. »Wo wohnst du?«
»Ich will nicht nach Hause.«
»Wohin willst du denn?«
»Hierbleiben.«
»Tricia, ich spreche jetzt als Freundin mit dir, nicht als Polizistin. Ich mache mir Sorgen um dich. Maya hat ein paar Freunde, die alles andere als nett sind. Wenn du noch so eine Szene machst, werden sie dich zusammenschlagen, ohne lange nachzudenken.«
»Das geht dich nichts an.«
Skip seufzte. »Wahrscheinlich hast du recht.«
Sie stieg aus, holte Tricia vom Rücksitz und nahm ihr die Handschellen ab. Sofort begann Tricia, nach ihr zu treten. »Scheiße! Scheiße, Scheiße, Scheiße! Was bildest du dir ein, mich zu fesseln? Verpiß dich!«
Skip hatte sie umgedreht und im Polizeigriff, bevor Jim auch nur aus dem Wagen gestiegen war. Sie schob Tricia gegen das Auto und legte ihr die Handschellen wieder an, und sie wußte, daß sie Maya und ihren Freunden ein ziemliches Schauspiel boten.

Als sie alle wieder im Auto waren, sagte sie: »Na gut, Jim, fahren wir ins Charity.«
»Ich will nicht ins Charity! Verdammt, du kannst mich da nicht hinbringen.«
»Jetzt hör mir mal zu, Tricia Lattimore. Du hast gerade eine Polizistin angegriffen. Wenn ich wollte, könnte ich dich ins Gefängnis bringen, hast du das verstanden?«
Wieder begann sie zu schluchzen. »Verdammt, verdammt, verdammt. Bitte, bring mich zu Darryl. Bitte, bitte, Skippy.«
Darryl Boucree war Tricias bester Freund, der Barkeeper in der Kneipe, wo sie beide arbeiteten. Skip kannte ihn gut.
»Wo wohnt er? In Uptown, oder? Jim, ich bringe sie hin.«
»Er ist umgezogen.« Tricia gab ihnen eine Adresse an der Mandeville, am Faubourg Marigny.
Ohne ein weiteres Wort fuhr Jim los.
Das Haus war für diese Gegend ungewöhnlich, ein aufgestocktes Cottage mit einer Veranda, größer als die meisten anderen. Sie klingelte, und einen Augenblick später machte Darryl auf. Er war ein hellhäutiger Schwarzer, sehr gut aussehend, aber das war nicht was Wichtigste – er hatte eine drahtige Energie, einen leichtsinnigen Charme, den Skip beinahe unwiderstehlich fand. Sie sah, daß in einem Zimmer Kerzen brannten. Er hatte wohl Besuch.
»Skip. Du kommst zu keinem günstigen Zeitpunkt.«
»Ich habe Tricia mitgebracht. Eine lange Geschichte, aber es geht ihr ziemlich dreckig. Ich hätte sie beinahe verhaften müssen.«
Er sah aus, als hätte sie ihn geohrfeigt.
»Tut mir leid, wenn ich dir den Abend verderbe.« Sie hoffte, nicht sarkastisch zu klingen, aber sie war so entnervt, daß sie nicht ganz sicher war.
Darryl war sehr wichtig für sie. Er war nicht nur Barkeeper, er war auch Englischlehrer, Musiker und Mitglied einer Familie, die Skip kannte und sehr gerne mochte. Sie hatten einmal zögernd versucht, etwas miteinander anzufangen, als Skip nicht sicher gewesen war, wie es mit Steve weitergehen

würde. Jimmy Dee war ganz begeistert von Darryl, und Sheila war schlichtweg verliebt in ihn.

Skip hätte es nicht ertragen, wenn er schlecht von ihr gedacht hätte.

Er sagte: »Aber was wollt ihr dann hier?«

»Sie wollte nicht nach Hause. Sie...« Sie wußte nicht, wie sie fortfahren sollte.

Er hatte endlich bemerkt, wie aufgeregt sie war. »Bringen wir sie rein.«

Als Skip Tricia aus dem Wagen holte und ihr die Handschellen abnahm, fing das hysterische Schluchzen wieder an, aber diesmal an Darryls Schulter.

Er warf Skip über Tricias bebenden Körper einen Blick zu, und seine Miene war unsagbar traurig. Skip hatte ihn schon öfter so gesehen, und es hatte immer denselben Effekt auf sie – sie wollte ihn in die Arme nehmen.

Eine Frau stand auf der Veranda, eine junge Schwarze, sie war auch recht hellhäutig, mit langem, braunem, lockigem Haar. Skip konnte nur ihre Silhouette sehen, aber sie hatte den Eindruck, daß die Frau wie ein Filmstar aussah.

Sie stieg wieder ins Auto.

»Probleme?« fragte Jim.

»Nichts, was ein bißchen Kristall nicht beheben könnte.«

»Dann bring ich dich ins Charity.«

Er brachte sie zu Steve.

10

Grady war für ein paar Stunden nach Hause gegangen, um zu schreiben und sich frische Wäsche zu holen und – da sie Gesellschaft hatte – um eine Weile von seiner Mutter wegzukommen. Er war mit der Kindergeschichte, die er geschrieben hatte, zufrieden – nicht, daß er sie je verkaufen könnte (oder auch nur wollte), aber es war eine Erzählung, und sie hatte nichts mit Vampiren zu tun; es war ein Anfang. Wovon, hätte er nicht sagen können; vielleicht einfach nur ein Schritt weg von den verdammten Untoten. Ihm wurde immer klarer, wie satt er ihren ewigen Blutdurst hatte.

Wenn dein Vater tot auf dem Eßzimmerboden gelegen hat und der größte Teil der restlichen Familie verschwunden ist, waren Vampire überflüssig, ein überzogenes Spiel mit dem Grausigen. Ihm wurde plötzlich klar, daß er tatsächlich mit ihnen fertig war, daß es keinen Weg zurück gab, und das überraschte ihn. Er hatte doch nur diesen kleinen Übungstext verfaßt und noch keine weiteren Pläne gemacht. Aber er wußte in diesem Moment, daß er mehr schreiben würde. Er wußte nur noch nicht, was.

Das machte ihm angst. Schreiben war ungefährlich, weil es nicht das Leben war. Wenn er nicht wußte, was er schreiben sollte, wie sollte er sich dann die Wirklichkeit vom Hals halten?

Natürlich bleibt mir noch das House of Blues. Und der Alkohol.

Aber wenn ich lange ausgehe und trinke, werde ich morgen nicht in der Stimmung zum Arbeiten sein.

Und er wollte weiterkommen, er wollte es tun, was immer es sein mochte.

Es gibt nur eine Möglichkeit: es aussitzen.

Er schaltete den Computer ein und setzte sich davor, und ein Zitat, das er einmal irgendwo gehört hatte, fiel ihm wieder ein. Es war ein Rezept für Erfolg beim Schreiben: »Bleib so lange vor dem leeren Papier sitzen, bis dir das Blut von der Stirn tropft.«

Wenn das nötig ist, werde ich es eben tun.

Aber dann kam seine Mutter vorbei.

Verblüfft ließ er sie ein. »Geht es dir gut?«

»Ich wollte nur sehen, ob bei dir alles in Ordnung ist.«

»Warum denn nicht?« Sie kam sonst nie in die Race Street.

»Du weißt ja, daß ich manchmal hellsehen kann. Ich dachte, du wärst vielleicht ein bißchen deprimiert.«

»Magst du etwas trinken? Ich habe Tee und Bier.«

»Vielleicht einfach ein Glas Wasser.«

Er holte ihr Wasser und sich selbst ein Bier, was vielleicht beim Arbeiten stören würde, aber es sah nicht mehr so aus, als ob er heute überhaupt noch dazu kommen würde. »Mutter, du weißt doch, daß ich bald rübergekommen wäre. Du hättest auf mich warten sollen. Du bist zu viel unterwegs für jemanden, der... äh... in Trauer ist.« Er war schockiert, und zwar über sich selbst, weil er nicht einmal »verwitwet« hatte sagen können

»Eigentlich sollten alle zu dir kommen«, meinte er.

»Na ja, ich war eben in der Gegend.«

»Nina hat mir erzählt, daß du heute im Restaurant warst. Glaubst du nicht, du solltest das eine Weile bleiben lassen? Ich kann mir nicht vorstellen, wie du in dieser Situation überhaupt klar denken kannst.«

»Irgend jemand muß es ja tun, Grady – ein Restaurant läuft nicht von selbst.«

»Mutter, im Augenblick erwartete niemand, daß du dich darum kümmerst. Und Nina hat jahrelange Erfahrung. Sie kommt schon zurecht.«

»Grady, ich möchte dich um etwas bitten. Du weißt, daß ich mich nicht in dein Privatleben und deine Beziehungen einmische – da war ich immer sehr vorsichtig –, aber ich möchte dich wegen Nina etwas fragen.«

O Gott. Jetzt geht's los.

»Warum haßt sie mich so? Was für einen Grund kann sie haben, mich so zu behandeln?« An dieser Stelle traten ihr, wie Grady schon vorausgeahnt hatte, Tränen in die Augen. Er holte ihr ein Taschentuch.

»Ich bin überzeugt, daß sie dich nicht haßt, Mutter.«

»Doch! Das merkt man ganz deutlich. Sie behandelt mich, als hätte ich von nichts eine Ahnung.«

»Sie hat im Augenblick ziemlich viel zu tun, weil Dad und Reed nicht da sind.«

»Sie sollte nicht vergessen, daß ich jetzt ihre Chefin bin.«

»Du bist ihre Chefin?« Daran hatte Grady nicht einmal im Traum gedacht.

»Ich bin die Erbin deines Vaters.«

»Aber Reed...«
»Reed ist nicht hier, Grady.«
»Also, mach dir keine Gedanken wegen Nina. Sie leistet gute Arbeit, und du solltest dich nicht aufregen.«
»Ich finde nicht, daß sie so gute Arbeit leistet. Als ich heute früh da war, wollte sie nicht mal Krabben bestellen! Kannst du dir Hebert's ohne Krabben vorstellen? Es wird niemand mehr kommen, wenn man unsere berühmten Gerichte bestellt und erfährt, daß es sie einfach nicht mehr gibt.«
»Mutter, wir servieren doch nicht jeden Tag dasselbe.«
»Ich glaube, sie war nur widerspenstig. Sie mag mich nicht, also mußte sie mir bei allem widersprechen.«
Grady hatte Ninas Nachricht auf seinem Anrufbeantworter gehört: »Wenn du sie nicht von hier fernhältst, wird es bald kein Hebert's mehr geben.«
Er sagte: »Du darfst nicht vergessen, daß sie eine Menge Erfahrung hat. Ich glaube, an deiner Stelle würde ich ihr Urteil akzeptieren.«
»Das würde ich ja, wenn sie nicht so gemein zu mir wäre. Sie kann mich nicht ausstehen, Grady, und ich weiß einfach nicht, wieso.« Wieder liefen die Tränen.
»Mutter, du suchst dir geradezu Feinde. Ganz gleich in welcher Situation, du findest immer welche.« Kaum hatte er das ausgesprochen, bereute er es auch schon.
Sie sah vollkommen verdutzt aus. »Was meinst du damit?«
»Nichts. Ich möchte nicht mit dir über Nina sprechen. Ich glaube, du weißt, was ich für sie empfinde.«
»Du liebst sie immer noch.«
Froh, sie abgelenkt zu haben, suchte er nach einer Antwort, die ihre mütterliche Sorge wecken würde. »Wahrscheinlich«, sagte er.
»Also, sie liebt dich jedenfalls nicht mehr.« In ihrer Stimme schwang Bosheit mit, der Triumph eines kleinen Kindes, das zurückschlägt.
Er spürte, wie der alte Zorn in ihm aufstieg, fühlte sich wie immer, wenn sie etwas Boshaftes sagte, aber diesmal war es nur ein kurzes Aufblitzen.

So ist sie nun mal, dachte er und wunderte sich über seine Ruhe. Vielleicht hatte der Tod seines Vaters ja die Wirkung, die man solchen Ereignissen immer nachsagte: daß sie vieles andere banal erscheinen ließen.

Er hatte nicht vor, auf ihre Behauptung einzugehen, und eine Erwiderung auf ihren Tonfall fiel ihm nicht ein. Vielleicht sagte sein Schweigen ihr, daß sie zu weit gegangen war, daß sie etwas zurücknehmen sollte. Mit sanfterer Stimme fügte sie hinzu: »Wie haben alle unser Päckchen zu tragen«

Er haßte ihre Klischees. Wieder reagierte er nicht.

»Auch ich war schon unglücklich verliebt, Grady. Es war mein größter Kummer, als dein Vater sich gegen mich wandte.«

O nein.

»Es war Liebe auf den ersten Blick, weißt du. Er war damals so anders.« Tränen liefen ihr über die Wangen, wie aufs Stichwort. »Ich habe niemanden, mit dem ich reden kann. Mein eigener Sohn...«

Verdammt, such dir 'nen Therapeuten. Aber er sagte: »Es tut einfach weh, das ist alles. Wenn du wirklich reden mußt, dann los.«

Weichei.

»Freunde haben eine Verabredung zwischen uns arrangiert – wir kannten einander noch gar nicht. Wußtest du das?«

Er schüttelte verblüfft den Kopf. Seine Eltern hatten nie über solche Dinge gesprochen.

»Ich war in meinem letzten Jahr auf Sacred Heart, und er war schon auf dem College. Er war auf der LSU und in den Weihnachtsferien zu Hause. Ich konnte es kaum fassen, daß jemand wie ich eine Verabredung mit jemandem wie ihm hatte.«

Gradys Neugier war erwacht. »Wie warst du denn damals?«

»Ach, ich war naiv.«

»Was noch?«

»Ich glaube, ich war hübsch.«

»Komm schon, Mutter, das ist doch wohl klar.«

»Na ja, man hielt mich allgemein für ziemlich... hübsch.« Plötzlich sah er sie mit den Augen seines Vaters: blond mit dicken Titten.
»Und er war...«
»Weltgewandt?«
»Mehr als das.«
»Was denn?«
Sie schaute unsicher drein. Schließlich zuckte sie die Achseln.
»Er war eben Arthur Hebert.«
»Und was bedeutete das?« Er glaubte es zu wissen.
»Es gab niemanden wie ihn in New Orleans. Als ich ihn sah, mit diesem Mantel und dieser Krawatte, das Haar zurückgekämmt, so groß und alles... Ich dachte, ich würde ohnmächtig. Wir gingen auf eine Verbindungsparty, und ich trank zum erstenmal Alkohol. Kannst du dir so was vorstellen? Ich hätte mir nie träumen lassen, jemanden wie ihn zu heiraten. Und dann, als die Kinder klein waren...« Sie hielt inne und fing wieder an zu weinen. Diesmal wartete er, bis sie aufhörte, und wunderte sich über diese seltsame Bemerkung über ›die Kinder‹. Vermutlich sprach sie mehr mit sich selbst als mit ihm.
»Wir waren so glücklich, Grady. Du warst so ein niedlicher kleiner Junge, und dein Vater hat dich so geliebt. Aber ein paar Jahre später – ich weiß auch nicht, wieso – zeigte sich seine gemeine Seite.«
So hatte sie nie zuvor gesprochen. Er sagte: »Du hast es auch bemerkt?«
»Bemerkt? Selbstverständlich habe ich es bemerkt. Er hat angefangen, mich wie ein Dienstmädchen zu behandeln.«
»Oh. Hat er sich auch anderen Leuten gegenüber verändert?« Damit meinte er natürlich sich selbst.
»Anderen gegenüber? Wie soll ich das wissen? Ich weiß nur, daß wir einen Tag noch verliebt waren, und am nächsten haßte er mich.«
»Wann ist das passiert? Kannst du dich noch erinnern?«
»Ich weiß nicht, wann es mir zum erstenmal aufgefallen ist. Es muß nach und nach passiert sein. Ich weiß nur, daß ich eines morgens aufwachte und keinen Mann mehr hatte.«

»Glaubst du, es hatte was mit dem zu tun, was passiert ist?«
Mit *der Sache.*
Sie sprachen nie davon. Gradys Herz begann schneller zu schlagen.
»Was meinst du mit ›dem, was passiert ist‹?«
»Du weißt schon. Im Restaurant, an diesem Tag; damals. An diesem Sonntag.« *Zwing mich nicht, es auszusprechen.*
»Oh. Nein, natürlich nicht. Danach haben wir uns sogar einige Zeit ziemlich nahegestanden, aber dann hat er wieder angefangen, mich wie Dreck zu behandeln. Er hat sich einfach gegen mich gewandt, das ist alles. Mein eigener Mann.«
Sie könnte sogar einen Golden Retriever dazu bringen, sich gegen sie zu wenden – oder sich zumindest einreden, daß er sich gegen sie gewendet habe.
»Und dann hat er dich gegen mich aufgehetzt«, sagte sie.
»Was?«
»Meine eigenen Kinder. Ich weiß, wie er über mich gesprochen hat. Was rede ich denn da, er hat es ja vor meiner Nase getan. Er hat dafür gesorgt, daß ihr mich haßt.«
Sie schluckte, in einem Sumpf von Selbstmitleid versunken, daß es einen Kran brauchen würde, sie wieder herauszuziehen.
»Glaubst du etwa, daß Reed dich haßt?«
»Nachdem er sich erst mal gegen mich gewandt hatte, war ihm alles andere egal. Er hatte seine Mätressen – hat mit der ganzen Stadt geschlafen, und es war ihm gleich, wer es erfuhr.«
»Ach ja?« Grady hatte nie auch nur ein Gerücht gehört, und er hielt sich nicht unbedingt für naiv.
»Nun, wenn du es nicht gewußt hast, dann ist das ein Segen, mehr kann ich darüber nicht sagen. Ich habe nachgedacht, was an diesem Abend passiert ist, Grady.«
»Was an diesem Abend passiert ist.« Ein neuer Euphemismus.
»Er hat einer dieser Frauen dasselbe angetan wie mir, und sie hat ihn dafür umgebracht. Aber sie hat nicht gewußt, daß

Reed und Dennis und Sally da waren, also mußte sie sie mitnehmen.«

War das möglich? Wenn Arthur wirklich ein solcher Frauenheld gewesen war, konnte es schon sein, aber Sugars Geschichten waren meist völlig aus der Luft gegriffen. Grady wollte es zwar nicht aussprechen, aber er dachte, in diesem Fall wäre es einfacher gewesen, die Fouchers umzubringen, statt sie zu entführen.

»Weißt du, sie dachte, wenn sie sie mitnimmt, würde es nach einem Mafiaverbrechen aussehen oder... na ja... du weißt schon, was ich meine. Sie wollte ihr Motiv verschleiern.« Ihre Wangen waren vor Aufregung ganz rosig geworden – Sugar liebte nichts mehr, als völlig absurde Theorien aufzustellen.

»Was glaubst du, wer es war?«

»Eine, die er sitzengelassen hat. Das müßte sich doch rausfinden lassen.«

Plötzlich wurde Grady klar, wieviel Schaden sie anrichten konnte, wenn sie sich in diese Theorie verbiß. »Mutter«, begann er, »ich glaube, du solltest dich ein bißchen abregen.«

Sugar fuhr wieder zu Reeds und Dennis' Haus zurück, und sie kochte vor Wut.

Grady wollte noch eine Weile schreiben.

Schreiben. Klar doch.

Der große Künstler würde den Abend wie üblich damit verbringen, sich selbst was vorzumachen.

Was für eine Unverschämtheit, mir ausreden zu wollen, daß ich rausfinden kann, wer meinen Mann umgebracht hat! Wer, wenn nicht ich?

Sie war gut, was solche Sachen anging. Wenn ihre Kinder krank waren, hatte sie immer schon vor dem Arzt gewußt, was mit ihnen nicht stimmte. Wenn Grady auf eine bestimmte Weise geschrien hatte, hatte sie immer gewußt, daß er eine Ohrentzündung hatte.

Was bildet er sich ein, mir Vorschriften zu machen? Er selbst hat nie was richtig machen können – Arthur mußte ihm im-

mer helfen. Und jetzt, wo er erwachsen ist, wird auch nichts aus ihm.

Sie hatte die Lippen fest zusammengekniffen, als ihr klar wurde, daß sie sich zum erstenmal der Wahrheit über ihren Sohn stellte: Grady war ein Taugenichts.

Ich werde ihm immer helfen müssen, immer die Mama sein, genau wie früher. Mein Kleiner wird nie erwachsen werden. Nie.

Das war etwas, was sie konnte, etwas, an das sie gewöhnt war.

Er war so ein süßer kleiner Junge, der Augapfel seines Vaters. Aber wir haben ihn zu sehr verwöhnt – er glaubt einfach nicht, daß er seinen Weg selbst machen muß.

Nina hat sich wahrscheinlich von ihm getrennt, weil er so ein Nichtsnutz ist. Er wird immer meine Hilfe brauchen. Immer.

Er wird nie eine Frau finden.

Grady versuchte, über sie zu schreiben, aber wahrscheinlich verstand er sie nicht gut genug.

Was treibt sie an? Um was geht es ihr überhaupt?

Versuch erst gar nicht, darauf zu antworten. Erzähl einfach ihre Geschichte.

Aber was war ihre Geschichte? Was hatte sie so unsicher machen können?

So paranoid?

Stimmte irgendwas mit ihrem Stoffwechsel nicht? Irgendwie schien das die einzige Erklärung.

Erzähl einfach, was passiert ist. Zum Beispiel, als wir nach Florida gefahren sind.

Er war damals sechs gewesen und vergnügt in einen Swimmingpool gesprungen, und dann hatte er zu seinem grenzenlosen Entsetzen gespürt, wie ihm die Badehose runterrutschte. Das Gummiband, vom Trocknen in der Sonne brüchig geworden, war beim Eintauchen gerissen. Er schrie, und da er untergetaucht war, schluckte er jede Menge Wasser. Hustend kam er wieder hoch.

Er geriet in Panik, wußte nicht, was er tun sollte.
Also fing er an zu weinen, weinte und hustete gleichzeitig – es war ihm egal, ob er ertrank, er hatte nur noch Angst, die Hose nicht mehr finden zu können.
»Was ist denn, Junge?« hatte sein Vater geschrien, und im selben Augenblick hatten sich die Arme einer dicken Frau im Alter seiner Mutter um ihn geschlossen – er wurde gerettet.
»Nein!« schrie er. Und er wehrte sich und trat zu, denn wenn sie ihn aus dem Wasser zog, würden ihn alle nackt sehen.
»Satansbraten«, sagte sie und ließ ihn los.
Sein Vater lachte. Saß da am Rand des Pools und lachte, während Grady hustete und kämpfte. Später sagte er, er habe gelacht, weil Gradys Badehose inzwischen aufgetaucht war und er erraten hatte, um was es ging.
Aber während sein Vater lachte, war Sugar ins Wasser gesprungen und hatte ihn rausgezogen, ohne etwas darauf zu geben, daß er nackt war. »Nein! Nein!« hatte er geschrien und wieder um sich getreten, aber sie war eine Mutter, die ihr Kind rettet, und sie hatte nicht losgelassen.
Sobald sie ihn abgesetzt hatte, war er wieder ins Wasser gesprungen, dunkelrot vor Scham, und er hatte geschrien, als hätte er sich sämtliche Zehen gebrochen.
Sein Dad lachte sich immer noch halb tot.
Sugar, wütend und verwirrt, weil er ihrem Griff entflohen war, schrie ihn an: »Grady, was soll das?«
Schließlich sah ein anderer Schwimmer die Hose, begriff, was los war, und reichte sie Sugar, da Grady immer noch zu aufgelöst war, um irgend etwas zu bemerken.
Am Nachmittag dieses Tages, beim Einkaufen, wäre er beinahe eine Rolltreppe runtergefallen, aber Sugar hatte ihn festgehalten.
»Was ist denn, Grady?«
»Ich bin gestolpert.«
»Warum denn?«
»Weiß nicht. Ich bin einfach gestolpert.«
»Es muß doch einen Grund gehabt haben.«
»Ich bin einfach gestolpert, Mama.«

Als sie an diesem Abend zusammensaßen, erzählte sie Arthur von Gradys Stolpern und fragte, was er davon halte. »Du bist die Expertin«, sagte er.

»Ich verstehe es einfach nicht«, sagte sie. »So was hat er noch nie getan.«

Je länger Grady über den Vorfall nachdachte, jetzt, als er an seinem Computer saß, desto verwirrender fand er ihn. Und er konnte sich nicht vorstellen, daß es helfen würde, alles aufzuschreiben.

Aber er hatte sich etwas vorgenommen.

Er blieb sitzen.

Und dann schrieb er.

Solange er schrieb, war alles in Ordnung, aber wenn er innehielt, um nachzudenken, wurde er so unruhig, daß er sich wirklich zwingen mußte, kein Bier zu holen, um sich zu beruhigen.

Er verstand die Verwirrung, die Unruhe. Daran war er gewöhnt. Was er wirklich nicht verstehen konnte war, wie es möglich war, so wie Reed zu sein.

Nie verwirrt. Höchstens ungeduldig mit denen, die es waren.

Vollkommen.

Warum war ich nie so?

11

Am nächsten Morgen ging Skip als erstes zum Drogendezernat, wo ihr alter Freund Lefty O'Meara gerade den Telefonhörer auflegte und weiter auf seiner wie üblich nicht angezündeten Zigarette herumkaute. Ein Rest Rasiercreme zierte sein rechtes Ohr.

»He, Skip, du siehst aus, als wolltest du mir Arbeit bringen.«

»Ich wollte nur wissen, ob du jemanden kennst. Einen Heroindealer namens Turan.«

»Turan? Heroin? Ich dachte eigentlich, er handelt mit Koks.«
»Ich dachte eigentlich, du wüßtest über die Szene genau Bescheid.«
O'Meara zuckte die Achseln. »Wer weiß schon, was diese Typen anstellen? Komm, wir holen uns seine Akte.«
Sie traten an das einzige Computerterminal des Dezernats, und O'Meara fütterte das Monster mit einem Namen: Turan Livaudais. Der Computer hörte nicht mehr auf, Informationen auszuspucken: Turan war häufig verhaftet worden, aber nur einmal überführt und verurteilt.
»Sehen wir mal nach der Adresse«, sagte O'Meara und runzelte die Stirn. »Nee, das kann nicht stimmen. Ich muß mal ein bißchen rumtelefonieren. Ich sag dir in zehn Minuten Bescheid.«
»Danke, Lefty. Du tust mir wirklich einen großen Gefallen.«
»Hast du übrigens diesen Delavon gefunden? Ich hab rumgefragt – ein paar der Jungs haben den Namen schon mal gehört, aber niemand weiß genau, wer er ist.«
»Ich habe mit ihm gesprochen, aber ich hab vergessen, mir eine Liste seiner Künstlernamen geben zu lassen.«
Sie verbrachte die folgende Stunde am Telefon und rief jeden an, von dem sie annahm, er könnte vielleicht etwas über Dennis wissen oder über Drogen oder sogar über Reed. Eine ausgesprochen ermüdende und unfruchtbare Arbeit, aber unvermeidlich.
Gegen zehn sehnte sie sich so danach, eine freundliche Stimme zu hören, daß sie sich mit Cindy Lou zum Mittagessen verabredete – außerdem mußte sie sie etwas fragen. Sie hatte gerade angefangen sich zu wundern, was aus Lefty geworden war, als er anrief.
»He, ich hab deine Adresse. Oder doch fast.«
»Was bedeutet ›fast‹?«
»Die Iberville-Siedlung. Genauere Angaben finde ich nicht. Er dealt vom Conti Breezeway aus, immer nach zehn Uhr abends – keine feste Zeit, es könnte eins werden, oder zwei, das weiß man nie.«

»Na wunderbar.« Sie war bereits todmüde von dem Abend bei Maya.

Sie überlegte gerade, wie verdächtig sie aussehen würde, wenn sie sich in der Iberville-Siedlung rumtrieb, als O'Meara fragte: »Weißt du vom Tidewater Building?«

»Was gibt's da zu wissen?«

»Vom Dach aus kann man Iberville gut überwachen.«

»Lefty, du bist ein Schatz. Ich schulde dir was.«

Um halb eins eilte sie zu dem Thai-Restaurant, in dem sie mit Cindy Lou verabredet war.

Cindy Lou kam ein wenig zu spät und machte einen für ihre Verhältnisse ungewöhnlich aufgelösten Eindruck. »Es ist einfach zu heiß hier«, sagte sie. »Ich hätte in Detroit bleiben sollen.«

»Stimmt irgendwas nicht?«

»Unsinn.« Das kam so brüsk, daß Skip schwieg. »Ja, doch. Gestern abend war eine Nachricht auf meinem Anrufbeantworter. Er kehrt nach Detroit zurück.«

»Dieser Mann? Der, den du magst?«

»Es wäre sowieso nichts draus geworden. Wie denn auch? Ich meine – kein Sex; also wirklich.«

»Ich finde es ein bißchen kühl, nur aufs Band zu sprechen.«

Cindy Lou zeigte mit einem manikürten Finger auf Skip. »Danke.« Sie konzentrierte sich einen Augenblick auf die Speisekarte. Skip brauchte das nicht. Sie nahm immer das Krebsgericht; heute waren es Auberginen mit Krebsfleisch.

»Ich hatte auch gar nicht erwartet, daß was draus wird«, sagte Cindy Lou. »Ich bin einfach nicht der Typ dazu.«

Sie bestellten und tranken ihren Tee. Skip überlegte, ob es Cindy Lou guttun würde, über alles zu reden, aber eigentlich gab es nicht viel zu sagen – ihre Freundin war zwar für die Kürze ihrer Beziehungen bekannt, aber das hier war ein Rekord; und Skip vermutete, daß es, obwohl die beiden sich von früher kannten, nur ein Strohfeuer gewesen war.

»Hör mal, Lou-Lou – erstens: stört es dich, wenn man dich so nennt?«

»Im Grunde gefällt es mir sogar, aber erzähl das bloß nicht Jimmy Dee.«

»Gut. Also, ich muß dir was erzählen.«

»Über den Fall? Ist gestern abend was schiefgegangen?«

»Eigentlich ging es erheblich besser, als ich befürchtet hatte – ich hab jemanden gefunden, der den Gesuchten gesehen hat, und noch besser, sie hat ihn zu einer Crackdealerin für Betuchte geschickt und mich mitgenommen.« Sie hielt inne und schauderte. »Eine widerwärtige Szene.«

»Aber du hast ihn nicht gefunden?«

»Nein, aber jemand anderen.«

»Aha.«

»Ich muß mit dir darüber reden, aber das Thema ist ziemlich heikel.«

»He, ich bin Polizeipsychologin. Mir darfst du alles erzählen.«

»Nein, es ist was Persönliches.«

»Oh. Ein Freund.«

»Eine Freundin, aber das ist nicht das Problem. Nur, ihr Vater ist einer deiner Exfreunde.«

»O Gott, Tricia Lattimore.« Das Verhältnis mit Tricias immer noch verheiratetem Vater war eine von Cindy Lous länger dauernden Beziehungen gewesen, und soweit Skip wußte, hatte sie ihn wirklich gern gehabt. »Ihr Vater hat mir erzählt, daß sie Probleme mit Drogen hatte.«

»Angeblich war sie drüber hinweg. Ich bin ihr in der Monkey Bar wiederbegegnet – Darryl Boucree arbeitet dort als Barmann.Tricia hat gekellnert, und sie hat wirklich gut ausgesehen. Sie hat mir erzählt, sie sei süchtig gewesen und komme jetzt damit zurecht.«

»Dann hat sie entweder gelogen oder nicht clean bleiben können. Was nimmt sie denn?«

»Kristall. Und ich nehme an, eine ganze Menge. Sie ist gestern ziemlich ausgerastet.«

»Also wird sie wohl auch irgendwas zur Beruhigung brauchen – könnte gut Alkohol sein. Das ist sogar sehr wahrscheinlich, zusammen mit etwas anderem. Valium vielleicht.

Dann steckt sie wirklich in der Scheiße. Ihr Vater hat sich große Sorgen um sie gemacht.«
»Ich jetzt auch.«
»Kennst du die Zahlen? Bei den Zwölf-Schritte-Programmen behaupten sie, man müsse drei Jahre nüchtern gewesen sein, bis man auch nur die geringste Chance hat, es zu bleiben.«
»Und sie ist so begabt. Sie ist Schriftstellerin.«
»Sagtest du nicht, sie sei Kellnerin?«
»Sie hat noch nichts veröffentlicht.«
Cindy Lou schnaubte. »Und weshalb wohl?«
»Komm schon, Lou-Lou. Hilf mir. Du kennst ihre Familiensituation...«
»Die ist beschissen, mehr weiß ich nicht.«
»Soll ich ihren Vater anrufen?« Sie zögerte. »Und ihre Mutter? Könnte man Tricia in einer Klinik unterbringen?«
»Ich weiß nicht, Skip, ich weiß es einfach nicht. Oder laß es mich anders ausdrücken – ich weiß einiges, das dir vielleicht unbekannt ist, Sachen, die ihr Vater mir erzählt hat. Ich glaube nicht, daß eine Klinik eine gute Idee wäre.«
Skip hätte sie nur zu gern nach Einzelheiten gefragt, aber das ging sie alles nichts an, und Cindy Lou hätte es ihr ohnehin nicht erzählt. Sie seufzte, plötzlich ohne Hoffnung. Dann sagte sie: »Na gut, laß uns über meinen Fall sprechen.«
Cindy Lou schien erleichtert, und Skip gab ihr einen kurzen Abriß des Falles. »Kommt es dir nicht auch merkwürdig vor«, fragte sie, »daß Dennis eine Frau wie Reed geheiratet hat?«
Cindy Lou schien sich nicht zu wundern. »Selbstverständlich nicht. Eine Koabhängige und ein Drogensüchtiger. Das perfekte Paar.«
»Das hat Nina auch gesagt.«
»Kluges Mädchen.«
»Aber es hört sich immer an, als wäre Reed so verdammt perfekt. Man bekommt den Eindruck, als würde sie sich nie mit so einem Typ einlassen.«
»Du vergißt, daß er nicht ›so ein Typ‹ ist – oder zumindest nicht war. Sie hat ihn bekehrt – er war der beste Beweis ihrer eigenen Vollkommenheit.«

Skip fühlte sich seltsam unzufrieden. »Menschen sind schon komisch.«
»Da hast du recht. Wenn es anders wäre, wäre ich arbeitslos.«
Das reizte Skip. »Ich auch.«
»Hm. Die Menschen sind schlecht. Das macht deinen Arbeitsplatz so krisensicher.«
»Zynikerin!«
»Versteh mich nicht falsch – sie sind auch gut. Für gewöhnlich beides gleichzeitig.«
»Für gewöhnlich?«
»Na gut, immer. Aber diejenigen, die den schlechten Teil nicht unter Kontrolle haben, sorgen dafür, daß du nicht auf der Straße sitzt. Die meisten von uns wissen, wo das Böse lauert, und haben es im Griff. Aber wenn man der Ansicht ist, man habe verdient, was man sich durch Drogenhandel beschaffen kann, oder vielleicht eine Art Missionar ist oder glaubt, daß man über allen anderen steht und sich alles erlauben kann, weil die anderen es nicht besser verdient haben, dann wird man gefährlich.«
»Delavon.«
»Wer ist das?«
»Ich hoffe, daß du ihm nie begegnest – weil er so zutiefst verdorben ist, daß du dich vermutlich unsterblich in ihn verlieben würdest.«
»Nein, Kriminelle mag ich nicht, nur Spinner.«
»Und die vollkommen Unzugänglichen. Aber wenn ich nur ein bißchen Glück habe, wird Delavon eines Tages für fünfzig Jahre oder mehr in den Knast geschickt – was könnte passender für dich sein?«
Cindy Lou lächelte. »Ich muß zugeben, das hat seinen Reiz.«

Skip war wegen des Abends bei Maya hundemüde, und es sah ganz danach aus, als stünde ihr eine weitere Nachtschicht bevor. Sie wäre gern heimgegangen, um sich noch ein bißchen hinzulegen, aber es war Zeit, Bericht zu erstatten.

Cappello war froh, sie zu sehen. »Skip – wie läuft's mit deinem Fall? Ich werde immer noch deswegen angerufen.«
Skip zog eine Braue hoch. »Joe?« Joe Tarantino, ihr Lieutenant.
»Nein, der nicht. Nur ein paar Arschlöcher, die an jemandes Brieftasche teilhaben und auf ihren Finanzier einen guten Eindruck machen wollen. Ist es nicht unglaublich, was heute wieder in der Zeitung steht?«
»Mist? Ich hab die Zeitung noch gar nicht gelesen.«
»Nicht eine, nicht zwei, sondern drei Artikel zum Thema. Erstens der Polizist, den O'Rourkes Leute wegen Mordes festgenommen haben. Was für eine Abteilung! Dann die Anhörungen bei der Sitte.«
Mehrere Kollegen aus dem Sittendezernat waren beschuldigt worden, bei Razzien in Lokalen in French Quarter die Kassen geplündert zu haben, nachdem alle Kunden und Stripperinnen abgeführt waren.
»Und dann gibt es eine neue Geschichte über die Sicherheitsfirma, die unserem hochrangigen Lieblingskollegen gehört – du weißt schon, dem mit den schicken Autos und den Armanianzügen.«
Skip nannte einen Namen. »Was ist mit seiner Firma?«
»Sieht so aus, als hätte er Aufträge von ein paar Produktionsfirmen bekommen, die hier Filme drehen, und es heißt, er habe ihnen Material in Rechnung gestellt, das die Polizei normalerweise verleiht.«
»Aber die Stadt hat natürlich das Geld bekommen.«
Cappello lachte. »Aber sicher. Und das ist noch nicht alles – sie behaupten, er habe ihnen auch zu hohe Stundenlöhne in Rechnung gestellt, aber was mich wirklich ärgert ist, daß er Leute für diese Arbeiten eingeteilt hat, die in derselben Zeit im Dienst sein sollten.«
»Sozusagen Doppelverdiener – typisch Louisiana.«
Cappello schnaubte. »Hast du eigentlich nie genug von dieser Scheiße?«
Skip fiel keine Erwiderung ein, die Cappello hätte trösten können.

Aber Sylvia war ohnehin in Fahrt. »Ich wette, die Hälfte der Cops in diesem Gebäude ist korrupt.«

»Ach, komm schon.«

»Das meine ich ernst. Vergiß nicht, daß der Mob hier seinen Ursprung hat.«

»Dagegen hätten eine Menge Italoamerikaner was einzuwenden.«

»Ach, zum Teufel, ich hab selbst italienische Vorfahren. Ich will nur sagen, so was hat hier Tradition. Diese Sache mit dem Kasino hat alles in einem Maß aufgewirbelt, wie ich es noch nie erlebt habe. Als die Ölspekulationen schiefgingen, hatte niemand mehr Geld oder die Möglichkeit, Geld zu machen. Jetzt stehen wieder gewaltige Summen auf dem Spiel. Der Staat war verrückt zu behaupten, sie könnten den Mob raushalten. Vielleicht gehören die Betreiber des Kasinos wirklich nicht dazu, aber plötzlich ist diese Stadt voll mit Typen, denen du nicht im Dunkeln begegnen möchtest.«

»Ach, da fällt mir ein, ich hab einen davon kennengelernt, und der sprach die Gerüchte an, Gus Lonzano wolle sich zurückziehen.«

»Tatsächlich?« Sie zuckte die Achseln. »Könnte durchaus sein. Es gibt eine Menge neuer Leute in der Stadt, und die wollen sich sicher alle ein großes Stück von Gus' Kuchen abschneiden. Und was für einen Unterschied macht das schon? Der neue Mann wird sich ebenfalls ein paar Cops kaufen, und mit denen müssen wir dann zusammenarbeiten. Ich weiß nicht, wie lange ich das noch aushalte.«

»Äh, du wolltest doch wissen, wie es mit dem Fall läuft.«

»Ach ja. Die Arbeit.«

»Ich habe jemanden gefunden, der Dennis gesehen hat.« Skip erstattete kurz Bericht und informierte Sylvia dann, daß sie am Abend vorhatte, Turan zu finden.

»Nimm Hodges mit«, sagte Cappello. »Auf den kannst du dich verlassen.«

»Warum nicht? Gestern abend sind wir gut miteinander ausgekommen.«

Sie ging nach Hause und hoffte, Cappello werde sich bald

wieder beruhigen. Sie verstand ja durchaus, um was es Sylvia ging, aber sie mochte es überhaupt nicht, wenn ihre Vorgesetze vom Aussteigen sprach, denn sie arbeitete gern mit ihr zusammen.

Skip hatte an diesem Morgen nur geduscht und sich nicht die Haare gewaschen; sie hatte ein paar weitere Minuten Schlaf der Schönheit vorgezogen. Aber nach einem Tag in der Saunaatmosphäre des sommerlichen New Orleans war ihr Haar nur noch ein Mopp feuchter, krauser Locken, und sie konnte es kaum erwarten, unter die Dusche zu kommen. Und danach wäre ein Schläfchen nicht übel, am besten neben Steve Steinman, wenn der zu Hause war.

Aber als sie die Tür öffnete, sprang sie ein großes, fauchendes Ungeheuer mit einem Wolfsgebiß an.

Steve sagte: »Napoleon! Ruhig, Junge! He, schon gut.« Aber Steve war weit weg, und Skip hatte eine große feuchte Schnauze im Gesicht, eine warme, stinkende Schnauze, und Kiefer, die jedesmal zusammenschnappten, wenn das Monster bellte, was ungefähr achtmal pro Sekunde passierte.

Sie war bereits zurückgewichen, über ihre eigene Schwelle, und stand jetzt wieder im Hof, wo das Tier sie offenbar duldete, aber nur, solange sie ihm das Haus überließ.

»Napoleon. He, Junge. Das ist Skip, unsere gute Freundin Skip. He, Junge, immer mit der Ruhe.«

Das Ding war ein deutscher Schäferhund, wie Skip jetzt erkannte, und sie sah auch, daß Steve ihn am Halsband hielt.

»Was macht dieses Monster in meinem Haus?«

»Bist du sauer?«

»Sauer? Wie würdest du denn reagieren, wenn du nach Hause kämst und diesen Höllenhund in deinem Wohnzimmer fändest? Das inzwischen vermutlich voller Hundehaare und Gott weiß was sonst ist.«

»Er ist für Kenny. Ruhig, Junge. He, Napoleon. Sie ist eine Freundin, klar? Skip, streck mal die Hand aus, damit er dran schnüffeln kann.«

»Bist du verrückt? Das Vieh hat gerade versucht, mich umzubringen.«

»Na ja, ich muß zugeben, das war ein bißchen beunruhigend. Vielleicht hast du ihn an jemanden erinnert.«
»Er erinnert mich auch an jemanden. Cerberus. Den Hund der Baskervilles. Das Monster in all den Filmen, die ich als Kind gesehen habe.«
Der Hund beruhigte sich langsam, aber Skip reagierte nun auf den Schreck. Sie fühlte sich ein bißchen zittrig, wollte das aber nicht zugeben.
»Braver Hund«, sagte Steve. »Komm, sag Skip guten Tag.«
»Hör mal, wie wär's, wenn du ein bißchen mit ihm spazierengingest, während ich reingehe und mich dusche? Dann kannst du ihn im Hof lassen und mir erzählen, was das alles soll.«
»Na ja, äh...«
»Was?« Sie war unglaublich müde, es war zweiunddreißig Grad im Schatten, ihre Hände zitterten immer noch, und sie wurde jeden Augenblick wütender.
»Er hat gerade in die Küche gemacht.«
Sie wischte sich eine Handvoll klebriger Locken aus der Stirn und fing an, lautlos zu zählen, schaffte es aber nur bis drei.
»Du bringst jetzt dieses Vieh raus, und bis ich aus der Dusche bin, hat er sich besser in Rin Tin Tin verwandelt und du hast meine Küche geputzt.«
»Schon gut, schon gut, ich muß nur schnell die Leine holen.«
Als sie endlich ihre Wohnung betreten konnte, wurde sie vom Geruch frischer Hundscheiße begrüßt.
Sie blieb etwa eine halbe Stunde in der Dusche, jedenfalls länger als je zuvor, denn das Wasser wurde langsam lau, was ihr bisher noch nie passiert war.
Als sie herauskam, zog sie einen leichten Baumwollkimono über und legte sich aufs Bett. Es ging ihr etwas besser, vor allem, da sie von unten Geräusche hörte, die nach Saubermachen klangen.
Etwas später kam Steve herauf. »Tut mir leid. Ich wußte nicht, daß du keine Hunde magst.«
Sie setzte sich. »Ich mag keine Hunde? Entschuldige mal – es

ist ja wohl ein Unterschied, ob man keine Hunde mag oder in der eigenen Wohnung von einem angefallen wird.«

»Er ist für Kenny. Wegen seines kleinen Problems.«

Sie war verdutzt. »Was?«

»Der Junge braucht einen Freund. Also hab ich ihm einen mitgebracht – einen schön puscheligen.«

»Moment mal – du glaubst, du kannst Kenny vom Bettnässen heilen, indem du Cujo auf ihn hetzt? Was hast du vor – ihn so zu erschrecken, daß ihm sogar das Pinkeln vergeht?«

»Ich glaube, er wird sich einfach sicherer fühlen, wenn er einen Hund hat.«

»Ist dir schon aufgefallen, daß dieses Tier bissig ist?«

»Er mag dich einfach nicht, das ist alles.«

»Er mag mich nicht! Er hätte mir beinahe die Kehle durchgebissen. Aber Moment mal – nehmen wir mal an, er wäre das entzückendste kleine Hündchen und Kenny würde ihn über alles lieben. Was glaubst du, wird Jimmy Dee davon halten?«

»Jimmy Dee?«

»Ja, Jimmy Dee. Der Onkel und Vormund dieses Kindes. Ist dir nicht aufgefallen, wie wunderbar er das Haus eingerichtet hat, nur für die Kinder? Wie kommst du darauf, daß er zulassen wird, daß der letzte der Werwölfe auf den Eßzimmertisch springt und die Nudeln schlürft?«

»Jimmy Dee«, murmelte Steve, als hätte er den Namen zum erstenmal gehört.

»Hast du das Monster aus dem Tierheim?«

»Ja, wieso?«

»Weil Kenny das auch fragen wird. Also, nehmen wir mal Folgendes an – immer vorausgesetzt, daß wir Kenny nicht erst wieder aus Napoleons Magen pumpen müssen:

Kenny und Napoleon verlieben sich ineinander. Aber Jimmy Dee sagt, er darf den Hund nicht behalten. Also weiß der Junge, daß Napoleon ins Tierheim zurück muß, wo ihm ein schreckliches Ende droht. Wie wird Kenny sich dann wohl fühlen?«

»Mein Gott, bist du gemein!«

Das war sie, und sie wußte es. Aber sie konnte einfach nicht aufhören. »Gemein! Ich bin gerade nach Hause gekommen und finde ein Maul voller Zähne und eine Küche voller Scheiße vor. Und ich verstehe einfach nicht, wie du so gedankenlos sein konntest.«
»Gedankenlos! Sonst tut ja niemand was für Kenny.«
»Das ist ungerecht.«
»Ausgerechnet du willst behaupten – Scheiße, hör nur!«
Skip hörte Kinderstimmen. »Wo hast du Napoleon gelassen?«
»Im Hof, angebunden. Mach dir keine Sorgen.«
Inzwischen veranstaltete der Hund einen Höllenlärm. Steve rannte nach unten. Skip zog sich schnell noch Shorts und ein T-Shirt an.
Als sie im Hof ankam, sah sie einen jungen Mann am Boden und Sheila über ihn gebeugt. Steve hielt Napoleon fest und sah erbost aus, und Kenny streckte, die Augen weit aufgerissen, eine Hand für den Hund zum Schnüffeln aus.
Napoleon fing an, mit dem Schwanz zu wedeln. Eine rosa Zunge erschien und leckte über Kennys Hand. Kenny faßte Mut und tätschelte den großen Kopf des Hundes. Napoleon schmiegte sich an die Hand, als wäre er im Paradies.
Sheila fragte: »Bist du sicher, daß alles in Ordnung ist?« und begann, ihrem Freund aufzuhelfen.
Der Junge sah aus, als hätte er die Grippe.
»Was ist denn hier los?« fragte Skip.
Sheila stützte zornig die Hände in die Hüften. »Er hat Emery angegriffen.«
Emery. Sheilas neuer Freund – oder was in der achten Klasse so als Freund galt. Skip streckte die Hand aus. »Ich heiße Skip. Mich mag er auch nicht.«
Der Junge rang sich ein dünnes Lächeln ab, aber Sheilas Miene blieb finster.
Steve hatte jetzt Napoleons Halsband losgelassen, und Kenny streichelte zärtlich Brust und Rücken des Hundes.
Emery starrte das Tier weiterhin ängstlich an. Schließlich sagte er: »Ich glaube, ich gehe lieber.«

»Aber, Emery«, begann Sheila, erkannte dann aber, wie vergeblich ihr Unterfangen war. »Es tut mir so leid, daß das passiert ist.« Sie klang so höflich und erwachsen, daß es Skip beinahe umgehauen hätte.

Sheila brachte ihren Freund zum Tor, und als sie zurückkam, zischte sie: »Was macht dieses Tier hier?« Ihr Blick enthielt eine Kriegserklärung. Kaum zu glauben, daß dies dieselbe Sheila war, die Steve erst am Abend zuvor gebeten hatte, nicht nach Kalifornien zurückzukehren. Jetzt haßte sie ihn.

Steve warf Skip einen schuldbewußten Blick zu. »Er ist ein provisorisches Haustier. Ich meine, er könnte ein Haustier werden, wenn Onkel Jimmy einverstanden wäre.«

Kenny starrte Steve an wie ein Schauspieler in einem dieser Filme, in denen die Eingeborenen einen Schiffbrüchigen für Gott halten. »Du hast ihn für uns mitgebracht?«

»Na ja, ich finde, ein Junge braucht einen Hund.«

Sheila sagte: »Ist dir klar, was dieses Vieh gerade getan hat? Ich werde Emery vielleicht nie wiedersehen.« Tränen traten ihr in die Augen.

Steve grinste. »Napoleon konnte ihn echt nicht leiden, wie?«

Sie begann zu schluchzen. »Ich wollte keinen Hund. Ich wollte eine Katze.«

Kenny warf ihr einen erstaunten Blick zu.

»Wieso sollten wir denn keine Katze haben?«

Dann erklang eine Stimme von der Straße. »Jemand zu Hause?« Sie hörten ein Klirren, das Tor ging auf, und Jimmy Dee erwies sich als der dritte an diesem Tag, der Napoleon an jemanden erinnerte. Der Hund zerrte am Halsband, bis er fast keine Luft mehr bekam, bellend, knurrend, sabbernd und unter Zurschaustellung seiner beeindruckenden Zähne. Skip betete, daß Steve gut genug festhielt.

Kenny sagte: »Ist er nicht wunderschön?« und Skip wäre am liebsten auf der Stelle tot umgefallen.

Steve lockerte seinen Griff, und Napoleon warf sich auf Jimmy Dee, aber er hielt drei Zentimeter vor seinem Gesicht inne.

Anders als Skip und Emery verlor Jimmy Dee nicht die Haltung, sondern zeigte, daß er auch unter höchster Anspannung die Nerven bewahren konnte. »Würde bitte jemand den Zoo verständigen?«
Kenny verstand sofort, daß sein Paradies, das sich so unerwartet aufgetan hatte, wieder zerstört würde. Er ließ sich auf den Boden sinken und starrte einfach die Pflastersteine an. Skip hatte noch nie ein solches Bild der Verzweiflung gesehen.
Und als sie schon glaubte, es könnte nicht mehr schlimmer werden, sagte Kenny: »Er wird sterben, oder?«

12

Jim Hodges war erheblich älter als Skip, aber das hatte sie nie eingeschüchtert. Skip war jung, sie stammte aus Uptown, und sie hatte bereits einen Feind bei der Mordkommission, als sie dorthin versetzt wurde. Weil Frank O'Rourke ihr bei jeder Gelegenheit das Gefühl vermittelte, sie sei noch völlig grün, inkompetent und fehl am Platz, war sie zunächst ein bißchen mißtrauisch gewesen, aber mit Hodges war sie von Anfang an gut zurechtgekommen.
Er war nicht gesprächig, gehörte nicht zu den Cops, die gern Geschichten und Witze erzählten; er war eher zurückhaltend, auch im Büro. Das lag vielleicht daran, daß er einer der wenigen Schwarzen dort war. Oder vielleicht war es einfach seine Art. Cappello verhielt sich ähnlich, und Skip ebenfalls.
»Mach deinen Kram und geh heim«, hatte Sylvia ihr einmal geraten. »Nimm nichts mit nach Hause. Das hilft dir, ein besserer Cop zu sein.«
Aus welchem Grund auch immer, Hodges war einer der besten – ruhig, reaktionsschnell und immer zur Stelle, wenn man ihn brauchte. Skip fand ihn einfach nett.
Fragte man Polizisten nach den Motiven für ihre Berufswahl, behaupteten die meisten, sie wollten anderen helfen. Skip

hatte andere Gründe gehabt, die viel damit zu tun hatten, daß die Arbeit zu ihr, einer energiegeladenen, eins achtzig großen Frau, paßte. Aber sie nahm an, daß Hodges zu den Helfern gehörte. Er war ein harter Cop, aber ein sanftmütiger Mensch.

Wenn sie mit ihm zusammenarbeitete, glaubte sie fast, er sei ihr Zwilling, der häufig schon wußte, was sie brauchte, bevor sie es selbst merkte. Sie hoffte, daß dies auf Gegenseitigkeit beruhte.

Nachdem sie endlich ein Auto erwischt hatten – nicht einfach in diesen knauserigen Zeiten –, sagte Jim: »Was hast du vor? Gehen wir aufs Tidewater-Dach?«

»Woher weißt du das?«

»Ich bin ein alter Hase. Hast du das vergessen?« Er lachte.

»Ja. Wirklich ein alter Hase.«

Auch Skip mußte lachen. »Ach, komm. Du bist gerade erst erwachsen geworden.«

Das Tidewater lag an der Canal Street, und Skip war erstaunt, was für eine gute Sicht es bot. Das Problem war nur, daß sie zu weit entfernt waren, um Gesichter erkennen zu können, besonders im Dunkeln.

Was also tun? Losrennen, sobald sie einen Weißen entdeckten? Auf diese Entfernung hätte man nicht einmal das feststellen können, und sie würden nicht genug Zeit haben, rechtzeitig an Ort und Stelle zu sein.

»Ich werde reingehen müssen«, meinte Hodges.

Skip seufzte. »Ja.«

»Gut, daß Cappello dir einen Schwarzen mitgegeben hat.«

»Ach, wer braucht dich schon? Ich hätte mich auch verkleiden können.«

»Genau. Ein paar Dreadlocks und dickes Make-up, und alles wäre geritzt.«

Sie fragte: »Hast du ein Telefon dabei?«

»Ja. Du auch?«

Skip nickte. »Wie willst du vorgehen?« wollte Jim wissen.

»Wie wär's, wenn ich reingehe und eine Weile rumhänge, während du im Auto wartest? Scheint mir das einfachste.«

»Ich weiß nicht; irgendwie gefällt mir die ganze Geschichte nicht. Eigentlich solltest du doch meine Rückendeckung sein.«
»Ja, aber damit kriegen wir Probleme. Du bist weiß. Gib's auf, Skip. Anders geht's nicht.«
»Wir könnten beide im Auto bleiben.«
»Wir kommen nicht dicht genug ran, um wirklich zu sehen, was los ist. Turan wird auf dem Conti Breezeway sein, aber das heißt nicht, daß Dennis ebenfalls von der Straße her kommt.«
Die »Breezeways« von Iberville waren Grünflächen zwischen Reihen roter Backsteingebäude, die schon lange von Alter und Vernachlässigung gezeichnet waren. Eigentlich hätten Kinder auf den Breezeways spielen sollen, und manchmal taten sie das auch. Die Grünflächen waren als eine Art Dorfplatz gedacht, aber nun trafen hier die Dealer ihre Kunden, und manchmal floß Blut. Beinahe täglich wurde in der *Times-Picayune* berichtet, man habe die Leiche eines jungen Schwarzen im Hof einer der Siedlungen gefunden. Wenn man jemanden erschießen wollte, hatte man hier freies Schußfeld.
Wenn man erst einmal auf dem Breezeway stand, war man eine leichte Beute. Und genau damit hatte Skip Probleme. Sie dachte ernsthaft über die »Verkleidung« nach, über die sie herumgealbert hatte, aber sie wäre keine dreißig Sekunden unentdeckt geblieben.
»Was willst du denn sagen? Als was willst du dich ausgeben?«
»Machst du Witze? Ich suche nach James, meinem Bruder. Laß uns hier anhalten.«
Er parkte vor einem Gemischtwarenladen an der Rampart. »Warte hier.«
Skip wartete, verärgert darüber, daß er ihr den Fall einfach aus der Hand nahm. Er kam mit einer Flasche Thunderbird zurück. »Fahr du lieber.«
Skip übernahm das Steuer, während er sich parfümierte. Er trug Jeans und ein dunkles T-Shirt, aber sein Haar war kurz

und ordentlich geschnitten. Wenigstens trug er keine Brille.

»James wohnt bei Placenta. Kennst du Placenta? Sie wohnt doch da drüben, oder?«

»Jim, hör auf mit dem Quatsch. Kein Mensch heißt Placenta!«

»Ich schwöre bei Gott, ich hab's erst gestern im Supermarkt gehört. Ein kleines Mädchen, ungefähr vier.«

»Das ist eine Legende, genau wie Nosmo King.«

»Der Junge, den sie nach dem ›No Smoking‹-Schild benannt haben? Das ist ein Neffe von mir.«

»Hör mal, es interessiert mich nicht, was du im Supermarkt gehört hast. Bitte, gib James' Freundin einen anderen Namen, mir zuliebe.«

»Na gut, dann heißt sie eben Magneeta. Magneeta wohnt bei ihrer Mama, und die heißt... Ich glaube, ihre Mama heißt... äh... Ist das nicht die Frau da drüben? Du weißt schon, die mit den vielen Kindern? Ungefähr so groß, und sie hat ein nettes Lächeln.«

»Magneeta. Guter Gott, Magneeta!«

»Du bist bloß eine Weiße und ein Cop. Das verstehst du nicht.«

»Jim, die Sache gefällt mir nicht.«

»Hier ist ein guter Platz. Blieb hier stehen.«

Sie wußte, daß es ein guter Platz war, er hätte es ihr nicht sagen müssen. Aber je länger sie weiterfuhren, desto länger konnte sie es aufschieben, daß er ausstieg. Zum erstenmal in ihrem Leben hatte sie ein schlechtes Gefühl. Sie wollte nicht einmal mehr nach Dennis suchen. Sie wollte nur noch nach Hause und die ganze Sache vergessen.

Aber das sagte sie Jim nicht, weil sie erwachsene Polizisten waren, die ihrer Arbeit nachgingen.

Joe parkte. »Hast du dein Telefon?«

»Ja.«

Jim stieg aus, und dann war er auch schon verschwunden.

Das könnte Stunden dauern. Kann er sich denn so lange mit dieser Magneeta-Masche durchschummeln?

Sie wußte, was er antworten würde, wenn sie ihn fragte: »Ich bin Profi.«
Das brachte sie zum Lachen – diese alberne Eddie-Murphy-Pose. Tatsächlich sah so etwas dem ruhigen, abgeklärten Jim gar nicht ähnlich. Aber dann fiel ihr ein, daß er früher fürs Drogendezernat gearbeitet hatte, und ihr wurde klar, wieso er so eifrig war – es machte ihm einfach einen Heidenspaß.
Sie entspannte sich ein wenig.
Sie überdachte ihre Strategie noch einmal. Es war möglich, daß sie hier ewig auf Dennis warten mußten, der vielleicht nie auftauchen würde. Sie konnten aber auch mit Turan sprechen.
Nur, was würde das nutzen? Selbst wenn Dennis etwas kaufen wollte, wie sollte Turan wissen, wo er ihn finden würde? Es war nicht Sache des Dealers, seine Kunden aufzusuchen – sie fanden ihn.
Sie war auf den Höhepunkt ihres Zweifels angelangt, als das Telefon klingelte. Sie sah auf die Uhr: es war beinahe Mitternacht.
»Laß Verstärkung kommen. Irgendwas stimmt hier nicht.«
»Dennis?«
»Zwei Typen mit AK-74s. Bleib, wo du bist.«
»Vergiß es.«
Sie bat um Verstärkung und stieg dann aus, obwohl sie wußte, daß sie sich vielleicht lieber an Jims Rat halten sollte, aber sie konnte nicht sicher sein – die Situation konnte sich von Sekunde zu Sekunde ändern.
Er hatte das Gespräch schnell beenden müssen, damit sie im Revier anrufen konnte, und jetzt durfte sie nicht zurückrufen. Ein Thunderbird-Säufer mit Telefon war nicht gerade glaubwürdig.
Auf dem Breezeway war es dunkel. Sie konnte nicht weit sehen. Sie konnte Jim nicht sehen und auch sonst niemanden, erst recht keine Leute mit Maschinenpistolen. Sie waren vermutlich in einem anderen Hof.
Jemand feuerte.
Sie sah orangefarbene Flammen; es hörte sich an wie im

Krieg. Mehr Mündungsfeuer auf der anderen Seite des Breezeway – dann rannte jemand. Der erste Schütze.

Sie hörte Jim rufen: »Stehenbleiben! Polizei!« und ihr Herz sank.

Sie zog die Waffe, rannte dem Schützen entgegen, der auf sie zukam. Er drehte sich um und feuerte – vermutlich auf Jim, und dann drehte er sich wieder zu ihr. Etwas traf sie von hinten. Sie stürzte, die Waffe fiel ihr aus der Hand, und sie wußte, daß es vorbei war.

Der Mann, der sie geschlagen hatte – er mußte sie mit gesenktem Kopf über den Haufen gerannt haben –, war stehengeblieben, um sie sich genauer anzuschauen. Sie sah sein Gesicht ganz deutlich und stellte überrascht fest, daß er vollkommen entsetzt war. Und nicht älter als sechzehn.

Ein zu Tode erschrockenes Kind, das die Macht über Leben und Tod hatte.

Sirenen wurden laut, die Verstärkung war fast da.

Der Junge bückte sich nicht einmal nach ihrer Waffe, sondern rannte hinter dem Schützen her. Sie hob die Pistole auf und rief nach Jim.

Keine Antwort. Sie schrie ins Telefon – keine Antwort.

Sie fand ihn weiter hinten auf dem Breezeway, mit einer Kugel in der Brust.

Aber er atmete

Den ganzen Weg zum Krankenhaus redete sie auf ihn ein, sagte ihm, es werde alles gut, er solle durchhalten, seine Frau werde bald bei ihm sein, er müsse dableiben, um sie zu sehen.

Sie fuhren zum Charity, wo sie so oft nach anderen Schießereien gewesen war und wohin man sie selbst schon ein- oder zweimal gebracht hatte. Vollkommen vertrautes Gelände, und doch hätte es aus einem Alptraum stammen können.

»Raum vier!« sagte jemand. »Sofort Raum vier!« Das war der Notoperationssaal.

»Sie können nicht mit rein«, erklärte eine Schwester.

»Ich gehe mit.«

Die Schwester zuckte die Achseln.

Skip konnte Blut sehen, solange es nicht in einem Krankenhaus war; sie wußte nicht, ob sie sich darauf verlassen konnte, auf den Beinen zu bleiben, und dann würde sie nur im Weg sein. Aber Jim brauchte jemanden, der ihm die Hand hielt.

Ich will ihn nicht allein sterben lassen. Sie war entsetzt über diesen Gedanken, hatte keine Ahnung, wie sie darauf kam.

»Du wirst nicht sterben«, versicherte sie ihm. »Du wirst nicht sterben.«

Wenn du stirbst, sterbe ich auch. Du darfst nicht sterben.

Ein Teil von ihr würde es tatsächlich nicht überleben; das wußte sie mit absoluter Sicherheit. Sie würde nie wieder dieselbe sein, wenn er starb.

O Scheiße, warum Jim? Warum konnte es nicht O'Rourke sein?

»Ich muß Sie wirklich bitten zurückzubleiben. Sie können auf dem Flur warten, wenn Sie wollen.«

Der Mann, der sie angesprochen hatte, war erst Anfang Zwanzig, aber er war wohl Arzt. Leute versammelten sich im Flur – sie kamen aus dem ganzen Krankenhaus zusammen, wegen des Notfalls.

Na gut, sie konnte Jim nicht die Hand halten, aber sie konnte in seiner Nähe bleiben. Sie konnte ihm positive Gedanken schicken oder so etwas.

Mit all ihrer Kraft wünschte sie sich, daß er am Leben blieb – was er auch tat, was er immer weiter tat, bis sie ihn schließlich zusammengeflickt hatten und nach oben brachten.

Im Warteraum waren Polizisten und eine schwarze Frau mit zwei Kindern, einem Jungen und einem Mädchen von etwa zehn und zwölf Jahren.

Als die Polizisten sie ansahen, wußte die Frau sofort, wer Skip war, und sie stand auf. »Ich bin Dionne Hodges.«

Wenn Skip das Aussehen dieser Frau hätte beschreiben müssen, hätte sie wohl das Wort »angenehm« benutzt. Sie war mittelgroß – etwa eins dreiundsechzig – und rundlich, auch ihre Wangen und ihr Kinn. Ihr Haar war halblang, gut geschnitten. Sie hätte alles mögliche sein können – Lehrerin, Empfangsdame, leitende Angestellte; ihre Kleidung hätte vielleicht einen Hinweis geben können. Aber im Augenblick trug sie Shorts und ein T-Shirt, hatte sich vermutlich schnell etwas übergezogen, als man sie abholte.

Sie stellte die Kinder nicht vor, und Skip war froh darüber. Sie wollte sich ihre Gesichter nicht zu genau ansehen, wollte ihre Angst, ihre Verzweiflung am liebsten ausblenden, um nicht an ihre eigenen Gefühle erinnert zu werden. Dionne wirkte mitgenommen, aber sie wahrte die Fassung.

Skip sagte: »Hat der Arzt mit Ihnen gesprochen? Jim hält durch.«

Dionne holte tief Luft. »Nein. Das ist das erste, was ich höre.«

»Mir haben sie auch nichts weiter erklärt, aber ich glaube, er ist für den Augenblick außer Gefahr. Sie haben ihn nach oben gebracht.« Nervös drehte sie sich um. Wo blieb der Arzt? Skip hatte das deutliche Gefühl, daß dies kein Job für eine Polizistin war, vor allem nicht für eine, die so vollkommen erschöpft war.

»Was ist passiert?« wollte Dionne wissen.

»Vielleicht sollten wir unter vier Augen reden.«

»Warum?«

Weil ich nicht vor seinen Kindern darüber reden will. Was soll denn das?

Dionne war viel zu durcheinander, um den Wink zu verstehen. Skip suchte nach einer Antwort, als eine andere Frau auf die Gruppe von Polizisten zukam. Sie war ebenfalls schwarz, trug weiße Hosen, war ein wenig größer und ein wenig älter als Dionne und hatte zwei Mädchen im High-School-Alter dabei.

»Entschuldigen Sie bitte«, sagte sie. »Ich bin Jim Hodges' Frau. Wissen Sie, wie es ihm geht?«

»O Scheiße«, sagte Dionne, und Skip starrte sie erschrocken an.

Aber Dionne sah nicht aus, als werde sie in Ohnmacht fallen

oder einen Wutanfall bekommen. Eine Träne lief ihr langsam über die Wange, und sie flüsterte: »Das hätte ich eigentlich ahnen müssen.«
Skip hatte ein bleiernes Gefühl in der Brust. Sie konnte kein Wort herausbringen, nicht zu Dionne, nicht zu irgendwem sonst. Eilig verließ sie die Notaufnahme, blieb vor dem Krankenhaus stehen und schnappte nach Luft.

13

Als sie erwachte, fühlte sie sich vollkommen schutzlos und geriet beinahe in Panik. Ihr erster klarer Gedanke war: *Steve. Ist er hier?*
Er war hier.
Und der zweite: *Jim – lebt er noch?*
Sie wußte, sie hätte zwar anrufen und sich informieren können, aber sie wollte das nicht am Telefon erledigen. Sie hatte kaum Kraft, sich die Zähne zu putzen.
Sie zog eine pfirsichfarbene Bluse und eine weiße Hose an, die sie sofort an Jims zweite Frau denken ließ – oder vermutlich war es die erste; sie schien die ältere zu sein.
O Gott, selbst wenn er durchkommt, wird sein Leben die Hölle sein. Wie konnte er etwas so Dummes tun? Ein so kluger Mann wie Jim?
Wahrscheinlich aus Liebe. Die macht jeden dumm.
Dionne und die andere Frau – Skip war nicht lange genug geblieben, um ihren Namen zu erfahren – taten ihr leid und die Kinder auch.
Sie stellte sich vor, daß beide Frauen Jims Hand halten wollten, während er sich von der Operation erholte – und daß sie ihn beide verließen.
Sie würde sich heute Karteifotos ansehen. Sie hatte den Jungen, der sie zu Boden geworfen hatte, genau gesehen, er hatte eine ausgeprägte Unterlippe, die nach unten hing, als ob sein Mund ständig offenstünde.

Sie betrat das Büro nicht ohne Angst, aber alles schien wie immer zu sein. Kein ungewohntes Schweigen. »Neuigkeiten von Jim?« fragte sie die Diensthabende.
Die Frau zuckte die Achseln. »Noch nicht. Da wartet jemand auf dich.« Sie wies mit dem Kinn auf den kleinen Wartebereich. Dort saß Tricia Lattimore in einem Leinenanzug, förmlicher gekleidet, als Skip sie je gesehen hatte.
»Skippy, ich wollte mich bei dir entschuldigen.«
»Das war vielleicht ein Auftritt, Tricia! Ich hab mir ziemliche Sorgen um dich gemacht.«
»Das war schrecklich von mir – auf meine älteste Freundin loszugehen! Mir wird immer noch schlecht, wenn ich nur dran denke. Und ich möchte, daß du das weißt.«
»Das warst nicht du, die mich angegriffen hat, das war die Droge. Und deshalb mache ich mir ja solche Sorgen.« Sie wußte, sie klang ein bißchen schulmeisterlich, aber sie konnte nicht anders.
»Aus diesem Grund bin ich ja auch hier. Du solltest wissen, daß ich kein Crack nehme. Nicht mal Kristall, nur ganz selten. Ich war einfach in der Stimmung dazu.«
Klar doch. »Du solltest mit diesem Zeug vorsichtig sein.«
»Bin ich, bin ich. Crack rühre ich überhaupt nicht an – und das andere Zeug... Ich weiß nicht, hin und wieder habe ich Lust drauf.«
»Ich dachte, du wärst bei AA.«
»Hab ich das gesagt?«
»Kann sein. Vielleicht hast du auch nur gesagt, du hättest Drogenprobleme, und ich hab es daraus geschlossen.«
»Ach, weißt du... In diesen Gruppen behaupten sie, man dürfe überhaupt nie wieder was nehmen.«
»Danke, daß du vorbeigekommen bist, Tricia.«
»Skippy, hör doch, es tut mir wirklich leid. Das wollte ich dir nur sagen.«
»Danke.«
»Wir sollten uns irgendwann mal treffen.«
»Klar.« *Wenn Weihnachten und Ostern auf einen Tag fallen.*

Skip holte sich einen Kaffee und rief im Charity an. Jim war immer noch nicht außer Gefahr.

Aber wenigstens lebt er.

Dann sah sie sich Karteifotos an und fand einen ganz brauchbaren Kandidaten – einen Neunzehnjährigen namens Augustine Melancon. Der Junge, der sie angegriffen hatte, hatte jünger gewirkt, aber sie hatte ihn auch nur kurz gesehen.

Sie ging zu Cappello. »Sylvia, ich hab einen Jungen gefunden, der dem ähnlich sieht, den ich gesehen habe.«

»Skip. Das muß ein schrecklicher Tag für dich gewesen sein.«

»Nicht so schlimm wie für Jim.«

»Ich schwöre dir, wenn er stirbt, schmeiße ich alles hin. Ich kann diese verdammte Scheiße nicht mehr sehen.« Solche Ausdrücke benutzte sie sonst nie.

»Ich fühle mich ziemlich mies. Ich weiß nicht, ob es das wirklich wert war. Was für Chancen hatten wir denn schon, Dennis zu finden?«

»Um Himmels willen, fang bloß nicht damit an, Skip! Bevor Jim angeschossen wurde, war dieser Fall der größte auf unserer Liste. Arthur Hebert, der in dieser Stadt etwa so wichtig ist wie Aaron Neville, wird in seinem eigenen Eßzimmer erschossen. Guter Gott! Hast du eine Ahnung, welchen Druck sie auf Joe ausüben, damit er jeden einzelnen Detective der Mordkommission auf den Fall ansetzt? Und weißt du, warum er das noch nicht getan hat? Weil es nichts für sie zu tun gäbe. Du hattest nur eine einzige Spur, und der bist du gefolgt. Du hast getan, was du tun mußtest.«

»Oh, ich hab vergessen, wie prominent das Opfer war. Bei jedem anderen Fall wäre es nur Verschwendung von Arbeitskraft gewesen, so unterbesetzt wie wir sind. Kommt dir das nicht auch merkwürdig vor?«

»Da hast du verdammt recht. Genau das meine ich ja, wenn ich sage, daß ich hier raus will.«

»Wo willst du denn überhaupt hin, Sylvia?« Sie beschloß, sich der Realität zu stellen.

Cappello hatte noch während ihrer Tirade begonnen, Papiere

auf ihrem Schreibtisch durchzusehen. Sie blickte auf und sah Skip durch ihre elegante Hornbrille an. »Gehen? Ich gehe nirgendwo hin.«

»Aber du hast doch gerade gesagt...«

Sylvia lächelte. »Ich hab nur Dampf abgelassen.«

»Na, wenigstens eine gute Nachricht für heute.«

»Aber wenn ich wüßte, wo ich hinsollte, würde ich gehen.«

»Hör mal, ich muß einen Gauner besuchen. Wen kann ich mitnehmen?«

»Kann das nicht warten? Im Augenblick sind alle unterwegs.«

»Es geht um den Kerl, der mir Turans Namen genannt hat.«

»Oh – ich schicke dir jemanden.«

»Keine Sorge, ich weiß sowieso nicht, wo ich den Typ finde. Ich muß das erst mal organisieren.«

Cappello senkte den Blick wieder. »Gut.«

»Ach, das hätte ich beinahe vergessen – wegen des Jungen, den ich in der Kartei gefunden habe: könnten wir eine Gegenüberstellung arrangieren? Bei dem derzeitigen Großeinsatz wird ihn jemand bis Mittag erwischt haben. Aber nicht ich. Ich konzentriere mich auf Delavon. Der Junge heißt Augustine Melancon.«

Sie ging zu ihrem Schreibtisch zurück und fand eine Notiz: Wieder wartete jemand auf sie. Sugar Hebert.

Verwundert ging sie ins Vorzimmer. »Mrs. Hebert? Sie wollten mich sprechen?«

»Könnten wir uns ein paar Minuten unterhalten?«

»Sicher. Kommen Sie rein.«

Sugar wirkte eindeutig beunruhigt – und vollkommen fehl am Platz, aber gleichzeitig sehr gefaßt für eine Frau, die gerade ihren Mann verloren hatte. Sie trug einen weißen Seidenanzug mit einer schwarzen Seidenrose am Revers und einen schwarzen Strohhut. Skip fragte sich, ob Blüte und Hut als Zeichen der Trauer gedacht waren. »Was kann ich für Sie tun?«

»Ich glaube, ich habe ein paar Informationen für Sie.«

Skip lächelte – ermutigend, wie sie hoffte. *Du weißt wahrscheinlich nicht mal, daß einer unserer Kollegen zwischen Leben und Tod schwebt. Also spuck es aus und verschwinde.* Sie lächelte weiter, nickte sogar dazu.

Sugar rutschte unruhig hin und her. Schließlich sagte sie: »Ich glaube, ich weiß, wer meinen Mann umgebracht hat.«

Skip fuhr mit dem Lächeln und Nicken fort. »Ja?«

»Arthurs Freundin hätte doch ein Motiv gehabt, oder?«

»Arthurs Freundin?«

»Ja.«

»Ich glaube nicht, daß Sie sie zuvor erwähnt haben.« *Und gleich drehe ich dir den Hals um.*

»Ich habe mich geschämt. Na ja, und ich weiß es auch nicht sicher. Aber ich habe darüber nachgedacht, wie schnell er immer das Telefon aufgelegt hat, wenn ich ins Zimmer kam; und wenn ich ans Telefon gegangen bin, weil ich nicht wußte, daß er schon abgehoben hatte, war eine Frau dran – und er ist wütend geworden und hat gesagt, ich soll gefälligst auflegen.«

»Wieso schließen Sie daraus, er hätte eine Freundin gehabt?«

»Nun, es wäre nicht das erstemal.« Sie schien gekränkt.

Weil ich ihre detektivischen Fähigkeiten in Frage gestellt habe?

Wahrscheinlich nicht. Vermutlich fühlt sie sich einfach nur in der Defensive. Ich wünschte, ich könnte ein bißchen Mitleid für sie aufbringen, aber sie hat etwas an sich …

»Wissen Sie, wer diese Frau ist?«

»Sie heißt Anne. Mehr weiß ich nicht. Manchmal habe ich gehört, daß er sie so angesprochen hat.«

»Und wieso glauben Sie, sie hätte ein Motiv?«

»Na ja, er wollte sich nicht von mir scheiden lassen.« Sie warf den Kopf zurück wie ein Teenager, wobei der Hut ein wenig verrutschte. »Ist das nicht immer so?«

Skip sagte: »Ich werde es überprüfen.«

Als sie Sugar hinausführte, dachte sie: *Diese Frau hat zu viel Zeit.*

Oder sie versucht, mir genau das vorzumachen.
Aber sie mußte Sugars Verdacht nachgehen. Sie rief Nina Philips an. »Hatte Arthur eine Freundin?«
»Nicht daß ich wüßte, und wir haben ziemlich eng zusammengearbeitet. Darf ich fragen, wie Sie drauf kommen?«
»Mrs. Hebert scheint es zu glauben – sie erwähnte eine Frau namens Anne.«
»Ach, Anne! Um Himmels willen. Das ist typisch Sugar.«
»Wie bitte?«
»Anne ist seine Anwältin. Sugar hat wahrscheinlich gehört, wie er mit ihr telefoniert hat.«
»Anne wie?«
»Ebanks. Anne Ebanks.«
»Vielen Dank.«
Kopfschüttelnd legte Skip auf.
Wie soll ich jetzt Delavon finden? Wieder zurück zum Anfang.
Also fuhr sie zu Jeweldeans heruntergekommener Wohnung.
»He, ich bin's noch mal.«
»Denkst du eigentlich nie daran, daß ich nachts arbeite?«
»Ich hab was für Tynette.« Sie hatte unterwegs angehalten und ein Stofftier und ein Buch gekauft; sie hatte auch einen Fünfziger von der Bank geholt.
Jeweldean drückte sich einen Eisbeutel an den Kopf.
Skip sagte: »Du siehst nicht besonders gut aus.«
»Ich bin letzte Nacht überfallen worden.«
»O Gott. Die ganze Stadt ist verrückt geworden.«
»Wovon redest du? Ich bin doch nicht die erste Nutte, die überfallen wird.« Sie führte Skip in die Küche. »So'n Junge hat mir aufgelauert. Als ich mich gebückt habe, um die Tür aufzuschließen, hat er mir eins übergezogen und sich meine Handtasche geschnappt.«
»Woher weißt du, daß es ein Junge war?«
»Wer soll denn sonst so 'nen Scheiß machen? Irgendein kleiner Crackhead, der wußte, daß ich spät heimkomme. Ich glaube, ich weiß sogar, wessen Kind es war.«

»Es ist traurig, wenn man sich auch noch vor den eigenen Nachbarn fürchten muß.«
»Ja, da hast du recht. Aber gestern ist was passiert, das hat mir fast das Herz gebrochen. Meine Freundin Lanita – sie wohnt unten und hat vor zwei Wochen ihren Sohn verloren; er ist ganz in der Nähe erschossen worden.«
»Mein Gott.« Skip war erschüttert darüber, wie resigniert Jeweldean die alltägliche Gewalt akzeptierte.
»Vor zwei Tagen haben sie einen Jungen verhaftet, der weiter unten an der Straße wohnt, und zwar den Sohn von Lanitas bester Freundin. Und gestern kommt diese Freundin hier rüber und heult Lanita vor, sie hoffe, daß ihre Freundschaft nicht darunter leiden wird, daß ihr Sohn Lanitas Jungen umgebracht hat. Lächerlich, oder?«
»Es gerät einfach alles außer Kontrolle.« Skip war sich ihrer Depression bewußt, die immer dicht unter der Oberfläche lauerte und die nichts mit ihrem eigenen Leben zu tun hatte; sie kam bei Gelegenheiten wie dieser an die Oberfläche, wenn sie erfuhr, wie sehr sich die Situation in der Stadt täglich verschlimmerte.
Cappello hat ganz recht, dachte sie.
»Hier hab ich was für Tynette«, sagte sie und schob Jeweldean die Sachen in die Hand.
»Gib's ihr ruhig selbst. Sie wird sich freuen, dich zu sehen.«
Zögernd ging Skip ins Wohnzimmer, wo das kleine Mädchen auf der Couch lag. Sie hatte in den letzten Tagen eine Menge Elend gesehen, und langsam ging es ihr unter die Haut – Justin Arceneaux, Tynette, Jim.
Aber das kleine Mädchen lächelte. Tynette freute sich tatsächlich über den Besuch, und sie war ganz begeistert von dem Spielzeugaffen, dem Skip nicht hatte widerstehen können, und dem Buch über den Regenwald. Skip las ihr ein wenig daraus vor, und die Depression begann sich zu lichten.
Sie hörte, wie Jeweldean telefonierte. Als es in der Küche wieder still wurde, ging sie zu ihr. »Glaubst du, Biggie könnte mich noch mal zu Delavon bringen?«
»Bestimmt nicht. Wieso denn?«

»Ich muß unbedingt mit ihm reden. Hör mal, vielleicht könnte ich mit Biggie sprechen?«
»Er ist nicht hier.« Jeweldean schmollte, vermutlich, weil sie dagegen war, daß Biggie überhaupt Kontakt zu Delavon hatte.
»Ich möchte ja nur, daß er Delavon ausrichtet, ich wollte ihn sprechen – er kann Ort und Zeit bestimmen, das ist mir gleich.« Sie legte den Fünfziger auf den Tisch.
Jeweldean reagierte nicht.
»Paß auf dein kleines Mädchen auf«, sagte Skip und ging.
Kaum stand sie wieder auf dem Bürgersteig, traten ihr zwei Jungen in den Weg. Einer von ihnen hatte ein Messer.
»Scheiße.«
Der Junge ohne Messer streckte die Hand nach ihrer Tasche aus. Sie ließ sie von der Schulter gleiten, aber statt sie ihm zu geben, schwang sie sie herum und traf ihn damit zwischen die Beine. Der mit dem Messer griff an, aber sie erwischte ihn ebenfalls. Da sie ihre Waffe in der Tasche hatte, war diese schwer genug, daß er es spürte.
»Jungs, sie ist ein Cop«, rief Jeweldean von ihrem Balkon herunter.
Die beiden rannten davon.
Skip wußte, sie hätte die Kollegen verständigen können, aber das wäre nur Zeitverschwendung gewesen, es sei denn, sie konnte herausfinden, wo die beiden wohnten.
»He, Jeweldean«, rief sie. »Kennst du die Burschen?«
»Nein. Nie gesehen.«
»Komm schon, die sind doch bestimmt von hier.«
»Nie gesehen. Wieso auch?«
Skip glaubte ihr kein Wort.

14

Während des gesamten Rückwegs zum Büro kochte sie vor Wut, teils auf sich selbst, weil sie sich hatte überfallen lassen, teils auf Jeweldean, weil die die Kerle auch noch schützte.
Sie wußte nicht mal, ob Jeweldean Biggie wirklich ausrichten würde, was sie gesagt hatte, ob Biggie alles an Delavon weiterleiten würde, und erst recht nicht, wie dessen Reaktion ausfiele.
Was für ein verdammt beschissener Tag.
Sobald sie das Büro betrat, wußte sie, daß es noch erheblich schlimmer geworden war. Es herrschte bedrücktes Schweigen, alle Mienen waren starr. Ein Mann wischte sich die Augen.
Cappello kam aus ihrem Zimmer, ihr Gesicht eine grimmige, bleiche Maske.
»Skip...«
»Jim ist gestorben.«
»Wir haben es gerade erfahren.«
Skip nickte und ging zu ihrem Schreibtisch, mit zitternden Knien. Sie setzte sich, spürte eine merkwürdige Distanz zwischen sich und der Welt, als habe die Luft sich zu einer Barriere um sie verdichtet.
Sie würde nicht weinen. Das stand überhaupt nicht zur Debatte. Sie war nicht mal traurig, fühlte sich nur vage elend, als hätte sie von einem Krieg erfahren, der weit entfernt stattfand.
Sie mußte sich anstrengen, es zu glauben, zu verstehen, daß Jim Hodges nicht mehr da war, daß sie keine Witze mehr mit ihm reißen, nie mehr mit ihm zusammenarbeiten würde.
Denken half überhaupt nichts – sie konnte überhaupt nicht denken. Vielleicht würde es helfen, sich immer wieder »Jim ist tot«, zu wiederholen, aber auch dazu konnte sie sich nicht aufraffen.
Sie saß einfach an ihrem Schreibtisch und fuhr sich immer wieder durchs Haar, desorientiert, leer im Kopf.
»Ohne dich wäre er noch am Leben, Langdon.«

Zuerst glaubte sie, sie hätte nicht richtig gehört. Sie kannte die Stimme. Es war die Stimme eines Mannes, dem Skip durchaus zutraute, so etwas zu sagen, aber sie konnte trotzdem nicht fassen, daß er es tatsächlich getan hatte.
»Hast du nicht gehört, Langdon?« Frank O'Rourke beugte sich jetzt über sie, rückte ihr viel zu dicht auf den Pelz.
Sie starrte ihn nur an, unfähig zu antworten, und verstand immer noch nicht.
»Du blöde Kuh! Ohne Joe Tarantino wärst du überhaupt nicht hier, sondern wieder auf Streife, wo du auch hingehörst.«
Sie spürte, wie ihr der Mund aufklappte, und sie konnte nichts dagegen tun.
»Und jetzt ist jemand wegen deiner Inkompetenz gestorben; aber das mußte ja irgendwann passieren. Wie fühlst du dich jetzt, du reiche Uptown-Schnalle?«
Skip stand auf, bemerkte, daß ihre Knie immer noch zitterten, und bemühte sich, ihr Gleichgewicht zu halten. Und dann verpaßte sie O'Rourke einen Kinnhaken.
Oder genauer gesagt, sie merkte, daß sie es schon getan hatte.
Sie hatte das nicht gewollt, konnte sich nicht mal erinnern, den Arm bewegt zu haben; sie spürte nur den Schmerz, als sie plötzlich zu Verstand kam und sich O'Rourkes wütendem Blick gegenüberfand. Aber nur für einen Sekundenbruchteil. Dann schlug O'Rourke zurück. Der Schlag traf sie am Kinn und warf sie glatt um.
Jetzt hielten drei Männer O'Rourke fest, und Skip spürte, wie jemand sie von hinten an der Schulter faßte. Sie hörte Geschrei:
»He, laßt das, ihr beiden.«
»Verdammt noch mal, O'Rourke.«
»Scheiße!«
Joe Tarantino hatte den Lärm gehört und kam aus seinem Büro. »Verdammt, was ist hier los?«
Jemand im Hintergrund sagte: »O'Rourke hat Langdon geschlagen.«

Joe platzte der Kragen. »Verdammt noch mal, Frank jetzt reicht's. Ich laß dich versetzen, und vorher sorge ich dafür, daß du suspendiert wirst. Das schwöre ich dir.«

»Warte mal, Joe, wir kennen uns seit zwanzig Jahren. Ja, ich hab ihr eine verpaßt, aber sie hat zuerst zugeschlagen.«

»Klar doch, ich weiß. Die große böse Langdon schikaniert dich ununterbrochen. Du kindischer Dreckskerl – führst dich hier auf wie im Sandkasten. Selbst wenn sie zugeschlagen hat, was ich nicht glaube, wird sie einen verdammt guten Grund gehabt haben.« Selbst in ihrer Erstarrung bemerkte Skip, daß sie Zeugin von etwas vollkommen Ungewöhnlichem war: Joe hatte die Nerven verloren. Er putzte O'Rourke vor versammelter Mannschaft runter, und er hatte sich bedingungslos auf ihre Seite gestellt. Das Ironische daran war, daß O'Rourke das nicht verdient hatte.

»Es stimmt«, sagte sie.

»Was?«

»Ich hatte einen verdammt guten Grund, und ich hab zuerst zugeschlagen.«

»Was?« Tarantino lief rot an, wurde langsam verlegen, weil ihm klar wurde, daß er sich zum Narren gemacht hatte.

Aber dann sagte er: »Verteidigst du ihn etwa? Um Gottes Willen, Skip. Cappello, hat zuerst zugeschlagen?«

Schweigen trat ein. Skip zweifelte nicht daran, wie Sylvias Entscheidung ausfallen würde. Ihre Vorgesetzte war absolut fair und gewissenhaft. Sie konnte O'Rourke zwar auch nicht leiden, aber sie war viel zu professionell, um sich davon beeinflussen zu lassen.

»Nein«, sagte Cappello. »Hat sie nicht.«

Alle anderen schwiegen.

Tarantino schien erleichtert. »Okay, okay, wir sind alle ziemlich fertig wegen Jim. Aber versuchen wir doch bitte, uns wie Erwachsene zu benehmen. Frank, ich rede später mit dir. Langdon, in mein Büro.«

Sie folgte ihm und setzte sich.

»Und, was ist passiert?« fragte er.

Sie mußte jetzt auch lügen oder Cappello blamieren. »Er hat

mich beleidigt, und wahrscheinlich bin ich nicht genug darauf angesprungen. Also hat er mich geschlagen.«

»Wieso hast du gesagt, du hättest ihn zuerst geschlagen?«

Sie war durcheinander und konnte kaum denken. Sie versuchte immer noch, sich eine Antwort zurechtzulegen, als Joe sagte: »Du hast da ein paar Freunde da draußen, Kleine.«

»Ja?« Sie verstand das alles nicht, konnte sich nicht vorstellen, wieso alle O'Rourke die Schuld für etwas in die Schuhe schieben wollten, was sie getan hatte. »Ich glaube...«

»Egal. Es spielt keine Rolle.«

Die Reaktion der Kollegen hatte vermutlich nur wenig mit ihr zu tun. O'Rourke hatte diesen Vorfall provoziert, und mit einem verdrehten Sinn für Gerechtigkeit glaubten sie nun, er müsse auch dafür bestraft werden.

Sie wußte das zu schätzen, und tief im Herzen stimmte sie den anderen zu. Aber trotzdem hatte sie als erste zugeschlagen und ein mieses Gefühl dabei, es einen anderen ausbaden zu lassen.

»Also, ich werde das nicht weiterverfolgen«, sagte Joe. »Vergiß es. Wir sind alle aufgeregt. Und du siehst schrecklich aus. Ich weiß, daß du die letzten Nächte nicht viel geschlafen hast, und wahrscheinlich tut dir das Kinn weh. Geh heim und tu ein bißchen Eis drauf. Und schlaf eine Runde.«

»Danke, Lieutenant.«

Etwas mußte sie noch erledigen, bevor sie ging. Sie hätte sich lieber suspendieren lassen, aber sie hatte keine Wahl. Sie ging zu O'Rourkes Schreibtisch.

»Frank, es tut mir leid, daß ich dich geschlagen habe.«

Er rührte sich nicht.

»Es war nicht richtig. Ich schulde dir was.«

Ruckartig riß er den Kopf hoch, und sie sah, wie er rot anlief. Er sagte jedoch kein Wort, schaffte es dieses eine Mal, sein Gift bei sich zu behalten.

Niemand wußte genau, wieso O'Rourke sie haßte. Er haßte Frauen, weil die seine ihn verlassen hatte, und er konnte die Uptwon-Leute nicht ausstehen, aber diese einfachen Erklärungen schienen nicht zu genügen.

Vielleicht war sie für ihn ein Symbol für irgendwas, oder sie hatte etwas an sich, einen kaum wahrnehmbaren Geruch, den niemand bewußt bemerkte, der aber dazu führte, daß er sie haßte.

Reiß dich zusammen, Skip, ermahnte sie sich. *Du bist nur deprimiert wegen Jim.*

Jim. Den hatte ich ganz vergessen.

Jetzt, als die betäubende Wirkung des Schocks nachließ, traf die Trauer sie mit voller Wucht.

Sie fuhr ins West End, an den See. Sie saß im Auto, dachte an Jim, und dazwischen war ihr Kopf immer wieder völlig leer, wie bei der Szene mit O'Rourke. Vor allem dachte sie daran, wie freundlich Jim gewesen war, und das überraschte sie. Wenn jemand sie gebeten hätte, ihn zu beschreiben, hätte sie ihn zuerst als professionell und kompetent bezeichnet, dann erst als freundlich. Aber nun war es seine menschliche Qualität, nicht die berufliche, die ihr nicht aus dem Kopf ging.

Wahrscheinlich hat er diese beiden Frauen nur geheiratet, weil er keiner von ihnen weh tun wollte. Der Gedanke ließ sie lächeln. Und dann fiel ihr etwas ein, das sie die ganze Zeit weit von sich geschoben hatte: *Es hätte auch mich erwischen können.*

Gib es doch zu.

Bei diesem Job kann man draufgehen. Das hast du von Anfang an gewußt, aber dann vergessen.

Du könntest sterben.

Scheiße, ich will nach Hause.

Sie wollte Gesellschaft, besonders die von Steve Steinman. Sie wollte seinen nackten Körper an ihrem spüren, sein Brusthaar, seine festen Oberschenkel, seine Wärme. Dabei ging es ihr weniger um Sex als darum, im Arm gehalten zu werden.

Steve war nicht zu Hause, und aus irgendeinem Grund bewirkte das, daß sie endlich weinen konnte. Und dann schlief sie ein.

Das Telefon weckte sie.

»Heute ist Ihr Glückstag.« Delavon.

»Mit allem Respekt, Delavon, heute ist nicht mein Glückstag.« *Verdammt, wie ist er an meine Privatnummer gekommen? Jeweldean hat sie jedenfalls nicht.*

»Ich dachte, Sie wollten mich sprechen?«

»Ja. Wann und wo?«

»Kommen Sie allein?«

»Natürlich nicht – halten Sie mich für verrückt?«

»He, Sie wollten mich sehen. Wovor haben Sie Angst?«

»Na gut, ich komme allein.«

»Schon besser.« Er gab ihr eine Adresse.

In ihrer derzeitigen Stimmung wäre sie nur zu gern alleine hingefahren, aber das war zu riskant. Sie erreichte Cappello an einem Tatort.

»Verdammt! Hab ich was verpaßt?«

»Ich nehme an, daß du darüber vollkommen zerknirscht bist.«

»Ich brauche Rückendeckung. Ich treffe mich mit dem Kerl, der mich zu Turan geschickt hat.«

»Hat das noch eine Stunde Zeit?«

»Ich glaube nicht. Der Typ ist ziemlich launisch.«

»Wir haben hier ziemliche Probleme – ich kann niemanden entbehren.«

»He! Es geht um Jim.«

»Ich weiß, aber ich kann nicht anders. O'Rourke war nicht im Büro, als wir losgefahren sind. Vielleicht ist er inzwischen wieder da.« Sie schwieg einen Augenblick. »Aber das wäre verrückt. Ich kann mir nicht vorstellen, daß ihr im Augenblick zusammenarbeiten könnt.« Skip konnte beinahe sehen, wie Sylvia den Kopf schüttelte.

»He, ich bin Profi. Ich komme schon damit zurecht. Was soll er machen? Die Arbeit verweigern, weil er mich nicht ausstehen kann?«

»Ich kann ihn nicht schicken.« Sie hatten beide den gleichen Rang. »Es hängt von ihm ab. Und im Augenblick ist er nicht gerade gut auf mich zu sprechen.«

»Sylvia, es geht um Jim.«

»Ich weiß. Ich rufe gleich zurück. Übrigens, ich habe gute Nachrichten.«
»Soll das ein Witz sein?«
»Fazio hat Augustine Melancon erwischt. Den Jungen, den du wiedererkannt hast.«
»Nein!«
»Doch. Morgen um vier ist die Gegenüberstellung. Paßt dir das?«
»Sicher.« Sie gab Sylvia die Adresse, die Delavon ihr genannt hatte, dann putzte sie sich die Zähne, in der Hoffnung, dieses morgendliche Ritual werde sie ein wenig wacher machen.
Sie zog sich gerade an, als das Telefon klingelte. »Er ist auf dem Weg. Er wird vor dem Haus parken.«
Das Haus befand sich in einem Teil von Gentilly, wo nicht allzu viele Weiße wohnten, was es für O'Rourke schwierig machen könnte, unauffällig zu bleiben. Aber er war dort, saß in einem verbeulten Auto. Er war zusammengesackt, nach vorn gebeugt, und trug eine Baseballmütze.
Was für ein absurder Job, dachte Skip, als sie die Treppe hinaufstieg. *Ich muß meinem schlimmsten Feind mein Leben anvertrauen. Und das Verblüffende ist, daß ich ihm tatsächlich traue.*
Delavon kam selbst an die Tür. »Hallo, große Schöne.« Er hatte ihren Spitznamen geändert; kein gutes Zeichen, dachte sie. Ziemlich dreist.
»Hallo, kleiner Häßlicher.«
Er lachte. »So hab ich das doch nicht gemeint! Kommen Sie rein.«
Die Einrichtung der Wohnung war glatt, gestylt: nichts als Chrom und Glas und Leder, alles sehr karg. Skip konnte allerdings keine Stereoanlage sehen, was sie verwunderte. Jemand mit solchen Möbeln hatte doch bestimmt auch eine teure Anlage.
»Haben Sie gehört, was letzte Nacht passiert ist?«
»Sie halten sich nicht mit Floskeln auf, wie? Kann ich Ihnen trotzdem was zu trinken anbieten?«
»Ein Polizist ist angeschossen worden, Delavon.«

»Traurig.«
»Er ist gestorben.«
»Hm.« Er schüttelte scheinbar betrübt den Kopf.
»Er war schwarz. Afroamerikaner. Stört Sie das überhaupt nicht?«
»He, erinnern Sie sich, daß wir über Gus Lonzano gesprochen haben?« Den Mafiaboß.
»Ja. Wer hat meinen Partner erschossen?«
»Wie sollte Delavon denn so was wissen?«
»Arschloch! Ich glaube, Sie haben mir eine Falle gestellt. Sie haben mich doch hingeschickt. War ich es, die abgeknallt werden sollte?«
Delavon hatte ein Möbelstück gefunden, auf das er schlagen konnte. Das war offenbar sein Stil. »Der Tod von Jim Hodges war ein Unfall!«
»Wie sollte Delavon denn so was wissen?«
Delavon lachte. »Delavon weiß alles. Auf jeden Fall mehr als Sie. Ich wette, Sie wissen nicht, daß Gus Lonzano tot ist.«
»Das ist mir scheißegal. Jim Hodges ist tot.«
»Sind Sie sicher, daß es Ihnen scheißegal ist?«
Sie bedauerte bereits, es gesagt zu haben. Aber sie bekam einen Augenblick Zeit zum Nachdenken, weil Delavons tragbares Telefon klingelte.
»Das ist tatsächlich interessant«, sagte er dem Anrufer. »Ich glaube, jetzt ist es Zeit für eine Lektion.« Er legte auf und sah Skip fragend und beinahe wohlwollend an.
»Also gut. Erzählen Sie mir von Lonzano.«
»Ich weiß auch nur, daß er tot ist, wenn man den Gerüchten glauben darf. Und der Neue hat vermutlich Ihren Partner auf dem Gewissen.«
»Ach. Wegen eines kleinen Dealers wie Turan?«
»Der Mob ist überall. Wissen Sie das nicht?«
»Unsinn. Der Mob ist in New Orleans so gut wie tot.«
»Aha. Jetzt kommen Sie auf den Punkt. Der Mob ist so gut wie tot, und Gus Lonzano ist tatsächlich tot. Könnte das nicht was miteinander zu tun haben?«
»Wahrscheinlich nicht.« Sie konnte sich nicht vorstellen, daß

die Mafia jemanden umbrachte, weil er nicht nützlich genug war. Wenn er gestohlen hätte, ja. Aber nicht wegen Inkompetenz.

»Wahrscheinlich doch. Der Neue wird die Zügel erheblich fester anziehen.« Er zuckte die Achseln. »Jedenfalls nach dem, was man so hört. Und das gestern nacht war eine kleine Demonstration. Ihr Partner ist einfach in die Schußlinie geraten.«

Skip war ziemlich sicher, daß der Junge, den sie gesehen hatte, kein Mafioso war. Und ganz bestimmt kein Italiener. Aber um das Gespräch in Gang zu halten, sagte sie: »Und wer ist dieser neue Mann?«

»Ich dachte, das wüßten Sie vielleicht.«

»Und was bekomme ich, wenn ich es Ihnen verrate?«

»Vielleicht hab ich was für Sie. Aber rufen Sie mich nicht an; ich melde mich wieder.«

Skip erhob sich. »Das sollten Sie auch lieber. Ein Polizist ist umgebracht worden, Delavon – haben Sie das eigentlich begriffen?«

Wieder lächelte er; ein freundlicher Gastgeber, der seinen Besuch zur Tür brachte. »He, ich hab gehört, Sie hatten ein paar Probleme drüben bei Maya?«

»Sie sind wirklich überall, wie?«

»Man tut sein Bestes.«

»Dann müßten Sie doch auch wissen, wo Dennis Foucher ist.«

Delavon sah demonstrativ auf die Uhr, eine Rolex. »Nun, nicht in diesem Augenblick. Aber vor etwa einer Stunde hab ich ihm ein bißchen Shit verkauft.«

Skip fuhr herum. »Verdammt noch mal, Delavon.« Sie wußte nicht, ob er die Wahrheit sagte oder nur mit ihr spielte.

»Ich kann doch nicht überall gleichzeitig sein. Wie soll ich wissen, wo jemand ist, den ich vor einer Stunde gesehen habe?« Er schwieg einen Moment. »Aber Sie wissen ja, ich bin ein guter Junge. Soll ich ihn für Sie finden?«

Der Mann trieb sie in den Wahnsinn. »Ja. Finden Sie ihn für mich. Schließlich sind Sie ein guter Junge und ein verantwortungsbewußter Bürger. Und soviel Tugend muß selbstverständlich belohnt werden.«

»Sie halten sich wohl für was ganz Besonderes, wie?« Seine Züge waren zu einer harten, unangenehmen Maske geworden. »Sie glauben, Sie kriegen alles, was Sie wollen, weil Ihr Daddy Arzt ist. Ich will Ihnen mal was sagen, Mädchen. Sie müssen noch viel lernen. Das Leben läuft nicht so. Glauben Sie, ich wohne hier? Vergessen Sie's. Ich hab die Bude von einem Freund geliehen. Ich mußte alles stehen- und liegenlassen und hier rüberkommen, nur damit Sie Ruhe geben. Und Delavon läßt sich nicht gern rumscheuchen.

Sie sehen also, Sie sind mir jetzt schon was schuldig. Nur dafür, daß ich hergekommen bin.«

Ihr brannte nur eine einzige Frage auf der Zunge: *Woher weiß er, was mein Vater macht?*

15

Als sie aus dem Haus kam, saß O'Rourke nicht mehr in seinem Wagen. Sie war nur zehn Minuten drinnen gewesen – er hatte sich bestimmt noch nicht auf die Suche nach ihr gemacht, und außerdem wäre sie ihm dann begegnet.

Sie wußte, er hätte den Wagen auch nicht aus einem banalen Grund verlassen – wie ekelhaft er sonst auch sein mochte, O'Rourke war ein guter Polizist.

Sie hatten ihn erwischt.

Sie erinnerte sich an Delavons Telefongespräch: *»Das ist tatsächlich interessant. Ich glaube, jetzt ist es Zeit für eine Lektion.«* Nachdem er aufgelegt hatte, war er ein bißchen netter gewesen, zweifellos weil er wußte, daß er im Augenblick die Oberhand hatte.

Ohne um Verstärkung zu ersuchen, ging sie zum Hinterausgang. Delavon würde hier herauskommen, das hatte sie im Gefühl; er würde annehmen, daß sie auf Verstärkung wartete und er längst verschwunden wäre, wenn die einträfe.

Statt Delavon fand sie O'Rourke, der zerschlagen am Boden lag, vielleicht tot. »Verdammt, O'Rourke!«
Er hatte einen schwachen Puls. »Halt durch. Es kommt alles wieder in Ordnung.«
Sie hielt O'Rourkes Hand, bis er in der Notaufnahme aufwachte.
Er sagte: »Langdon, verdammt, werd ich's überleben?«
»Aber sicher. Du bist zu stur zum Sterben. Aber nur für den Fall, kann ich dich was fragen?«
»Was?«
»Wie viele Frauen hast du?«
»Ich bin zu stur zum Heiraten.«
»Was ist passiert?« fragte sie.
»Ein paar Dreckskerle haben mich aus dem Auto gezerrt und zusammengeschlagen. Und mir die Marke und die Waffe abgenommen.«
Delavon, das wird dir noch leid tun.
Sie ging zum Grundbuchamt, wo sie erfuhr, daß das Haus einem gewissen Reginald Vicknair gehörte, der in Pontchatain Park wohnte, einem teuren schwarzen Viertel. Er arbeitete für eine bekannte Anwaltsfirma an der Gravier Street.
Vicknair war, was Skip erwartet hatte: würdig, mittleren Alters, nicht aus der Ruhe zu bringen; vielleicht ein bißchen zu selbstzufrieden. Er setzte eine Brille und ein wohleinstudiertes Lächeln auf. »Was kann ich für Sie tun?«
»Ich muß den Namen eines Ihrer Mieter wissen.«
»Darf ich fragen, warum?«
»Selbstverständlich. Ein Polizist ist vor dem Gebäude zusammengeschlagen worden.«
»Und Sie verdächtigen meinen Mieter?«
»Sagen wir mal, ich möchte mit ihm – oder ihr – sprechen.«
Er seufzte. »Na gut. Welche Wohnung?«
»Sieben.«
Er zog die Braue hoch. »Mr. John Smith.«
»Aha. Wie sieht dieser Mr. Smith aus?«
»Schwarz, etwa neunundzwanzig oder dreißig. Mittlere Hautfarbe – sagen wir mal, dunkler als meine. Keine Narben

oder so. Vollkommen durchschnittlicher Typ. Mittelgroß, nicht dick, nicht dünn.«
Es hätte Delavon sein können.
»Wie zahlt er seine Miete?«
»Er wohnt erst ein paar Wochen dort.«
»Was wissen Sie noch über ihn?«
»Er hat ein feines Auto, daran erinnere ich mich – einen Lexus, glaube ich. Das war – zugegeben – ein Grund, weshalb ich nicht nach weiteren Referenzen gefragt habe. Er war gut angezogen, hatte ein feines Auto, und er war gepflegt. Ich dachte, er wäre in Ordnung.«
»Was hat er für einen Beruf?«
»Ich müßte meine Frau anrufen. Die Akten sind zu Hause.« Er sprach mit seiner Frau und sagte dann zu Skip: »Er ist Vertreter. Für eine Firma namens Amglo.«
»Adresse?«
Er sprach wieder ins Telefon. »Schatz, ist eine Adresse angegeben?« Er kritzelte etwas auf einen Zettel und reichte ihn Skip. »Ich habe so ein unangenehmes Gefühl«, sagte er. »Sehen wir mal nach.«
Die Firma stand nicht im Telefonbuch.
Skip warf einen Blick auf die Uhr. Es war kurz vor fünf. Bis sie in Gentilly war, würden die meisten Leute von der Arbeit zu Hause sein.
Zuerst klopfte sie an Mr. Smiths Tür, aber niemand reagierte. Dann sprach sie mit allen anderen Hausbewohnern. Niemand hatte Mr. Smith je gesehen, nicht einmal bei seinem Einzug. Vermutlich gab es ihn gar nicht, ebensowenig wie eine Firma namens Amglo, und Mr. Vicknairs Mieter würde nicht einmal seine Möbel abholen.
Sie wußte nicht, wie sie wieder mit Delavon Kontakt aufnehmen sollte, außer durch Biggie. Aber wenn sie Biggie mit aufs Revier nahm und ihn durch die Mangel drehte, würde sie kein Wort erfahren und ihn als Informanten verlieren. Das wollte sie noch nicht riskieren. Sie hatte noch eine weitere Hoffnung: O'Rourke würde vielleicht einen seiner Angreifer wiedererkennen.

Erschöpft ging sie nach Hause und dachte daran, daß sie Steve den ganzen Tag noch nicht gesehen hatte, daß er daheim auf sie warten würde.
Aber er war nicht da.
Das Haus war leer und wirkte dunkel, obwohl es ein heller Abend war. Auf dem Heimweg hatte sie an Jim denken müssen, und ihre Tränen saßen locker. Sobald sie den Schlüssel ins Schloß steckte und merkte, daß Steve nicht da war, entspannte sie sich so weit, daß sie zu weinen begann. Beinahe blind vor Tränen, wollte sie nur noch unter die Dusche, vielleicht, um ihre Trauer wegzuwaschen.
Schon auf dem Weg nach oben zog sie sich aus, schlüpfte hinter den Duschvorhang, drehte das heiße Wasser auf und blieb stehen, bis sie sich ausgeweint hatte.
Als sie wieder herauskam, glaubte sie, ein Geräusch zu hören.
»Steve?«
Wieder dieses Geräusch, beinahe wie ein Schrei. Sie zog einen Frotteebademantel über, griff nach ihrer Waffe und schlich die Treppe hinunter. Das Geräusch kam aus der Küche, jetzt ziemlich stetig, und in Skip keimte ein Verdacht auf; sie kam sich albern vor mit der Waffe in der Hand, aber sie behielt sie, nur für den Fall.
Sie öffnete die Küchentür, und etwas Weiches berührte ihr Bein. Sie hatte richtig geraten: noch ein Hund – jedenfalls würde es mal einer werden. Im Augenblick war es kaum mehr als eine Handvoll weißen Fells mit einem schwarzen Auge und einem schwarzen Ohr.
»Oh, du Engel!« rief sie entzückt, legte die Pistole auf die Arbeitsplatte und bückte sich nach dem Welpen. Er zitterte. »Oh, Mamis Kleiner hat Angst, hattu Angst vor der großen bösen Pistole? Armes kleines Hundi!«
Er schmiegte sich in ihre Hand, als wäre sie tatsächlich seine Mutter. Sie hatte ihn gerade ein wenig beruhigt, als die Tür aufgerissen wurde. »Hallooo!« sang Steve.
So was macht er sonst nie, dachte sie. *Aber Moment mal – sonst rede ich auch nicht in Babysprache.*
Die Kinder kamen gleich hinter ihm.

»Hast du Angel gefunden, Tantchen?« Sheila strahlte übers ganze Gesicht. »Ist sie nicht süß? Komm zu Mama, Kleine.« Sie griff nach dem Welpen. »Angel hab ich sie getauft.«
»Sie ist mein Hund.« Auch Kenny griff nach dem Hund. Angel winselte.
»He. He«, sagte Steve. »Sie gehört noch überhaupt niemandem. Vergeßt Onkel Jimmy nicht.«
Kenny sah Skips Pistole. »He, wolltest du sie erschießen, oder was?«
Skip steckte die Pistole in die Tasche. »Ich dachte, es wäre Napoleon.«
Sie hatte es kaum ausgesprochen, da bedauerte sie es auch schon. Kennys Augen füllten sich mit Tränen, als er an den großen Hund dachte.
Steve stellte eine Einkaufstasche mit Hundeutensilien ab und zauste Kennys Haar, was Skip beinahe dazu veranlaßt hätte, erstaunt nach Luft zu schnappen. So etwas hatte er noch nie getan. Als er vor einer Woche angekommen war, war er ein ziemlich glaubwürdiger Kinderhasser gewesen. Diese Hundegeschichte hatte einen seltsamen Effekt.
»He, Kumpel, Napoleon wird nichts passieren, das verspreche ich dir.«
»Für wie blöd hältst du mich? Sie werden ihn umbringen.«
»Nein, werden sie nicht. Sie bringen keine Hunde um, die adoptiert wurden, und Napoleon wurde adoptiert.«
»Als ob du das wüßtest.«
»Sollte ich eigentlich; schließlich bin ich der neue Besitzer.«
»Was?« Sheila und Skip hatten gleichzeitig gesprochen. Kennys Mund stand weit offen.
Steve zuckte die Achseln und warf Skip einen verlegenen Blick zu. »Wahrscheinlich wirst du mich jetzt nie wieder besuchen.«
»Du hast diesen Hund adoptiert?«
»Ich mußte. Sonst hätten sie ihn umgebracht.« Er lehnte sich mit einer reichlich großspurigen Geste an die Arbeitsplatte.

Auf Kenny machte das tatsächlich gewaltigen Eindruck. »Das hast du wirklich getan?«
»Hm. Ich wette, du wirst mich besuchen kommen.«
»Darf ich? He, Skip, darf ich?«
»Was, und Angel allein lassen?«
»Vergessen wir nicht was?« fragte Sheila ernst. »Uns steht immer noch die James-Scroggin-Hürde bevor.« Sie hielt immer noch den Welpen, der dabei war, sich aus ihren Armen zu winden.
»Und wo ist Napoleon jetzt?« wollte Skip wissen, nur um sicherzugehen, daß er nicht irgendwo in der Nähe lauerte.
»Sie behalten ihn noch ein paar Tage im Tierheim. Ich habe für Impfungen und alles bezahlt. Sollen wir auspacken? Hier hab ich Welpenfutter, einen Wassernapf...«
»Ich bring die Pistole weg.« Außerdem zog sie sich um. Sie hoffte, Jimmy Dee würde die Kinder den Welpen behalten lassen. Er hatte wirklich ein weiches Herz, aber sie konnte sich nicht so recht vorstellen, daß er ein Haustier dulden würde, das drohte, sein sorgfältig eingerichtetes Heim in ein Schlachtfeld zu verwandeln.
Und dann werden Herzen brechen.
Sei ehrlich, Skip, deins auch. Du hast dich auf den ersten Blick in das kleine Biest verliebt.
Als sie wieder herunterkam, fragte Steve: »Wo hast du eigentlich die ganze Zeit gesteckt? Ich habe die Kinder zu McDonald's verschleppt, und wir hatten gehofft, daß du rechtzeitig zurückwärst, um mitzukommen.«
»Ich bin aufgehalten worden.« Sie hoffte, daß ihre Miene nicht zu viel verriet, aber er ahnte wohl etwas.
»Wie geht es Jim?«
Sie schüttelte den Kopf, bedeutete ihm zu schweigen. »Kommt, wir bringen Angel rüber.«
»Na gut«, meinte Steve. »Alle bereit?« Er benahm sich schon wie ein Vater.
»Kenny, du nimmst Angel«, sagte Sheila. »Du kannst als letzter reinkommen.«
Solche Großzügigkeit paßte gar nicht zu ihr, aber Skip nahm

an, sie habe Hintergedanken – jedenfalls hatte sie einen Sinn für dramatische Auftritte.

»Onkel Jimmy! Wir wollen dir was zeigen.«

Jimmy Dee und Layne saßen im Eßzimmer und tranken Kaffee. »Hallo! Wo wart ihr denn so lange?« Es war alles so friedlich, Skip wollte gar nicht daran denken, wie bald das ein Ende haben würde.

»Wir mußten unterwegs noch was erledigen«, sagte Sheila.

»Was wollt ihr mir denn zeigen?«

»Kenny hat es.«

Jetzt geht's los, dachte Skip. *Sein letzter friedlicher Augenblick. Danach wird es nie wieder so sein wie früher.*

»Kenny, du kannst jetzt reinkommen.« Sheila summte den Hochzeitsmarsch. Skip und Steve schlossen sich an. Kenny betrat das Zimmer bedächtig, im Takt der Musik.

»O Gott, ein Welpe! Kenny Ritter, du schaffst sofort dieses Tier aus meinem Haus.«

»Aber sie ist so schön!« sagte Sheila.

»Es gibt nur noch eins, was schlimmer ist als ein großer Hund, und das ist ein kleiner Hund.« Kenny hielt Angel hoch, die brav Onkel Jimmys Gesicht abschleckte.

»Ein Hund hat mich geküßt!«

»Sieh doch nur, wie niedlich sie ist.«

»Sie hat gewagt, mich abzuschlabbern!«

Layne sagte: »Mein Gott, das ist das Niedlichste, was ich je gesehen habe.«

Dee-Dee warf ihm einen erbosten Blick zu. »Et tu, Brute.«

»Ach, um Himmelswillen, James, hör auf mit dem Theater und sieh sie dir doch an! Kannst du diesem Gesicht widerstehen?« Er streckte die Hände nach Angel aus, die sich schwanzwedelnd in Empfang nehmen ließ. »Oh! So ein niedliches kleines Ding! Wie kann der große böse Jimmy Dee nein zu dieser putzigen kleinen Pelzkugel sagen?«

»Ich gehe.« Dee-Dee erhob sich. »Moment mal, was mache ich denn da? Sie geht.« Er zeigte unheilverkündend auf das schwanzwedelnde Pelzknäuel. »Das meine ich ernst, Kenny. Kein Hund. Punkt.«

Er klang so unnachgiebig, daß selbst Skip ein wenig in sich zusammensank. Besorgt schaute sie zu Kenny hinüber. Er kämpfte tapfer gegen die Enttäuschung an, aber er verlor. Sein Gesicht verzerrte sich, ein schreckliches Geräusch, halb Schluchzen, halb Aufschrei, entfuhr ihm, und dann begannen die Tränen zu fließen.

Zu Skips Erstaunen trat Steve vor und legte dem Jungen den Arm um die Schultern. »Schon gut, Kleiner. Du kannst zu mir kommen und Napoleon besuchen. Jederzeit, ehrlich.«

»Spielverderber«, murmelte Sheila erbittert.

Layne reichte Jimmy Dee den Hund. »Du kannst manchmal so herzlos sein.« Er suchte in seinen Taschen herum.

Dee-Dee starrte in das winzige schwarzweiße Hundegesicht. »Du bist tatsächlich ziemlich niedlich, weißt du das?« Er streichelte Angel. Sie wedelte mit dem Schwanz und wand sich. Er sah Kenny an, auf dessen Gesicht sich jetzt eine jämmerliche Hoffnung widerspiegelte. Jimmy Dee reichte dem Jungen den Welpen.

»Na gut, du kannst das verdammte Vieh behalten.«

Kenny und Sheila brachen in Begeisterungsgeschrei aus, das Angel so erschreckte, daß sie anfing zu kläffen. Das Geräusch war so schrill, daß Skip sich am liebsten die Ohren zugehalten hätte.

»Was ist denn los, Layne?« fragte Steve.

Layne hatte endlich sein Taschentuch gefunden und schien zu weinen, zu Tränen gerührt von dieser Szene häuslicher Eintracht. Er nieste. »Ich fürchte, ich bin allergisch gegen sie.«

16

Als sie allein waren, holte Steve Skips weißen Frotteebademantel, zog ihr das T-Shirt aus und hielt ihr den Bademantel hin. »Laß mich dir die Jeans ausziehen.«

Sie stand still, während er das tat.

»So. Und jetzt erzähl mir von Jim.«
Sie spürte, wie ihr Kinn zu beben begann. Als sie wieder sprechen konnte, sagte sie einfach: »Er ist tot.«
»Das tut mir leid.« Er hielt sie im Arm, sagte kein Wort, und ihr fiel auf, daß es keine angemessenen Platitüden gab, wenn ein Polizist getötet wurde. Man konnte nicht sagen »So was passiert nun mal«, oder »Jeder kennt das Risiko« oder etwas in dieser Richtung, denn das würde nur die Polizistin, die man zu trösten versuchte, an ihre eigene Sterblichkeit erinnern.
Manchmal glaube ich, wir hängen alle nur an einem seidenen Faden. »Es ist noch mehr passiert«, sagte sie. »O'Rourke hat mir vor versammelter Mannschaft die Schuld daran gegeben.«
»Dann ist er jetzt also auch tot.«
Ihr Lachen überraschte sie selbst. »Na ja. Im Krankenhaus.«
Sie erzählte die Geschichte mit einem Überschwang, der sie verblüffte, und als es vorbei war, kehrte sie zwangsläufig wieder zu ihrer Trauer zurück. Schließlich weinte sie in Steves Armen, unendlich dankbar, daß er bei ihr war.
Er schob sie zurück auf die Kissen und öffnete den Gürtel ihres Bademantels. »Wir sind am Leben«, sagte er und küßte sie, und dann küßte er ihre Brüste.
Er küßte und streichelte sie lange, so ruhig und zärtlich, daß es fast wie eine Massage war. Sie schob ihm die Hand zwischen die Beine, einfach, weil sie wissen wollte, was los war, und spürte, daß er reagierte. Augenblicklich wechselte ihre Stimmung von wohliger Schläfrigkeit zu Begierde.
Träge öffnete sie seinen Reißverschluß, überlegte, wie sie es verzögern konnte, aber das war nicht in seinem Sinn, und irgendwie paßte ihr das auch. Sie schlang die Beine um ihn, er vergrub sich in ihr, und in diesem Augenblick kam ihr das Leben so wunderbar vor, daß sie fast das Gefühl hatte, es schmecken zu können, wie Honig auf ihrer Zunge.

Am nächsten Morgen erwachte sie vollkommen deprimiert.
Als sie sich anzog, wurde ihr klar, daß sie für diesen Tag noch keine Pläne hatte. Sie überlegte, was zu tun war.
Etwas nagte an ihr, am Rand ihres Bewußtseins.
Ein Bild stieg vor ihrem geistigen Auge auf. Das Bild eines kleinen Mädchens, das Foto, das Sugar ihr gezeigt hatte. Sally.
Wo ist sie?
Ist sie bei ihrer Mutter?
Wo zum Teufel steckt dieses Kind?
Ist sie tot?
Sie spürte, wie ihr der Schweiß ausbrach.
Ich hab gestern den ganzen Tag verloren.
Sie konnte die Panik nicht abschütteln, das Gefühl, daß ihre Zeit ablief.
Wenigstens lebt Dennis noch; soviel weiß ich. Wieso sollten Reed und Sally also tot sein?
Hat man sie entführt? Oder verstecken sie sich vor jemandem?
Vor mir zum Beispiel?
Verzweifelt verbrachte sie den Morgen damit, Dennis' und Reeds Foto in jeder billigen Absteige der Stadt herumzuzeigen. Natürlich hatten die Angestellten Schichtdienst, aber das Foto war inzwischen auch in der Zeitung gewesen. Wenn einer von beiden in einem Hotel war, hätte der Klatsch längst begonnen: *Sind das diese beiden? Ich weiß nicht – er sieht dem Foto ähnlich, aber sie nicht.*
Aber bis zum Mittag war sie Dennis, Reed und Sally keinen Millimeter näher gekommen. Sie ging zu Remoulade, einer Filiale von Arnaud's, und bestellte sich Garnelen Arnaud. Sie aß auch ein paar Austern dazu.
Für Juni war es im French Quarter ziemlich voll. Alle trugen Shorts und bewegten sich nur langsam. Alle hatten verschwitztes Haar. Skip war nicht begeistert von der Aussicht, sich wieder in die Hitze wagen zu müssen, aber stillsitzen fiel ihr noch schwerer. Sie hatte einfach das Gefühl, daß etwas Schlimmes bevorstand.

Es ist schon passiert.
Und tief drinnen wußte sie, daß ihr Gefühl daher stammte, daß nichts sich verändert hatte außer ihr selbst.
Es ist wie nach einem Erdbeben – man traut dem Boden nicht mehr.
Sie ging zur Kanzlei von Anne Ebanks, Arthur Heberts Anwältin.
Anne Ebanks war eine lebhafte, rundliche Frau Mitte Fünfzig, etwa eins sechzig groß und wog um die siebzig Kilo. Trotz dicker Knie trug sie einen Minirock. Sie bewegte sich schnell und mehr hüpfend als gehend. Skip hätte tausend Dollar gewettet, daß sie eine hervorragende Cajun-Tänzerin war – jeder mit einem solch federnden Schritt mußte das sein.
Sie hatte dunkles Haar, das sie kurz und ziemlich aufgebauscht trug, und makellose Haut. Sie trug das übliche Schneiderkostüm und viel guten Goldschmuck, aber die Ringe in ihren Ohren waren einen Hauch größer als die einer Durchschnittsanwältin. Skip hatte das Gefühl, daß Mrs. Ebanks außerhalb der Kanzlei ein recht interessantes Leben führte.
»Ich muß mit Ihnen über einen Ihrer Klienten sprechen.«
»Arthur Hebert? Das hatte ich mir schon gedacht. Nicht, daß ich Ihnen viel sagen könnte, außer daß er ein ekelhafter alter Knacker war. Wahrscheinlich hatte jeder, der länger als fünf Minuten mit ihm zusammen war, das Bedürfnis, ihn umzubringen.«
Das war nicht gerade professionell, aber deutlich, und Skip mußte wider Willen lachen. »Waren Sie schon immer dieser Meinung?«
»Soll das ein Witz sein? Sind Sie dem Kerl je begegnet? So ein giftiger alter Kleingeist.«
»Ich bin nur überrascht, daß Sie jemanden vertreten haben, den Sie so schrecklich fanden.«
»Oh, er hat mich ebenso gehaßt. Wir waren aneinander gebunden, aus Loyalität meinem Mann gegenüber, der Arthurs Anwalt war, bis er letztes Jahr an Aids starb. Arthur hat immer so getan, als wäre es ein Herzinfarkt gewesen. Was für ein

schrecklicher Mensch! Er ist mit Carleton aufgewachsen, der ein ganzes Stück älter war als ich, und Carleton meinte immer, ich wäre Arthur gegenüber zu hart, er habe einfach nicht anders gekonnt.
Zunächst mal wegen der Religion – er glaubte, religiös sein zu müssen, obwohl er eigentlich ein gemeiner alter Mistkerl war, der kein Fitzelchen Spiritualität hatte. Aber vor allem wegen seiner Herkunft – das Restaurant war sein Lebensinhalt, und das hatte man nicht in Frage zu stellen.
Und natürlich hat Sugar ihm das Gefühl gegeben, endgültig in der Falle zu sitzen. Sie haben sich kennengelernt, als sie noch auf Sacred Heart war, und sie hat ihn geheiratet, sobald es ihr gelungen war, sich schwängern zu lassen. Der gute Mann wußte gar nicht, wie ihm geschah.«
»Ist sie eifersüchtig?«
»Keine Ahnung. Ich kenne sie persönlich kaum.«
»Sie scheint zu glauben, daß Sie Arthurs Geliebte waren.«
»Seine Geliebte!« Anne Ebanks brüllte vor Lachen. »Seine Geliebte!« Sie lehnte sich zurück und lachte, bis ihr die Tränen kamen. »O Gott, da würde ich ja noch lieber mit Ross Perot ins Bett gehen! Können Sie sich vorstellen, was für ein verschrumpeltes kleines Ding er da unten hat? O Gott! Seine Geliebte! Ich will Ihnen mal was sagen – ich bin sicher, das einzige, was er je liebte, war sein verdammtes Restaurant.«
Skip lachte. »Sie wollen also sagen, daß Mrs. Hebert sich irrt?«
»Ich will damit sagen, daß ich Pickel gekriegt hätte, wenn er mich nur ein einziges Mal berührt hätte.« Sie betrachtete ihre Arme, als könnte allein schon der Gedanke zum Ausbruch eines Ekzems führen.
Skip mußte sich anstrengen, sachlich zu bleiben. Anne Ebanks war lebhaft, derb und komisch – eine Frau, mit der sie sich gern angefreundet hätte. Aber sie hätte auch eine Lügnerin sein können. Also verkniff sie sich das Lächeln und sagte: »Sie waren seine Anwältin. Wissen Sie, ob er Feinde hatte?«

»Hunderte! Von Sugar abgesehen kann ich mir niemanden vorstellen, der ihn leiden konnte.«
»Ich meine die Sorte Feinde, die Grund hätte, ihn umzubringen.«
Sie breitete die Arme aus, was ihre vielen Armreifen zum Klirren brachte. »Sie haben die Auswahl unter Tausenden.«
Skip wartete ab, wollte die Stimmung dämpfen. *Es ist nicht der Zeitpunkt für Albernheiten.*
»Aber ich weiß von niemandem, der ernsthaft sein Leben bedroht hätte.« Anne Ebanks klang jetzt nüchterner, vielleicht hatte sie Skips unausgesprochene Botschaft verstanden.
»Ich versuche, meine nächste Frage so allgemein wie möglich zu halten – haben Sie und Arthur die letzte Zeit an etwas gearbeitet, das lange, vertrauliche Telefongespräche erforderte?«
»Ach, daher kam Sugar auf diese lächerliche Idee. Nein, es gab kein Projekt, keine Anrufe.« Sie trommelte mit rosa lackierten, makellosen Nägeln auf die Tischplatte und starrte ins Leere. »Vielleicht eine andere Anne. Schon möglich, aber ich kann mir keine vorstellen, die sich mit ihm einlassen würde.« Sie sah Skip wieder an. »Oder doch, – ein Mädchen, das jung und dumm genug ist, um auf solch einen alten Bock reinzufallen.
Verraten sie mir bloß, wieso das bei Frauen nicht auch klappt. Ich hätte nichts gegen einen gutgebauten jungen Mann einzuwenden; Sie etwa? Ich habe jede Menge Geld und Energie – warum kriege ich eigentlich keinen ab?«
Skip gab den Kampf gegen die Lachlust auf; wahrscheinlich benahm sich Anne Ebanks auch vor Gericht so, und vermutlich sogar bei Beerdigungen. »Ich bin sicher, Sie kriegen immer, was Sie wollen. Könnten Sie mir was über das Testament sagen?«
»Arthurs?« Sie inspizierte ihre makellosen Nägel. »Kein Problem. Es ist zwar noch nicht rechtskräftig, aber mit dem Augenblick seines Todes ist es zu einem offiziell gültigen Dokument geworden. Einfacher Nießbrauch, mit den Kindern

als Eigentümer. Was bedeutet, daß Sugar die Nutznießerin ist. Sie kann das Eigentum nutzen, bis sie stirbt oder wieder heiratet; danach geht alles an die Kinder.« Sie zuckte die Achseln. »Das Übliche. Mir fallen schon die Augen zu, wenn ich nur daran denke.«

Skip verließ die Kanzlei, ein wenig aufgemuntert vom Überschwang der Anwältin. Nach allem, was Skip über Arthur Hebert gehört hatte, hatte Anne Ebanks die Wahrheit gesagt – es klang tatsächlich nicht, als sei er ihr Typ gewesen. Sie hatte auch recht, was ihre Vermutung mit dem jungen, dummen Mädchen anging – wenn Arthur eine Geliebte gehabt hatte, war es bestimmt jemand, der diesem Bild entsprach.

Oder eine, die jung und gierig war.

Wieder zog sie los und zeigte das Foto in Hotels herum, wieder ohne Erfolg.

Dann kehrte sie ins Büro zurück. Es war Zeit für die Gegenüberstellung. Zwei Männer in der Reihe hatten ausgeprägte Unterlippen, wie der Junge, den sie in der Iberville-Siedlung gesehen hatte. Zwei andere konnte sie schnell ausschließen.

Die ersten beiden hatten die richtige Größe und die richtige Figur; tatsächlich sahen sie einander so ähnlich wie Brüder. Skip betrachtete forschend beide Gesichter, suchte nach Einzelheiten, an die sie sich erinnern konnte, nach Hinweisen, die ihr Erinnerungsvermögen anregen könnten.

»Sieht einer von ihnen aus wie dieser Junge?« wollte Cappello wissen.

»Das ist ja das schlimme – es sind gleich zwei.«

»Verdammt.«

»Genau.«

»Melancon hat eine üble Akte. Er wäre ein verdammt guter Kandidat.«

»Ich würde ihn ja rauspicken, wenn ich nur wüßte, auf welchen ich zeigen muß.«

Der Sarkasmus tat ihr sofort wieder leid, aber Cappello ließ sich nicht aus der Ruhe bringen. »Tu mir einen Gefallen, ja? Schlaf heute nacht zur Abwechslung mal.«

Steve war zu Hause, als sie heimkam, auf dem Hof mit den Kindern und Angel. Sie spielten ein Spiel, das darin bestand, daß der Welpe alle jagen und in die Knöchel beißen durfte, und das Skip für keine sonderlich gute Idee hielt.
»He, Skip.«
»He, Tantchen.«
»Hallo, Leute und Hund.« Skip ging nach oben und zog sich ein weites T-Shirt und Shorts an. Als sie wieder herunterkam, war Steve in der Küche und rührte in einem Krug Limonade. »Sieh mal, was ich für dich gemacht habe.«
»Wo sind denn die Kinder?«
»Onkel Dee-Dee hat sie reingerufen. Übrigens, er hat den Hund schon richtig gern.«
»Das war zu erwarten. Es ist ihm nur schwergefallen, sich von seinen teuren Möbeln zu verabschieden. Aber jetzt ist es passiert, und sie werden zusammen glücklich werden.« Er reichte ihr ein Glas.
»Komm, wir gehen raus in den Hof.«
Draußen stand ein Klapptisch mit ein paar Stühlen, und es wehte eine leichte Brise.
Als sie Steve ansah, verspürte sie einen Stich.
»Was ist denn?« fragte er.
»Ach, nichts. Ich wünschte nur, du könntest länger bleiben, das ist alles.«
»Ich auch, aber jetzt muß ich auch noch diesen verdammten Hund retten.«
»Napoleon.«
»Wenn ich ihn im Stich lasse, ist er ein Hund gewesen.«
»Wie schrecklich.« Sie konnte sich ein Grinsen nicht verkneifen.
»Versuch trotzdem, nicht zu heulen. Und ich denke immer noch über ein Projekt nach, das mich hierher zurückbringt.«
»Hab ich dir von den Kindern, die angeschossen oder getötet werden, erzählt? Von der armen keinen Tynette? Du könntest sicher auch noch andere finden.«
»Ich weiß nicht, ob ich damit zurechtkäme.«

»Hat schon mal jemand was über die Mardi-Gras-Indianer gemacht?«

»Wahrscheinlich. Aber ich hätte gern was, das ein bißchen finster ist, das ein Streiflicht auf die Verhältnisse in dieser Stadt wirft.« Er sah ein bißchen verlegen aus.

»Aha.«

»Weißt du, mit wem ich gern ein Interview machen würde? Mit diesem Delavon. ›Porträt eines Soziopathen‹ – was hältst du davon?«

»Er hält sich sowieso schon für einen Star. Ermutige ihn nicht auch noch.«

»Ich hab das vollkommen ernst gemeint.«

Das konnte sie seiner fast flehentlichen Miene ansehen. »Vergiß es. Falls ich ihn je erwische, werde ich dafür sorgen, daß er nie wieder lange genug aus dem Knast kommt, um mit seinen Fans zu reden.«

»Fans! Also wirklich – für wie verantwortungslos hältst du mich eigentlich?«

»Das wäre eine wunderbare Gelegenheit, einen Streit anzufangen...«

»Du hast schließlich angefangen! Ich glaube eigentlich nicht...«

»...aber ich bin viel zu müde.« Sie stand auf. »Was immer du meinst, mein Lieber. Zeit für ein Schläfchen.«

»Ich koche.«

»Ja?« Das hatte er noch nie vorgeschlagen.

»Klar. Ich und der Verdi Marte.« Das Feinkostgeschäft um die Ecke.

»Gute Nacht, mein Prinz.«

Als er sie Stunden später weckte, merkte sie, daß sie sich nicht einmal ausgezogen hatte, und sie konnte sich kaum daran erinnern, sich hingelegt zu haben. »Skip, wach auf.«

»Ist das Essen schon fertig?«

»Schon seit Stunden – aber ich hatte nicht das Herz, dich aufzuwecken. Es ist jemand für dich am Telefon.«

»Wer denn?«

»Tricia.«

Sie zog eine Grimasse.
»Du solltest lieber rangehen.« Er reichte ihr das Telefon.
»Tricia?«
»Skip. Ich hab ihn.«
»Wie bitte?«
»Ich hab Dennis.«
Sie fuhr auf. »Was?«
»Verdammt, komm schon. Ich bin an der Esplanade.« Eine wunderschöne Straße, aber nicht die sicherste Gegend. »Er war bei Maya – ich bin ihm gefolgt, für dich.«
»Ich komme sofort.«
Sie sprang aus dem Bett, griff nach Schuhen, Marke, Funkgerät, Handschellen und Pistole. »Bin gleich wieder da«, sagte sie zu Steve und ging, ohne sich auch nur zu kämmen. Vermutlich sah sie aus wie eine Pennerin.
Sie parkte vorschriftswidrig vor dem Haus, dessen Adresse Tricia ihr gegeben hatte. Ihre Freundin wartete dort und sah ein wenig angeschlagen aus. Skip wußte nicht, ob Dennis bewaffnet war, und konnte nicht vorhersagen, was passieren würde, wenn er herauskäme. Am besten würde sie die Gegend ein wenig auskundschaften und dann um Verstärkung bitten.
Plötzlich zeigte Tricia aufgeregt aufs Haus. »Da ist er!«
Eine Gestalt, die gerade aus einer Seitentür gekommen war, lief los.
»Bleib wo du bist«, rief Skip Tricia zu, machte sich an die Verfolgung und rief im Rennen über Funk die Zentrale an. Dann schrie sie »Halt! Polizei!«, wohl wissend, daß sie in Shorts und T-Shirt nicht besonders beeindruckend aussah.
Der Flüchtende reagierte nicht.
»Stehenbleiben oder ich schieße!« Selbstverständlich durfte sie das nicht, konnte nicht einmal einen Warnschuß abgeben.
Sie dachte daran, seinen Namen zu rufen, aber das hätte es vielleicht nur noch schlimmer gemacht. Sie konnte nichts anderes tun als ihn einfangen.

Los, Füße, kommandierte sie. *Macht schon, Tempo.*
Sie glaubte zu sehen, daß er langsamer wurde, und strengte sich noch mehr an. Er wurde tatsächlich langsamer. Der Abstand verringerte sich.
Er war bei Maya, und er ist heroinsüchtig. Eigentlich erstaunlich, daß er überhaupt noch rennen kann.
Es machte beinahe Spaß, mit Höchstgeschwindigkeit die Esplanade entlangzurennen, mitten in der Nacht.
Jetzt konnte sie seinen Atem hören.
»Geben Sie auf, Dennis«, rief sie, und er konnte nicht widerstehen, mußte sich umdrehen, war entsetzt, seinen Namen zu hören. Ihr Herz raste, als sie das Gesicht von dem Foto wiedererkannte.
Er versuchte, wieder schneller zu werden, aber der Blick zurück war ein Fehler gewesen.
Das wird jetzt weh tun, dachte Skip und warf sich auf ihn. Er schaffte noch einen Schritt, dann ging er zu Boden, und sie fiel über ihn, ohne sich auch nur die nackten Beine aufzuschürfen.
Er versuchte, sich zu wehren, aber sie zog die Waffe. »Denken Sie nicht mal dran.«
Sie zeigte ihre Marke.
»Bin ich verhaftet?«
»Ich muß Sie mit aufs Revier nehmen. Sie werden verdächtigt, Ihren Schwiegervater umgebracht zu haben.«
Sie legte ihm Handschellen an und wies ihn auf seine Rechte hin. Aber wie sollte sie ihn aufs Revier bringen? Sie konnte sich nicht vorstellen, mit ihm im Schlepptau bis zu ihrem Auto zurückzulaufen. Aber dann tauchte eine Gestalt auf, schreiend und rufend – Tricia, die sich natürlich nicht an ihre Anweisung gehalten hatte.
Das hat mir gerade noch gefehlt.
Inzwischen sahen Leute aus den Fenstern, und die Mutigsten hatten sich sogar auf die Straße gewagt.
Sie hörte eine Sirene, und ein Streifenwagen kam in Sicht. Ein Polizist wollte aussteigen, aber als er die Frau mit der Pistole sah, sprang er schnell wieder in den Wagen zurück.

»Schon gut«, rief Skip. »Langdon, Mordkommission. Ich brauche Hilfe bei einer Festnahme.«
Zögernd öffnete der junge Mann – ein sehr junger Mann, wie sie bemerkte – die Tür.
»Bringen wir ihn in Ihr Auto.«
Immer noch nicht so recht überzeugt, kam ihr der Polizist entgegen. Die Unsicherheit stand ihm ins Gesicht geschrieben. »Mein Gott, meine Marke ist in der Tasche. Greifen Sie rein und holen Sie sie raus.«
Sichtlich erleichtert half er ihr, Dennis ins Auto zu verfrachten.
»Ich muß das Haus überprüfen, aus dem er gekommen ist. Können Sie noch einen Wagen anfordern?«
»Hier kommt einer.«
Tatsächlich tauchte ein weiterer Streifenwagen auf.
»Gut; bringen Sie diesen Kerl zur Mordkommission, ja? Sagen Sie, er sei Dennis Foucher, dann werden die wissen, was sie mit ihm machen sollen.«
Sie ging zu Tricia, die die Arme um einen Baum geschlungen hatte und aussah, als wollte sie den Mond anheulen.
»Trish? Komm mit, Kleine. Alles in Ordnung, ich bring dich in einer Minute heim.«
Tricia ließ den Baum los und warf sich auf Skip. »O Skippy, ich hab wieder Scheiße gebaut!«
Skip wußte nicht, ob sie auf ihre Sucht anspielte oder darauf, daß sie geschrien hatte, als Dennis aus dem Haus kam.
»Es wird schon alles wieder gut.«
»O Skippy.«
Skip löste sich aus Tricias Griff. »Kannst du laufen? Na prima. Du mußt nur noch ins Auto steigen und kannst dann auf mich warten.«
»Ich steige in kein Polizeiauto.«
»Tricia, würdest du dich bitte zusammennehmen? Ich bringe dich so schnell wie möglich heim.«
Schmollend gehorchte Tricia. Sie ging mit einem der gerade eingetroffenen Polizisten mit, während Skip sich mit dem anderen zu dem fraglichen Haus aufmachte.

Als auf ihr Klopfen niemand reagierte, traten sie ein und fanden sich in einem Mietzimmer, aber von Reed und Sally gab es keine Spur. Skip brauchte einen Durchsuchungsbefehl, um sich alles genauer ansehen zu können. Sie fragte den Kollegen, ob er bleiben könne, um den Raum zu bewachen, bis sie zurückkam. Erst einmal wollte sie Tricia loswerden.

»Wo wohnst du?«

»Schon gut; du kannst mich einfach an der Ecke absetzen oder so.«

»Du weißt, daß ich das nicht kann. Wohnst du bei deinen Eltern?«

»Nein, ehrlich, laß mich einfach raus.«

Skip seufzte. »Na gut. Wie wär's mit Darryl?«

»O nein. Ich kann Darryl nicht schon wieder belästigen. Er wird mich umbringen.«

»Warum kannst du mir nicht einfach sagen, wo du wohnst?«

»Weil ich noch nicht heim will.«

Also das war es. »Du willst noch zu Maya?«

»Nein! Äh... nein, selbstverständlich nicht. Ich war nur deinetwegen bei Maya, Skippy, ich wollte Dennis für dich finden, weil ich neulich solchen Mist gebaut habe.«

»Na gut, wohin dann?«

»Hör mal, ich war wirklich nur aus diesem Grund da. Ich schwöre, ich gehe sofort in Behandlung, ich wollte nur noch etwas für dich tun.«

17

Skip war noch einmal in Dennis' Zimmer zurückgekehrt, hatte aber keinen weiteren Hinweis auf den Verbleib von Reed und Sally gefunden. Sie hatte allerdings auch nicht damit gerechnet. Im Grunde hatte sie nach Tonis Geschichte gewußt, daß Dennis allein unterwegs war.

Sie ließ ihn in ein Verhörzimmer bringen. »Ich habe nach Ihnen gesucht.«

Er gab keine Antwort.
»Ich höre, Sie wollen keinen Anwalt.«
»Stimmt. Ich will einfach meine Aussage machen und heimgehen.«
»Heimgehen? Glauben Sie wirklich, wir lassen Sie nach Hause?«
»Ich habe nichts getan.«
»Ach ja? Zufällig habe ich gerade Ihr Zimmer durchsucht und dort ein weißes Pulver gefunden.«
»Wollen Sie mich einschüchtern?«
»Ich versuche Ihnen klarzumachen, wie ernst Ihre Situation ist.«
»Ich habe Ihnen doch schon gesagt, daß ich mit Ihnen zusammenarbeiten will.«
»Also gut. Wo sind Reed und Sally?«
»Weiß ich nicht.«
»Sie wissen es nicht.«
Er schluchzte. »Ich fühle mich beschissen. Echt beschissen.«
»So sehen Sie auch aus.« Das war nicht der Dennis, den sie vom Foto her kannte. Er war dünner und hatte sich offensichtlich nicht mehr rasiert, seit er verschwunden war. Wahrscheinlich hatte er sich auch nicht gewaschen oder umgezogen. »Dennis, was ist an diesem Abend passiert?«
Er starrte sie an. Die Ringe unter seinen Augen waren so dunkel, daß sie fast wie Blutergüsse aussahen. »Evie ist gekommen. Sie hat Sally mitgenommen.«
»Evie? Wer zum Teufel ist Evie?«
»Reeds Schwester.«
»Moment mal. Wollen Sie damit sagen, daß Reed eine Schwester hat?« *Und niemand hat sie erwähnt? Spinne ich, oder was?*
»Ja. Evie. Das ist eine lange Geschichte.«
»Die können Sie mir vielleicht ein anderes Mal erzählen. Ich habe zu tun, wissen Sie?«
»Was?«
»Reden Sie endlich, Dennis.«

»Sie kam rein und versuchte, Sally mitzunehmen. Natürlich haben wir uns gewehrt. Vor allem Arthur, er stand direkt neben Sally. Also hat Evie auf ihn geschossen.«

»Wie ist sie reingekommen?«

»Sie hat geklingelt. Und Reed hat aufgemacht. Dann kam sie wieder rein, und hinter ihr war Evie. Wir hatten sie seit einem Jahr nicht gesehen. Sie sagte hallo, und Arthur schwieg – aß einfach weiter, als wäre sie überhaupt nicht da. Reed hat sie gefragt, ob sie mitessen wolle, und sie sagte nein, sie sei nur gekommen, um Sally zu holen.«

»Um Sally zu holen?«

»Hm.«

»Wollte sie mit ihr auf den Spielplatz gehen, oder was?«

»Hat Ihnen wirklich keiner von Evie erzählt?«

»Erzählen Sie's mir.«

»Na ja, sie hat behauptet, Sally gehöre ihr.«

»Gehöre ihr?«

»Sie ist Sallys biologische Mutter.«

»Aha. Vielleicht sollten Sie mir doch von Evie erzählen, bevor Sie fortfahren.«

Er starrte auf den Tisch. »Sie war mal meine Freundin.«

»Bevor Sie Reed kennenlernten?«

»O Gott, ja. So habe ich Reed ja kennengelernt. Wissen Sie, Evie war das schwarze Schaf. Sie und ich waren Junkies, und als wir kein Geld mehr hatten, sagte sie, sie stamme aus dieser reichen Familie, und wir könnten Geld von denen kriegen. Also sind wir hingegangen, und dann sah ich Reed, und...« Er hielt inne, hatte Tränen in den Augen.

»Sie hat uns angeschrien. Uns alle beide. Sie hatte mich noch nie gesehen, und sie schrie mich an. Sie hat mir das Gefühl gegeben, ein Stück Dreck zu sein.« Er zuckte die Achseln. »Aber dann hab ich mich in sie verliebt. Sie war so gesund und schön, und Evie war verbraucht und ausgelaugt. Und ich auch. Aber Reed hat mir geholfen, sauber zu werden. Genauer gesagt, es überhaupt zu wollen.

Und ich hab's geschafft. Sie hat mir einen Therapieplatz verschafft. Und damit war es zwischen Evie und mir vorbei. Evie

war immer noch ein Junkie, und ich war clean – wir hatten nichts mehr gemeinsam. Aber Reed – das war anders. Manchmal denke ich, ich bin nur ihretwegen zur Therapie gegangen – damit sie mich überhaupt wahrnahm.«
»Wie ging es weiter?«
»Wir haben uns verliebt und geheiratet.« Er lachte. »Arthur und Sugar sind beinahe tot umgefallen. Es ist ja nicht nur, daß ich ein Junkie war. Die Hälfte meiner Familie ist schwarz – wußten Sie das?« Er schüttelte den Kopf. »All diese verdammte Quälerei! Und jetzt bin ich wieder ein Junkie. Scheiße!« Er sah vollkommen niedergeschlagen aus. Als er sprach, klang er, als würde er gleich losheulen. »Wir saßen einfach beim Abendessen, und dann stand sie im Zimmer. Mit einer Pistole.«
Skip brachte ihn wieder zum Thema. »Sie ist also Sallys Mutter?«
»Ja. Sehen Sie, sie ist ein paar Jahre später auch clean geworden. Sie tauchte auf, als wir uns gerade überlegt hatten, daß wir ein Baby wollten, aber wir haben uns noch keine großen Gedanken gemacht, weil Reed nicht schwanger wurde, es war noch nicht so wichtig. Aber dann hat Evie uns diese Möglichkeit geboten – sie war schwanger und konnte das Kind nicht behalten. Wissen Sie, sie hatte sich einer christlichen Sekte angeschlossen, und die haben sie von der Nadel weggebracht. Sie war clean, sie sah gut aus, und sie sagte, sie habe wieder mit der Schule angefangen. Aber sie würde den Abschluß nicht machen können, wenn sie sich um das Kind kümmern müßte. Also fragte sie ihre Schwester und ihren Exfreund, ob sie das Kind adoptieren würden.
Wir kümmerten uns darum, daß alles legal war – eine richtige Adoption, nicht einfach nur pro forma. Also kam die kleine Sally zu uns, und wir haben uns in sie verliebt; wir gaben Evie Geld für die Schule, und alle waren zufrieden. Bis sie mit der Pistole reinkam.«
»Sie kam also rein und sagte, sie wolle Sally holen, und was dann?«
»Erst mal gar nichts. Wir alle starrten sie nur an. Dann fragte

Reed: ›Wie meinst du das?‹ und Evie sagte: ›Sie ist mein Kind, und ich will sie wiederhaben.‹ Und dann hat Arthur sie gepackt.«

»Evie oder Sally?«

»Sally. Und die Kleine fing an zu brüllen.« Einen Augenblick lang lächelte er beinahe. »Sie kann so was nicht ausstehen.«

Skip schwieg.

»Also, Arthur hat sie gepackt, wie einen Kartoffelsack, ganz fest, und sie brüllt, und Evie streckt die Arme aus, als wolle sie sagen: ›Komm zu Mami‹, aber das Kind hat sie nie im Leben gesehen und brüllt nur noch lauter, ballt die Fäuste und schlägt nach ihr.« Wieder das schiefe Grinsen, nur für eine Sekunde.

»Dann sagt Evie: ›Laß sie los, Daddy‹, und er sagt: ›Du verläßt sofort dieses Haus, junge Dame‹, oder was ähnlich Bescheuertes, und dann hat sie plötzlich eine Pistole in der Hand. Ich hab nicht mal gesehen, wie sie sie aus der Tasche nahm oder so – plötzlich hatte sie sie in der Hand. Reed sagte: ›Daddy, laß das Kind los, sofort.‹ Man konnte sehen, daß sie zu Tode erschrocken war, und ich auch.« Er hielt inne. »Hätten Sie mal 'ne Zigarette für mich?«

»Hier ist Rauchen verboten.«

»Scheiße.«

Einen Augenblick lang tat er Skip leid. Wenn seine Geschichte stimmte, war er durch die Hölle gegangen. »Vergessen Sie's; ich hole Ihnen eine.«

Sie schnorrte eine Zigarette von einem Kollegen, und als sie zurückkam, starrte Dennis die Wand an, als erwartete er, dort die Lösung seiner Probleme zu sehen.

»Und dann?«

»Arthur hat das Kind abgesetzt. Evie hat nach der Hand der Kleinen gegriffen, aber Sally wollte nicht. Also mußte sie sie hochnehmen, und das war der richtige Augenblick, sie aus dem Gleichgewicht zu bringen. Ich sah es, aber ich war zu weit weg. Arthur machte einen Schritt vorwärts, und Evie blickte auf und schoß. Einfach so. Ohne auch nur zu überlegen. Sie traf ihn ins Bein. Sie muß eine Arterie erwischt haben

– das Blut spritzte nur so. Wissen Sie, woran ich mich am besten erinnere? Wie wütend er ausgesehen hat. Als wollte er sie umbringen. Er stürzte sich auf sie und stieß gegen den Tisch. Ich nehme an, das hat ihr angst gemacht, denn sie hat wieder geschossen, und diesmal ist er umgefallen.
Dann war die Hölle los. Ich hab versucht, Arthur zu helfen. Evie muß Sally hochgenommen haben. Ich hörte, wie sie sagte, daß sie uns umbringen wird, wenn wir ihr folgen, aber ich hielt Arthurs Hand, und er gab dieses komische Stöhnen von sich. Ich war wie gelähmt, ich konnte einfach nicht aufblicken, ich konnte nicht loslassen, ich dachte nur, daß er gerade stirbt und ich ihm helfen müsse. Dann hörte ich, daß Reed rausrannte. Ich nehme an, Evie ist rückwärts aus dem Eßzimmer gegangen, und an der Haustür hat sie sich dann umgedreht und ist losgerannt. Und Reed folgte ihr. Ich hab das alles mehr aus dem Augenwinkel gesehen. Aber ich hab nur wenig mitgekriegt, außer dem, was mit Arthur passierte; ich hielt einfach weiter seine Hand und sagte Sachen wie ›Ganz ruhig‹, bis er schließlich die Augen schloß und starb. Und dann bin ich eine Weile sitzengeblieben.
Mir wurde klar, daß ich allein war, alle waren weg. Auch unser Auto – Reeds und meins. Ich nehme an, Reed ist ihr gefolgt, aber…« Er hielt inne und rauchte. Er hielt die Zigarette lange in der Hand, starrte die Wand an, als wolle er zu einem Schluß kommen.
»Aber was?«
»Na ja, wenn Reed ihr gefolgt ist, wieso hat sie dann nicht einfach die Polizei gerufen? Ich meine… verdammt, wo steckt sie jetzt? Das verstehe ich einfach nicht.«
»Warum haben Sie den Tatort verlassen, Dennis?«
»Das ist eine echt gute Frage. Warum? Warum habe ich getan, was ich in den letzten paar Tagen getan habe? Weil ich an nichts anderes denken konnte, als mich wieder in die Scheiße zu reiten.« Er hielt inne und dachte nach. »Nein. Nein, so würde ich das nicht ausdrücken. Ich kann mich nicht erinnern, überhaupt irgendwas gedacht zu haben. Ich war wie im Koma. Ich bin einfach gelaufen, bis ich zu einer Bar kam, wo

ich mich genug betrinken konnte, um es bis zur nächsten zu schaffen. Aber der Alkohol war praktisch verschwendet, ich war wie tot. Aber das war natürlich nicht alles. Ich wollte was anderes.«

»Sie sind wieder auf Heroin?«

»Ja.«

»Wo haben Sie es her?«

Er zuckte die Achseln.

»Sie haben es von Turan, nicht wahr?«

»Turan?« Er schaute so verwirrt drein, daß sie ihm fast glaubte.

»Turan.«

»Nie gehört.«

»Also von wem denn, Dennis?«

»Darüber kann ich nichts sagen.«

»Sie haben es von Delavon.«

»Von wem? Sprechen Sie Englisch, Miss?

Scheiße, dachte Evie, *ich hab seit drei Tagen keinen Tropfen getrunken und keine Halluzinationen gehabt und ich bin nicht zusammengekracht. Vielleicht ist es doch nicht so schlimm, wie ich dachte.*

Außerdem wurde ihr klar, daß sie trotz ihrer verzweifelten Situation eigentlich ganz optimistisch war. Sie hatte das Gefühl, es müsse einen Ausweg geben. Aber dann sah sie die Handschellen an ihrem Handgelenk.

Scheiße, wie bin ich nur hier reingeraten?

Mos Gesicht tauchte vor ihr auf. Das Gesicht ihres Geliebten.

Immer ist irgendein Mann schuld.

Männer und Alkohol.

Diesmal hast du es wirklich versaut, Mäuschen. Das hier ist das Blödeste, was du je gemacht hast.

Obwohl sie sicher war, keine Halluzinationen zu haben, gab es einiges an ihrer derzeitigen Situation, das sich kaum anders erklären ließ.

Zum Beispiel die Tatsache, daß ihr Freund sie gefangenhielt.

Denn sie war hier in Mos Haus. Er war Anwalt, hatte ein schönes Haus, war ein perfekter Heiratskandidat...
Genau.
Na ja, ich hab ihn schließlich auch angelogen.
Sie hatte ihm gesagt, sie sei Yvette Johnson, die Tochter eines Arbeiters aus Mississippi. Diese Identität hatte sie schon öfter angenommen; Evie Hebert zu sein tat ihr einfach nicht gut. Sie mochte niemanden in dieser verdammten Familie, und sie sah nicht ein, wieso sie ihren Namen benutzen sollte.
Damals, als sie ihn kennengelernt hatte, hatte sie verdammt gut ausgesehen, in engen Jeans und einer tief ausgeschnittenen Bluse, ihr Haar zu einem kindlichen Pferdeschwanz gebunden. Wegen ihres Privatschulakzents hatte sie ihren Vater diesmal zum Zimmermann gemacht – das war ein Job, den auch ein gebildeter Mann haben konnte –, und sie hatte behauptet, ihre Mutter sei Lehrerin und sie selbst ein oder zwei Semester auf Millsapps gewesen.
Sie wußte, sie hatte ihn am Haken, von dem Augenblick an, als sie das Haus betrat. Bevor sie ging, lud er sie zum Essen ein, und vor dieser Verabredung hatte er ihr ein Kleid und Schuhe geschickt; er hatte es irgendwie mit Schuhen.
Sie wußte nicht, ob sie die Sachen anziehen sollte, glaubte, daß er vermutlich etwas im Austausch dafür erwartete, aber dann dachte sie, was soll's, sie konnte immer noch nein sagen.
Aber er versuchte es nicht einmal.
Es dauerte eine Weile, bis er sie herbrachte, in dieses große Haus. Er behandelte sie wie eine Prinzessin.
Natürlich mußte sie mit Mrs. Garibaldi zurechtkommen, der furchterregenden Haushälterin, die sich benahm, als gehörte das Haus ihr, aber das war das einzige Problem.
Das und die Tatsachen, daß Mo viel unterwegs war. Manchmal sah sie ihn wochenlang nicht, manchmal auch noch länger, obwohl er in der Zwischenzeit aus all den entlegenen Orten anrief, in die er reiste. Er brachte sie immer zum Lachen, aber wenn sie dann auflegte, fühlte sie sich leer.

Diese Einsamkeit und Verzweiflung; sie hätte die Wände hochgehen können! Und dann trank sie, um die Melancholie zu mildern.
Sie trank und hing Tagträumen darüber nach, wie ihr Leben sein sollte. Sie sollte zum Beispiel mit Mo zusammen in diesem Haus wohnen. Mit dem Mann, den sie liebte und der sie liebte.
Und Sally sollte bei ihnen sein. In letzter Zeit hatte sie viel an Sally denken müssen.
Sie wollte ihr Baby wiederhaben.
Wenn sie zusammenlebten, Mo und sie, würde sie auch Sally holen können. Sicher würden Reed und Dennis verstehen, daß sie ihnen Sally nur ausgeliehen hatte, bis sie ihr Leben in Ordnung gebracht hatte.
Eigentlich hatte sie nicht geglaubt, daß das je passieren würde, aber es sah ganz danach aus. Es war fast, als wären sie verheiratet. Wenn er hier im Haus Partys gab, war sie immer dabei, und sie war eine verdammt gute Gastgeberin.
Mo sagte es ihr immer wieder.
Das war ja auch verständlich. Schließlich hatte sie die richtige Erziehung gehabt: das Restaurant, Tanzstunden bei Miggy's und alles. Sie sollte ja wohl imstande sein, auf einer Party zurechtzukommen.
Und sie sah auch nobel aus, wenn sie entsprechend angezogen war. Nobel, so hatte Mo es ausgedrückt.
Zum erstenmal hatte sie sich in einen Mann verliebt, der alles hatte. Sie suchte immer noch nach Schwachstellen, aber sie konnte keine bei ihm finden.
Der Kerl war einfach vollkommen.
Ja, und ich bin die meiste Zeit betrunken.
Er war perfekt, und er liebte sie, das sagte er jedenfalls immer. Es wäre nur eine Frage der Zeit, wann sie heiraten würden, das war doch klar.
Sie konnte es kaum erwarten. Es würde wunderbar sein, wenn sie hier zu dritt zusammen wohnten. Und als erstes würde sie die Garibaldi rauswerfen.
Dann würde sie das Haus neu einrichten, Sally auf eine gute

Schule bringen, und dann … dann würden sie reisen. Sie und Mo. Vielleicht könnte sie ihn auf einigen seiner Geschäftsreisen begleiten. Und vielleicht könnte sie ihn dazu bringen, mit ihr an einige Orte zu fahren, die sie immer schon hatte sehen wollen.

Was immer sie wollte, Mo würde einverstanden sein. So behandelte er sie eben. Er kaufte ihr Kleider, er kaufte ihr Schuhe, er kaufte ihr Unterwäsche und Blumen. Er führte sie in gute Lokale. Er merkte immer, wenn irgendwo Durchzug war, wenn sie müde war oder wenn sie noch etwas trinken wollte. Er wußte solche Dinge, bevor sie ihr selbst bewußt waren, so war er auf sie eingestellt.

Er war mit Abstand der großzügigste Liebhaber, den sie je gehabt hatte.

Aber sie hatte ihn nicht plötzlich mit Sally überraschen wollen.

Er wußte schon, daß sie eine Tochter hatte, die nicht bei ihr wohnte, und sie hatte ihm erzählt, wie sehr ihr die Kleine fehlte.

»Vielleicht solltest du daran denken, sie zurückzuholen«, hatte er gemeint.

Als hätte er ihre Gedanken gelesen. Als wären seine Gedanken die ihren.

Tatsache war, vor drei Tagen hatte sie sich besoffen und ihre Tochter geholt.

O Mann. Besoffen ist gar kein Ausdruck. Was hab ich mir nur dabei gedacht?

Sie wand sich regelrecht, wenn sie daran dachte. Sie hatte sich vorgestellt, sie würde Sally einfach abholen und sie nach Hause bringen können. Und dann, als alles außer Kontrolle geraten war, war sie direkt zu Mo geflohen, ihrem verläßlichen Helfer und Beschützer, der immer wußte, was zu tun war.

Aber das war nicht der Grund dafür, warum sie sich so elend fühlte. Sie hatte sich bloß immer ausgemalt, wie Sally »Mommy!« rufen und ihr in die Arme springen würde.

Das Kind hatte sie nie gesehen, seit dem Tag der Geburt.

Und diese Demütigung, als alle so ekelhaft zu ihr gewesen waren! Sie hatten sie wie Dreck behandelt. Als wäre sie eine entfernte Verwandte, die sie schrecklich blamiert hatte. Wie war sie bloß auf die Idee gekommen, sie könnten sich freuen, sie zu sehen, oder wenigstens freundlich sein?
Sie wußte nicht genau, wie oder warum, aber plötzlich hatte sie die Pistole in der Hand gehabt, die Mo ihr geschenkt hatte – er hatte darauf bestanden, daß sie sie bei sich trug, weil das Viertel, in dem sie wohnte, so gefährlich war.
Innerhalb von Sekunden war ihre ganze Welt zusammengebrochen.

18

Sugar konnte es nicht ausstehen, wenn sie still sitzen mußte; es paßte einfach nicht zu ihr, sie war eine aktive Frau. Aber im Augenblick konnte sie nicht viel tun, nur die Trümmer aufsammeln. Sie hatte eine Reinigungsfirma ins Haus kommen lassen, aber es gab immer noch grausige Spuren des Geschehens. Sie hatte die Anstreicher bestellt. Sie würde das Zimmer in einer anderen Farbe streichen lassen – pfirsichrosa –, damit es ganz anders aussähe.
Grady hatte gesagt: »Mom, wieso ziehst du nicht aus? Das Haus ist zu groß für dich, und es birgt schreckliche Erinnerungen. Du brauchst es nicht; fang irgendwo neu an.«
Aber das wollte sie nicht. Nun gut, es gab schreckliche Erinnerungen, aber ein paar davon waren alt, und sie hatte mit ihnen schon so lange gelebt. Sie würde einfach alles hinter sich bringen, würde den Müll loswerden – alles, was einmal Arthur gehört hatte –, und sie würde die ganze verdammte Bude neu streichen lassen, in Farben, die sie mochte und die Arthur immer verboten hatte. Vielleicht würde sie sogar sämtliche Möbel verkaufen, Stück für Stück, und Zeug anschaffen, das Arthur gehaßt hätte. Witwe zu sein hatte auch seine guten Seiten.

Aber es erschreckte sie trotzdem zu Tode.
Jetzt, da sie um Arthur trauern sollte – und ein Teil von ihr tat das wirklich, sie zeigte es nur nicht –, wurde ihr auch klar, wie wütend sie auf ihn war. Diese unterdrückte, niedergehaltene Wut hatte schon seit Jahren in ihr gelauert – und jetzt konnte sie sie nicht mehr beherrschen.
Sie hoffte nur, sie würde die Beerdigung hinter sich bringen können, ohne eine Tirade loszulassen.
Die Beerdigung! Mein Gott. Wo sind nur Reed und Sally?
Jedesmal, wenn sie es geschafft hatte, sich ein wenig abzulenken, schoß ihr diese Frage durch den Kopf. Die Sorge lauerte hinter allem, was sie tat, wie ein Raubtier, das an ihrem Lebenswillen nagte.
Zwei Leute hatten ihr schon gesagt, sie versuche, etwas zu »verdrängen«, was immer das bedeuten mochte, und das nur, weil sie sich irgendwie beschäftigte. Und sie hatte bemerkt, wie diese Polizistin sie angesehen hatte, diese Ms. Langdon, ein grober Klotz von einer Frau – als hätte sie kein Herz. Aber das war es nicht. Sie hatte nur das Glück, ihre Gefühle nicht zur Schau stellen zu müssen wie andere.
Sie räumte gerade den Wohnzimmerschrank aus, damit die Anstreicher ihn rausschaffen konnten, als sie die Fotoalben fand. Ohne nachzudenken, schlug sie eins auf. Es war ein altes, aus der Zeit, als die Kinder noch klein und sie alle noch glücklich gewesen waren. Bevor Arthur angefangen hatte, sie zu betrügen.
Da war Reed mit ihrer kompletten Puppenhausküche, die sie zu Weihnachten bekommen hatte, und auf einem anderen Foto hielten alle drei ihre Osterkörbchen hoch. In jenem Jahr waren Arthur und sie so dumm gewesen, Grady ein Entenküken zu kaufen, das dann schnell gewachsen war und Reed über den Hof gejagt hatte, wann immer sie sich nach draußen wagte.
Sie waren so niedlich, so süß – wie war es nur gekommen, daß sie so unerträglich wurden? Grady war ein Versager. Evie war drogenabhängig.
War ich eine so schlechte Mutter?

Nein, damit hat es nichts zu tun. Seht mich an – ich hatte eine schreckliche Kindheit, und ich bin vollkommen in Ordnung.

Darauf kam sie immer wieder zurück. Sie glaubte, daß ein Mensch die Anlagen in sich hatte, alles zu tun und zu sein, was er wollte, und sie betrachtete sich selbst als Beweis dieser Theorie. Sie glaubte nicht, daß man von seiner Umgebung geprägt wurde, und sie war nicht einmal sicher, was die Erbanlagen anging. Es lag an einem selbst. Am Charakter. Der Stärke.

Sugar war das dritte Kind einer Mittelstandsfamilie gewesen. Insgesamt waren sie fünf Geschwister, wie die Orgelpfeifen: Michael, Patrice, Eugenia, Patrick und Peter. Sie hatten ihr den Spitznamen gegeben, weil die anderen Kinder ihren Namen nicht hatten aussprechen können.

Ich hab nicht mal einen eigenen Namen gekriegt.

Michael war der Älteste, Peter der Jüngste, Patrice das erste Mädchen und Patrick ein Junge, was natürlich bedeutete, daß er wichtiger war als Sugar.

Und alle hatten ihr das immer wieder deutlich gemacht.

Die beiden älteren Kinder hatten einander gehabt, ebenso wie die jüngeren. Niemand hatte Sugar je bemerkt, niemand kümmerte sich um sie.

Sie hätte es eigentlich wissen sollen. Sie hatte Weinkrämpfe bekommen und sich im Bad eingeschlossen, nur um Aufmerksamkeit zu erregen.

Es hatte nicht funktioniert.

(Aber für eins war es doch gut gewesen: sie kannte sich damit aus. Als Evie dasselbe versuchte, um Aufmerksamkeit zu erregen, ließ Sugar ihr das nicht durchgehen.)

Sie hatte immer gute Noten bekommen. Das hatte auch nicht geholfen.

Einmal hatte sie eine Woche lang dieselben Sachen getragen – keine Reakion.

Sie hatte gelesen, daß man das ganze Leben damit zubrachte, gegen die Muster anzukämpfen, die in der Kindheit entstanden waren, und das konnte sie nur bestätigen.

Ich komme mir vor, als wäre ich unsichtbar, als müßte ich die Hand heben und sagen: »Moment mal, ich bin auch da. Würdet ihr mir hin und wieder in die Augen sehen? Würdet ihr bitte mal eine Sekunde lang so tun, als wäre ich ebenso wichtig wie mein Mann? Oder sogar, als würdet ihr mich sehen?«

So war es immer für sie gewesen. Während ihren Kindern nie etwas wirklich Schlimmes passiert war.

Wenigstens nicht bis zu dem bösen Tag.

Es war der schlimmste Tag ihres Lebens gewesen, vielleicht ihrer aller Leben. Sie würde nie das Gesicht des armen Kindes vergessen... oder die Wunde, so entzündet, so unmenschlich aussehend, oder die Laute, die die Kleine von sich gegeben hatte, später, während der Behandlung.

Sugar schüttelte sich, wollte die Erinnerung mit Gewalt von sich schieben.

Aber das war nur ein einziger Tag in unserem Leben, und am Ende hat es uns enger zusammengebracht. Wir mußten alle lernen, mit den Widrigkeiten zurechtzukommen. Arthur hat sogar seine damalige Geliebte fallenlassen. Jedenfalls bin ich ziemlich sicher, daß er das getan hat. Er hat sich eine Weile fast normal benommen.

Sugar klappte das Album zu und fand sich zu ihrer eigenen Überraschung auf dem Boden kauernd wieder, laut und hilflos schluchzend.

Als das Telefon klingelte, dachte sie: Reed! Es ist Reed! Und sie hatte beinahe recht. Es war Grady, der von Dennis gehört hatte.

Grady versuchte, sich zusammenzureißen, irgendwie zu verstehen, was Dennis' Geschichte bedeutete. Dennis hatte ihn angerufen und gebeten, Kaution zu zahlen. Die Polizei hatte Heroin in seinem Zimmer gefunden, und sie wollten das nutzen, ihn in Haft zu behalten.

Grady wußte nicht, was er machen sollte. Seine Mutter wohnte in Dennis' Haus, er konnte ihren Junkie-Schwiegersohn dort nicht wieder einziehen lassen, und auf keinen Fall wollte er sie in seiner eigenen Wohnung haben. Andererseits hatte Sugar eigentlich kein Recht, in Dennis' Haus zu sein. Sugar hatte das selbst geklärt, indem sie behauptete, sie habe sowieso nach Hause zurückkehren wollen. Er fand sie auch dort, wie sie irgendwas saubermachte. Sie war wirklich zäh, das mußte man ihr lassen.

Aber Dennis stellte trotzdem ein Problem dar. Ohne Frage hing er wieder an der Nadel. Und Grady hatte keine Anzeichen dafür erkennen können, daß sein Schwager aufhören wollte.

Er hätte Dennis im Knast lassen sollen – dort hätte er einen Entzug machen müssen.

Aber am Ende hatte er es nicht fertiggebracht. Er mochte Dennis, und selbst wenn nicht, wäre es einfach zu widerwärtig gewesen.

Und er glaubte seinem Schwager.

O ja.

Es paßte einfach alles zusammen.

Es war typisch Evie. Ganz typisch. Sich zu besaufen und dann durchzudrehen.

»Sie ist böse. Sie ist immer schon böse gewesen«, hatte seine Mutter getönt. Eine reichlich primitive Interpretation.

Aber Evie – was war mit Evie?

Das war der Teil der Geschichte, den er nicht verstand und den er schon seit Jahren nicht verstehen konnte. Wer und was war Evie eigentlich, und wie war sie so geworden? Seine Eltern hatten sie immer als Ausgeburt des Teufels betrachtet, offensichtlich ohne die Ironie dahinter zu bemerken.

Der Text, an dem er arbeitete, als das Telefon klingelte, hieß »Das House of Blues, bevor *es* geschah.« Und seltsamerweise handelte es von ihr.

Irgendwie nahm alles, was sie tat, ein schreckliches Ende; er wußte nicht, warum. »Es war Sonntag nachmittag«, hatte er geschrieben, »und unsere Verwandten waren zu Besuch…«

Vielleicht war es Ostern oder so etwas – jedenfalls war die ganze Familie versammelt, Tante Patrices Kinder und die von Tante Breezy-Ann und Onkel Patrick. Wir müssen zu neunt oder zehnt gewesen sein, ein paar Erwachsene mitgerechnet, die auf uns aufpassen sollten, und wir beschlossen, Softball zu spielen.

Die Erwachsenen verschwanden alle, außer Onkel Michael, der – als Schwuler – das schwarze Schaf war und seine Altersgenossen vermutlich nicht sonderlich mochte.

Wir hatten eine Menge Spaß, aber dann traf Evie einen Ball falsch, und er zerbrach das Küchenfenster. Das wäre alles nicht so schlimm gewesen, wenn Mama nicht gerade am Spülbecken gestanden und ein paar Kristallsachen gespült hätte, die sie nicht in die Maschine hatte geben wollen. Der Ball schoß an ihrem Ohr vorbei, traf den Kühlschrank, prallte ab und krachte ihr in den Rücken.

Ach du Scheiße, man hätte glauben können, jemand hätte sie angeschossen! Dem Schrei nach zu schließen, den sie ausstieß, hätte sie gelähmt sein können. Na ja, vermutlich hatte sie sich zu Tode erschreckt.

Sie fing an zu kreischen: »Ihr Kinder! Ihr schrecklichen Kinder!« und jemand sagte, Evie sei es gewesen – kann sein, daß ich das war –, und sie brüllte: »Komm sofort her, Evelyne Hebert. Ich hau dich windelweich!«

Evie fing an zu weinen – mein Gott, hat sie mir leid getan! Ich hatte noch nie jemanden so verängstigt gesehen.

Es wäre mir nicht eingefallen, mich vor Vater oder Mutter zu fürchten. Ich weiß nicht, ob Evie einfach von Geburt an das Opfer war, oder was. Vielleicht sind ihr Dinge passiert, von denen Reed und ich nichts wußten. Sie ist die Älteste – vielleicht war ihr Leben irgendwie anders.

Aus irgendeinem Grund war sie immer anders als wir.

Sie war böse

Das war nichts Neues. Wir wußten, daß sie böse war, weil alle das sagten – das hielt man in der Familie schon für selbstverständlich. Aber bis dahin hatte ich nicht gewußt, welche Angst sie hatte.

Sie wand sich wie ein jämmerlicher kleiner Hund – tatsächlich klammerte sie sich an einen Baum und versuchte,

sich dahinter zu verstecken –, und sie beteuerte, sie sei es nicht gewesen.
Mama fragte: »Mike, war sie es oder nicht?«
Und Onkel Michael sagte: »Sie hat den Ball geschlagen, Sugar, aber es war Elsies Wurf, und überhaupt bin ich der Erwachsene hier, ich war...«
»Sie hat mich gerade angelogen – hast du das gehört? Hast du gehört, wie sie gelogen hat?«
Alle anderen Erwachsenen hatten sich inzwischen in der Küche versammelt – ich nehme an, sie wollten sehen, ob es ihr Kind war, das da heulte. Sie standen einfach da, sahen verblüfft zu, und Papa hatte Mama den Arm um die Taille gelegt. Er sagte vermutlich gerade: »Ach, komm schon, Sugar«, oder was in dieser Richtung, aber sie ignorierte auch ihn.
Sie ignorierte alle, bis auf Evie. Sie sagte: »Du hast mich angelogen! Du bist eine Lügnerin, stimmt's? Komm jetzt sofort her. Ich werde dir zeigen, was mit Lügnern passiert.«
Inzwischen hatte ich auch Angst, ebenso wie die anderen Kinder, glaube ich. Wir standen so erstarrt da wie die Erwachsenen. Ich weiß nicht, was wir glaubten, daß Mama ihr antun würde, aber ihr Geschrei hatte etwas Erschreckendes.
Und natürlich wußten alle, daß es Evies Schuld war. Weil Evie es immer schaffte, Unheil anzurichten. Tief im Herzen wußten wir alle, daß es uns nie gelungen wäre, den Ball so zu schlagen, daß nur Evie so etwas tat.
Niemand rührte sich, nicht mal Onkel Michael. Mama sagte immer wieder: »Komm jetzt sofort her. Tu, was ich dir sage, Evelyne Hebert«, und schlug mit der flachen Hand auf die Arbeitsplatte. Es gab Geräusche wie Schüsse.
Evie gab eine Art Winseln von sich. »Nein, Mama, nein, Mama«, wie ein verängstigtes kleines Tier, und dann sagte Mama: »Soll ich dich etwa holen kommen?« mit einer Stimme wie eine Messerklinge.
Evie fing an zu tanzen. Sie sprang auf und ab und wirbelte

herum, riß die Arme hoch, fuchtelte damit herum. Sie sagte immer wieder: »Nein, nein, nein!«, und es sah aus, als würden ihr gleich die Hände wegfliegen.
Mama sagte: »Ich zähle jetzt bis fünf, und dann bist du hier.« Und sie fing an zu zählen. »Eins, zwei, drei.«
Ich weiß nicht, wieso Evie nicht einfach davonrannte.
Ich habe solche Szenen oft gesehen, zu anderen Zeiten, mehr oder weniger heftig, aber sie ist nie davongelaufen.
Ich wäre bestimmt gerannt, davon bin ich überzeugt. Ich habe mich oft gefragt, wieso sie es nicht tat.
Mama war bei fünf angelangt und kam auf sie zu.
Langsam.
Sie verlängerte die Folter.
Als sie Evie erreichte, stand diese schon still, wappnete sich gegen den Angriff. Mama hob die Hand, auf gleiche Höhe wie ihr Gesicht, mit dem Handrücken zu ihr.
Dann schlug sie zu.
Mit der Rückhand, und so fest sie konnte.
Ich hörte, wie sie Evies Gesicht traf, und dann fiel Evie zu Boden und schluchzte wie ein Tierbaby, das seine Mutter irgendwo im Dschungel verloren hat.
»Geh ins Haus«, sagte Mama, und ihre Stimme war Napalm.
Evie rührte sich nicht, also schlug Mama sie noch einmal.
»Geh sofort ins Haus. Ich überlasse dich deinem Daddy.«
Evie begann zu krabbeln; sie bewegte sich wie ein Krebs, dicht am Boden, versuchte, aus Mamas Reichweite zu kommen, aber Mama jagte sie, schlug sie den ganzen Weg bis zum Haus.
Wir waren noch ziemlich klein, als das passierte, und ich hatte es bis vor kurzem vergessen. Jedenfalls kann ich mich nicht erinnern, jemals wieder daran gedacht zu haben. Es ist mir erst wieder eingefallen, nachdem Reed und Dennis verschwunden waren.
Vielleicht hat die Frau im House of Blues, die wie Evie aussah, die Erinnerung ausgelöst. Vielleicht hatte sie Spuren von Angst im Gesicht, die mich daran erinnerten, daß Evie

auch so sein konnte, denn normalerweise, wenn ich an meine Schwester denke, sehe ich sie nicht als verängstigt. Sie war einfach böse.

Wenn sie etwas Schlimmes getan hatte – was oft geschah –, schrien sie sie an, beide. Manchmal schrien sie auch mich an oder Reed, aber nicht oft, aber mit ihr brüllten sie häufig.

Und dann tat sie etwas, was weder Reed noch mir je eingefallen wäre: Sie brüllte zurück.

Sie brüllte zurück.

War sie verrückt?

Unsere Eltern waren ziemlich aufbrausend, als wir Kinder waren, aber wir wußten natürlich, daß das alles Evies Schuld war.

Weil sie ihre Geduld zu sehr strapaziert hatte.

Weil sie immer nur an sich dachte.

Weil sie gern Unheil anrichtete.

Das behaupteten sie jedenfalls.

Mama haßte sie, also mußte ich mich von ihr so gut wie möglich fernhalten. Ich glaube nicht, daß mir je eingefallen wäre, mich mit Evie anzufreunden oder zu verbünden oder sie nicht nur als Außenseiterin zu sehen; eine Außenseiterin innerhalb der Familie. Sie war einfach unwichtig.

Im Grunde war sie kaum vorhanden.

Ein Nichts.

Vielleicht war ich nicht gerade besonders sensibel, aber ich nehme an, die Tatsache, daß Mama sie haßte, hat mein Bild von Evie mehr geprägt als alles andere. Das Problem war einfach, wenn ich mich Evie angenähert hätte, hätte sie mich mitgehaßt.

Noch mehr.

Mama war nämlich von ihrem kleinen Jungen auch nicht sonderlich begeistert.

Lassen Sie mich das anders ausdrücken. Wahrscheinlich war sie von ihrem kleinen Jungen ganz entzückt gewesen, aber je älter ich wurde, desto weniger mochte sie mich.

Sie sagte, ich trinke zu viel Orangensaft und zu viel Milch.
Ich aß zu viel.
Ich war immer schmutzig.
Meine Ente schiß auf das Pflaster im Hof.
Ich machte Krach.
Ich hinterließ überall klebrige Fingerabdrücke.
Beschweren sich alle Mütter über solche Sachen? Ich bin fast sicher, aber irgendwie gab Mama mir – vielleicht durch die Art, wie sie sich beschwerte – das Gefühl, es liege nur daran, daß ich ein Junge war.
Sie mochte Jungen nicht. Daran ließ sie keinen Zweifel aufkommen. Also mochte sie mich auch nicht. Je älter ich wurde, je größer meine Füße wurden und je mehr sie stanken, je mehr Milch und Orangensaft ich trank, desto mehr erinnerte ich sie, kurz gesagt, an einen Mann. Und desto weniger mochte sie mich.
Ich glaube, das galt mehr oder weniger unsere gesamte Kindheit hindurch, aber alles änderte sich, als *die Sache* passierte.
Danach fühlten sich alle so elend, daß kaum jemand mehr die Stimme hob, und das für lange, lange Zeit. Was beunruhigend war, denn in unserer Familie schrie man.
Die Sache war vermutlich das prägendste Erlebnis meiner Kindheit, das entscheidendste. Vielleicht ist sie der Grund, daß ich ein armer Schriftsteller bin und kein reicher Bankier oder Anwalt. Sie lauert immer in meinem Hinterkopf oder dicht unter der Haut oder flattert in meinem Bauch herum. Sie ist da, was immer ich auch tue.
Die Sache ist da, wenn ich morgens rausgehe, die Zeitung hole und meinem Nachbarn zuwinke.
Wenn ich meinen Kaffee trinke.
Wenn ich telefoniere, versuche, einen Auftrag an Land zu ziehen, um die Miete für den nächsten Monat zusammenzukriegen.
Wenn ich mit einem alten Freund zu Mittag esse.
Wenn ich vor dem Abendessen zwei Gläser trinke und zwei danach.

Wenn ich mit einer Frau im Bett bin.
Und wenn ich ins House of Blues gehe, obwohl ich sie oft, wenn ich Musik höre, vollständig vergessen kann. Aber wenn ich dann rausgehe, ist sie wieder da.
Und noch mehr, wenn ich schreibe.
Ich kann sie nicht loswerden, ich kann sie nicht vergessen.
Sie will raus.
Sie versucht, sich einen Weg aufs Papier zu bahnen.
Wie ein Ungeheuer, das in mir sitzt und sich rauskämpfen will.
Und ich werde es rauslassen.
Wenn ich erst darüber schreiben kann, wird meine Arbeit sich verändern, da bin ich sicher. Ich bin lange um den heißen Brei herumgeschlichen, aber diese verblüffende neue Tatsache wird mir vielleicht zum Durchbruch verhelfen.
Diese groteske, erstaunliche Angelegenheit.
Evie, meine Schwester, hat unseren Vater umgebracht.
Ist das möglich?
Es ist jedenfalls geschehen.
Jetzt hab ich es geschrieben. Wenn ich mich nur dazu bringen könnte, es zu glauben.
Aber in meinem Kopf ist alles so verworren; alte Erinnerungen bekommen plötzlich eine neue Bedeutung.
Mir ist etwas Seltsames aufgefallen. Diese Softball-Geschichte, als Evie auf- und absprang und in der Luft herumfuchtelte, passierte, glaube ich, an Ostern.
Wir hatten alle unsere Sonntagssachen an, daran kann ich mich noch gut erinnern, wir waren in der Kirche gewesen.
Die Mädchen und ich stritten uns im Auto. Reed hatte einen Hut auf, und ich glaube, ich habe ihn ihr vom Kopf gerissen und gedroht, ihn aus dem Fenster zu werfen. Sie heulte, und Mama gab mir eine Ohrfeige.
Es war ein wunderschöner Tag, ein Frühlingstag, wie er im Buch steht.
Wir waren in der Kirche gewesen…

Grady hielt inne, weil er bemerkte, daß er das bereits geschrieben hatte. Er löschte es und schrieb: »Reed trug einen Hut«, dann hörte er wieder auf. Seine Haut kribbelte, und sein Nacken war feucht geworden. In seinem Magen ringelten sich Giftschlangen. Die Runzeln auf seiner Stirn waren tief wie Gräben. Er hatte die Zähne so fest zusammengebissen, daß sie weh taten.

Warte. Hol tief Luft.

Er strich sich das Haar aus der Stirn.

Schon gut.

Übelkeit wühlte in seinen Gedärmen und stieg bis zum Solarplexus.

Kann man eine Phobie vor einem Tag seines Lebens haben?

Vielleicht.

Aber ich glaube nicht, daß es eine Phobie ist; es ist ein Parasit, der an mir frißt.

Es mußte raus.

Und zum erstenmal in seinem Leben glaubte er, es schaffen zu können, den Wurm unter seiner Haut hervorzuziehen, sämtliche zwölf Meilen, oder dreitausend Meilen, wie viele auch immer.

Bald.

Aber nicht jetzt.

Sobald er wieder normal atmen konnte, würde er sich den Schweiß abduschen und ins House of Blues gehen.

19

Skip erwachte von Welpengekläff. Aber der Lärm draußen war nichts verglichen mit dem, was in ihrem Kopf vor sich ging. Die neueste Entwicklung des Falles hatte sie vollkommen durcheinandergebracht.

Dennis, Dennis, Dennis – kann ich dir glauben?

Sie hatte keine andere Wahl.

Das war eher eine praktische Entscheidung, aber es gab noch

einen weiteren Aspekt: Ihr Instinkt sagte ihr, daß Dennis nicht log.
Je länger sie als Polizistin arbeitete, desto mehr verließ sie sich auf ihre Intuition. Es schien widersprüchlich, daß diese Intuition sich mit der Berufserfahrung entwickelte, aber selbst die im Dienst ergrauten Cops sprachen davon. Männer, die nicht den geringsten Sinn für Metaphysik hatten. Die nie einen Fuß in eine Kirche setzten, es sei denn, jemand war gestorben.
Bei diesem Gedanken senkte sich ein schwerer schwarzer Vorhang über ihren Geist, denn genau das war geschehen.
Und dennoch, der Vorhang hob sich nach kurzer Zeit wieder, mehr oder weniger ohne ihr Zutun. Jims Tod hatte eine Wunde gerissen, die vielleicht nie vollständig heilen würde. Aber zumindest hatte sie begonnen, sich zu schließen.
Skip zog eine bequeme Leinenhose und ein olivgrünes Seiden-T-Shirt an, gab Steve einen Abschiedskuß und ging ins Büro.
Als erstes suchte sie dort im Telefonbuch nach einer Evie Hebert.
Es gab keine.
Aber nichts hätte Evie daran hindern können, sich einen anderen Namen zuzulegen. Skip konnte nur zum Anfang zurückkehren, zu Hebert's.
Leider traf sie dort nicht nur Nina, sondern auch Sugar an.
»Officer Langdon«, begrüßte Sugar sie, »würden Sie mir bitte sagen, was hier los ist? Gestern abend hat Grady mich angerufen und erklärt, Dennis sei zurück und brauche sein Haus und ob ich bitte wieder heimfahren könnte. Können Sie sich das vorstellen? Er hat mir nicht mal angeboten, mich bei sich unterzubringen.
Und Dennis geht nicht ans Telefon, und niemand sagt mir was. Was ist denn nur passiert? Was ist los?«
»Hat Grady Ihnen nichts erzählt?« Sie nahm an, daß Dennis seinen Schwager informiert hatte.
»Mir sagt doch keiner was.«
Skip überlegte. »Setzen wir uns«, sagte sie. »Sie haben das

Recht, Bescheid zu wissen. Aber es wäre mir sehr recht, wenn Sie diese Informationen für sich behielten.«
Als sie saßen, fuhr sie fort: »Als erstes muß ich Ihnen sagen, daß wir immer noch nicht wissen, wo Reed und Sally sind.«
Mit einer Geste schob Sugar diese Kleinigkeit beiseite. »Das weiß ich schon von Grady.«
»Also gut. Ich fürchte, ich habe schlechte Nachrichten für Sie – Ihre Tochter Evie ist in den Fall verwickelt.«
Sugar kniff die Lippen fester zusammen, und ihre Augen blitzten erbost. Skip empfand diese Reaktion als beunruhigend und vollkommen unangemessen für eine Mutter, die gerade erfährt, daß ihre älteste Tochter ihren Mann umgebracht hat. Sugars Gesicht spiegelte soviel Zorn und Gekränktsein wider.
»Es tut mir leid«, sagte Skip, als sie zum Ende ihrer Geschichte kam.
Sugar schwieg.
Skip bemühte sich um einen sachlichen Ton. »Mrs. Hebert, wann haben Sie Evie zum letztenmal gesehen?«
»Warum zwingen Sie mich, daran zu denken?« Sugars Gesicht war häßlich und konturlos geworden, ihre Stimme barsch.
»Es tut mir leid. Ich weiß, es ist schwer für Sie.« Sie wußte nicht, wie sie etwas so Offensichtliches noch ausführlicher erklären sollte. »Ist Nina hier?«
»Nina? Wieso wollen Sie Nina sprechen?«
Sie stand auf. »Ich möchte gern mit ihr reden. Entschuldigen Sie mich bitte.«
Sie fand Nina in ihrem Büro. »Wieso hat mir niemand von Evie erzählt?«
»Evie?« Nina klang gekränkt und verwundert. »Was hat denn Evie mit der ganzen Sache zu tun?«
Das soll wohl die Antwort sein. »Es könnte sein, daß sie sehr wohl damit zu tun hat.«
»Ach?« Jetzt lag Neugier in ihrem Blick.
»Haben Sie eine Ahnung, wo ich sie finden könnte? Wann

haben Sie sie zum letzenmal gesehen? Ich muß alles wissen, woran Sie sich erinnern können...«

Aber nun kam Sugar hereingeplatzt: »Ich habe mich an etwas erinnert. Sie ist wiedergeboren – das bedeutet, sie muß einer Kirche angehören.«

Sie sah enorm selbstzufrieden aus.

»Aha. Hat sie zufällig erwähnt, um welche Gemeinde es sich handelt?«

»Nein... nein, das hat sie nicht.«

Nina meinte: »Irgendwas mit ›Lamm‹ drin.«

»Gut. Mrs. Hebert, fällt Ihnen dazu noch etwas ein?«

Verdutzt wandte sich Sugar an Nina: »Sie hat Ihnen das erzählt?«

»Sie meinen, wie die Gemeinde sich nennt? Sie hat kaum über was anderes gesprochen.«

»Ich glaube Ihnen kein Wort«, erklärte Sugar.

Nina schwieg. Sie saß nur da und wartete auf mehr.

»Wenn sie mit jemandem gesprochen hätte, dann mit mir. Schließlich bin ich ihre Mutter.«

»Ich bin ganz sicher, daß sie es mir erzählt hat.« Ihr Unterton war deutlich: *Diese Frau macht mich noch wahnsinnig – es sei denn, ich bringe sie vorher um.*

Skip sprach Nina an: »Erinnern Sie sich an weitere Einzelheiten? Welcher Konfession diese Gemeinde angehörte?«

»Eigentlich nicht. Ich hatte nur den Eindruck, daß es etwas Ausgefallenes gewesen sein muß.«

Und das war noch die verläßlichste Quelle.

Skip ging. An was für eine Familie war sie da geraten!

Na ja. Meine wirft einen auch nicht gerade um.

Ihr Vater hatte, nachdem sie bei der Polizei angefangen hatte, mehr als zwei Jahre nicht mit ihr gesprochen; ihr Bruder Conrad verkaufte ihr Informationen im Austausch dafür, daß sie sich um seine Strafzettel kümmerte (indem sie sie selbst bezahlte); und ihre Mutter beurteilte sich selbst, ihren Mann und sämtliche Familienmitglieder nach dem Eindruck, den sie ihrer Ansicht nach in der Öffentlichkeit machten.

Aber wenigstens bringen wir uns nicht gegenseitig um.

Sie ging zurück ins Büro und sah im Telefonbuch nach. Dutzende, vielleicht sogar Hunderte von religiösen Gemeinschaften. Sie fing an, nach Namen mit »Lamm« zu suchen. Am Ende hatte sie eine Liste von fünf. Sie hätte gleich anrufen können, aber ein wenig Hintergrundinformation konnte nicht schaden. Sie rief bei der *Times Picayune* an und fragte nach Eileen Moreland.

»Skippy Langdon. Du willst doch bestimmt was.« Moreland gab sich so abgebrüht, wie es sich für eine Reporterin gehörte.

»Du kennst mich doch, Eileen. Ich würde unsere Freundschaft nie ausnutzen.«

»Welche Freundschaft? Du fragst mich nach Archivmaterial, und ich liefere. Dann versprichst du mir was und hältst es nie.«

»Ich spreche nur das Zauberwort aus: ›Arthur Hebert‹.«

»Was ist mit Arthur Hebert?«

»Das weiß ich noch nicht. Aber falls ich den Fall knacke, verspreche ich dir etwas für deine Kolumne. Ich werde mir Notizen machen.«

»Klar doch. Wie immer.«

»Dann ein Mittagessen.«

»Ach, vergiß es. Wahrscheinlich würdest du nicht auftauchen. Was willst du denn überhaupt?«

»Material über fünf Kirchen.«

Eileen seufzte. »Dann leg mal los.«

Das Archiv hatte nur Informationen über eine der Gemeinden: die Blut-vom-Lamm-Gottes-Baptisten, die für ihren guten Gospelchor bekannt waren.

Skip meinte: »Vielleicht könntest du mich eurem Kirchenredakteur vorstellen?«

»Stanley? Na gut.«

Nach ein paar Sekunden klingelte es, und schließlich meldete sich eine hohe Männerstimme. »Detective Langdon, welche Ehre. Wie kann ich Ihnen behilflich sein?«

Ganz im Sinn christlicher Nächstenliebe. Wenn doch mehr Leute es für eine Ehre halten würden, mir zu helfen!

Sie bat um eine Kurzbeschreibung der fünf Religionsgemeinschaften.
Bei dreien – die Blut-vom-Lamm-Gottes-Gemeinde eingeschlossen – handelte es sich um etablierte Vereinigungen. Über die beiden anderen wußte er nichts.
»Aber ich habe so eine Ahnung, was die Kostbares-Gotteslamm-Gemeinde angeht. Was genau suchen Sie eigentlich?«
»Eine Konvertitin. Eine Wiedergeborene, die vermutlich einen großen Teil ihrer Zeit dieser Gemeinschaft widmet oder sogar dort lebt.«
»Ach. Diese Art Gemeinschaft. Also mehr oder weniger eine Sekte.«
»Ich bin nicht sicher.«
»Versuchen Sie es bei den Kostbaren Gotteslämmern. Ich glaube nicht, daß Sie dort finden, was Sie suchen, aber es wird bestimmt ein außerordentliches Erlebnis sein.«
Sie bedankte sich, legte auf und fing nun doch an, ihre Liste mit Lamm-Kirchen abzuarbeiten.
Die ersten drei waren jene, die Stanley gekannt hatte. Bei allen dreien erklärten freundliche Anrufbeantworter, man werde zurückrufen.
Bei den Kostbaren Gotteslämmern erreichte sie ebenfalls eine Maschine, die nur die Zeiten der sonntäglichen Gottesdienste nannte.
Als letzte wählte sie die Nummer der Evangelikalen Gefolgschaft, und dort sprach Skip mit einer Frau, die zusagte, sie werde zurückrufen.
Bis Feierabend hatten sich alle Angerufenen gemeldet, und Skip war, was die ersten drei anging, so wenig beeindruckt, wie Stanley vorausgesagt hatte. Zwei freundliche Damen hatten in den Akten nachgesehen und berichtet, eine Evelyne Hebert sei nie Mitglied gewesen, und die dritte erklärte, wenn Evelyne weiß sei, wäre sie mit Sicherheit ziemlich aufgefallen und vielleicht nicht unbedingt willkommen gewesen.
Möglicherweise logen alle drei, aber die beiden letzten Gruppen waren vielversprechender.

Bei den Kostbaren Gotteslämmern hatte sie immer noch niemanden erreichen können, was die Sache langsam reizvoll machte, wie Eis, wenn man auf Diät war.
Und die Dame bei der Evangelikalen Gefolgschaft war nicht sehr freundlich gewesen. Das machte sie ebenfalls anziehend. Sie hatte sich geweigert, auch nur die geringsten Informationen preiszugeben, und Skip statt dessen einen Termin beim Pastor reserviert – sonntags um drei.
Beinahe erleichtert machte Skip sich auf den Heimweg. Es war Freitag, und die nächsten vierundzwanzig Stunden hatte sie frei.

20

Reed hörte einen Schlüssel im Schloß. Sie erstarrte. Wieder diese Frau. Vielleicht würde sie sie überreden können, sie eine Minute zu Sally zu lassen, sie Sally wenigstens sehen zu lassen, nur einen Augenblick, einen kleinen Augenblick.
Vielleicht sollte sie ihr Geld anbieten.
Es klang, als hätte der Drache Schwierigkeiten aufzuschließen. Merkwürdig, das paßte irgendwie nicht zu ihr. Und dann stürzte Evie ins Zimmer, stolperte unter einem Gewicht.
Sally.
Als Evie die Hand von Sallys Mund nahm, sah Reed, daß die Kleine rote Flecken auf der Wange hatte, vom Druck von Evies Fingern, aber das war im Augenblick nicht wichtig. Sally war hier, und unverletzt.
»Mama! Mama!« Evie ließ die Kleine los, und sie rannte zu Reed, die nur einen Arm frei hatte, um sie hochzunehmen – mit dem anderen war sie an den Sessel gefesselt.
»O mein Kleines!«
Evie sagte: »Reed, es tut mir leid.«
Es tat ihr leid!
Sally klammerte sich wie ein Äffchen an Reed, versuchte, sich so festzuhalten, daß niemand sie mehr trennen konnte.

»Ich war betrunken; es tut mir wirklich leid. Ich kann kaum glauben, daß ich so dumm war.«
Reed verkniff sich eine Antwort. Sie spürte Sallys weiche Wange an ihrer Hand, den Druck der Beine des Kindes um ihre Taille. »Evie. Was ist hier los?«
»Ich weiß nicht, was passiert ist. Ich habe nur…«
»Evie, konzentriere dich, bitte.«
Evie warf einen raschen Blick zur Tür. »Du hast recht. Ich weiß nicht, wieviel Zeit wir haben.« Sie senkte die Stimme. »Anna telefoniert – sie hat ihre Schlüssel in meinem Zimmer gelassen, als sie ans Telefon ging. Irgendwas stimmt nicht mit ihr; sie benimmt sich nicht wie sonst. Als der Anruf kam, ist sie irgendwie durchgedreht.«
»Du hast dich mit diesen Leuten eingelassen?«
Sie starrte Reeds Handschellen an. »Eigentlich nicht. Aber sie kennen mich hier, also lassen sie mich hin und wieder raus – wenn sie einen Babysitter brauchen. Ansonsten bin ich die meiste Zeit eingeschlossen, aber Anna hat viel für Sally übrig – als hätte sie ihr ganzes Leben lang darauf gewartet, Oma spielen zu dürfen. Ich weiß nicht… sie ist ganz verrückt nach dem Kind, also darf ich mich manchmal ein bißchen um Sally kümmern, wenn sie ein paar Minuten weg muß.«
»Sie hat dich schon vorher zu Sally gelassen, und du bringst sie erst jetzt her?«
»Du verstehst das nicht. Das ist das erstemal, daß mich keiner überwacht. Diese bulligen Männer…«
»Sie sind jetzt hier?«
»Sie sind immer hier.«
Soviel zum Thema Flucht.
»Wo sind wir hier?«
»Im Haus meines Freundes.«
»Und wer ist dein Freund? Gus Lonzano?«
»Ein echt netter Mann. Er ist Anwalt…« Ihre Augen wurden trüb, und sie senkte die Stimme zu einem Flüstern. »Aber irgendwas stimmt nicht mehr; irgendwas stimmt überhaupt nicht.« Wieder schaute sie zur Tür. »Laß mich nur schnell mal nachsehen.«

Sie öffnete die Tür und trat für einen Augenblick nach draußen. »Sie redet immer noch. Ich sollte Sally lieber zurückbringen.«

»Nein.« Reed drückte ihr Kind an sich, und Sally umklammerte sie instinktiv noch fester. »Du hast mein Baby für diese frustrierte Großmutter gestohlen? Hast du sie ihr verkauft? Geht es darum?«

Evie war entsetzt. »Nein! Nein, das war es nicht.«

»Was dann?«

»Ich wollte einfach...« Sie hielt inne, versuchte offenbar, ihre Gedanken zu sammeln. »Ich weiß nicht, ich war einfach unglaublich dumm. Das ist alles.«

Was heißt hier dumm, du blöde Kuh? Aber sie hielt den Mund, weil sie wußte, daß nichts, was sie sagte, etwas ändern würde.

Evie zuckte die Achseln, offenbar immer noch bemüht, ihre eigenen Motive zu verstehen. »Ich habe mich mit jemandem eingelassen, den ich nicht besonders gut kannte. Er schien ein anständiger Mann zu sein. Du weißt schon. Anwalt. Nettes Haus und alles« – sie umfaßte das Zimmer mit einer weit ausholenden Geste – »aber wenn man es sich genau überlegt, dann... habe ich ihn einfach nicht gut genug gekannt. Ich hätte es wissen sollen. Anständige Männer mögen mich nicht, und warum sollten sie auch? Aber ich dachte, wo ich jetzt clean bin und alles...«

Clean. Genau. »Evie, was ist passiert?«

»Ich war betrunken. Ich war betrunken und hab Sally entführt, damit wir eine glückliche kleine Familie sein konnten...«

Sally sagte: »Mama? Heim? Daddy?«

»Bald, Schätzchen, bald.« Reed hatte ein schlechtes Gewissen. Sie log das Kind nicht gern an. Aber sie konnte sich jetzt keinen Streit leisten.

Für einen Augenblick wirkte Evie beinahe entschlossen. »Als es schiefging – du weißt schon, bei Mutter und Vater –, bin ich zu Mo gefahren. Meinem Freund. Ich meine, was hättest du an meiner Stelle getan? Ich glaubte, er würde mich beschützen.

Aber er hat befohlen, daß wir beide eingeschlossen werden, alle drei, meine ich. Ich weiß nicht, wieso. Ich schwöre dir, ich weiß es nicht. Als er an diesem Abend mit mir gesprochen hat, hat er nur gesagt, er habe eine wichtige Besprechung und werde sich später um mich kümmern.«

»Eine Besprechung«, meinte Reed. »Das erklärt, was Barron Piggott hier wollte. Und Bruce Smallwood und Lafayette Goodyear.« Sie sah ihre Schwester an. »Aber dein Freund, Evie! Ein Gauner namens Mo!«

»Er heißt Maurice Gresham, und er ist ein sehr netter...«

»Maurice Gresham?«

»Du kennst ihn?«

»Sehr gut. Er und seine Frau sind Stammgäste im Restaurant. Sie kommen praktisch jeden Dienstagabend.«

»Seine Frau! Hast du seine Frau gesagt?« Evies Blick flakkerte.

»Evie, er ist kein Anwalt. Und eigentlich dürfte er auch kein Haus haben wie dieses. Er ist bei der Polizei. Ich weiß nicht mal, ob er auch nur Sergeant ist.«

Hinter Evie wurde die Tür aufgerissen, und einer der breitschultrigen Männer kam herein. Er hatte eine Pistole in der Hand.

Hinter ihm kam der Drache.

Evie hatte recht. Diese Frau hatte etwas Merkwürdiges an sich, sie wirkte unsicher, ein wenig zittrig. Ihr Gesicht war bleich, ihre Haut schlaff. Sie sah aus, als hätte sie einen schrecklichen Schock hinter sich.

Der Mann steckte die Pistole weg und machte sich daran, Sally von ihrer Mutter loszureißen.

Skip hätte nicht sagen können, wann sie zum letzten Mal sonntags in der Kirche gewesen war. Sie hatte keine Ahnung, was sie anziehen sollte. Schließlich ging es darum, Respekt zu demonstrieren. Als ob sie sich Mühe gegeben hätte.

Sie war dabei, etwas Passendes zu suchen, als sie hörte, wie Steve sich im Bett herumwälzte. Er kam morgens nur schlecht in Gang.

Sie sagte: »Was hältst du von einer kleinen Ermittlung – in der Kirche?«
»Ich glaube, da passe ich. Ich war schon mal da.«
Später würde sie sich wünschen, er wäre mitgegangen, um ihre Eindrücke zu bestätigen.
Die Kirche lag in einem Teil des neunten Bezirks, den selbst sie noch nicht kannte, und die Gemeinde schien erstaunlich wohlhabend zu sein: Das kleine, ordentliche Holzhaus war groß genug für etwa hundert Menschen und hatte wenig gemeinsam mit den Garagen oder Wohnzimmern, die Skip sich zunächst vorgestellt hatte.
Drinnen war es düster. Nachdem Skips Augen sich an die spärliche Beleuchtung gewöhnt hatten, sah sie, daß es zwei Altäre gab, einen vorn und einen hinten, und auf beiden Unmengen von Heiligenfiguren. Wer hier abstauben mußte, hatte ihr ganzes Mitgefühl.
Obwohl der Gottesdienst bereits begonnen hatte, waren nur wenige Gläubige anwesend, fünfzehn oder sechzehn, meistens Frauen. Es sah aus wie eine der üblichen armen schwarzen Kirchengemeinden, keine Religionsgemeinschaft, die jemand wie Evie interessant finden könnte. Skip wollte schon wieder gehen, aber sie blieb, aus zwei Gründen.
Zum einen drehte eine Frau sich um, sah sie und strahlte sie an. »Willkommen«, flüsterte sie, und ihre Miene war so freundlich, so sanft, daß es danach unverschämt gewesen wäre zu gehen.
Zum anderen waren auch drei Weiße anwesend, in einer der hinteren Bänke, junge Leute, und obwohl sie sich für den Gottesdienst ordentlich zurechtgemacht hatten, sahen sie ein bißchen schäbig aus. Leute, mit denen Evie vielleicht zu tun hatte.
Vielleicht gab es hier tatsächlich etwas, das Drogenabhängige anzog, eine kostenlose Mahlzeit nach dem Gottesdienst oder so.
Irgendwas.
Skip setzte sich und sah sich um.
Sie hätte sich keine Gedanken über ihre Kleidung machen

müssen. Eine Frau trug ein rosa Chorgewand, obwohl sie gar nicht zu dem aus sechs Personen in Straßenkleidung bestehenden Chor gehörte. Andere trugen die typischen Sonntagskleider, Schuhe mit hohen Absätzen und Nylonstrümpfe. Zwei oder drei hatten Hosenanzüge an.

Eine ältere Frau mit einer riesigen Hornbrille trug ein langes weißes Gewand und einen passenden Kopfputz. Sie sah aus wie eine elegante afrikanische Würdenträgerin auf dem Weg zu einem Empfang im Konsulat.

Die Männer trugen ordentlich gebügelte Hemden und dunkle Hosen, wenn auch keine Krawatten – das Gebäude hatte keine Klimaanlage.

Der Geistliche – Skip hatte seinen Titel nicht verstanden – war mit einer aufwendigen Robe aus rosa eingefaßtem blauem Satin bekleidet und hatte eine Art Mitra aufgesetzt. Skip wußte nicht genau, zu welcher Konfession diese Gemeinde gehörte, aber sie war sicher, daß sie keine Lutheraner oder Presbyterianer waren.

Es gab eine Menge Musik und ein paar Lesungen, bei denen sich die Mitglieder der Gemeinde abwechselten, und eine Reihe kleiner Rituale, die Skip völlig unbekannt waren. An einer Stelle erhob sich die gesamte Gemeinde und lief im Kreis, ohne einen ersichtlichen Grund. Es gab auch Räucherwerk, oder genauer gesagt Parfüm, und wieder hatte Skip keine Ahnung, was das zu bedeuten hatte.

Dann bekamen die Anwesenden Gelegenheit, Zeugnis über die Entwicklung ihres spirituellen Lebens abzugeben. Eine Frau geriet ziemlich in Fahrt, sprach darüber, wie schlecht ihr Mann sie behandelte und wie Jesus ihr geholfen hatte, es durchzustehen. Sie begann, hin und her zu schwanken, und Skip hatte eine Vorahnung von dem, was nun geschehen würde: *Sie wird irgendwie ausflippen, und dann werden sie behaupten, »der Geist sei über sie gekommen«.*

Aber das geschah nicht. Die Frau weinte während des letzten Drittels ihrer Ansprache, die sehr einstudiert klang, aber ansonsten wahrte sie die Fassung.

Die meisten anderen Berichte waren erheblich zwangloser

und bestanden vor allem darin, für alltägliche Dinge zu danken: für gutes Wetter und guten Nachtschlaf, Essen, die Familie.
Skip war sich nicht so recht klar darüber, was Menschen dazu bewog, öffentlich zu sprechen, wenn sie nichts Wichtigeres mitzuteilen hatten als das – vermutlich das Bedürfnis, mitzumachen und dazuzugehören.
Einer der Weißen erhob sich ebenfalls. Er erzählte, er habe eine Pflanze, die gut gedieh, und er sei Gott dankbar, daß dieser sie so gut wachsen ließ. Skip tippte auf Marihuana.
Der Gottesdienst dauerte lang, wurde aber nicht langweilig. Später versuchte Skip, Steve zu erklären, wie sie sich gefühlt hatte, aber sie konnte es nicht. Ihr fiel nur nach einiger Zeit auf, daß ihre Hände kribbelten und ihre Ohren ein bißchen klirrten.
Als die Gemeinde zum Altar gebeten wurde, um zu beten, zu einem Ritual ähnlich einer Kommunion, nur ohne Wein und Brot, ging auch sie, obwohl sie wußte, daß das nicht notwendig gewesen wäre; sie hätte ebensogut in ihrer Bank bleiben können.
Sie glaubte nicht unbedingt an Gott, jedenfalls nicht an diesen hier, oder zumindest wünschte sie keinen Kontakt zu ihm, nachdem er all die Schlachtereien im Alten Testament angeordnet und man seinen Namen allenthalben als Kriegsruf benutzt hatte. Und dennoch kniete sie hier, in einem ihr vollkommen unbekannten Stadtviertel, zwischen fünfzehn oder sechzehn Fremden, deren Leben sie vermutlich nicht einmal dann begreifen würde, wenn sie die nächsten drei Wochen damit zubrachte, sich ihre Familiengeschichte anzuhören.
Und etwas Merkwürdiges passierte. Etwas stieg durch ihre Knie auf – oder vielleicht begann es auch in ihren Füßen, sie wußte es nicht genau – und zog durch ihren ganzen Körper. Es konnte nicht der berühmte »Geist« sein, weil der sich ja wohl von oben nach unten bewegte, aber irgendwas war es. Sie fühlte sich seltsam friedlich danach, merkwürdig erfüllt.
Guter Gott. Vielleicht war das ein spirituelles Erlebnis.

Natürlich war es das, Dummchen. Du bist in einer Kirche. Alles was hier passiert, ist per definitionem eins.

Oh-oh. Und was war mit der Frau und dem kleinen Jungen?

Zu Beginn des Gottesdienstes hatte ein kleiner Junge angefangen zu weinen, und seine Mutter hatte ihn mit einem Riemen geschlagen, der in der Bank neben ihr hing, offensichtlich nur zu diesem Zweck bereitgelegt.

Das zu sehen war kein spirituelles Erlebnis.

Aber was ihr da passiert war, konnte sie nicht erklären. Vielleicht lag es daran, daß es eine kleine, extrem auf sich selbst konzentrierte Gruppe war, die etwas in ihr ausgelöst hatte, was sie bisher nie erlebt hatte – eine Art gesteuerter Energie.

Daher wünschte sie sich später, Steve wäre mitgekommen, um ihre Wahrnehmung zu bestätigen – oder eben nicht. Sie konnte es nicht einmal richtig beschreiben und noch weniger sicher sein, daß es tatsächlich geschehen war.

Sie wollte gerade den Geistlichen ansprechen, als ihr eine Frau auf die Schulter tippte. »Sind Sie nicht Skip Langdon?«

Verblüfft drehte sie sich um. New Orleans konnte ein Dorf sein, aber das hier war nicht nur unwahrscheinlich, sondern geradezu unmöglich. Diese Gegend hier kannten wahrscheinlich nicht einmal die Stadtplaner.

»Ich bin Emmaline Boucree. Tyrones Mutter. Ich hab Sie einmal auf einem Konzert gesehen, und Joel hat mir erzählt, wer Sie sind.«

Die Frau stammte aus derselben Musikerfamilie wie Darryl.

»Wie kommen Sie denn hierher?« fragte Skip erstaunt.

Emmaline lächelte. »Das hier ist meine alte Kirche. Meine Mama wohnt immer noch in der Gegend, aber jetzt wird sie wirklich alt. Sonntags besuche ich sie und bringe ihr was zu essen vorbei, und wenn ich noch ein bißchen Zeit habe, gehe ich zum Gottesdienst. Wir Boucrees sind alle in spirituellen Gemeinden – wußten Sie das nicht?«

»Spirituelle Gemeinden?« Hatten nicht alle Religionsgemeinschaften etwas Spirituelles?
»O ja. Wir sind ein bißchen anders.« Sie kicherte.
»Das war ein… äh… ein wunderschöner Gottesdienst.«
»Nicht wahr? Aber ein bißchen lahm. Sie sollten mal sehen, wenn die Leute wirklich in Fahrt kommen – kommen Sie mal freitags vorbei, wenn die Kranken geheilt werden, dann können Sie wirklich was erleben. Und was können wir sonst noch für Sie tun?«
Na ja, ich hatte dieses komische Gefühl beim Beten, und ich frage mich, ob das wohl Gott gewesen ist oder so.
»Sie sind doch nicht hergekommen, um vom Geist berührt zu werden, oder?«
»Ich versuche eine Frau namens Evelyne Hebert zu finden. Meist wird sie Evie genannt. Wissen Sie, ob Sie zur Gemeinde gehört?«
»Der Name kommt mir nicht bekannt vor.« Sie zeigte um sich. »Sie sehen ja, es kommen immer weniger Leute – jedenfalls Sonntags. Ich glaube, letzten Freitag war ein bißchen mehr los. Kommen Sie, wir fragen jemanden, der es genauer wissen müßte.«
Sie brachte Skip zu dem phantasievoll gekleideten Geistlichen, der bestätigte, daß keine Evelyne oder Evie Hebert oder jemand, auf den ihre Beschreibung zutraf, je zu seiner Gemeinde gehört hatte. Aber er meinte, Skip solle unbedingt wiederkommen und all ihre Freunde mitbringen.
»Wir freuen uns schon darauf«, sagte er und schüttelte ihr die Hand. »Wir sind froh, wenn Sie kommen«, wiederholte er. Und er lächelte so gütig, daß sie sich fragte, wieso sie so selten ein derartiges Lächeln zu sehen bekam.
Sie hatte vor ihrem zweiten Termin noch Zeit, zum Mittagessen nach Hause zu gehen. Die Kinder waren mit Angel im Hof und spielten in der Sonne. Steve, Jimmy Dee und Darryl Boucree saßen am Tisch unter dem Sonnenschirm und tranken Kaffee. Es war ein wunderbarer Tag, als wäre Arthur Hebert noch am Leben und Sally wieder zu Hause bei ihren Eltern. Als wäre Jim nie mit ihr zu dieser Überwachung gefahren.

»Darryl, was machst du denn hier?«
Er stand auf und gab ihr einen Kuß, und sie spürte die Erregung, wie immer. Sie fragte sich, ob man ihr das ansah; Steve wußte, daß sie sich letztes Jahr für einen anderen interessiert hatte, aber er ahnte nicht, daß es Darryl war.
»Ich habe dem neuen Baby ein Spielzeug gebracht.« Sie sah, daß Angel etwas im Maul hatte, was ihr die Kinder jetzt abnahmen und für sie warfen.
»Ich habe heute früh deine Tante Emmaline getrofen. Tyrones Mutter ist doch deine Tante, oder?«
»Großtante, glaube ich. Aber selbst ich habe den Überblick verloren.«
Steve sagte: »Wo bist du ihr denn begegnet?«
»In der Kirche. Wir waren nicht mal zwanzig Leute, und eine von ihnen war Emmaline Boucree.«
»Das wundert mich nicht«, meinte Darryl. »Die Boucrees haben's mit der Religion. Deshalb wird in diesen Kirchen da draußen auch so gute Musik gespielt.«
»Was ist eigentlich eine spirituelle Gemeinde?«
»Du meinst, du warst gerade da und hattest keine Ahnung? Na ja, ich weiß im Grunde auch nicht so recht, was es bedeutet. Jedenfalls haben wir's mit Heiligenfiguren. Und du solltest mal dabeisein, wenn jemand getauft wird.«
Skip schwieg einen Augenblick.
»Was ist denn?« Steve nahm ihre Hand. Sie warf Darryl einen etwas verlegenen Seitenblick zu.
»Ich weiß nicht, ich kam mir einfach ein bißchen ausgeschlossen vor.«
»Ausgeschlossen? Wovon denn?«
»Von einer gesamten Kultur.«
Darryl lachte. »Bist du auch eine von diesen Weißen, die gern schwarz wären?«
Skip wußte nicht, was sie sagen sollte.
»Schau doch nicht so verlegen drein«, meinte Jimmy Dee.
»Na ja, man kann es dir nicht übelnehmen«, sagte Darryl, beugte sich vor und kniff ihr in die Wange, obwohl Steve gleich danebensaß.

Vollkommen ungerührt strahlte Steve weiter und hielt immer noch ihre Hand.

Wie es wohl ist, jemandem derart zu vertrauen? Warum kann ich nicht wie Steve sein?

Vom ersten Augenblick an hatte Steve ihr nie den geringsten Grund gegeben, an seiner Zuneigung zu zweifeln, und dennoch hatte sie diese Beziehung durch ihre Unsicherheit mehr als einmal beinahe zerstört.

Er muß eine nette Mutter gehabt haben.

Der Gedanke bewirkte, daß sie zu Sheila und Kenny hinübersah, die überhaupt keine Mutter mehr hatten.

»Ich hab Hunger«, sagte Kenny, und Jimmy Dee ging in die Küche, um einen Meeresfrüchtesalat anzurichten.

Sie aßen draußen, Skip saß zwischen Steve und Darryl und fühlte sich so wohl wie ein Baby im Mutterleib.

Warum kann ich sie nicht beide haben? dachte sie und wußte, daß es dumm war, so etwas auch nur zu denken.

Bevor sie sich zur Evangelikalen Gefolgschaft des Gotteslamms aufmachte, kam auch noch Layne vorbei, und Steve und Darryl zogen mit den Kindern los, um einen Park zu finden, in dem Angel sich austoben konnte. Eine seltsame Szene, dachte Skip, nicht gerade das, was sich Dan Quayle unter einer idealen Familie vorstellt. Aber im Augenblick war sie vollkommen glücklich.

Die Gefolgschaft residierte in Metairie, in einem bescheidenen Gebäude, das eigentlich ein Wohnhaus war, anscheinend ebenso wiedergeboren wie seine Besitzer.

Die Dame, mit der Skip telefoniert hatte, hatte ein wenig gereizt geklungen, aber diejenige, die jetzt die Tür öffnete, machte das mehr als wett. Sie trug ein weißes Sommerkleid, das wunderbar mit ihrer dunklen Haut kontrastierte, und ein gelbes Stirnband. Ihr Lächeln war so breit wie die St. Charles Avenue und ihre Stimme so süß wie ein Pfund Pralinen.

»Willkommen in unserem Heim«, sagte sie. »Ich bin Nikki Pigeon, und ich möchte Ihnen im Namen von Reverend Mr. Errol Jacomine sagen, daß wir sehr erfreut sind, Sie bei uns begrüßen zu dürfen.«

Sie trat zurück, um den Ehrengast einzulassen, und Skip fand sich einem Weißen gegenüber, der auf einem mit rotem Samt bezogenen viktorianischen Zweisitzer thronte. Um dieses Sofa herum waren acht Holzstühle gruppiert, und auf jedem saß ein Mann oder eine Frau, schwarz oder weiß, jung oder alt – es war eine erstaunliche Gruppe, die den absurden Eindruck von Höflingen erweckte, die ihren König umgaben.

Der König erhob sich, um sie zu begrüßen. Alle anderen folgten ebenfalls, und Skip wußte sofort, daß hier etwas nicht stimmte.

Der König trat einen Schritt vor. »Hallo, Detective Langdon. Ich bin Errol Jacomine. Darf ich Ihnen zu Ihrer wunderbaren Arbeit im Fall Kavanagh gratulieren und Ihnen wegen Ihres Partners mein aufrichtiges Beileid aussprechen?«

»Sie wissen anscheinend eine Menge über mich.« *Viel zuviel.*

»Nun, Sie sind eine berühmte junge Dame.« Als er lächelte, schlossen sich alle an.

Er war etwas unter mittelgroß und zierlich, bis auf einen Bauchansatz. Sein Gesicht war eine Kreuzung zwischen Cajun und Redneck – dunkles Haar, eine zarte Nase, aber boshafte kleine Äuglein und ein sehniger Hals. Er hatte einen Seitenscheitel und leicht lockiges, ein wenig widerspenstiges Haar, was ihn vermutlich ärgerte. Er sah aus wie ein Mann, der den Scheitel mit dem Lineal zog.

Selbst wenn sie nach dem Händeschütteln nicht das Bedürfnis gehabt hätte, sich die Pomade von den Händen zu wischen, hätte sie sich gefragt, was diesen Mann eigentlich zu einem charismatischen religiösen Führer machte. Aber für die acht anderen im Raum war er offenbar genau das.

»Es ist eine Ehre, Sie unter uns zu wissen. Bitte setzen Sie sich, und trinken Sie eine Tasse Tee mit uns.«

»Nein, vielen Dank. Ich habe nur ein paar Fragen, und dann werde ich Sie nicht länger aufhalten.«

Er schob ihr die Hand unter den Ellbogen und begann, sie zum Sofa zu drängen. »Nikki wird das nicht zulassen. Sie hat schon den ganzen Tag gebacken.« Tatsächlich hing ein köstlicher Kuchenduft in der Luft.

Eines der Gemeindemitglieder hatte die Tür hinter Skip geschlossen (Nikki war verschwunden, vermutlich, um den Tee zu holen). Die anderen blieben steif stehen.

»Ich muß wirklich gleich wieder gehen.« Sie hörte sich an wie eine Parodie, aber es gefiel ihr irgendwie. Es setzte eine gewisse Distanz.

»Auf keinen Fall dürfen Sie schon wieder gehen – wir sind so neugierig auf Sie.«

»Sie wissen doch schon alles über mich.«

»Nicht alles, Detective. Sie haben immer noch ein paar Geheimnisse. Zum Beispiel weiß ich noch nicht, was ich für Sie tun kann.«

Beunruhigt stellte sie fest, daß sie inzwischen auf dem Sofa saß und keine rechte Ahnung hatte, wie sie dorthin gekommen war.

Sofort stellte jemand dem Reverend Mr. Errol Jacomine einen Stuhl bereit, und fast im selben Augenblick zwängte jemand einen kleinen Tisch zwischen sie, so daß Skip dem Reverend am Tisch gegenübersaß.

Dann setzten sich auch alle anderen bis auf zwei. Die ganze Sache war so sorgfältig einstudiert, daß Skip angst und bange wurde, wenn sie daran dachte, wozu diese Leute vielleicht imstande wären – wozu Jacomine imstande war, um sie so vollständig in seine Gewalt zu bringen.

»Dies sind unsere Leute«, sagte er mit einer weit ausholenden Geste, die die ganze Welt zu umfassen schien. »Ich dachte, Sie möchten vielleicht einige von ihnen kennenlernen, damit Sie wissen, welche Arbeit wir leisten. Das da ist Ruby, die tablettensüchtig war, bis sie hierher kam.

Das ist Fred, er war zweimal wegen bewaffneten Raubüberfalls im Gefängnis; jetzt ist er seit vier Jahren bei uns und hat eine gute Stelle. Direkt hinter Fred steht Mimi. Letztes Jahr um diese Zeit war sie noch eine Crackhure. Ah, hier kommt Nikki.«

Nikki hatte sich eine schwarze Schürze umgebunden und ein

Stück Tortenuntersetzer aus Papierspitze ins Stirnband gesteckt. Sie sah absurd aus, wenn man bedachte, daß sie sich in den neunziger Jahren und bei einer gemischtrassigen Organisation befanden.
Nikki stellte Teller, Tassen und ein Tablett mit Plätzchen auf den Tisch.
Skip wurde immer unbehaglicher zumute. Sie wünschte sich, sie hätte Verstärkung mitgenommen.
»Dürfte ich bitte mal telefonieren?«
»Ruby.« Jacomine gestikulierte so schnell, daß Skip kaum folgen konnte. Das ganze erinnerte sie an einen Dressurakt.
Ruby verschwand, und als Skip ihr nachschaute, spürte sie ein Brennen an ihrer Hand. »Aua.« Sie riß die Hand zurück, stieß dabei eine Lampe um und sah, daß Nikki sie mit Tee bekleckert hatte.
Sie wandte sich gerade noch rechtzeitig von der Lampe ab, um zu sehen, daß Jacomines Lippen lautlos Worte formten. Sie wußte nicht, was er gesagt hatte, aber sein Blick war wütend.
Ihre Nackenhaare sträubten sich.
Dieser Mann ist gefährlich.
Ruby sagte: »Sidney telefoniert gerade.«
»Schon gut, ich habe ohnehin nur ein paar Fragen.« Sie schaute auf die Uhr. »Wenn ich vielleicht in fünf Minuten telefonieren könnte?«
Hinter ihr stellte jemand die Lampe wieder auf. Jacomine hatte vermutlich mit einer weiteren Geste einen anderen Roboter aktiviert.
»Stimmt etwas nicht?« fragte der Reverend.
»Ich wollte nur nachfragen, ob mein Partner endlich einen Parkplatz gefunden hat.«
»Sie haben einen Partner da draußen? Holen Sie ihn doch rein. Rufen Sie ihn, und er kann mit uns Tee trinken.«
»Mr. Jacomine –«
»Errol. Bitte.«
»Wir sind wirklich nicht zum Tee hergekommen... Ich bin

dienstlich hier.« Keinesfalls würde sie auch nur einen Tropfen trinken oder einen Bissen zu sich nehmen.
»Wir wollten Ihnen nur das Gefühl geben, daß Sie uns willkommen sind.« Seine Augen waren wie kleine bräunliche Kiesel.
»Danke, das weiß ich zu schätzen. Ich möchte Sie fragen, ob Sie eine Frau namens Evelyne Hebert kennen, genannt Evie.«
Hinter sich hörte sie, wie jemand nach Luft schnappte. Jacomine verzog kaum merklich das Gesicht.
»Ja.«
»Wissen Sie, wo sie sich aufhält?«
»Nein. Evie war einige Zeit bei uns, aber sie hat uns vor etwa einem Jahr verlassen.«
»Hat sie hier gewohnt? In diesem Haus?«
»In einem anderen. Wir haben mehrere Häuser, in denen Gemeindemitglieder wohnen. Besonders solche, die gegen eine Sucht anzukämpfen haben. Evie hat uns ziemlich plötzlich verlassen.«
»Was ist denn passiert, Errol?« Das ging sie eigentlich nichts an, aber vielleicht würde er ja doch antworten.
»Sie war der Meinung, daß unser Weg nicht der richtige für sie ist.«
»Das klingt, als hätten Sie ihr das übelgenommen.«
»Sie gehört immer noch zu uns, und wir lieben sie.«

21

Skip ging sofort ins Büro und überprüfte, ob Jacomine im Polizeicomputer erfaßt war. Er war es, allerdings nur wegen minderer Verkehrsdelikte. Sie hätte gewettet, daß es noch irgendwo eine versiegelte Jugendstrafakte gab.
Und Skip war überzeugt, daß er mehr über Evie wußte, als er preisgeben wollte.
Am Montag kam sie mit einer Liste ins Büro: Sie wollte sich erkundigen, welche Immobilien die Gefolgschaft besaß, und

versuchen, ein paar verärgerte Mitglieder oder noch besser Exmitglieder zu finden.

Vielleicht sollte ich erst mal mit denen reden, die ich schon kenne. Sie fuhr zurück zu dem kleinen Haus in Metairie und klopfte. Der Mann, der die Tür öffnete, war ihr fremd, ein untersetzter Typ mit Tätowierungen im Gesicht, der aussah, als käme er geradewegs aus dem Staatsgefängnis.

»Ist Nikki Pigeon da?« Das war der einzige Name, den sie kannte.

»Geht Sie nichts an.«

Skip zeigte ihre Marke.

Der Mann war schlagartig umgänglicher. »Ich hole jemanden«, murmelte er und verschwand.

Er kam mit einer Frau zurück, an die Skip sich erinnerte – Ruby, dachte sie, die ehemalige Tablettensüchtige. »Ja? Kann ich Ihnen helfen?«

Sie hätte ebensogut Ruby ausfragen können, aber jetzt war ihre Neugier geweckt. »Ich suche nach Nikki Pigeon.«

»Miss Pigeon ist kein Mitglied unserer Gemeinschaft.«

»Ist sie denn hier angestellt?«

»Ich fürchte, darüber weiß ich nichts. Aber ich leite Ihre Frage gern an Daddy weiter, wenn Sie möchten.«

»Daddy?«

»Reverend Mr. Jacomine.«

»Danke, das wird nicht nötig sein.«

Irgendwas stimmte hier nicht. Gestern war Nikki noch Gemeindemitglied gewesen.

Sie ging zurück ins Büro und gab Nikkis Namen in den Computer ein.

Nichts.

Das Einwohnerverzeichnis lieferte eine zwei Jahre alte Adresse, die es kaum wert war, überprüft zu werden. Skip hatte ohnehin den Eindruck gewonnen, daß Nikki im Haus der Gefolgschaft wohnte.

Seufzend griff sie nach dem Telefonbuch.

Acht Pigeons. Nicht schlecht. Sie rief eine Tanya Pigeon an, die an der Baronne wohnte, und fragte nach Nikki.

Tanya antwortete erst gar nicht, sondern wandte sich nur ab und rief: »Nikki! Telefon!«
Einen Augenblick später war sie wieder am Apparat. »Nikki ist nicht zu Hause.«
»Danke.«
Skip konnte kaum glauben, daß sie solches Glück hatte. Tanyas Wohnung lag nur Minuten entfernt, in Central City, dem vermutlich deprimierendsten Viertel außerhalb der Siedlungen. Es war eine Gegend, in der jedes zweite Haus leer stand, ein Ort, an dem kaum jemand mehr Hoffnungen hatte. Kein Wunder, daß Nikki hier weggezogen war. Sie mußte einen schwerwiegenden Grund für ihre Rückkehr haben.
Nikki kam selbst an die Tür, in ausgebeulten Jeans und T-Shirt, mit geschwollenem Mund – ein scharfer Kontrast zu der ordentlichen Dame vom Vortag.
»Ich hab Sie schon durchs Fenster gesehen. Haben Sie vorhin angerufen?«
»Ja – Sie waren nicht zu Hause.«
»Ha! Ich dachte, die Arschlöcher hätten mich gefunden. Wie sind Sie hierhergekommen?«
»Ich hab im Telefonbuch nachgesehen.« Skip lächelte und zuckte die Achseln.
Nikki lachte. »Ach ja? Kommen Sie rein. Ich möchte mit Ihnen reden.«
Skip trat in ein dunkles Wohnzimmer, dessen Vorhänge zugezogen waren. Es gab kaum Möbel hier und keinen Teppich. In der Ecke dröhnte ein Fernseher mit voller Lautstärke, und auf einer Kommode stand ein Foto von Martin Luther King.
Nikki bat Skip, Platz zu nehmen, und zeigte auf ihre geschwollene Lippe. »Ich bin verdammt sauer.«
»Wer hat das getan?«
»Wer schon? Der hochheilige Reverend Mr. Mistbock persönlich. Ich dreh ihm den Hals um.«
Los, Nikki! Aber sie verzog keine Miene. »Ach?«
»Wissen Sie, was da drüben passiert? Irgendwas ist im Busch. Wieso braucht der Kerl sonst 'ne Armee von Zombies?«

»Wie bitte?«

»Na ja, so nenne ich die. Aber Daddy – so nennen wir ihn…«

»Sie meinen Errol Jacomine?«

»Ja, genau. Aber so heißt er nicht wirklich.«

»Woher wissen Sie das?«

»Er redet darüber. Erzählt, daß er mal jemand anders war, bevor er wiedergeboren wurde; daß er eine Menge schlimmer Sachen gemacht hat und dann gerettet wurde und wußte, daß er Leuten helfen muß, denen es noch dreckiger geht als ihm. Er sagt, er hätte sich zu dem neuen Leben auch einen neuen Namen ausgesucht.« Sie hielt inne, betastete ihre Lippe. »Der Kerl ist gewalttätig. Böse. Ich glaube ehrlich, er ist böse. Ich glaube nicht, daß mir jemals einer begegnet ist, bei dem ich das gedacht hätte.«

»Wie kommen Sie darauf?«

»Weil er die Leute irgendwie in seinen Bann zieht. Und dann läßt er sie Sachen machen.«

»Zum Beispiel?«

Nikki senkte den Blick: »Sex.«

Klar. Das Guru-Syndrom. »Was noch?«

»Er läßt sie schuften. Zum Beispiel für Politiker, die er an die Macht bringen will. So was. Und ich wette, wenn so ein Typ dann gewählt wird, muß er tun, was der Reverend will.«

»Nikki, wieso haben Sie sich entschlossen, die Gefolgschaft zu verlassen?«

»Weil ich genug hab von dem Mist. Wissen Sie, wieso er mich geschlagen hat? Weil ich den Tee verschüttet hab, deshalb.«

»O Gott. Das tut mir furchtbar leid.«

»Mir nicht. Endlich bin ich aufgewacht. Die ganze Zeit hab ich alles geschluckt und immer gesagt: ›Er ist ein guter Mensch, er will den Leuten nicht weh tun, er will nur ihr Bestes.‹ Können Sie sich vorstellen, daß ich so dumm war?

Wissen Sie, wenn man was falsch macht, muß man Hausmädchen spielen. Ich hab was getan, was ihm nicht gefallen

hat – ach, verdammt, wissen Sie, was ich getan hab? Ich hab den Fehler gemacht, nicht das richtige Parfüm zu nehmen, als ich an der Reihe war, mit ihm ins Bett zu gehen.«
Skip fuhr auf. »Als Sie an der Reihe waren? Müssen alle Frauen mit ihm ins Bett?«
»O nein. Nur die, die er will. Männer auch. Er zwingt sie dazu. Und dabei ist er verheiratet! Das ist das schlimmste – seine Frau muß die Leute für ihn vorbereiten – Scheiße! Das mit dem Parfüm war nicht mal meine eigene Schuld, sondern die von Tourmaline – das ist seine Frau. Sie hätte wissen sollen, was für ein Parfüm er wollte. Wissen Sie, sie hat ein Problem mit dem Rücken und kann nicht mehr mit ihm schlafen – jedenfalls behauptet er das –, und er sagt, ein Mann braucht bestimmte Dinge, und es ist unsere Pflicht, dafür zu sorgen.«
»Also ist er wütend geworden, und Sie mußten als sein Hausmädchen arbeiten.«
»Nicht seins, genau gesagt. Das der Gemeinschaft. So wie gestern. Wichtigen Leuten Tee servieren und so 'nen Quatsch.«
»Wieso wußte er übrigens soviel über mich?«
Nikki war überrascht. »Keine Ahnung. Ich hab nur erfahren, daß ich um halb drei da sein sollte, in einem weißen Kleid, und wie eine nette Dame von der Kirchengemeinde aussehen. Ich hab früher als Stripperin gearbeitet, wissen Sie. Es ging mir gut, aber mein Freund hat mich ziemlich übel geschlagen, und dann konnte ich nicht mehr tanzen, und er hat mich aus der Wohnung geschmissen.
Ich hatte eine Freundin, deren Cousine zur Gemeinde gehörte, und meine Freundin hat angerufen, und sie sagten, sie nehmen mich auf.« Sie zuckte die Achseln. »So einfach war das. Sie haben sich um mich gekümmert, bis ich wieder gesund war, und dann gehörte ich zur Gemeindefamilie. So nennen sie das. Gemeindefamilie!« Sie hielt inne und dachte darüber nach. »Inzest inklusive.«
Skip zuckte zusammen, aber Nikki lachte nur.
»Und ich hab es wirklich geschluckt, jedenfalls einige Zeit lang. Ich fand es toll, zu einer Gemeinschaft zu gehören. Ich

hab nie irgendwo dazugehört, und nie, äh, für ein gemeinsames Ziel gearbeitet. Ha. Ich! Ich kam mir toll vor. Meine Schwester hat immer gesagt, da stimmt irgendwas nicht – aber ich hab es einfach nicht sehen wollen. Sie meinte, Daddy sei ihr unheimlich.

Und gestern, nachdem Sie weg waren, hat er eine Versammlung einberufen – ungefähr fünfzig Leute waren da –, und zwar nur, um mich zu demütigen. ›Nikki‹, hat er gesagt, ›ich glaube, du warst besoffen. Die ganze Gemeinschaft wird darunter leiden. Alle werden diese Woche sechzehn Stunden zusätzlich arbeiten müssen.‹

Oder jeder spendet zweihundert Dollar. ›Das wird einigen ziemlich schwerfallen, oder? Nikki Pigeon, ich möchte, daß du das weißt – ich möchte, daß du weißt, wieviel Unheil du angerichtet hast.‹

Und dann hat er mir eine gescheuert.

Vor allen Leuten – können Sie sich das vorstellen? Selbst Joel, mein Exfreund, der mich immer verprügelt hat, hat es nie vor anderen getan. Und dann sagt er: ›Du mußt Sackleinen tragen, wie in der Bibel, die ganze Woche lang, um deine Sünden zu büßen. Das wird ordentlich kratzen. Und du mußt dir die Sachen selbst nähen. Es wird Miss Nikki noch sehr leid tun, daß sie ihrem Daddy nicht gehorcht hat‹, und ich sage: ›Aber Daddy, ich hab doch gehorcht; es war ein Mißgeschick‹, und dann hat er mich wieder geschlagen.

Ich bin in mein Zimmer und hab mich aufs Bett gelegt und geheult und geheult. Es war einfach ungerecht! Und dann hab ich an die arme Evie denken müssen. Und ich dachte: ›Das muß ich mir nicht länger gefallen lassen.‹ Und ich hab meine Schwester angerufen, sie soll mich holen kommen.

Wissen Sie, die bringen einen dazu, daß man von ihnen abhängig wird. Man kann nichts mehr alleine machen. Das ist mir auch eingefallen, als ich da lag. Ich wollte weg, aber wo sollte ich hin? Tanzen ist alles, was ich kann, um Geld zu verdienen. Dann ist mir Evie eingefallen, und wie sie gegangen ist – einfach so.

Sie ist wirklich ein hübsches Mädchen. Kennen Sie Evie?«

Skip schüttelte den Kopf.
»Das arme Ding, sie ist bestimmt oft für Daddy parfümiert worden. Und alle haben gesagt, sie sollte als Model arbeiten, so hübsch, wie sie war, und so ist sie auf die Idee gekommen, zu einer Agentur zu gehen. Wissen Sie, daß man damit eine Menge Geld verdienen kann? Man muß sich nicht mal ausziehen oder so. Man kriegt Jobs, bei denen man auf Versammlungen Zeug verteilen muß oder so. Kein Sex, kein gar nix. Einfach bloß irgendwas verteilen.« Sie zuckte die Achseln, als sei ihr das vollkommen unbegreiflich.
»Also, Evie hat das gemacht, und dann hat er sie genauso behandelt.«
»Jetzt verstehe ich gar nichts mehr.«
»Er hat sie gedemütigt; sie vor allen anderen als Flittchen hingestellt. Aber sie hat erheblich schneller geschaltet als ich. Sie hat einfach gesagt: ›Ich hau ab‹, und das war's dann. Also dachte ich, das kann ich auch. Und wissen Sie was? Ich hab's geschafft.«
»Das freut mich für Sie, Nikki, ehrlich.« Skip lächelte. »Sagen Sie, wissen Sie, wo ich Evie finden kann?«
Nikki schaute überrascht drein. »Nein.«
»Wissen Sie denn, für welche Agentur sie gearbeitet hat?«
»Agentur?«
»Sagten Sie nicht, daß sie für eine Modelagentur gearbeitet hat?«
»Ach so. Nein, keine Ahnung. Wenn ich das wüßte, würde ich auch hingehen.«
»Na gut. Wollen Sie wegen der Körperverletzung Anzeige erstatten?«
»Körperverletzung?«
»Jacomine hat Sie geschlagen.«
»Nein, bloß nicht. Der bringt mich glatt um.«
»Glauben Sie das wirklich?«
»Das würde ich ihm zutrauen.«
»Nikki, wollen Sie damit etwas andeuten?«
»Sie meinen, daß er Leute umbringt? Nein, ich sage nur, ich traue es ihm zu, das ist alles.«

Skip kehrte an ihren Schreibtisch zurück und begann, Modelagenturen anzurufen.
Bei der fünften, einer Firma namens Cygnet, wurde ihr mitgeteilt, daß Evie Hebert nicht mehr für sie arbeite, und kurze Zeit später hatte sie Evies Adresse.
Ganz einfach so. Manchmal hatte sie eben doch Glück.
Ihre Stimmung hatte sich verändert, die Depression hob sich langsam. Sie hatte es nicht einmal als Depression wahrgenommen, nur als etwas Schweres, eine namenlose Bürde, die sie seit dieser Nacht in der Iberville-Siedlung mit sich herumtrug. Erst jetzt wurde ihr klar, daß sie seitdem das Gefühl gehabt hatte, sie könnte nie mehr etwas richtig machen, ein Gefühl, das ihr alle Energie raubte.
Jetzt hingegen empfand sie so etwas wie Triumph, der in keinem Verhältnis zu ihrem geringen Erfolg stand.
Ich werde Sally wiederfinden. Einige Zeit hatte sie nicht mehr daran geglaubt.
Evie wohnte in der Nähe der Claiborne, in einem heruntergekommenen Haus in einer heruntergekommenen Gegend. Ob hier überwiegend Schwarze oder Weiße wohnten, hätte Skip nicht sagen können, das wechselte von Block zu Block. In der Nähe standen ein paar Autos, aber nicht der beigefarbene Mercedes der Heberts, mit dem Reed weggefahren war. Das Haus sah verlassen aus.
Skip rief aus einer Telefonzelle Cappello an. »Ich habe jetzt Evies Adresse, aber es sieht aus, als wäre niemand zu Hause.«
»Ich schicke dir Verstärkung.«
»Ich denke, ich versuche es erst mal mit der Avonberaterinnen-Masche. Wenn ich mich in zwanzig Minuten nicht gemeldet habe, kannst du das Schlimmste annehmen.« Sie legte auf, bevor Cappello antworten konnte.
Sie hatte keinen Kosmetikkoffer dabei, aber ein Klemmbrett im Auto, mit der Kopie einer Meinungsumfrage, und ein paar Broschüren.
Sie klingelte und wartete.
Nichts.

Sie klingelte wieder und blieb stehen.
Gerade wollte sie eine Broschüre unter der Tür durchschieben, um nicht aufzufallen, als jemand von oben herunterrief: »He! Suchen Sie Evie?«
Skip warf einen gespielt unsicheren Blick auf ihr Klemmbrett. »Wohnt hier eine Evelyne Hebert?«
»Ja. Das nehme ich jedenfalls an – ich weiß nur, daß sie Evie heißt. Sie ist schon seit Tagen nicht mehr nach Hause gekommen.«
»Sind Sie die Hausmeisterin?«
Die Frau hatte ein rundes Gesicht und schwarzes Haar. »Nein, ich wohne nur hier. Ich hab mir schon Sorgen um Evie gemacht. Ich dachte, Sie wären vielleicht eine Verwandte.«
»Könnte ich vielleicht einen Augenblick reinkommen? Meine Firma bietet den ersten fünfunddreißig...«
»Tut mir leid. Ich muß wieder an die Arbeit.«
Das Gesicht verschwand.
Im Haus waren vier Wohnungen. Evies hatte die Nummer eins, und die darüber war vermutlich Nummer drei.
Suratt.
Sie klingelte bei Suratt.
Wieder tauchte das Gesicht auf.
»Dürfte ich einen Augenblick mit Ihnen sprechen?« Skip hielt ihre Marke hoch, weil sie nicht laut damit herausplatzen wollte, daß sie Polizistin war.
»He, was ist denn das? Sind Sie...«
Skip nickte und legte den Finger an die Lippen, ohne große Hoffnung, daß es funktionieren würde. Aber die Frau nickte und verschwand vom Fenster.
Dann stand sie in der Tür, schwer atmend.
Sie hatte etwa fünfzig Kilo zuviel, wilde schwarze Locken und das hübsche Gesicht, das angeblich alle dicken Mädchen haben. Sie trug Leggins, ein langes, weites T-Shirt und Sandalen. Sie sah intelligent aus, und sie hatte noch etwas anderes an sich – sie strahlte Lebensfreude aus.
»Diane Suratt«, stellte sie sich vor. »Darf ich das noch mal sehen?«

Sie führte Skip in eine geräumige Wohnung mit wenig Möbeln – vor allem Sachen vom Trödler, die in exotischen Farben lackiert waren. Unter dem Fenster zur Straße hin stand ein großer Arbeitstisch, der bedeckt war mit winzigen Früchten, Flugzeugen, Autos, Blüten, Vögeln, Katzen, Fischen, Tassen, Tellern – allem möglichen; einiges davon bemalt, anderes noch im Rohzustand.

Auf einem anderen Tisch lagen Ohrringe, die paarweise an kleinen Kartonstreifen hingen. Alle waren groß, dramatisch und üppig bemalt und aus diesen winzigen Gegenständen zusammengesetzt. Skip hatte so etwas schon oft in der Stadt gesehen. Dee-Dee hatte ihr sogar einmal so ein Paar geschenkt, und sie fand sie amüsant, konnte es aber nicht über sich bringen, sie zu tragen.

»Also Sie machen diese Ohrringe! Haben Sie jemanden, der Ihnen hilft?«

Ein Schatten fiel über Dianes Gesicht. »Das kann ich mir im Augenblick nicht leisten. Aber ich habe einen Vertrag mit einer Warenhauskette in Aussicht...« Sie klopfte auf Holz. »Dann könnte ich ein paar Leute einstellen. Evie hatte offenbar nie Geld; ich hätte sie gern beschäftigt. Aber die letzte Zeit hat sie nur noch Mist gebaut.«

»Wie meinen Sie das?«

»Sie trinkt zuviel. Vielleicht nimmt sie auch Drogen. Ich weiß nicht. Und sie hat einen schrecklichen Freund. Manny.

Mein Gott, was für ein Typ! Fährt Motorrad, sieht aus wie ein Gangster und brüllt sie die ganze Zeit an. Hab ich schon seine Tätowierungen erwähnt?

Aber in letzter Zeit hat er sich nicht sehen lassen. Seit etwa einem Monat. Es ist einige Zeit so ruhig gewesen, daß ich schon dachte, sie wäre wieder bei AA – sie war mal trocken, hab ich das schon erzählt? Ein nettes Mädchen, wenn sie nicht gerade betrunken ist. Aber mit dieser Sorte Männern – ich weiß nicht. Dieser Manny hat sie praktisch nur beschimpft.«

»Wie lange ist sie denn schon weg?«

Diane schaute unglücklich drein. »Ungefähr eine Woche,

glaube ich. Ich weiß nicht, wann mir zum erstenmal aufgefallen ist, daß ich sie schon länger nicht mehr gesehen habe. Dienstag oder Mittwoch, glaube ich.
Die Zeitungen haben sich schon vor der Tür gestapelt.«
»War sie schon öfter verschwunden?«
»Als sie mit Manny zusammen war, war sie manchmal ein paar Tage weg. Aber dann hat sie mich für gewöhnlich gebeten, ihre Post reinzuholen. Und diesmal nicht. Wieso sind Sie eigentlich hier? Hat jemand sie als vermißt gemeldet?«
»So was ähnliches.«
»Ich weiß nicht mal, woher sie kommt. Mit einem Namen wie Hebert stammt sie ja wohl aus Louisiana.«
Skip fragte, ob es einen Hausverwalter oder Hausmeister gab.
»Nein«, erwiderte Diane. »Aber ich kann Ihnen die Nummer der Besitzerin geben. Sie können Sie gleich von hier aus anrufen, wenn Sie wollen.«

Zuerst rief sie Cappello an, um zu melden, daß sie noch lebte.
Die Haubesitzerin klang jung, als hätte sie das Haus geerbt und wäre noch nicht bereit, die Verantwortung zu tragen. Als Skip ihr erzählte, um was es ging, wurde ihre Stimme schrill und angespannt.
»Glauben Sie, wir sollten reingehen und nachsehen? Ist das legal?«
»In einem Notfall ja, und, ehrlich gesagt, ich glaube, wir haben es hier mit einem Notfall zu tun. Aber wenn niemand da ist – und davon gehe ich aus –, brauche ich einen Durchsuchungsbefehl. Ich rufe Sie wieder an, wenn ich den habe.«
Es dauerte zwei Stunden, bis der Durchsuchungsbefehl ausgestellt war, und eine weitere, bis die Besitzerin mit dem Schlüssel da war, und während dieser Zeit saß Skip im Auto und starrte das Haus an.
Die Besitzerin war älter, als sie angenommen hatte, aber nicht weit über dreißig. Sie hieß Belinda Carbo, und sie hatte Angst, verklagt zu werden; weshalb, wußte Skip nicht.

Evies Wohnung hätte in jedem Fall deprimierend gewirkt, aber jetzt war sie auch noch staubig und leer, und es roch muffig.

Skip fand wenig, wenn man von ein paar Fotos in einer Schublade absah, die eine sehr hübsche Blondine mit einem jungen Mann zeigte, der exakt den Typus verkörperte, der die weiße Unterschicht in Verruf brachte. Er hatte einen dicken, ekligen Hals, einen zu großen Kopf und winzig kleine Augen, die vermutlich bösartig glitzern konnten – das sah man auf dem Foto nicht genau. Sie fand auch Evies Adreßbuch, aber es standen nur wenige Namen und Nummern darin.

Skip gab der Hausbesitzerin eine Quittung für das Adreßbuch und die Fotos, dann klopfte sie noch einmal bei Diane Suratt. »Tut mir leid, daß ich Sie noch mal stören muß, aber kennen Sie diese Leute?« Sie zeigte ihr die Fotos.

»Sicher; Evie und Manny. Würden Sie dem gern nachts auf der Straße begegnen?«

Skip sah im Auto noch einmal das Adreßbuch durch. Dort stand die Telefonnummer eines Manny Lanoux, aber keine Adresse.

Sie suchte eine Telefonzelle und rief an. Keine Antwort.

Je länger sie hinsah, desto bekannter kam ihr Mannys Gesicht vor. Als hätte sie ihn einmal verhaftet oder zumindest verhaften sollen.

Na ja, wenigstens kenne ich seinen Namen.

Sie fuhr ins Büro zurück, um sich die Akte anzusehen, und tatsächlich: vor zwei Jahren, noch vor ihrer Zeit bei der Mordkommission, war Manny wegen Körperverletzung verhaftet worden. Sie konnte sich noch gut an die Frau erinnern, an ihre eingeschlagene Nase, an das Blut auf ihrem Kinn. Und jetzt erinnerte sie sich auch an Mannys Stimme – hoch und winselnd.

Er hatte der Frau nicht nur die Nase, sondern auch den Kiefer gebrochen. Sie hatte ihn angezeigt, und Manny war verurteilt worden. Inzwischen war er vermutlich auf Bewährung frei, was bedeutete, daß sie vom Bewährungshelfer die Adresse erfahren konnte.

Sie bekam auch die Adresse seiner Arbeitsstelle, aber es war schon kurz vor fünf. Es wäre besser, zu seiner Wohnung zu fahren und ihn zu erwischen, wenn er von der Arbeit kam.
Sie wandte sich an Cappello. »Ich besuche jetzt ihren Exfreund. Diesmal sollte ich lieber jemanden mitnehmen – ich kenne den Kerl.«
»Gut. Nimm Thuringer mit. Morgen bekommen wir einen neuen Kollegen. Wir haben noch keinen Ersatz für Jim, aber O'Donnell wird versetzt, und wir bekommen jemanden im Austausch für ihn. Einen Sergeant, wie O'Donnell. Nichts gegen Thuringer, aber mit dem Neuen hast du früher schon zusammengearbeitet.«
»Wer ist es denn?«
»Adam Abasolo.«
»Soll das ein Witz sein?«
»Der Filmstar persönlich.«
Er war kein Filmstar, aber er sah aus wie einer – groß, schlank und drahtig, mit dunklem Haar und blauen Augen. Er sah auch ein bißchen schurkisch aus. Er war einer der besten Polizisten der Stadt – sie hatten im Axtmörder-Fall zusammengearbeitet.
»Das freut mich.«
Er war ein typischer Aufsteiger, und damals war sie überhaupt nicht darauf versessen gewesen, mit ihm zusammenzuarbeiten; sie hatte befürchtet, er werde sich aufspielen. Aber er war großartig gewesen.
Vorerst bekam sie allerdings noch einen weiteren Grund, Jim zu vermissen. Thuringer war zwar ein guter Polizist, aber todlangweilig. Er war klein, trug eine Brille und hatte einen Sohn auf dem College, der sein einziges Gesprächsthema darstellte.
Manny war nicht zu Hause, als sie vor seiner Wohnung eintrafen, was bedeutete, daß sie noch längere Zeit im Auto warten mußten. Es wurden Stunden.
Und dabei war es Steves letzter Abend in der Stadt.

22

Manny tauchte nicht auf. Als Skip endlich in ihre Wohnung getaumelt kam, schlief Steve schon wie ein Baby.

Um so besser. Ich bin sowieso zu müde für eine leidenschaftliche Nacht.

Er rollte sich herum und legte den Arm um sie, was genau das war, was sie wollte und was sie bestimmt vermissen würde, wenn er nicht mehr da war – das tröstliche Gefühl, seinen Körper zu spüren.

Der Morgen war trübe, passend zu ihrer Stimmung. Es war nicht nur der Tag von Steves Abreise, heute sollte auch Jim beerdigt werden.

Die *Times Picayune* hatte den Mord an Jim auf die Titelseite gesetzt, und der Polizeipräsident hatte in einem Interview seine Empörung kundgetan. Alle Polizisten der Stadt, die es irgendwie schaffen konnten, und eine größere Anzahl von Politikern wurden zum Gottesdienst in der St. Louis-Kathedrale erwartet.

Von Jims Freunden und der Familie nicht zu reden.

»Von seinen beiden Familien«, erinnerte Steve sie, als sie hinübergingen. »Zwei Gruppen von Schwiegereltern, Tanten, Onkeln und so weiter – verdammt, wie hat er das nur durchgehalten?«

»Es ist schon seltsam, daß er nie müder oder zerstreuter wirkte als andere.«

»Wie ist er nur mit der Logistik zurechtgekommen?«

»Darüber hab ich auch schon nachgedacht. Du weißt doch, daß unsere Schichtpläne wöchentlich wechseln? Zuerst dachte ich, er hat ihnen vielleicht gesagt, daß sie jeden Tag wechseln. Aber das hätte auch nicht funktioniert. Ich kann mir nur vorstellen, daß er ihnen weisgemacht hat, daß Polizeiarbeit ähnlich ist wie Spionage – daß man ihn bei der Arbeit nicht anrufen dürfe und daß er manchmal tagelang weg sei. Lügen über Lügen.«

»Und stell dir vor, wie jämmerlich sein angebliches ›Gehalt‹ gewesen sein muß!«

»O Gott – daran habe ich noch gar nicht gedacht.«
Da sie relativ früh eintrafen, wurden sie zu Plätzen in der Mitte geführt, die gute Sicht auf die vorderen Reihen boten. Skip hatte sich gefragt, ob die beiden Familien getrennte Seiten wählen würden, wie bei Hochzeiten, um den Trauergästen die Gelegenheit zu geben, sich auf die Seite von Ehefrau A oder Ehefrau B zu setzen.
Aber was sie sah, verblüffte sie. Die beiden Familien saßen zusammen, die Frauen Seite an Seite. Sie hatten sich offensichtlich miteinander verbündet.
Skip spürte, wie ihr Tränen in die Augen traten. *Sie haben die schlechtesten Karten gehabt, aber das Beste draus gemacht; das ist mehr, als die meisten Leute geschafft hätten.*
Sie stellte sich vor, wie sie selbst in einer solchen Situation versuchen würde, die Eifersucht und das Gefühl, betrogen worden zu sein, zu überwinden, und dann doch daran scheiterte.
Sie beobachtete, wie Politiker und Honoratioren die Kirche betraten, und dachte, daß Jim im Tod eine viel wichtigere Person war als im Leben. Er hätte einfach nur den Kopf geschüttelt und vor sich hingebrummt.
Es gab hier vieles, was ihn gewundert hätte.
Sein Tod hatte soviel verändert.
Das Klima in der Abteilung war plötzlich anders, das Leben seiner Familien, und ihr – Skips – Leben. Selbst das Klima in der Stadt.
Wer hätte so etwas voraussagen können? Ein einziger Mann – ein anständiger Mann, ein guter Polizist, ein guter Freund –, aber der Dominoeffekt überraschte sie.
Der Gottesdienst hatte begonnen. Leises Schluchzen war zu hören. Als die Reden gehalten wurden, trat Joe Tarantino, ihr Lieutenant, vor und sprach darüber, was Jim der Abteilung bedeutet hatte. Skip wurde wieder einmal bewußt, wie sehr Jim ihr fehlen würde, wie sehr sie sich immer auf ihn verlassen hatte.
Sie sah Adam Abasolo weiter vorn und fragte sich, wie es wohl wäre, längerfristig mit ihm zusammenzuarbeiten. Die

Tatsache, daß er so attraktiv war, könnte Probleme mit sich bringen. Wäre es nicht merkwürdig, zusammen im Streifenwagen zu sitzen, wenn all dieses Testosteron in der Luft hing?

Wahrscheinlich nicht. Polizeiarbeit nahm einen derart in Anspruch, daß man von solchen Dingen nichts mehr registrierte. Es sei denn, er wäre so von sich überzeugt, daß er es darauf anlegte.

Aber das konnte sie sich nicht so recht vorstellen; sie hielt Abasolo für einen guten Polizisten. Ein wenig aufbrausender als Jim vielleicht, aber auch ein wenig schneller und schwieriger.

Das war es, was sie beunruhigte. Sie war selbst schwierig. Ähnelte sich ihre Art? Das war die Frage.

Ein Lied wurde angestimmt, und das brachte sie wieder in die Gegenwart zurück.

Jim ist noch nicht mal begraben, und ich mache mir schon Gedanken über die Zusammenarbeit mit einem anderen.

Nach dem Gottesdienst ging sie mit Steve zurück nach Hause, damit sie sich zum Essen umziehen konnte, aber kaum waren sie in der Wohnung, als sie auch schon übereinander herfielen wie Teenager. Sie endeten schließlich auf dem Teppich im Wohnzimmer, weil sie es nicht mal mehr die Treppe rauf schafften, und zum Mittagessen blieb auch keine Zeit.

Weil sie am Vorabend so lange gearbeitet hatte, hatte sich Skip den Vormittag freigenommen. Aber zum Flughafen konnte sie ihn nicht mehr bringen, vor allem, da er unterwegs noch Napoleon abholen wollte. Also rief sie ihm ein Taxi.

Sie machte schnell ein paar Brote, während sie auf das Taxi warteten. Sie konnte nur ein paar Bissen hinunterwürgen, merkte, daß das Essen nicht an dem Knoten in ihrem Hals vorbeiwollte.

Steve sagte: »Ich weiß nicht, ob ich das sagen sollte, aber manchmal mache ich mir Sorgen um dich.«

»Wenn du in L.A. bist? Warum denn?«

»Ach, ich weiß nicht. Wenn ich hier bin, habe ich das Gefühl, dir kann nichts passieren. Aber wenn nicht – und wenn ich

dich anrufe und du nicht da bist – dreht meine Phantasie durch.«
»Sieh mal. Was Jim passiert ist, war wirklich nicht die Regel. Ehrlich, die Mordkommission ist einer der sichersten Arbeitsplätze für einen Cop. Überleg doch mal: Wir kommen immer erst nach der Schießerei an.« Sie mußte sich anstrengen, damit ihr die Stimme nicht brach. Was sie sagte stimmte, aber im Augenblick glaubte sie es nicht einmal selbst.
Sie zwang sich zu einem Lächeln. »Reden wir lieber über dich. Das berühmte Projekt, das dich nach New Orleans zurückbringen wird.«
»Ich wünschte, ich könnte diesen Delavon kennenlernen.«
»Vergiß es«, sagte sie. »Warum machst du nichts über Kinder mit schwulen oder lesbischen Eltern?«
»Wie bist du denn darauf gekommen?«
»Oder über das French Quarter. Einerseits wimmelt es von Transvestiten und verrückten Schriftstellern, auf der anderen Seite geht es zu wie auf dem Dorf.«
»Nicht schlecht.«
»Oder... ach, ich weiß nicht... seltsame Lebensstile; merkwürdige Familien.«
»Ich wüßte nicht, wo ich so was finden sollte.«
»Vielleicht werden Dee-Dee und Layne heiraten.« Jetzt plapperte sie nur noch.
Alle beide plapperten sie sinnlos vor sich hin.
Das Taxi hatte schon einmal gehupt, jetzt hupte es wieder.

Grady hatte den ganzen Morgen getrunken. Er trank sonst nie, wenn er schreiben wollte. Dann konnte er sich nicht konzentrieren, nicht denken, nicht mal wach bleiben. Andererseits war er auch nüchtern nicht imstande gewesen, über *die Sache* zu schreiben. Es konnte nichts Schlimmeres passieren, als daß er einen weiteren Tag verschwendete, wie schon so oft.
Er fing einfach irgendwo an, so weit von dem schlimmen Teil entfernt, wie er nur konnte:

Es war Ostern, und Reed hatte Evie und mich früh geweckt, damit wir sehen konnten, was der Osterhase gebracht hatte. Neben all den Schokoladen- und Geleeiern bekamen wir auch immer noch ein kleines Geschenk. Einmal bekam ich zum Beispiel die Ente, die unser aller Fluch werden sollte, aber in diesem Jahr war es eine Mickey-Mouse-Uhr. Reed bekam einen rosa Stoffhasen und Evie Zubehör zum Basteln von Schmuck, und sie mochte ihr Geschenk nicht besonders. Sie war in schrecklicher Stimmung an diesem Tag, muffig und biestig.

Schon vor der Kirche bekam sie einen Wutanfall.

»Ich will aber nicht gehen!«

»Sei still, Evie.«

»Ihr könnt mich nicht zwingen.«

»Ich zähle jetzt bis drei...«

Und so weiter. Ich wußte nicht recht, um was es ging – niemand kümmerte sich um Evie, es sei denn, um ihr zu sagen, sie solle die Klappe halten –, aber im nachhinein glaube ich, daß sie gerade in der Wildfang-Phase war. Sie war vermutlich sauer, daß der Osterhase das nicht bemerkt und ihr ein Paar Boxhandschuhe gebracht hatte.

Sie muß auch ihr Kleid gehaßt haben. Es war hellrosa, und Reed hatte eins aus weißer Spitze mit einer rosa Schärpe, schwarze Schnallenschuhe und weiße Spitzensocken.

Ich werde nie vergessen, wie Reed an diesem Tag aussah. Ich glaube, sie war das Niedlichste, was man sich vorstellen kann. Sie war so ordentlich, so adrett, schon als Kind, und das habe ich immer bewundert. Evie dagegen war ein Desaster.

Was will ich damit eigentlich sagen? Vielleicht hat es mit Energie zu tun, was immer das auch sein mag. Reed hielt ihre zurück, glaube ich, wie auch heute noch (viel zu sehr). Und Evie ließ der ihren freien Lauf.

Ein solches Kind ist immer unbequem; sie nahm zuviel Raum ein – Raum, von dem ich glaubte, daß er eigentlich mir gebührte; Raum, der unseren Eltern still und leer lieber gewesen wäre.

Natürlich gewannen Mutter und Vater den Streit, und Evie mußte mit zur Kirche. Aus irgendeinem Grund glaubte Evie immer, gewinnen zu können, obwohl es ihr nie gelang. Ich habe es nie auch nur versucht, und Reed wohl auch nicht, weil wir genau wußten, daß man nicht gewinnen konnte. Aber das schien Evie keinen Augenblick lang aufzufallen. Ich frage mich ehrlich, was mit ihr los war.

Jedenfalls gingen wir zur Kirche, alle fünf, und danach sollten wir bei unseren Großeltern essen – Dads Eltern, die das Restaurant gegründet hatten.

Sie waren damals schon alt und hatten sich längst aus dem Geschäft zurückgezogen. Sie wohnten in Covington, auf der anderen Seite des Damms, und die Fahrt kam uns jedesmal endlos vor. Wir wußten, daß der Nachmittag immer langweiliger werden würde. Erst würde es Essen geben, Schinken mit einer Million Gemüsen, und wenn wir Glück hatten, einen erträglichen Nachtisch.

Das schlimmste war, daß wir in diesen steifen Sonntagssachen rumlaufen mußten und daß nach dem Essen auch noch Fotos gemacht würden. Wir würden wieder und wieder gekämmt werden, dann müßten wir still stehen, endlos in die Sonne blinzeln, unsere Osterkörbchen hochhalten und vielleicht noch die anderen Geschenke, die der Hase gebracht hatte. Wenn ich Glück hatte, würde ich vielleicht Evies Schleife aufziehen oder ihr einen Schlag versetzen können oder so. Beide Mädchen trugen in diesem Jahr Hüte, und ich hatte Reed den ihren schon auf dem Weg zur Kirche abgerissen und gedroht, das Ding aus dem Autofenster zu werfen.

Ich erinnere mich, daß ich schon unterwegs darüber nachdachte, wie ich Evie quälen konnte. Wenn ich zurückdenke, wundere ich mich, daß ich mir über mögliche Strafen überhaupt keine Gedanken machte. Ich bin nicht sicher, wieso, aber ich habe so meine Ideen. Es ist natürlich möglich, daß ich einfach zu blöd war, so weit vorauszudenken. Aber ich habe lange überlegt – ich hatte viel Gelegenheit, darüber nachzudenken, wie die folgenden Ereignisse zeigen werden –, und ich glaube, ich dachte einfach, ich könnte alles ungestraft tun, vor allem, wenn es mit Evie zusammenhing, und ich hatte einen guten Grund dafür.

Ich bin jetzt über dreißig, und all dies ereignete sich Anfang der sechziger Jahre, bevor der Feminismus sich entwikkelte. Hat es also einfach daran gelegen, daß ich ein Junge war (ein erbärmliches Exemplar, wenn man meinen Vater fragte, aber dennoch) und daher privilegiert? Es scheint unmöglich, aber wie könnte man es sonst erklären? Reed hat sich, soweit ich das sagen kann, immer selbst zensiert. Sie hat nie etwas Falsches getan. Und Evie machte alles falsch.

Wir mußten noch einmal am Restaurant vorbeifahren. Ich weiß nicht, wieso das nötig war, aber es war nicht ungewöhnlich, daß wir an einem Sonntag oder jedem beliebigen anderen Tag dort vorbeischauten, wenn Dad dort zu tun hatte. Und Ostern war ein wichtiger Tag, weil alle, die nicht zu ihren Großeltern mußten, bei Arnaud's *Garnelen Arnaud* aßen oder *Bananen Foster* bei Brennan's, oder *Austern à la Foch* bei Antoine's, oder *Krabben Hebert* bei Hebert's.

Und wir bekamen nur Schinken.

Nicht nur das, wir würden auch noch mindestens eine Stunde lang überhaupt nichts kriegen.

Wir waren ausgehungert. Aber wenn wir in die Küche gingen, gluckten die Köche um uns herum und gaben uns etwas zum Naschen, besonders einer namens Albert, ein Schwarzer, ein alter Mann, oder vielleicht war er noch gar nicht so alt, aber sein Haar war grau, und er ging ein wenig gebeugt.

Albert hatte etwas Sanftes, Mütterliches an sich, obwohl das ungewöhnlich klingen mag, wenn man einen Mann beschreibt. Dadurch fühlte ich mich – ich weiß nicht – irgendwie geliebt (ich kann es wirklich hinschreiben, aber ich bin ja auch halb betrunken), ganz anders als bei meinen Eltern.

Alle Eltern behaupten, ihre Kinder zu lieben, und bestimmt

glauben sie, die Wahrheit zu sagen (obwohl ich nie den geringsten Beweis dafür erhielt, daß unsere Eltern Evie liebten, es sei denn, man gibt sich damit zufrieden, daß sie für ihr materielles Wohl sorgten). Ohne Zweifel hätten sie getrauert, wenn eines ihrer Kinder gestorben wäre. (Obwohl Evie ebensogut tot sein könnte, und ich bin nicht sicher, daß irgend jemand sie in den letzten Jahren vermißt hat, außer mir, und ich hatte mich schon immer zu ihr hingezogen gefühlt. Sie hatte so etwas wie Sex-Appeal, wenn Kinder so was haben können.)

Aber ich glaube, daß die meisten Eltern, unsere eingeschlossen, Kinder nicht sonderlich mögen. Sie mögen ihren Krach nicht, ihre gewaltige Energie, die Art, wie sie ständig in Bewegung sind – und daß man sich dauernd um sie kümmern muß. Mit einem Wort, sie finden Kinder unbequem, und ein unbequemes Kind wie Evie mögen sie schon gar nicht, obwohl sie sie auf eine unbestimmte Weise »lieben« können, die mehr mit dem elterlichen Selbstbild als mit dem Kind selbst zu tun hat.

Albert, glaube ich, gehörte zu jenen Menschen, die Kinder ganz allgemein gern haben – etwas, das ich sonst nicht kannte. Er war sogar nett zu Evie, was in unserer Familie so etwas wie ein Tabu war. Wann immer wir ihn sahen, brachte mich das beinahe dazu, doch noch einmal über sie nachzudenken: Wenn Albert sie mochte, konnte sie dann wirklich so schlecht sein?

Mutter meinte, er verhalte sich nur deshalb so, weil er sich bei ihr und Daddy einschmeicheln wollte, was mich kränkte. Aber nicht lange, denn selbst in meinem siebenjährigen Herzen wußte ich, daß sie damit erheblich mehr über sich selbst aussagte als über ihn.

Albert war im Restaurant für die *pommes de terre soufflés* zuständig. Dieses Gericht wird in den meisten großen Restaurants in New Orleans als Hors d'œuvre serviert, manchmal, aber nicht immer mit Sauce béarnaise. Bei Hebert's werden die *pommes* immer ohne Beilage serviert.

Einmal, lange bevor *die Sache* passierte, hatte Albert mir

die ganze Prozedur demonstriert. Erst schnitt er die Kartoffeln ganz, ganz dünn, dann trocknete er sie, dann warf er sie in Öl, das siedend heiß sein mußte. Er wartete, bis sie oben schwammen, dann nahm er sie heraus und kippte sie in eine andere Pfanne mit heißem Öl, noch heißer als das erste, rauchend heiß – über zweihundert Grad. Ich werde nie vergessen, wie stolz er aussah, als er mir das erzählte.

Das Öl bewirkt, daß die *pommes* sich wie Kissen aufplustern, aber sie sind erst perfekt, wenn sie knusprig sind, irgendwo zwischen Pommes frites und Kartoffelchips. Nur Albert konnte dieses Wunder vollbringen. Ich habe jedes Restaurant der Stadt ausprobiert, und niemand konnte oder kann sie so zubereiten wie Albert.

Und das war alles, was er den ganzen Tag tat, jeden Tag, tagein, tagaus. Ein schlechterer Koch hätte sich zu Tode gelangweilt, aber Albert setzte seinen ganzen Stolz in die Vervollkommnung eines jeden Kartoffelkissens. An seinem freien Tag gab es bei Hebert's keine *pommes* – kein andere Koch hätte sie so machen können wie Albert.

An dem Tag, an dem *die Sache* passierte, hatte er kaum ein Wort für uns übrig. Das Restaurant war fast bis auf den letzten Platz besetzt, und zwei Köche hatten sich wegen Grippe krank gemeldet. Alle bewegten sich wie in einem zu schnell abgespielten Film.

»Albert! Wie geht's?« rief ich vergnügt.

Ohne sich auch nur umzusehen, sagte er: »Grady? Bist du das, Junge? Heute seid ihr Kinder hier nur im Weg; es ist zuviel los.«

Erschüttert, weil mein Idol so grob zu mir war, zog ich mich an eine Wand zurück. Nach einer Weile bemerkte ich, daß Evie Kirschtomaten von den Salattellern klaute. Reed, zu klein, um zu wissen, daß das verboten war, sah ihr eine Zeitlang zu und machte dann mit. Sie plünderten systematisch alle Salatteller, die zum Servieren bereitstanden.

Ich griff nach Dads Hand. »Daddy, Evie und Reed klauen

die Tomaten.« Er sprach gerade mit einem der Köche und winkte nur ab. »Stör mich jetzt nicht«, sagte er, und damit war ich zum zweitenmal zurückgewiesen worden.
Jetzt blieb nur noch der Angriff.
Ich schlich mich hinter die Mädchen und kniff beide gleichzeitig in den Arm, was Evie so erschreckte, daß sie vier oder fünf Teller herunterstieß. Wütend fuhr sie herum, aber ich rannte weg.
»Reed! Schnapp ihn dir!« rief sie, und die kleine Reed, immer gehorsam, rannte mir nach. Ich warf einen Blick über die Schulter, lachte und stieß frontal mit Albert zusammen, der nach vorn stürzte und gegen die erste Ölpfanne stieß. Er wollte die Katastrophe verhindern und warf sich auf Reed, aber es war zu spät. Er landete über ihr, aber sie war schon auf dem Öl ausgerutscht. Das wäre alles nicht so schlimm gewesen, hätte Albert bei seinem Sprung nicht die zweite – und heißeste – Ölpfanne umgestoßen. Ihr gesamter Inhalt ergoß sich auf Reeds Füße und Beine.
Den ersten Teil hatte ich selbst nicht bemerkt, aber ich drehte mich gerade noch rechtzeitig um, um zu sehen, wie sich das Öl über dieses winzige, harmlose, unschuldige Kind ergoß. Evie, halb wahnsinnig vor Angst, kam auf uns zugerannt, und ich nehme an, diese Bewegung hatten auch unsere Eltern bemerkt.
Aber all das war noch nicht das schlimmste. Unerträglich war, was später passierte, in den Krankenhäusern, den Spezialkliniken, vor den Hauttransplantationen und danach: zu wissen, wie sie gelitten hat. Und dennoch, damals wußte ich das nicht. Erst später las ich – wie so viele fasziniert von dem, was uns entsetzt – einen Zeitschriftenartikel über einen Mann, der schreckliche Verbrennungen erlitten hatte, und mir wurde klar, daß ich keine Ahnung gehabt hatte; ich mußte mich übergeben, nachdem ich es gelesen hatte, und vier Tage hintereinander hatte ich Alpträume.
Ich wußte keine Einzelheiten, aber ich hatte ihr Gesicht gesehen. Ich sah, wie das vergnügte Kindergesicht einer verzerrten Maske wich.

Die Erinnerung an ihr Gesicht ist der Grund, wieso ich bisher nicht darüber schreiben konnte, nicht einmal daran denken, und dennoch ist es nur ein Teil.
Es gab nämlich etwas noch Schlimmeres. Und das waren die Geräusche dieses Augenblicks.
Alberts gequälter Aufschrei – etwas wie »Ahhhhh«, voller Tränen. Ein Vampirschrei von irgendwoher – ich nehme an, das war Evie. Das Klappern zweier Pfannen, die zu Boden fielen. Die vielfältigen Schreie des Küchenpersonals. Reeds Wimmern. Mehr gab sie nicht von sich – ein Wimmern.
Und Dad, der Evie schlug.
Er fand als erster wieder Worte: »Evie, ich bringe dich um«, und mit zwei Schritten war er bei ihr. Er schlug sie mit dem Handrücken ins Gesicht, und dieses Geräusch höre ich immer noch, es hat mich nie verlassen, ist in meinen Träumen, in Phantasien, die ich nicht abschütteln kann.
Ich habe nicht gesehen, was mit Reed passierte, wer sie aufhob, wer sich um sie kümmerte. Ich war zu fasziniert von dem Schrecklichen, dem Undenkbaren. Dad begann, Evie mit beiden Händen zu schlagen, mit den Fäusten, bis ihn jemand – ich glaube, es brauchte mehrere Leute – von ihr wegzerrte.
Sie widersprach nicht, versuchte nicht zu erklären, was passiert war, wahrscheinlich konnte sie unter dem Prasseln der Schläge auch gar nichts sagen. Auch ich schwieg, und niemand hat je wieder darüber gesprochen, niemand hat je nachgefragt.
Das lauteste Geräusch, das erschreckendste, das haarsträubendste bis heute, ist das Geräusch meines eigenen Schweigens.
Aber vielleicht hat es gar nichts ausgemacht. Vielleicht wußten meine Eltern beide ganz genau, was passiert war, hatten es sogar gesehen. Nicht lange danach fragte ich meinen Vater ängstlich, wieso er Evie geschlagen habe.
»Sie ist die Älteste«, sagte er. »Sie hätte auf euch jüngere aufpassen müssen.«

23

Am Mittwoch stand Skip eine Stunde früher auf und fuhr direkt zu Manny, in der Hoffnung, ihn zu erwischen, bevor er zur Arbeit ging. Aber in seiner Wohnung, einer Bruchbude an der Jackson Avenue, war alles still. Skip ging auf und ab, klingelte sogar, Verstärkung oder nicht, und überlegte, ob sie wieder die Masche mit der Avonberaterin abziehen sollte.

Niemand kam an die Tür.

Also ging sie zu Mannys Arbeitsstelle, deren Adresse sie von seinem Bewährungshelfer bekommen hatte – ohne viel Hoffnung, ihn dort anzutreffen.

Manny war Kfz-Mechaniker. Er arbeitete in einer Werkstatt im Jefferson Parish, die sich Rayson's Garage nannte und in der reger Betrieb herrschte. Skip fragte nach Rayson und wurde zu einem untersetzten, schmierigen Mann geführt, der eine runde, dicke Brille, eine Baseballmütze und ein sauberes T-Shirt trug. Wie er es schaffte, das T-Shirt sauberzuhalten, obwohl der Rest von ihm so verdreckt war, war Skip ein Rätsel.

»Brauchen Sie einen Termin? Wir sind bis Freitag nächster Woche vollkommen ausgebucht.« Rayson machte den Eindruck eines Mannes, der sich lieber mit Maschinen abgab als mit Menschen.

»Nein, danke.« Sie stellte sich vor. »Ich suche einen Ihrer Angestellten, Manny Lanoux.«

»Manny?« Er schien völlig verblüfft. »Wir haben hier keinen Manny.«

»Nein? Nie?«

»Das hab ich nicht gesagt.« Lässig stützte er den Arm auf ein Regalbrett; er konnte sie zappeln lassen, und das machte ihm Spaß. »Oder habe ich das etwa behauptet?«

Sie hatte keine Geduld für seine Spielchen. »Wollen Sie damit sagen, er hat hier einmal gearbeitet, aber jetzt nicht mehr?«

»Nein. Das will ich nicht sagen.«

Er war entschlossen, es so lange wie möglich herauszuzögern.

Skip gab auf. Geduld oder nicht, sie würde mitspielen müssen.
»Darf ich fragen, was Sie statt dessen sagen wollten?«
»Ich sage nur, ich weiß es nicht.«
Am liebsten hätte sie ihn auf der Stelle umgebracht.
»Gibt es hier jemanden, der es wissen könnte?«
»Keine Ahnung.«
Jetzt reicht's.
»Rayson, Sie sind ein Idiot.«
Sein Gesichtsausdruck wechselte von selbstzufrieden zu unangenehm. Er richtete sich auf und kam auf sie zu.
»Das sollten Sie lieber gleich vergessen.« Sie nahm eine feste Haltung ein, spürte, wie sie ihren Schwerpunkt fand; sie wußte, sie würde sich wehren können, und sie genoß dieses Gefühl. »Oder Sie finden ihren fetten Arsch im Knast wieder, bevor Sie bis drei zählen können.«
Er blieb stehen, und der Haß zeichnete sich deutlich auf seinem Gesicht ab.
»Und jetzt hören Sie auf mit den Spielchen und antworten gefälligst.«
»Sie müssen erst mal eine Frage stellen.«
»Ich stelle keine Fragen mehr. Entweder Sie sagen mir innerhalb der nächsten fünf Sekunden alles, was Sie über Manny Lanoux wissen« – ein störrischer Ausdruck machte sich auf seinen Zügen breit; er setzte an zu sprechen, aber Skip schnitt ihm das Wort ab – »oder Sie finden einen, der das kann.«
»Orrin!« Er brüllte so laut, daß sie beinahe zusammengezuckt wäre. »Schaff mal deinen Arsch rüber und red mit der da.«
Er griff nach einem Klemmbrett, ging davon und brüllte einen anderen Mitarbeiter an: »Larry! Scheiße, was machst du denn da?«
Orrin erschien, starrte Skip aus sanften Augen verwirrt an. Er schien aus anderem Holz geschnitzt zu sein als Rayson.
Skip schenkte ihm ihr schönstes Lächeln. Sie hatte Schuldgefühle, weil sie Rayson schikaniert hatte, und wollte am lieb-

sten nicht mehr daran denken. Als Polizistin durfte man sich nichts gefallen lassen. Das Problem war nur, wenn man sich aufspielte, wenn man sich so benahm wie sie gerade eben, konnte man sich selbst nicht mehr leiden. Jedenfalls ging es Skip so.

O'Rourke genießt so was vermutlich; er ist ohnehin eine Art Rayson in Uniform.

Sie war abergläubisch, was solches Verhalten betraf: Wenn man erst einmal angefangen hatte, die Raysons der Welt fertigzumachen, konnte man nicht mehr aufhören. Bald fand man sich dann dabei wieder, daß man unschuldige Bürger niederknüppelte, dann fing man an, auf sie zu schießen.

Sie glaubte daran, weil sie es selbst beobachtet hatte. Sie hatte erlebt, wie ganz normale Kollegen langsam angefangen hatten, mit leisen Beschimpfungen von Mistkerlen wie Rayson, und zuletzt aus dem Dienst entlassen werden mußten.

»Orrin«, sagte sie, »ich suche nach einem Mann namens Manny Lanoux.«

Orrin war etwa eins neunzig groß und hatte für einen so schlanken Mann ungewöhnlich breite Schultern. Skip hätte wetten mögen, daß er auch einen phantastischen Brustkorb und gute Bizeps hatte.

»Ach, Manny. Ja, er hat mal hier gearbeitet. Hat vor etwa 'nem halben Jahr aufgehört.«

»Was ist passiert?«

»Er hat einen besseren Job gefunden. Aber ich glaube nicht, daß es was mit Autos zu tun hatte – er hat sich nie gern die Hände schmutzig gemacht.«

»Wissen Sie wo?«

»Na ja, es war keine Firma. Es war so eine Art Assistentenstelle oder so.«

»Assistent für wen? Hat er das erzählt?«

»Hat er, aber das ist eine Weile her.« Er schaute nachdenklich drein. »Moment – er hat mir eine Adresse gegeben. Wissen Sie, ich kümmere mich hier ums Geld. Ich sollte ihm den letzten Scheck an die Adresse seines neuen Chefs schicken. Kommen Sie. Sehen wir mal nach, ob ich sie noch habe.«

Er ging mit ihr in ein chaotisches Büro. »Hier.« Triumphierend zog er eine Karte aus einer Schublade. »Verdammt. Es ist nur ein Postfach. Aber es ist auch ein Name dabei. Vielleicht hilft das ja.«
»Kann sein. Welcher Name?«
»Larry Carlini.«
»Haben Sie ›Carlini‹ gesagt?«
»Ja. Nie gehört. Sie?«
»Ich glaube nicht.«
Aber das war eine Lüge. Larry Carlini war ein kleiner Gauner, dem Verbindungen zur Mafia nachgesagt wurden; kein wichtiger Mann, aber auch niemand, dem man gern in einer dunklen Gasse begegnete.
Er stand nicht im Telefonbuch, aber das war kein Problem, denn statt dessen verfügte er über eine Akte von Telefonbuchdicke – hauptsächlich kleinere Vergehen, aber davon Unmengen. Er wohnte in der Nähe des Sees, in einem ausgesprochen Neureichenviertel.
Sein Haus war ein weißverputztes Backsteingebäude, ursprünglich ein einstöckiges Rechteck mit einem schmalen Balkon an der ansonsten schmucklosen Fassade. Spätere Besitzer, vielleicht die Carlinis, hatten weitere Flügel angebaut. Jetzt sah die ganze Angelegenheit aus wie drei zu groß geratene Bauklötze, die ein ziemlich gestörtes Kleinkind gestapelt hatte.
Skip bemerkte erfreut, daß ein Motorrad vor dem Haus stand. Carlini arbeitete wohl von zu Hause aus.
Ein schwarzes Hausmädchen kam an die Tür. Skip glaubte nicht, daß sie hier als Polizistin weit kommen würde.
»Ich arbeite für den Bürgermeister«, sagte sie, was ja auch fast stimmte. »Es gibt etwas, worüber wir mit Mr. Carlini sprechen müssen.«
Das Mädchen wirkte erschrocken. »Ich hole ihn«, sagte sie und verschwand. Sie kam allein zurück. »Er sagt, ich soll Sie ins Wohnzimmer führen.«
Konnte sie das riskieren? Wahrscheinlich. Er würde in Gegenwart dieser Frau schon nichts anstellen.

Sie wurde in ein Wohnzimmer geleitet, das aussah wie eine Anzeige in einer Wohnzeitschrift. Das Gefühl von déjà vu war geradezu unheimlich: Das Sofa in Gold und Burgunderrot, der Kaffeetisch aus dunklem Holz, sogar eine Phalaenopsis in einem Messingtopf auf einem Beistelltisch, ganz, als ob der Innenarchitekt gesagt hätte: »Also gut, geben wir ihnen Nummer 122. Ich gehe jetzt an den Strand; weckt mich, wenn der Scheck eintrifft.«
Oder vielleicht hatte Mrs. Carlini einfach die Anzeige aus der Wohnzeitschrift gerissen und sich systematisch darangemacht, die Einrichtung zu kopieren.
Einen Augenblick später kam ein hochgewachsener Mann herein, der sich kein bißchen anstrengte, nicht dem Gangsterstereotyp zu entsprechen. Er hatte dunkles, pomadisiertes Haar, sorgfältig gebräunte Haut und trug weiße Hosen und ein weißes Polohemd. Seine Arme wirkten, als trainierte er hin und wieder, aber die Taille ließ diesen Eindruck schnell vergessen. Vor zehn Jahren hatte er vielleicht einmal gut ausgesehen, aber jetzt hatte er Tränensäcke und ein paar Kinne zu viel. Wenn Skip ihn bei einer Gegenüberstellung gesehen hätte, hätte sie ihn als deprimiert bezeichnet, aber das schien ein merkwürdiges Attribut für einen Gangster.
Hinter Carlini – wenn er es denn war – kam Manny Lanoux ins Zimmer, so häßlich wie auf dem Foto und zweimal so häßlich wie bei seiner letzten Begegnung mit Skip. Er trug Jeans und ein schwarzes T-Shirt. Er war zu schwer, und sein Hals war dicker als sein Kopf, aber er sah auch kräftig aus. Vielleicht war er Carlinis Leibwächter. Sein IQ entsprach vermutlich in etwa dem Angels, aber Skip vermied vorsichtshalber, ihren Namen zu nennen, für den Fall, daß er sich doch an sie erinnern sollte.
»Hallo, Mr. Carlini«, sagte sie statt dessen. Als Carlini ihre Hand ergriff, konnte sie sehen, wie Manny sie erschrocken anstarrte. »Scheiße!« murmelte er und eilte zur Tür,
Jetzt konnte sie ihre gute Erziehung vergessen. Sie riß sich los und rannte hinter Manny her, der sich draußen bereits auf sein Motorrad schwang.

»Manny! Stehenbleiben!« schrie sie, aber genausogut hätte sie erwarten können, daß er ihr jedesmal ein notariell beglaubigtes Geständnis schickte, wenn er eine alte Dame überfallen hatte.
Sie packte ihn am Arm, aber er schüttelte sie ab. Sie hatte ihn allerdings lange genug aufgehalten, daß sie selbst mit auf die Maschine springen konnte. Sie klammerte sich an ihn, die Arme um seinen Hals, als der Chopper losfuhr. Sie tastete nach den Fußstützen und hielt sich noch fester; etwas anderes blieb ihr auch nicht übrig. Manny beschleunigte, um sie abzuschütteln, und er hatte Erfolg.
Das Problem war nur, daß er ebenfalls das Gleichgewicht verlor, ebenso wie die Maschine. Skip stürzte auf Gras, Manny schlitterte über die Straße. Selbstverständlich hatte er nicht die Zeit gehabt, einen Helm aufzusetzen.
Carlini kam aus dem Haus. »Verdammt, was ist denn hier los?«
»Polizei. Rufen Sie bitten einen Krankenwagen.«
Skip zitterten die Knie, aber ansonsten schien ihr nichts zu fehlen. Manny gab keinen Mucks von sich, und sie konnte keinen Puls finden.

Es dauerte ein paar Stunden, bis er wieder bei Bewußtsein war. Er hatte Schürfwunden im Gesicht und eine Infusionsnadel im Arm, aber ansonsten sah er so widerwärtig aus wie immer.
»Wie geht's, Manny?«
»Sie sind das Miststück, das mich wegen Pam Kansco erwischt hat.«
»Passen Sie auf, was Sie sagen, Manny. Sie sehen heute irgendwie hilflos aus.«
»Miststück«, sagte er wieder.
»Pam sah auch ziemlich übel aus, nachdem Sie mit ihr fertig waren.«
»Scheiße!« brüllte er. »Das muß ich mir nicht anhören.«
Skip hörte Schritte von draußen, dann kam eine Schwester herein. Skip beruhigte sie und schickte sie wieder weg.

»Jetzt sind wir allein, und, wie ich schon sagte, Sie sind ziemlich hilflos. Werden Sie also brav sein?«

Skip, du Sadistin.

Schon das zweite Mal für heute.

Aber sie hatte nicht vor aufzuhören.

»Ich muß Ihnen gar nichts sagen«, schrie er wieder.

Sie lächelte. Es war hinreißend, einen so aufmerksamen Zuhörer zu haben. »Ach ja? Haben Sie was Besseres zu tun? Einen Termin im Weißen Haus oder so?«

»Was wollen Sie überhaupt?«

»Wie schön, daß Sie fragen. Folgendes: Ich verlange, daß Sie ab sofort in Zimmerlautstärke sprechen. Zweitens: Sie entschuldigen sich für das ›Miststück‹ von vorhin. Drittens...«

»Schlampe!«

»Schon besser.« Er hatte in beinahe normaler Lautstärke gesprochen. »Ich möchte Ihnen einige Fragen stellen, Manny Boy. Über eine andere ihrer Exfreundinnen.«

»Alles Fotzen!«

»Aber, aber. Das ist überhaupt kein nettes Wort!«

Er schwieg, aber sein Blick war vielsagend.

»Evie Hebert.«

»Evie. Scheiße. Evie!«

»Eine bedeutungsvolle Beziehung, oder was?«

»Wissen Sie was? Dieses Miststück ist das reine Gift. Sie haben nicht zufällig 'ne Kippe für mich?« Jetzt hatte er beinahe einen Plauderton angeschlagen.

»Im Krankenhaus darf man nicht rauchen.«

»Mann, ich hab wirklich gehofft, nie wieder von Evie hören zu müssen.«

»Das ist heute Ihr Glückstag, Manny Boy.«

»Soll das etwa witzig sein?«

»Das ist nur meine charmante Art.«

»Was ist los, sind Sie verliebt, oder was?«

Sie hatte ihn sechs Monate nach ihrem Abschluß an der Polizeischule verhaftet. Damals war sie nervös gewesen, ängstlich, etwas falsch zu machen. Sie hatte sich wohl tatsächlich verändert.

»In Sie, Manny Boy, wenn Sie mir sagen, was ich hören will. Wenn Sie schön mitarbeiten, kommen Sie hier schnell wieder raus.«

»So'n Quatsch. Wieso sollte ich hier auch nicht wieder rauskommen? Ich hab nichts getan.«

»Nein? Wieso sind Sie dann abgehauen?«

Er gab so etwas wie ein Kichern von sich. »Alte Gewohnheit.«

Aber er mußte Gründe haben. Und die würde sie herausfinden. Manny wußte das ebensogut wie sie.

»Was wollen Sie über Evie wissen?«

»Wo sie steckt.«

»Keine Ahnung.«

»Haben Sie sie in der letzten Zeit gesehen?«

»Seit Monaten nicht mehr. Es gibt doch noch so etwas wie eine Vorsehung!«

»Also gut, dann erzählen Sie mir einfach die ganze Geschichte. Wie Sie Evie kennengelernt haben, wie sie Sie sitzenließ und alles, was dazwischen passierte.«

Wütend kniff er die Schweinsäuglein zusammen. »Wie kommen Sie darauf, daß sie mich sitzenließ?«

»Manny Boy, Sie müssen wirklich aufhören zu brüllen. Wir sind hier im Krankenhaus.«

»Na gut, sie hat mich sitzenlassen.«

Skip wartete.

»Haben Sie wirklich keine Zigaretten?«

»Das ist doch eine wunderbare Gelegenheit, das Rauchen aufzugeben. Dann wird es Ihnen gleich bessergehen.«

Er warf ihr einen haßerfüllten Blick zu. »Ich hab sie in einer Bar kennengelernt.« Er zuckte die Achseln. »Wie sonst lernt man schon Leute kennen?«

»In welcher Bar?«

»Wie soll ich mich an so einen Mist erinnern?«

»Das dürfte doch nicht so schwierig sein. Es gibt doch bestimmt ein paar Bars, in die Sie regelmäßig gehen. War es eine davon?«

»Moment mal. Ja. Ja, genau. Ich hatte gerade mein Zeug gewaschen. Es muß Igor's gewesen sein – Sie wissen schon, dieser Laden, der gleichzeitig Bar und Waschsalon ist. Ich wollte gerade Geld in den Trockner werfen, da sehe ich diese Blondine, eine unglaubliche Blondine, die Weiß- und Buntwäsche sortierte.«

»Und das war Evie?«

»Das war sie. Sie war damals in so einer religiösen Spinnergruppe und durfte nichts trinken. Ich meine, wenn man einfach nur waschen will, wieso geht man dann in eine Bar?«

»Was ist dann passiert?«

Er zuckte die Achseln. »Wir haben einen zusammen getrunken. Ich nehme an, das war's, was sie wollte.«

»Und dann habt ihr euch näher kennengelernt?«

Er lachte. »So könnte man das ausdrücken, Lady. Wollen Sie Einzelheiten wissen?«

»Wenn sie wichtig sind.«

»Wichtig wofür? Verdammt, was ist hier eigentlich los?«

»Sie schreien ja schon wieder.«

»Das ist mir scheißegal.«

»Tut Ihnen davon nicht der Kopf weh? Sie haben eine Gehirnerschütterung, oder?«

»Es geht Sie einen Scheißdreck an, was ich habe.«

»Kehren wir wieder zu Ihrem Lieblingsthema zurück.«

»Evie ist nicht mein Lieblingsthema. O nein. Das können Sie sich abschminken.«

»Bestimmt ist sie das. Ihre meistgehaßte Exfreundin.«

Er starrte die Wand an. Diesmal sprach er so leise, daß sie ihn kaum verstehen konnte. »Wissen Sie, was dieses Miststück mit mir gemacht hat?«

»Sie hat Sie sitzenlassen. Das weiß ich doch schon.«

»Mann, was für eine Schlampe.«

»Ach. Langsam wird's interessant.«

»Also, ich hatte diesen Job bei Larry. Sie wissen schon – Larry Carlini; der Typ, in dessen Haus wir uns kennengelernt haben.«

»Manny, wir haben uns bei Pam Kansco kennengelernt. Das würde ich an Ihrer Stelle nicht vergessen.«

»Schon gut, schon gut, was macht das für einen Unterschied?«
Aber sie bemerkte zu ihrer großen Freude, daß er sehr unsicher geworden war.
»Jedenfalls, ich hatte diesen Job bei Larry – na ja, hab mich um alles mögliche gekümmert, Sie wissen schon.«
»Um was?«
»Ach, Zeug abliefern und so.«
»Zeug abholen.«
»Ja.«
»Sie waren also sein Laufjunge.«
Er warf ihr einen haßerfüllten Dschingis-Khan-Nazi-Blick zu. »Sie müssen's ja wissen.«
»Hören Sie, Manny, ich freue mich ja, daß Ihnen die Arbeit Spaß macht – nur schade, daß Sie Ihrem Bewährungshelfer nichts davon gesagt haben.«
»Wollte ich ja.«
»Aber sicher. Nur, daß Sie sich nicht mit Kriminellen abgeben sollen, nicht wahr? Ich weiß, daß Carlini vorbestraft ist.«
»Um was geht's hier eigentlich?«
»Also, Sie hatten diesen guten Job.«
»Ja. Damals war ich etwa seit drei Monaten mit Evie zusammen. Ehrlich, es hatte mich wirklich erwischt. Wissen Sie, daß ich eigentlich ein ganz sentimentaler Typ bin?«
»Sie kannten Evie also seit drei Monaten, und Sie hatten diesen Job?«
»Ja, und ich sollte was zu diesem Haus bringen, und Larry sagte: ›Warte, bis du die Bude siehst, Junge – ein richtiges Herrenhaus.‹ Na ja, und ich war mit Evie verabredet und dachte, sie möchte es vielleicht auch sehen. Also hab ich sie mitgenommen.«
»Auf dem Motorrad.«
Er sah sie an, als ob sie verrückt wäre. »Ja, auf dem Motorrad.«
»Das Päckchen, das Sie abliefern sollten, muß ziemlich klein gewesen sein.«

»Ach, es war eigentlich mehr ein Umschlag. Vielleicht ein Brief.«

»Normalgröße? Einer von diesen großen, gepolsteren Umschlägen?«

»Wieso interessiert Sie das denn?«

»Also gut, lassen wir das erst mal. Sie haben also Evie und den Umschlag mitgenommen. Und sind zu diesem Herrenhaus gefahren. Wohin?«

»Draußen am Bayou St. John. Waren Sie schon mal da? Mann, da gibt es vielleicht Häuser!«

»Hm.«

»Der Umschlag war an 'ne Frau adressiert, aber ein Typ ist an die Tür gekommen. Also, ich hatte Evie draußen gelassen – ich dachte, das macht einen besseren Eindruck – und bin zur Haustür gegangen, um das Ding abzuliefern, und der Typ sagt, ich soll reinkommen. Ich sag, ich kann nicht, ich hab meine Freundin dabei, und er meint, kein Problem, bringen Sie sie mit, und trinken Sie was. Also seh ich mich um, ganz automatisch, und da steht Evie neben der Maschine, den Helm in der Hand. Sie konnte den verdammten Helm nie leiden – hat ihn bei jeder Gelegenheit abgenommen. Sie hatte diese Hose an, die ich ihr geschenkt hatte – ich hab ihr eine schwarze Lederhose gekauft, für's Motorrad. Können Sie sich das vorstellen? Was war ich bloß für ein Idiot!

Also, sie hatte diese Hose an – die saß wie eine zweite Haut –, und ihr blondes Haar glänzte in der Sonne, und sie hatte eine Sonnenbrille auf. Mann, sie hat ausgesehen wie ein Filmstar. Natürlich wollte ich sie beeindrucken und sie in dieses umwerfende Hollywood-Haus mitnehmen. Dieser Typ war ziemlich geleckt, Sie wissen schon, mit 'nem Schlips für hundert Dollar und all so 'nem Scheiß...«

»Wie hieß er denn?«

»Gute Frage.«

»Warum?«

»Ich hab einfach nicht drauf geachtet.« Er versetzte der Matratze einen Faustschlag. »Können Sie sich das vorstellen? Ich hab einfach nicht hingehört.« Er rieb sich die Oberlippe.

»Oder er hat es nie gesagt. Ich glaube, er hat sich als ›Maurice‹ vorgestellt, soweit kann ich mich erinnern, aber Scheiße, mehr weiß ich nicht mehr. Sie haben keine Ahnung, wie oft ich darüber schon nachgedacht habe.«

»Konnten Sie nicht einfach Larry fragen?«

Er schüttelte den Kopf. »Lieber nicht.«

»Wieso ist das überhaupt so wichtig?«

»Weil er sich Evie geschnappt hat, deshalb. Ich hab sie nie wiedergesehen.«

»Was meinen Sie mit ›er hat sie sich geschnappt‹?«

»Er hat sie vollkommen eingewickelt, direkt vor meiner Nase. Er hat nur mit ihr geredet und mich links liegenlassen; sie wissen ja, wie Leute das so machen. Wie sie einem das Gefühl geben, daß man gar nicht existiert? Und sie hat sich genauso benommen. Sie hat mich ganz einfach vergessen. Ich hab versucht, was zu sagen, mich ins Gespräch einzumischen, und sie haben nicht mal reagiert. Es war, als wären die beiden allein auf der Welt. Nach einer Weile hat er gefragt, ob er ihr das Haus zeigen könne, und sie sagte ja, und dann haben sie mich beide da sitzenlassen. Können Sie sich vorstellen, wie ich mich gefühlt hab? Ich hab da mutterseelenallein in dem verdammten Haus gesessen.«

»Sie haben recht, Manny. Sie sind wirklich ein sensibler Mensch.«

»Also bin ich gegangen.«

»Und das war's? Sie haben sie einfach vergessen, bloß weil sie mit einem anderen geflirtet hat?«

»Geflirtet? Sie hat sich ihm an den Hals geworfen.«

»Das war wirklich das letzte Mal, daß Sie sie gesehen haben?« Skip war enttäuscht.

»He. Ich war verliebt in sie. Hatte ich das schon erwähnt? Sie glauben wohl, ein Kerl wie ich kann sich nicht verlieben? Sie glauben, so was passiert Leuten, die Sie nicht leiden können, nie? Natürlich hab ich nicht einfach aufgegeben. Ich wollte nur, daß sie einsieht, wie mies sie sich benommen hat. Ich wollte, daß sie das wirklich versteht, kapieren Sie das, oder ist das zu hoch für Sie?«

»Weiter.«
»Aber als ich angerufen hab, wollte sie nicht mit mir reden.«
»Nein! Wo Sie doch so ein Gentleman sind!«
Wieder kniff er die winzigen Äuglein zu Schlitzen zusammen.
»Das macht Ihnen wohl Spaß, wie?«
»Sie wollte nicht mehr mit Ihnen reden? Hat aufgelegt, wenn Sie anriefen?«
»Nein, sie hat nicht aufgelegt. Sie sagte, sie sei nur fünf Minuten weggewesen, und wieso ich mich nicht wie ein Gentleman benehmen könnte, und ich sagte – ach, vergessen Sie's, aber dann hat sie aufgelegt. Also hab ich etwa eine Woche vergehen lassen – sie sollte so richtig schmoren, wissen Sie? So hatte ich mir das jedenfalls vorgestellt. Aber als ich wieder angerufen hab, sagte sie, sie hätte einen anderen und wolle mich nicht wiedersehen.«
»Hat sie gesagt, wer dieser andere ist?«
»Es war natürlich der Typ aus dem Haus. Wer sonst?«
»Ich weiß nicht. Aaron Neville vielleicht.«
Er seufzte. »O Gott, wenn ich bloß eine Zigarette hätte.«
»Haben Sie sie gefragt?«
»Ja, ich hab sie gefragt. So könnte man es ausdrücken. Ich sagte, es ist dieses miese Arschloch, ja? Maurice. Und sie sagte: ›Es ist ein Vergnügen, es zur Abwechslung mal mit einem netten Mann zu tun zu haben.‹
Also, ich denke, sie sollte mir wenigstens die verdammte Hose wiedergeben, also bin ich zu ihr rübergefahren, und da war er. Ist gleich an die Tür gekommen, wie in dem anderen Haus, und dann hat er eine Pistole gezogen.«
»Und Sie bedroht?«
»Ja. Sagt, ich soll seine kostbare Evie nie wieder belästigen.«
»Und an diesem Tag haben Sie sie zum letztenmal gesehen?«
»Ich hab sie damals gar nicht mehr gesehen. Aber glauben Sie mir, seitdem hab ich es auch nicht mehr versucht. Ich weiß, Sie halten Larry nicht gerade für einen Chorknaben, aber ich

hab noch nie erlebt, daß er jemanden mit der Waffe bedroht hätte. Aber dieser Maurice – was für ein Dreckskerl.«

»Kommen wir noch mal auf das andere Haus zurück. Können Sie sich noch erinnern, wie diese Frau hieß, an die der Brief gerichtet war?«

»Warten Sie... ich weiß noch, daß sie Anna hieß. Aber der Nachname...« Er schloß die Augen. »O Scheiße, ich weiß es. Leonardo. Nein, Dante. Scheiße, das ist es nicht. Irgendwas Langes; so'n Spaghettiname, den man schon tausendmal gehört hat. Sie wissen schon, weil irgendein Kerl, der auch so hieß, mal irgendwas getan hat. Wie dieser Kerl, der das Fernrohr erfunden hat. So ein Name.«

»Galileo?«

»Ja! Nein. Lassen Sie mich überlegen – war es Galileo? Garibaldi! Verdammt, sie heißt Garibaldi! Der war doch auch irgendwas, oder? War das nicht der, der das Fernrohr erfunden hat?«

»Sind Sie sicher?«

»Jede Wette. Anna Garibaldi.«

»Großartig, Manny. Ich bin beeindruckt.«

»Weil ich wußte, wer das Fernrohr erfunden hat? Wissen Sie, ich hab einen High-School-Abschluß. Ich bin nicht so blöd, wie Sie glauben.« Er war gekränkt.

»Nein, weil Sie sich erinnert haben, an wen der Brief adressiert war.«

»Genau deshalb hab ich mich ja erinnert. Wegen dem Fernrohr. Garibaldi – Scheiße, das vergeß ich nie wieder.«

»Jetzt die nächste Frage. Können Sie sich an die Adresse erinnern?«

»Ach, verdammt, nein. Wieso sollte ich mich an so was erinnern können?«

Skip zuckte die Achseln. »Hätte ja sein können.« Sie überlegte, was sie als nächstes unternehmen sollte.

Manny sagte: »Verdammt, ich brauch jetzt unbedingt eine Zigarette.« Er setzte sich auf und begann, am Infusionsschlauch herumzuzerren, riß sich das Pflaster vom Arm. »Kommen Sie, hauen wir hier ab.«

»Was?« *Was bildet der sich ein? Hält er mich für seinen Chauffeur?*
»Ich bringe Sie hin. Zu diesem Haus.«
»Schon gut, Manny. Sagen Sie mir einfach den Straßennamen und wie es aussieht.«
»Vergessen Sie's. Ich verschwinde hier.«
»Manny. He! Sie können mit einer Gehirnerschütterung nicht einfach rumrennen.«
»Das wollen wir doch mal sehen.«
Er hatte sich die Nadel aus dem Arm gerissen und die Bettdecke zur Seite geworfen. Er trug nur einen dieser Krankenhauskittel, und als er sich umdrehte, wußte sie, sie würde mehr von ihm sehen, als sie je gewollt hatte.
»Werfen Sie mir mal die Hose rüber, ja?«
Statt dessen drückte sie den Knopf für die Schwester. »Ich muß gehen, Manny. Machen Sie keinen Blödsinn.«
Sie ging zum Schwesternzimmer und sagte Bescheid, daß Manny drauf und dran war, sich selbst zu entlassen. »Ach, übrigens, hätten Sie ein Telefonbuch da?«
Anna würde sicher nicht drinstehen, aber sie mußte es überprüfen.
Es gab einen John Garibaldi. Sie wählte, und ein Kind antwortete.
»Ist deine Mama zu Hause?«
»Nein.«
»Heißt sie Anna?«
»Nein, das ist meine Tante. Die ist wirklich nett. Sie geht immer mit mir Eis essen.«
»Aha. Also, ich hab ein Geschenk für deine Tante. Weißt du, wo sie wohnt?«
»In dem Haus mit der Mauer.«
»In welcher Straße?«
»In unserer Straße.«
»Sie wohnt in der Nähe?«
»Hm. Ich muß jetzt gehen.«
Skip notierte sich den Straßennamen. Es war tatsächlich in der Nähe des Bayou St. John.

Manny kam den Flur entlanggerannt, von vier Schwestern verfolgt.
»He, Manny, würden Sie sagen, es war ein Haus mit einer Mauer?«
Er blieb stehen. »Woher wissen Sie das?«
»Ich kann hellsehen.« Jetzt stürzten sich die Schwestern auf ihn. »Gehen Sie wieder ins Bett, ja? Ich bringe Ihnen Zigaretten.«
Aber das würde sie nicht tun. Sie wußte es, sobald sie es ausgesprochen hatte
Sie hatte vor, Annas Haus zu finden, um es sich erst einmal anzusehen. Anna mochte zu ihrer kleinen Nichte »nett« sein, aber Manny hatte nur Maurice dort angetroffen, und Maurice war bewaffnet. Sie brauchte Verstärkung.
Diese Mauer, dachte sie, mußte direkt an der Straße sein.
Und tatsächlich, als sie am Haus von John Garibaldi vorbeigefahren und bis zum nächsten Block gekommen war, fand sie ein solches Haus. Ein Gärtner schnitt gerade den Efeu, der die Mauer überwucherte. Sie stieg aus, ihr Klemmbrett in der Hand. »Wohnen hier die Garibaldis?«
»Wieso wollen Sie das wissen?«
»Ich mache eine Umfrage.« Sie wühlte in ihrer Handtasche und förderte einen Zehner zutage.
Er nahm den Schein und zuckte die Achseln. »Sie ist zu Hause.«
Aber Skip wollte nicht anklopfen, nicht ohne Rückendeckung.
»Worauf warten Sie denn? Sie ist zu Hause.«
»Ich hab ein Werbegeschenk für sie.«
Sie machte den Kofferraum auf und tat so, als suche sie nach etwas. Natürlich würde nichts da sein, und dann könnte sie sagen, sie müsse zurück ins Büro, das Päckchen abzuholen. Wenn sie den Mann doch nie angesprochen hätte!
Sie spürte, daß sich hinter ihr etwas regte, registrierte eine hastige Bewegung. Und dann einen brennenden Schmerz am Hinterkopf, an der Stelle, an der der Schädel am dünnsten ist.

24

Sie konnte ihre Hände nicht bewegen. Als sie versuchte, mit den Fingern zu wackeln, eine Faust zu machen, war das unmöglich. Und was schlimmer war, sie hatte kein Gefühl darin. Aber sie wußte, sie war noch am Leben, weil ihr Kopf sie fast umbrachte

Es mußte ein Alptraum sein. Skip zwang sich aufzuwachen.

Sie riß die Augen auf.

Sie war in einem Zimmer, das sie noch nie zuvor gesehen hatte; vielleicht war es ein Hotelzimmer, aber ein sehr teures, so gut eingerichtet, daß es beinahe aussah wie ein Raum in jemandes Privathaus.

Und sie war nicht allein. Eine Frau saß auf einem Sessel mitten im Zimmer, Zeitung lesend, von ihr abgewandt.

Sie versuchte, sich aufzusetzen, aber das ging nicht. Ihre Hände waren mit Klebeband ans Betthaupt gefesselt.

Dann fiel ihr der Name wieder ein. »Anna Garibaldi.« War sie das, dort auf dem Stuhl?

»Anna? Sind Sie Anna Garibaldi?«

Die Frau drehte sich um. »Sie sind wach! Ich hab mir schon Sorgen gemacht.«

Skip erkannte ihr Gesicht. »Reed Hebert.«

»Reed Foucher. Woher kennen Sie mich?«

»Ach du Scheiße!« Allmählich wurde Skip klar, was passiert war. »Was ist hier los?«

»Tun ihre Hände weh? Ich wünschte, ich könnte Ihnen helfen.« Sie drehte sich ein wenig herum, so daß Skip sehen konnte, daß sie Handschellen trug.

Also gut, das da war Reed Hebert, und sie war ebenfalls gefangen. »Sally!« Hektisch drehte Skip den Kopf und hielt Ausschau nach dem kleinen Mädchen, von dem sie doch wußte, daß es nicht im Zimmer war.

»Sie kennen mich, und Sie kennen Sally, aber Sie sind keine von denen. Wer sind Sie?«

»Ich bin Polizistin.«

»Scheiße.«
»Ganz meiner Meinung. Wo ist Sally?«
»Irgendwo im Haus. Es geht ihr gut, aber wir sind alle eingesperrt.«
»Wer ist ›wir‹?«
»Sally, ich und meine Schwester Evie.«
Skip nickte. »Ich weiß von Evie.«
Reed sah plötzlich erschrocken aus. Ihr wurde vermutlich gerade klar, daß Skip schlechte Nachrichten hatte. »Mein Vater! Sie wissen sicher...«
»Es tut mir leid, Reed. Er hat es nicht geschafft.«
Sie wandte sich ab. »Ich wußte es doch. Ich habe es gespürt... Und wie geht es meiner Mutter? Und Dennis?«
»Ihrer Mutter geht es gut, und Grady auch.«
»Sie kennen Grady?«
»Ich kenne inzwischen vermutlich jeden, den Sie kennen. Übrigens, ich heiße Skip Langdon.«
»Oh. Don Langdons Tochter. Ihre Eltern sind Stammgäste bei Hebert's.«
Skip wurde klar, daß Arthur sie wahrscheinlich auch gekannt hätte. Dank ihrer Tätigkeit hatte sie inzwischen eine gewisse zweifelhafte Berühmtheit erlangt. Sie war zwar nicht gerade begeistert davon, hatte sich aber daran gewöhnt.
Reed sagte: »Sie haben nicht erzählt, wie es Dennis geht.«
»Er ist nicht verletzt worden, aber, äh...« Sie wußte nicht, wie sie es Reed beibringen sollte.
»Er hat wieder mit den Drogen angefangen.«
»Leider ja.«
Sie wandte sich ab, und als sie Skip wieder ansah, war ihr Gesicht tränenfeucht. »O Evie, wieso hast du das getan?« fragte sie die Wand.
»Hören Sie, Reed, ich weiß, daß Evie im Haus Ihrer Eltern war und Sally geholt hat. Ich weiß, daß Sie ihr gefolgt sind, aber mehr nicht. Wo sind wir hier? Wer hält uns gefangen?«
»Ich weiß nur, daß ich Evie hierher gefolgt bin, und ein paar Leute verließen gerade das Haus. Ich habe um Hilfe gerufen,

aber sie rührten sich nicht, obwohl Lafayette Goodyear so aussah, als wollte er es tun.«

»Moment mal. Sie kannten diese Leute?«

»Sicher, sie sind alle im Kasino-Ausschuß. Sie wissen doch, daß Hebert's das Restaurant im Kasino betreiben wird.«

»Ja.« Das wußte die ganze Stadt.

»Na ja, und wegen der Konzession mußte ich mich an den Ausschuß wenden – mehrmals – und mit allen reden und so. Also kannte ich sie ganz gut.

Und sie standen einfach da und sahen zu, wie ich und meine Tochter entführt wurden.«

Skip spürte, wie sich eine eisige Hand um ihren Magen legte.

»Vielleicht haben sie mich nicht erkannt.« Sie hielt inne, starrte ins Leere. »Aber ich habe sie mit Namen angesprochen. Ich nehme an, sie haben nicht verstanden, was passierte.«

Nicht zu fassen, was sich die Menschen alles ausdenken, um andere zu entschuldigen.

Alles nur, um nicht den naheliegendsten Schluß ziehen zu müssen.

»Was ist dann passiert?«

»Man hat uns beide ins Haus gezerrt, Evie und mich und Sally. Evie hielt Sally. Sie haben mich hierhergebracht, und eine ziemlich einschüchternde Frau kam rein und stellte Fragen, aber ich konnte keine davon beantworten.«

»Wer war diese Frau?«

»Ich nenne sie nur den Drachen. Sie hat sich nicht vorgestellt, aber sie war anders als alle, die ich je gesehen habe. Eine ältere Frau mit einem langen, schmalen Gesicht.«

»Warum fanden Sie sie so ungewöhnlich?«

»Sie hatte etwas Königliches an sich – etwas Bestimmendes. Frauen sind normalerweise nicht so.« Sie seufzte. »Ich wünschte, ich wäre es. Sie nicht?«

Besonders im Augenblick.

»Aber sie scheint auch traurig zu sein, sie hat diese Falten um den Mund, als habe sie im Leben nicht das bekommen, was sie

wollte.« Sie hielt inne, versuchte offenbar, die beiden Eindrücke miteinander zu verbinden. »Ich weiß es nicht genau. Ich habe sie noch einmal gesehen, und dann kam sie mir eher verängstigt vor. Verwirrt. Ich weiß nicht.«
»Sie haben Sie noch einmal gesehen?«
»Ja. Ich wurde hier eingeschlossen, am Tag an diesen Sessel gebunden, in der Nacht ans Bett. Also kann ich mich nicht bewegen. Und ich kann nichts hören. Glauben Sie, das Zimmer könnte schallisoliert sein? Ich höre nie ein Telefon oder Schritte oder so. Und Sally höre ich auch nie. Aber einmal hat Evie sie hergebracht. Ich meine, so wie... Ich weiß nicht, wie ich das ausdrücken soll... wie eine richtige Schwester. So etwas hat sie noch nie getan.«
»Sie hat sie hergebracht? Warum?«
»Das meine ich doch! Damit ich sie sehen konnte. Damit Sally mich sehen konnte. Einfach aus Freundlichkeit.«
»Wie paßt diese Frau in die ganze Geschichte? Anna Garibaldi?« Der Name entschlüpfte ihr einfach.
»Anna Garibaldi?« Reed schien verwirrt.
»So heißt der Drache vielleicht.«
»Wir machen Geschäfte mit ihr. Mein Vater kennt sie gut.«
Skip war neugierig. »Erzählen Sie mir mehr.«
»Na ja, die Fischgroßhandlung, die uns beliefert, gehört ihr, aber ich glaube, sie hat auch irgendwie mit dem Kasino zu tun – das würde erklären, wieso der halbe Ausschuß neulich hier war. Ich hatte immer nur mit Mr. Daroca vom Fischgroßhandel zu tun, aber Mrs. Garibaldi hat in der letzten Zeit oft im Restaurant angerufen – sie wollte mit Dad sprechen. Sie haben sich lange im Flüsterton unterhalten.
Eigentlich habe ich immer geglaubt, das hätte was damit zu tun, daß wir die Konzession bekommen haben. Er hat mit ihr verhandelt, da bin ich ziemlich sicher. Ich hab ihn gehört. Aber ich weiß nicht, was eigentlich ihre Aufgabe bei dieser Sache gewesen sein könnte.«
»Erzählen Sie mir über das zweite Mal, als Sie sie gesehen haben.«
»Sie kam plötzlich mit einem ihrer Handlanger hier herein,

als Evie mit Sally hier war. Und hat beide mitgenommen.« Ihre Augen wurden feucht. »Ich hoffe, sie haben Evie nicht geschlagen oder so. Sie hat tatsächlich etwas für Sally und mich getan. Ich nehme an, sie hat gemerkt, daß das Kind seine Mutter brauchte – immerhin etwas, nach all dem, was sie getan hat. Aber bei der Sache vorher war sie auch betrunken.«

»Als sie Sally entführt hat?«

»Ja. Sie hat mir alles erzählt. Sie hat es getan, weil ein Mann, den sie kennengelernt hatte, ihr eine Menge falsche Hoffnungen gemacht hat. Also glaubte sie, sie könne Sally zurückholen und sie könnten eine Familie sein.«

»Ich verstehe es immer noch nicht ganz. Wieso ist sie dann hierher gekommen?«

»Nachdem es schiefgegangen war, wollte sie ihren Freund um Hilfe bitten. Aber als sie herkam, hat er sie eingeschlossen. Sie wußte auch nicht, was los war. Sie sagt, dieses Haus gehört ihm, aber er ist ein Cop. Das verstehe ich nicht. Wie kann sich ein Cop ein solches Haus leisten? Ich will Sie ja nicht beleidigen, aber halten Sie das für möglich? Und wieso sollte er drei Leute hier festhalten, seine eigene Freundin und ein Kind?«

Skips Nackenhaare sträubten sich; ihre Kopfhaut kribbelte. »Ein Cop? Dieses Haus hier gehört einem Cop?« Hatte jemand sie erkannt? Hatten sie sie deshalb gefangengenommen?

»Er hat Evie erzählt, er sei Anwalt, aber ich kenne ihn aus dem Restaurant und weiß, daß er bei der Polizei ist. Und verheiratet.« Sie seufzte. »Arme Evie, sie erwischt immer die miesesten Typen.«

»Sie wissen nicht zufällig, wie er heißt?«

»Sicher. Maurice Gresham.«

Bingo.

Er war nicht nur Polizist, er gehörte zu Skips Abteilung. Und Cappello hielt ihn für korrupt.

»Ich habe mich schon früher gefragt, wie er es sich leisten konnte, so oft bei Hebert's zu essen.«

Er arbeitet also für die Mafia, und das hier ist ihr Treffpunkt.

Vielleicht gehört das Haus Gresham, vielleicht dieser Anna Garibaldi – auf dem Papier. Aber das ist im Augenblick nicht so wichtig. Ein korrupter Cop und ein Drache haben mich an ein Bett gefesselt, und ich bin eine von vieren.
Sie schüttelte den Kopf.
Reed fragte: »Was ist denn?«
»Nichts. Ich hab nur nachgedacht.«
Hier stimmt gar nichts mehr. Wer hat je davon gehört, daß die Mafia Gefangene nimmt, darunter eine Polizistin der Mordkommission? Das ist einfach verrückt. Es geht nicht um die Mafia, sondern um etwas anderes.
Etwas Schlimmeres.
Aber was?
Denk nach.
Wir sind hier gefangen, weil wir zu viel wissen. Es muß mit den Mitgliedern des Kasino-Ausschusses zusammenhängen. Die haben sich mit der Mafia eingelassen, und Reed hat sie gesehen. Also hat Anna sie festgehalten, bis sie sich überlegt haben, was sie mit ihr anfangen wollen.
Und was ist mit dieser Anna? Reed sagt, sie sei bei ihrer zweiten Begegnung irgendwie erschüttert gewesen.
Mann, wir stecken wirklich in der Scheiße.
Warum haben sie uns eigentlich noch nicht umgebracht?
Aber die Mafia brachte niemanden um, es sei denn aus Rache oder wegen Geld. Wenn es jedoch sein mußte, würden sie auch davor nicht zurückschrecken. Vermutlich hatten sie nur deshalb noch nichts unternommen, weil sie auf Befehle warteten. Und wie würden die ausfallen?
Hängt davon ab, wie wichtig Gresham für sie ist. Wenn sie uns gehenlassen, sind er und Anna erledigt, ebenso wie ihre drei Handlanger im Kasino-Ausschuß.
Andererseits – die Kasinotypen können sich vielleicht rausreden. Sicher, Reed hat sie erkannt, und es würde zu einer Ermittlung kommen, aber sie könnten es vielleicht aussitzen – und während der ganzen Zeit stimmberechtigt im Ausschuß bleiben. Das wäre typisch Louisiana.
Anna ist vermutlich ersetzbar.

Als Frau.
Also gibt es eigentlich kein großes Problem.
Das Problem ist Gresham. Schon Cappellos Aussage könnte ihn erledigen, falls diese Verbindung rauskommt.
Die Frage ist also, wie nötig sie ihn brauchen? Für uns wird die Antwort auf diese Frage über Leben und Tod entscheiden.

25

Ich muß uns hier rausbringen.
Diese Erkenntnis hatte etwa einen Wert von neuneinhalb auf der Angstskala.
Aber wer sonst sollte es tun?
Niemand außerhalb dieses Hauses wußte, wohin sie gegangen war, und alle hier drin waren entweder Opfer oder Feinde.
Skip hatte Kopfschmerzen und wollte nicht darüber nachdenken. Sie wäre am liebsten wieder eingedöst, aber sie wußte, daß das dumm war. Also ein Kompromiß. Sie würde fünf Minuten die Augen zumachen...
Zu ihrem Entsetzen wurde sie erst wieder wach, als die Tür zufiel. Die Frau, die hereinkam, hatte das langgezogene Gesicht, das Reed beschrieben hatte. Aber sie war kein Drache.
Sie war eine ältere Frau in einem blauseidenen Morgenmantel, einem sehr hübschen Morgenmantel, weich und luxuriös.
Sie war geschminkt und ordentlich gekämmt. Sie sah aus, als wolle sie ausgehen. Und sie verströmte Zitronenduft, als wäre sie vor kurzem unter der Dusche gewesen.
Sie begann, Schubladen aufzuziehen, wobei sie Skip keines Blickes würdigte.
Skip fing einen Blick von Reed auf. »Der Drache?« fragte sie fast lautlos.
Reed nickte und fragte laut: »Was ist denn?«, aber der Drache

gab keine Antwort. Sie zog weiter Schubladen auf, bis sie endlich Skips Handtasche gefunden hatte.
Dann durchwühlte sie sie.
Skip sagte: »Kann ich Ihnen irgendwie helfen?« Die Hände der Frau zitterten, als sie Skips Brieftasche fand; sie nahm zuerst das Geld und die Kreditkarten heraus, dann den Führerschein. Sie sah konzentriert und entschlossen aus, aber auch beunruhigt. Skip hatte das Gefühl, der Drache löste sich – Schuppe um Schuppe – vor ihren Augen auf.
Als sie gefunden hatte, was sie suchte, ließ Anna Garibaldi die Tasche zu Boden fallen, verließ das Zimmer und schloß hinter sich ab.
Es hatte kaum ein Geräusch gegeben, als die Tasche auf den dicken Teppich gefallen war, also war die Pistole wohl nicht mehr drin, aber was war mit den anderen Sachen? Skip erstellte im Geist eine Liste: Kugelschreiber, Lippenstift und Rouge, ein Notizbuch, eine Haarbürste, ein winziges Maniküreset in einem Lederetui, Schlüssel, eine Sonnenbrille, Aspirin, Handschellen – nein, wahrscheinlich hatten sie die Handschellen auch rausgenommen. Aber es gab noch einen zweiten Schlüssel dafür, und den hatten sie vielleicht nicht gefunden. Skip hatte ihn immer in einem Fach ihrer Brieftasche. Wenn sie drankommen könnte, könnte sie Reed befreien.
Und in dem Maniküre-Set war eine Nagelschere.
So, wie Reed saß, würde sie die Tasche allerdings nicht erreichen können. Selbst wenn es fast unmöglich schien, Skip mußte es selbst versuchen.
Man hatte ihr die Beine nicht gefesselt, also bewegte sie sie in Richtung Fußboden, erreichte ihn aber nicht. Sie spannte die Muskeln an und gab sich einen gewaltigen Ruck. Ein Bettfuß, rechts unter ihrem Kopf, kippte ein wenig nach oben. Sie versuchte es wieder und hatte das Gefühl, er habe sich ein bißchen weiter bewegt. Sie versuchte es noch einmal, und jedesmal kam sie mit den Füßen näher zum Boden.
Schließlich hob sich das Bett mit gewaltigem Knarren weit genug, daß sie den Boden berühren konnte. Beim nächsten Ruck würde das Ding hochkant stehen.

Reed beobachtete sie aus weitaufgerissen Augen und versuchte vermutlich einzuschätzen, ob das Bettgestell auf sie fallen würde.

Aber das passierte nicht. Nach etwa zwanzig Minuten Reißen und Rucken lag Skip am Boden mit dem Bett über sich – Matratze, Sprungrahmen und Bettgestell.

»Skip, ist alles in Ordnung?«

»Ich glaube schon.«

Sie fühlte sich ein bißchen betäubt. Sie hatte nicht geglaubt, daß es so schwer sein würde.

Sie holte tief Luft, und dabei merkte sie, daß es schwach nach Rauch roch.

Scheiße.

Sie hoffte, daß Reed es noch nicht bemerkt hatte; sie würde wegen Sally in Panik geraten.

Es bleibt mir gar nichts anderes übrig, als weiterzumachen.

Wie ein Einsiedlerkrebs, der ein gewaltiges Haus auf dem Rücken mit sich herumschleppt, schob sich Skip langsam auf ihre Handtasche zu.

Sie mußte sich auf den Ellbogen weiterziehen, aber es war viel schwerer, als sie es sich vorgestellt hatte, weil ihre Arme so weit gespreizt angebunden waren.

Der Teppich roch nach Füßen, nach Zigaretten und irgendwas Chemischem, wahrscheinlich einem Reinigungsmittel. Aber sie konnte auch weiterhin den Rauch riechen, und das war nicht der scharfe Geruch von Tabakrauch.

Reed sagte: »Skip, riechen Sie das auch?«, und sie hatte ein Zittern in der Stimme.

Skip gab keine Antwort. Sie war schweißgebadet, sie hatte wahrscheinlich Blasen an den Ellbogen, und sie nahm an, daß ihre Wirbelsäule vollkommen verbogen war.

Sie packte den Riemen der Handtasche mit den Zähnen und begann, quälend langsam auf Reed zuzukriechen. Wenn sie die Drehung schaffte, war es nur noch ein knapper Meter.

Das wird hundert Jahre dauern, und bis dahin sind wir Asche.

Dennoch drehte sie sich langsam unter dem Bett. Sie ruhte

einen Augenblick aus, die Stirn auf dem Teppich, dann machte sie sich auf den schier endlosen Weg zu Reed. Schweiß tropfte auf den Teppich. Ihr wurde übel von dem Handtaschenriemen im Mund.

»Skip? Ich glaube, es brennt.«

Mit dem Riemen im Mund konnte sie ohnehin nichts entgegnen.

Schließlich war sie nahe genug herangekommen, um sich an das gewaltige Problem des Aufrichtens zu machen. Reed konnte sich, angekettet wie sie war, nicht auf die Tasche zubeugen, aber wenn Skip sie dicht genug an Reeds Hand brachte, würde diese in etwa drei oder vier Stunden imstande sein, etwas herauszuholen.

Am ganzen Körper zitternd kam Skip auf die Knie, das Bett immer noch auf dem Rücken. Reed streckte die Finger zur Handtasche aus. Die Augen quollen ihr von der Anstrengung fast aus dem Kopf, aber dann hatte sie es geschafft.

Skip traf eine Entscheidung.

»Nagelschere«, keuchte sie. »Im Lederetui. Schneiden Sie das Klebeband durch.«

Sie drehte sich nach rechts, was bedeutete, das Bett zu Boden krachen zu lassen. Es fühlte sich an, als würde ihr Rückgrat brechen.

Bilde ich mir das nur ein, oder wird es heißer hier?

So, wie sie sich im Augenblick fühlte, konnte sie es kaum beurteilen – es war, als hätte sie einen Marathonlauf hinter sich.

Indem sie den ganzen Körper benutzte, die Beine mehr als die Arme, rutschte sie auf Reed zu, dicht genug, damit diese das Band aufschneiden konnte; aber es verging lange Zeit, in der Reed die Tasche nur in einer angeketteten Hand hielt und mit der anderen suchte.

Rauch drang ins Zimmer ein, unter der Tür durch.

»Die verdammten Arschlöcher. Drecksäue. Wichser.« Reed ließ eine beachtliche Litanei an Schimpfwörtern vom Stapel, während sie arbeitete. Schließlich hatte sie das Band an einer Hand weit genug eingeschnitten, daß Skip sich losreißen konnte. Es war nicht einfach, weil sie fast kein Gefühl in der Hand hatte.

Sie bog die Finger ein paarmal, wartete, daß das Gefühl wiederkam, aber ihr Körper machte nicht mit. Sie hatte keine Zeit, darauf Rücksicht zu nehmen.

Sie fing an, ihre linke Hand zu befreien. Noch mehr Schweiß floß.

Wenn ich noch lange genug lebe, werde ich an Dehydrierung sterben.

»Skip?« sagte Reed wieder. »Ich glaube, das Haus brennt.«

Immer eins nach dem anderen.

Nachdem sie ihre rechte Hand befreit hatte, gestattete sie sich nur paar Sekunden, sie zu reiben. Ungeschickt, immer noch mit einem tauben Gefühl, suchte sie nach dem Handschellenschlüssel und befreite Reed.

Dafür erntete sie nur Beschimpfungen. »Sie wußten die ganze Zeit, daß er da drin war? Wieso haben Sie mir das nicht gleich gesagt? Ich hätte Sie mit freien Händen viel schneller losschneiden können.«

»Ja. Aber hätten Sie das auch getan?«

Sie wußte über diese Leute nur, was die ihr selbst gesagt hatten – erst Dennis, dann Reed. Sie hatte nicht vor, sich – gefesselt in einem brennenden Gebäude – noch weiter an Fremde auszuliefern.

Sie ließ Reed ein paar Minuten daran kauen, während sie wütend an der verschlossenen Tür rüttelte. Ihr Hals brannte schon vom Rauch. Da die Tür nach innen aufging, konnte sie sie nicht eintreten.

Reed verlor langsam die Nerven. »Sally«, flüsterte sie. »Bitte sei in Sicherheit. Lieber Gott, laß sie in Sicherheit sein.«

Und Skip spürte, wie etwas anderes als Rauch ihr die Kehle zuschnürte. Wenn sie diese Tür öffnete, konnte dahinter ein Inferno lauern – Flammen, die durchs Zimmer toben und Reed und sie innerhalb von Minuten töten würden. Die Tür hatte sie vielleicht bisher vor dem Tod bewahrt.

Ich darf nicht aufgeben. Das ist jetzt nicht der Zeitpunkt durchzudrehen.

Sie riß die schweren Goldvorhänge vom Fenster zurück. Tageslicht strömte herein. Das Fenster war riesig, eine einzige große Scheibe, und nicht zu öffnen. Wenn das Haus tatsächlich schallisoliert war, würde die Scheibe bestimmt furchtbar dick sein.

Sie waren im ersten Stock. Unter dem Fenster war Rasen, aber es war zu hoch zum Springen. Im Licht war der Rauch viel besser zu sehen. Die Wolke wurde immer dichter.

Skip griff nach einem Stuhl. »Treten Sie zurück.« Sie schwang den Stuhl gegen das Fenster, aber nichts geschah.

Gab es etwas Schwereres?

Der Fernseher vielleicht. Sie versuchte, ihn hochzuheben. Ohne Erfolg.

»Reed, helfen Sie mir, das Ding gegen die Scheibe zu werfen.«

Reed hatte keine Kraft zu widersprechen. Sie stemmte ein Ende des Fernsehers hoch.

»Und jetzt los.«

Reed hustete und ließ ihr Ende fallen.

Skip mußte das ihre ebenfalls loslassen, und es landete auf ihrem Fuß.

»Auuu! Verfluchte Scheiße!«

Der Ausbruch beruhigte Reed, brachte sie irgendwie wieder zur Vernunft. »Kommen Sie, wir versuchen es noch einmal.«

Skip brach vor lauter Schmerzen der Schweiß aus. Aber sie schaffte es, das Gerät noch einmal hochzuwuchten, und auch Reed hob ihr Ende.

Der Fernseher brach durchs Fenster, Splitter flogen ins Zimmer. Einer erwischte Reed am Arm. Blut floß.

Skip griff wieder nach dem Stuhl und schlug den Rest der Scheibe heraus, aber das Glas war dick. Es ging nervenzerreißend langsam.

Reed versuchte, sich ein Stück Laken um die Wunde zu wikkeln. »Was sollen wir tun?« fragte sie. »Es ist zu hoch, um zu springen.«

»Kommen Sie. Helfen Sie mir, die Matratze rauszuwerfen.« Die aus dem zweiten Bett.

Sie zerrten die Matratze zum Fester, und Skip fragte sich, wieso die Feuerwehr noch nicht da war, wieso man noch keine Sirenen hörte.

Vielleicht ist es nur ein kleines Feuer.

Aber sie wußte es besser.

Sie ließen die Matratze los, und sie landete direkt unter dem Fenster, ein Ende auf dem Fernseher, aber das war kein Problem. Ein besseres Polster würden sie nicht bekommen.

»Springen wir«, sagte Skip. »Sie zuerst.«

»Werfen wir noch die andere Matratze raus.« Skip überlegte, aber sie wußte, sie würden an Rauchvergiftung sterben, wenn sie sich hier noch länger aufhielten, und Evie und Sally ebenso.

Und es gab noch einen anderen Grund.

Wenn Reed wollte, konnte sie beide Matratzen wegziehen, nachdem sie gesprungen war, und Skip würde im brennenden Haus in der Falle sitzen.

Sie sagte also: »Nein. Los, springen Sie.«

Reed warf einen sehnsüchtigen Blick zur zweiten Matratze.

»Denken Sie an Sally.«

Sie kletterte aufs Fensterbrett und verharrte dort.

Skip gab ihr einen Schubs.

Sie war nicht bereit gewesen und landete ein wenig zu weit vorn, halb vor der Matratze.

»Alles in Ordnung?«

»Ich weiß nicht.« Reed klang jämmerlich.

»Rollen Sie sich zur Seite. Ich springe jetzt.«

»Ich glaube, mein Knöchel ist gebrochen.«

Scheiße!

»Reed, stehen Sie auf, gehen Sie zum Nebenhaus und rufen Sie 911 an. Sally ist noch hier drin.«

Keine Antwort.

»Kriechen Sie, wenn es sein muß.«

Reed begann zu kriechen, auf die Ellbogen gestützt.

Sobald genug Platz war, kletterte Skip aufs Fensterbrett,

aber sie sprang nicht sofort. In letzter Sekunde fiel ihr noch ein, ihre Handtasche zu holen. Sie kletterte wieder ins Zimmer, dann zurück aufs Fensterbrett.

Sie sprang.

Sie landete hart, ihr ganzer Körper wurde durchgerüttelt. Sie hatte gelernt zu fallen, aber es hatte nicht so recht funktioniert. Und niemand hatte ihr gesagt, daß die Zähne dabei so aufeinanderkrachten!

Reed versuchte immer noch, sich auf den Ellbogen fortzubewegen, aber wenigstens hatte sie angefangen zu schreien.

»Hilfe! Feuer! Hilfe!«

Jemand beugte sich aus dem Fenster des großen Hauses zur Linken. »Was ist denn?«

»Das Haus brennt. Rufen Sie die Feuerwehr.«

Offensichtlich war draußen immer noch kein Rauch zu sehen. Die weißhaarige Frau beugte sich neugierig ein Stück weiter vor.

Skip brüllte: »Polizei! Rufen Sie sofort die Feuerwehr.« Sie stand auf und überzeugte sich, daß nichts gebrochen war. Jeder Muskel ihren Körpers zitterte.

Aber sie zwang sich, sich zu bewegen. Sie fand einen Gartenschlauch und tränkte Haar und Kleidung mit Wasser.

Sie konnte sehen, wie jetzt dichter Rauch aus dem Küchenfenster drang, aber wenigstens kamen noch keine Flammen. Sie stütze sich am Verandageländer ab und trat so fest gegen die Haustür, wie sie konnte. Die Tür gab nicht nach, aber der Schmerz in ihrem Knöchel war so schrecklich, daß sie sich hinsetzen mußte, bis er nachließ. Wenigstens war der Knöchel nicht verstaucht.

Den Fernseher konnte sie nicht mehr als Ramme benutzen, aber sie fand einen Blumenkübel mit Fleißigen Lieschen. Sie warf ihn durchs Fenster und lieferte damit unbeabsichtigt dem Feuer mehr Sauerstoff. Lodernde, beinahe gelblichweiße Flammen brachen durch die Öffnung, ein Feuerball, der Skip den Atem raubte und den Hals verbrannte. Aber dann spürte sie, daß es kühler wurde, und sie merkte, daß sie reflexartig zurückgewichen und dann zu Boden gefallen war,

unterhalb der Flammen, die jetzt wieder etwas zurückwichen.
Sie rollte sich ab und stand auf. Das Heulen von Sirenen mischte sich mit dem Röhren des Feuers.
»O Gott«, sagte Reed. »Ihre Augenbrauen.«
Skip berührte ihre Stirn und spürte knisterndes, verkohltes Haar.

26

Reed hatte sich schließlich aufgerafft und richtete jetzt den Gartenschlauch, der nur ein erbärmliches Rinnsal von sich gab, auf die Flammenwand. Skip fand, sie bot einen unerträglich traurigen Anblick.
»Kommen Sie, verschwinden wir hier.« Sanft legte sie ihr den Arm um die Taille und half ihr zur Straße. Reeds Knöchel war offenbar doch nicht gebrochen und auch nicht sonderlich geschwollen, aber schmerzhaft verrenkt.
Skip fragte die weißhaarige Nachbarin, ob sie ihr Telefon benutzen könne.
Anna Garibaldi hatte Skips Geld, ihre Kreditkarten und ihren Führerschein genommen. Dann war sie vermutlich in ein Designerkleid und ein Paar italienische Pumps geschlüpft und hatte das Haus angezündet.
Skip wollte am liebsten überhaupt nicht an Sally denken und was für ein Mensch man sein mußte, ein Kleinkind bei lebendigem Leib zu verbrennen.
Eine solche Frau hatte bestimmt nicht vor, in der Nähe zu bleiben. Anna war sicher klug genug zu wissen, daß die Kreditkarten und der Führerschein ihr bestenfalls einen Tag lang weiterhelfen würden, aber sie konnte sie mindestens einmal benutzen. Zum Beispiel, um sich ein Flugticket zu kaufen.
Der Flughafen! Wo sollte sie sonst sein?
Skip überlegte, welche Alternativen Anna hatte, aber immer wieder kam sie auf den Flughafen zurück.

Sie rief die dortige Polizei an, noch bevor sie sich bei Cappello meldete. »Hier ist Skip Langdon, NOPD. Ich brauche Hilfe bei der Festnahme einer Mordverdächtigen.«
Sie beschrieb ihnen Anna und erlebte einen peinlichen Moment, als sie erklären mußte, daß die Verdächtige sich eventuell als Detective Skip Langdon ausgeben würde.
Aus dem Fenster konnte sie sehen, wie die Feuerwehr jetzt ins Nebenhaus eindrang. Zwei Männer kletterten Leitern hoch, um nach weiteren Hausbewohnern zu suchen.
Skip rief Cappello an.
Das war noch peinlicher. Kein Polizist gibt gern zu, überrascht, überwältigt und gefangengenommen worden zu sein.
Aber Cappello war so froh, sie lebendig zurückzubekommen, daß sie keine Bemerkungen darüber machte, sondern nur aufmerksam zuhörte.
»Also gut«, sagte sie schließlich, als hätte Skip einen Routinebericht abgegeben. Skip konnte sie direkt vor sich sehen, wie sie nickte. »Du solltest rüberkommen und den Bericht schriftlich abfassen.«
Die läßt sich wirklich nicht erschüttern. »Ich hoffe, das ist kein Befehl. Ich muß jetzt zum Flughafen.«
Cappello holte tief Luft, und einen Augenblick lang schwieg sie. Dann sagte sie schließlich: »Also gut, wir sehen uns später.«
Skip seufzte erleichtert. »Kannst du im Jefferson Parish anrufen?«
»Klar.«
Obwohl der Flughafen zur Stadt gehörte, lag er offiziell außerhalb ihrer Jurisdiktion – Skip mußte mit den Deputies von Jefferson zusammenarbeiten.
Draußen sah sie, wie Feuerwehrleute versuchten, jemanden wiederzubeleben.
Evie.
Reed war beinahe hysterisch. »Sie haben Sally nicht gefunden. Sie haben das ganze Haus durchsucht. Keine Spur von ihr.«

»Anna muß sie mitgenommen haben.«
»Aber warum?«
Die Antwort war nicht angenehm. »Reed, ich brauche Sie. Wären Sie bereit, mit zum Flughafen zu kommen? Wenn wir da sind, könnten wir vielleicht einen Rollstuhl für Sie auftreiben.«
»Sie glauben, sie sind am Flughafen?«
»Vielleicht. Es wäre gut, wenn Sie mitkämen, wegen Sally – wenn Anna sieht, daß die Kleine zu ihnen zurückwill, könnte das helfen.« Sie zuckte die Achseln. »Es ist ein Schuß ins Blaue, aber mehr können wir im Augenblick nicht tun. Es gibt nur ein Problem: Sie müssen mir jetzt schon versprechen, daß sie sich nicht einmischen werden, auf gar keinen Fall. Verstanden?«
Reed nickte.
Sie stiegen ins Auto, Skip setzte das Blaulicht aufs Dach, stellte die Sirene an und fuhr mit quietschenden Reifen davon.
Skip rief über Funk noch einmal die Flughafenpolizei an, erklärte, sie sei auf dem Weg – und die Beschreibung habe sich geändert. Sie suchten jetzt nach einer Frau mit einem anderthalbjährigen Kind.
Sie waren fast schon da, als die Kollegen aus Jefferson zurückriefen: Sie hatten Anna und Sally gefunden. Anna hatte Sally eine Pistole an den Kopf gedrückt und ein Flugzeug nach New York verlangt.
Skip schlug mit der Faust aufs Lenkrad. »Scheiße! Ich hab's gewußt!« Dann warf sie – entsetzt über ihren eigenen Ausbruch – einen besorgten Blick zur Seite: Reed hatte die Augen geschlossen, öffnete sie jetzt aber wieder.
Wenigstens ist sie immer noch bei Bewußtsein.
»Reed, es tut mir leid. Das hätte ich nicht tun sollen.« Sie mußte einen klaren Kopf bewahren, aber genau das machte ihr Sorgen.
»Schon gut«, meinte Reed. »Der Drache wird ihr nicht weh tun.«
Skip schwieg, wünschte, sie könnte das auch glauben, und

staunte wieder einmal über die unglaublichen Fähigkeiten des menschlichen Geistes, wenn es darum ging, Unangenehmes zu verdrängen.

»Evie hat mir erzählt, daß sie Sally mag. Ich habe darüber nachgedacht. Sie sagte, der Drache habe sich wie eine Großmutter verhalten, die endlich jemanden gefunden hat, den sie lieben kann.«

Skip erinnerte sich an das kleine Mädchen, mit dem sie telefoniert hatte, die Nichte des Drachen, die so liebevoll von ihrer Tante Anna gesprochen hatte. Aber sie wagte nicht, sich Hoffnungen zu machen.

Der Flughafen war bereits abgeriegelt worden, und überall waren Sirenen und blinkende Lichter.

Skip hielt das nicht gerade für die richtige Art und Weise, mit einer Frau umzugehen, die bereits labil gewirkt hatte, bevor sie eine Geisel nahm.

Wieder rief sie die Flughafenpolizei über Funk. »Hier Langdon. Ich komme mit der Mutter des Kindes. Könnte uns jemand mit einem Rollstuhl abholen?«

Eine Frau kam ihnen entgegen, offensichtlich erbost, etwas zu verpassen. »Dietrich, Jefferson. Wir Mädels dürfen hier die Dreckarbeit erledigen.«

Skip zog eine Braue hoch. »Danke für Ihre Hilfe«, sagte sie kühl – das letzte, was Reed jetzt brauchen konnte, waren die Probleme von Deputy Dietrich.

Sie hatte es selbst eilig, zum Schauplatz der Ereignisse zu kommen, aber zuerst verfrachtete sie Reed vorsichtig in den Rollstuhl und überzeugte sich, daß sie es auch wirklich bequem hatte. Als sie die Fußstützen aufklappte und Reed half, ihr verletztes Bein darauf zu plazieren, bemerkte sie zum erstenmal, daß Reeds Füße und Beine schrecklich verbrannt waren.

Dietrich war wegen ihres Fauxpas rot angelaufen. »Kommen Sie, ich bringe Sie hin. Es ist nicht weit. Offenbar wollte sie bis zur letzten Minute nicht durch den Metalldetektor, denn sonst hätte sie die Waffe vergessen können. Sie hat sich ein Ticket für den nächsten Flug nach New York gekauft und

draußen gewartet, bis es nur noch zehn Minuten bis zum Abflug waren. Sie hat mit dem kleinen Mädchen gespielt, als wir sie fanden.« Dietrich schüttelte den Kopf. »Sie blickte auf, sah uns, und das war's dann. Ist sie so was wie eine multiple Persönlichkeit? Sie hat sich plötzlich vollkommen verändert. Als wäre sie ein ganz anderer Mensch.
Sie hat ganz ruhig die Hand in die Tasche gesteckt, die Pistole rausgeholt und sie dem Kind an die Schläfe gedrückt.«
Ist Anna jetzt vollkommen verrückt geworden?
Vielleicht. Jedenfalls steht sie unter gewaltigem Druck.
Sie hatte drei Gefangene und wußte nicht, was sie mit ihnen machen sollte.
Warum hat sie dann versucht, uns zu verbrennen? Das ergibt einfach keinen Sinn.
Es sei denn, sie war vollkommen verzweifelt.
Ich frage mich, warum. Was ist mit ihr los? Wie kommt sie auf die Idee, sie könnte ein Kind entführen und damit durchkommen?
Aber wenn Reed und ich nicht entkommen wären, hätte sie es tatsächlich schaffen können. Wenn sie erst mal im Flugzeug gewesen wäre, hätte sie keine Probleme mehr gehabt. Nichts leichter, als in New York unterzutauchen.
Und jetzt ist sie erwischt worden, nur zehn Minuten von ihrem Ziel entfernt.
Skips Fingerspitzen wurden kalt.
Skip fragte Dietrich: »Hat man die Verhandlungsspezialisten gerufen?«
»Soviel ich weiß, sind alle benachrichtigt worden, bis rauf zum Gouverneur. Aber die Geiselspezialisten sind noch nicht da.«
Ein Halbkreis von Polizisten mit gezogenen Waffen trennte Mutter von Kind, Anna von Skip.
Von der Seite her näherte sich ein Mann. »Johnson, Jefferson. Ich bin der Leiter der Operation.«
»Skip Langdon. Und das hier ist Sallys Mutter, Reed Foucher. Ich dachte, sie könnte vielleicht helfen. Können wir mit der Verdächtigen sprechen?«

»Ich würde lieber warten, bis die Spezialisten da sind.« Er war ein rothaariger Mann mit Sommersprossen auf sehr weißer Haut. Skip fragte sich, ob er immer so blaß war. Er zitterte vor Nervosität.

»Ich nicht!« sagte Reed und schrie: »Sally! Mommy ist hier!«

Ein Blitz der Wut zuckte Skips Wirbelsäule entlang. *Verdammt noch mal!*

Ein Beben lief durch den Halbkreis. Skip spähte an den Polizisten vorbei und konnte sehen, wie Sally zappelte, vergeblich versuchte, sich Annas Arm zu entwinden.

»Mama! Mama!«

Reed sagte: »O Gott. Ogottogott. Sally!«

Skip flüsterte Johnson zu: »Anna sollte uns wenigstens sehen können.«

Er nickte, tiefe Furchen auf der Stirn.

Zwei Männer traten zur Seite, machten Platz für Skip und Reed. Skip schob den Rollstuhl sehr langsam voran.

Anna sagte: »Bleiben Sie stehen, oder ich jage ihr eine Kugel in den Kopf.«

Skip blieb stehen. »Das würden Sie nicht fertigbringen, Anna.«

»Treiben Sie mich nicht dazu.«

Sally schlug so heftig um sich, daß Anna sie viel zu fest halten mußte. Ihr Geschrei war das jämmerliche Heulen eines Kindes, das die Hölle durchmachte, ein Geräusch, das Skip an ihre Kindheit denken ließ, an Wartezimmer von Kinderärzten, an Notaufnahmen – Orte, an denen man ein Kind weinen hörte und wußte, daß es entsetzlich gequält wurde. Sallys Folter war psychischer Art, aber es war dennoch Folter. Jedes Polizistengesicht im Halbkreis war eine Studie in Anspannung und Qual.

Skip wußte, was ihnen allen durch den Kopf ging: *Wenn ich nur eine einzige falsche Bewegung mache, ist die Kleine tot.*

Sie flüsterte Johnson zu: »Ich werde eine Minute mit ihr sprechen, und dann gehe ich auf sie zu.«

Er setzte zu einem Kopfschütteln an, hielt dann aber inne. Unentschlossenheit breitete sich auf seiner Miene aus.
Skip wandte sich wieder Anna zu; sie wußte, im Augenblick hatte sie das Kommando. »Anna, ich weiß doch, daß Sie Sally nicht weh tun.«
»Ich bringe sie um, und dann bringe ich mich selbst um.«
Skip spürte, wie ihr der Schweiß auf die Stirn trat. An diese Möglichkeit hatte sie noch nicht gedacht. »Es mag ja sein, daß Ihnen das Leben im Augenblick unerträglich vorkommt. Ich weiß nicht, was Ihnen passiert ist, aber es muß schlimm sein, wenn Sie deshalb ihr Heim so eilig verlassen haben und sich so verzweifelt fühlen. Aber Sie sind eine starke Frau, Anna. Sie haben viel durchgemacht, und Sie werden auch das hier überstehen. Sie werden sich nicht umbringen.«
Sie sprach fast ohne nachzudenken, richtete sich nach dem Eindruck, den sie selbst von Anna hatte, und nach dem, was Reed ihr erzählt hatte.
Skip trat einen Schritt vor. »Ich weiß, Sie würden Sally nicht umbringen. Wissen Sie, bevor ich zu Ihrem Haus kam, als ich versucht habe, Sie zu finden, habe ich bei Ihrem Bruder angerufen.«
»Bei meinem Bruder?«
Skip machte einen weiteren Schritt. »Ja, John Garibaldi.«
»Der Bruder meines Mannes. Meines verstorbenen Mannes.«
»Ich habe mit seiner kleinen Tochter gesprochen. Was für ein süßes kleines Mädel!«
Was rede ich bloß für einen Mist! Ich hör mich an wie jemand auf einem Kaffeekränzchen.
Aber es funktionierte. Anna blieb ruhig; etwas an ihr schien sich verändert zu haben.
Skip machte noch zwei Schritte, ohne dabei den Blick von Annas Gesicht zu nehmen.
Sally wand sich in Annas Armen und jammerte, und die Frau mußte ihre Aufmerksamkeit wieder dem Kind zuwenden.
»Die kleine Kathy. Heißt sie nicht so?« *Es muß einfach irgendwas sein, das auf y endet.*

Anna gab keine Antwort.
»Sie sagte mir, daß Sie immer mit ihr Eis essen gehen. Wissen Sie, daß Sie ihre Lieblingstante sind? Das hat sie mir erzählt. Wissen Sie, wie enttäuscht dieses kleine Mädchen wäre, wenn es Sie nie wiedersehen würde?«
»Sie versuchen, mich zu manipulieren.« Annas Stimme klang gepreßt.
»Anna, was für Schwierigkeiten Sie auch haben mögen – nichts kann so schlimm sein, daß Sie deshalb die kleine Kathy allein lassen sollten. Stellen Sie sich doch vor, was für ein Schock das für die Kleine wäre.« Skip kam noch näher und streckte die Hand aus, langsam, als wollte sie sich mit einem Hund anfreunden. »Warum geben Sie die Waffe nicht her?«
»Verdammt noch mal, lassen Sie mich in Ruhe!« Es kam halb als Schluchzen, halb als Schrei heraus. Sally wand sich wieder, und der Drache gurrte: »O Kleines, hab ich dir weh getan? Arme kleine Sallymaus. Das hat Nonna nicht gewollt.«
Skip sah, was Dietrich mit der gespaltenen Persönlichkeit gemeint hatte. Sie sagte: »Sie haben Sally sehr gern, nicht wahr? Sehr, sehr gern.« Sie schwieg einen Augenblick. »Lassen Sie sie zu ihrer Mama.«
Sally hatte das vertraute Wort gehört und schrie: »Mama! Mama!«
»Anna. Sie wissen doch, daß Sie ihr nichts tun werden. Das bringen Sie nicht übers Herz. Lassen Sie sie los, ja?«
Anna starrte Skip an. Sie begann, sich zu bücken.
O Gott, sie macht es tatsächlich.
Skip geriet in Panik, als ihr klar wurde, daß Anna, sobald Sally sicher auf dem Boden war, die Waffe gegen sich selbst richten würde.
Sie rannte die letzten Schritte, wußte, daß Annas Entscheidung gefallen war. Sie würde Sally nichts tun. Skip packte die Hand, in der Anna die Waffe hielt, und drehte sie nach hinten, bis sie die Pistole zu Boden fallen hörte.
Danach war alles verschwommen. Polizisten warfen sich auf

die drei – Sally, Anna und Skip – und trennten sie voneinander. Und dann rannte Sally los und rief: »Mama! Mama! Mama!«
Es tat Skip nur leid, daß Reed ihr nicht entgegenlaufen konnte.

Skip mußte sich den Weg aus dem Flughafen erkämpfen gegen eine Horde von Reportern und danach als erstes den Kollegen vom Jefferson Parish einen offiziellen Bericht abgeben. Das Ergebnis der darauffolgenden Auseinandersetzungen, welche Dienststelle Anna festnehmen würde, fiel für Skip nicht allzu übel aus: Anna würde dem FBI ausgeliefert werden, da es unters Bundesrecht fiel, eine Waffe in einen Flughafen mitzunehmen.
Und da der Flughafen der Stadt gehörte, würde sie zunächst in ein Gefängnis der Stadt überführt und nicht im Jefferson Parish bleiben.

Cappello wartete im Büro. »Gute Arbeit. Ich würde ja sagen, geh nach Hause, aber es gibt Neuigkeiten.«
»Ich könnte sowieso nicht. Ich muß unbedingt dabeisein, wenn Anna verhört wird.« Als eines von Annas Opfern konnte sie das Verhör nicht selbst führen, aber sie würde es nur ungern verpassen.
»Wer ist sie denn nun eigentlich?«
»Keine Ahnung. Aber ein ziemlicher Brocken, das kann ich dir sagen. Was gibt's denn Neues?«
»O'Rourke hat seinen Angreifer identifiziert.« Sie warf Skip einen Schnappschuß auf den Schreibtisch.
»Jesus!«
»Nicht unbedingt.«
Es war dasselbe Foto, das Skip nach dem Mord an Jim herausgesucht hatte, das Bild des Mannes, den sie bei der Gegenüberstellung dann nicht zweifelsfrei hatte identifizieren können.
»Augustine Melancon. Wer hätte gedacht, daß wir uns wieder begegnen?«

»In einer Stunde wird er zur Gegenüberstellung hergebracht.«

Skip seufzte. »Ich sollte lieber mal kurz heimgehen.« Sie war erschöpft.

Sie nahm eine Dusche und dachte daran, Jimmy Dee anzurufen, um ihm zu erzählen, wie knapp sie davongekommen war. Aber das würde mehr Zeit in Anspruch nehmen, als sie zur Verfügung hatte.

Sie schnappte sich eine Cola Light, kramte ihre Ersatzpistole heraus und kehrte ins Büro zurück, wo sie auf dem Schreibtisch eine Notiz von einem gewissen Turner Shellmire vom FBI fand. Aber sie hatte keine Zeit, ihn zurückzurufen, sie kam gerade noch rechtzeitig zur Gegenüberstellung.

Ein Mann fiel ihr sofort auf – er hätte genausogut darum betteln können, verhaftet zu werden. Es war derselbe, den O'Rourke wiedererkannt hatte.

Augustine Melancon.

Melancon wußte natürlich nicht, wieso man ihn wieder aufs Revier gebracht hatte. Skip, O'Rourke und Cappello nahmen ihn sich gemeinsam vor, um ihn noch mehr einzuschüchtern.

»Erinnerst du dich an mich?« fragte O'Rourke. »Hat es Spaß gemacht, mich zu verprügeln?«

Melancon antwortete nicht.

Sein Anwalt, ein Pflichtverteidiger namens Alfonso Green, riet ihm, den Mund zu halten.

Skip meinte: »Augustine, ich weiß, daß das Ihr gutes Recht ist, aber Sie haben auch andere Rechte, die davon nicht berührt werden. Sie haben das Recht zu erklären, was passiert ist, wenn Sie wollen.«

Melancon warf Green einen hoffnungsvollen Blick zu, erhielt aber keine Hilfe. Schließlich sagte er: »Das Arschloch hat mich reingelegt. Ich will reden. Warum sollte ich das allein ausbaden?«

»Dazu besteht auch überhaupt kein Grund«, meinte Skip. »Sie arbeiten für Delavon, nicht wahr?«

Melancon schwieg.

»Ich war am Dienstag in Gentilly und hab mich mit Delavon getroffen. Am Abend zuvor war ich am Conti Breezeway, auf Delavons Rat hin. Sie waren beide Male dort. Also arbeiten Sie für Delavon.«

»Ich weiß nix von 'nem Conti Breezeway.«

»Kommen Sie schon – Delavon hat Sie reingelegt, das haben Sie gerade selbst gesagt. Ich hab Sie dort gesehen, und das wissen Sie, denn Sie haben mich auch gesehen. Sergeant O'Rourke hat Sie gesehen, als Sie ihn verprügelt haben. Das macht einen Mord an einem Polizisten und schwere Körperverletzung. Glauben Sie wirklich, wir lassen Sie laufen? Sie glauben, Mr. Green hier kann einen Deal erreichen und Sie nach zwei, drei Jahren wieder rauskriegen – oder nach fünf bis zehn? Sie haben einen Polizisten umgebracht.«

Melancon warf ihr einen wütenden Blick zu, aber Skip war ziemlich sicher, darin auch Angst zu erkennen.

»Sie haben meinen Partner umgebracht, nicht wahr?«

»Scheiße, nein.«

»Ich glaube doch. Aber wissen Sie was? Ich mache es Ihnen leicht. Weil ich weiß, daß es nicht einfach sein muß, für Delavon zu arbeiten. Ich wette, er droht Ihnen manchmal. Ich wette, er bedroht Ihre Frau und Ihre ...«

»Hab keine Frau.«

»Hat er die schon umgebracht? Typisch Delavon. Ein gefährlicher Typ.«

Melancon antwortete nicht.

»Vielleicht haben Sie eine Freundin. Vielleicht hat er die bedroht. Vielleicht haben Sie einen Grund dafür, seine Aufträge auszuführen.«

Zeigte sich da so etwas wie Hoffnung auf seinem Gesicht?

»Der Scheißkerl Delavon hat mir gesagt, wenn ich nicht da rübergehe und auf Jermaine aufpasse, bringt er mich um. Wissen Sie, ich schulde Delavon 'ne Menge Geld ...«

»Wieviel?«

»Etwa zehntausend. Ein Deal ist schiefgegangen, und dann die Zinsen. Mr. Green, ich werd reden. Kann ich denen sagen, was ich Ihnen gesagt hab?«

Langsam nickte Green.
»Ich hab keinen umgebracht, das schwöre ich. Aber ich weiß, wer's war.«
»Wer war es, Augustine?«
Green zeigte mit dem Finger auf ihn. »Wenn du die Frage jetzt beantwortest, bringe ich dich um, Jungchen.« Er wandte sich den Detectives zu und lächelte. »Zeit zu verhandeln.«
Zwanzig Minuten später war alles vorbei: Melancon würde gegen einen gewissen Jermaine St. Jacques und einen gewissen Desmond Lavon Bourgeois aussagen, und man würde ihm im Gegenzug dazu die Möglichkeit einräumen, sich wegen eines geringfügigeren Verbrechens für schuldig zu bekennen.
Das Beste war, daß er ihnen Delavons Adresse gab.

27

Als Jims Vorgesetzter fiel es Cappello zu, seine Mörder zu verfolgen. Skip war außer sich, wollte Delavon unbedingt festnageln, aber sie wollte auch nicht versäumen, wie es mit Anna weiterging.
»Sylvia, ich muß unbedingt mit dir kommen, wenn du ihn abholst.«
Zerstreut wischte sich Cappello das Haar aus der Stirn und sah auf die Uhr. »Auf keinen Fall. Du bist zu müde. Außerdem weiß ich nicht mal, ob ich selbst gehen werde – Joe hat mich gebeten dabeizusein, wenn die Feds Anna verhören, und mein Babysitter muß irgendwann auch nach Hause. Ich wollte Abasolo fragen, ob er einspringt.«
»Sag ihm, er muß warten, bis ich Zeit habe.« Sie hielt den Atem an. Sylvia wäre vollkommen im Recht, wenn sie jetzt erwiderte: »Ich gebe hier die Befehle.«
Statt dessen brachte sie ein müdes Lächeln zustande. »Willst du damit sagen, eine Frau muß tun, was eine Frau tun muß?«

Skip wußte, sie hatte gewonnen.
Sie ging wieder an ihren Schreibtisch, als Agent Shellmire anrief.
»Ah«, meinte er. »Die Frau des Tages. Ich höre, Sie haben Anna Garibaldi erwischt. Folgendes: Wir haben mehr gegen sie vorliegen als diese dumme Flughafengeschichte, aber ich fürchte, ich habe im Augenblick nicht viel Zeit, und ihr Leutchen müßt euch ohnehin noch um die Brandstiftung und die Freiheitsberaubung kümmern und so – also dachte ich, ich überlasse euch die Sache. Ich glaube, es wird euch ziemlich interessieren.«
»Wir werden entzückt sein. Aber Sie wissen ja, daß es nicht mehr mein Fall ist.«
»Ja. Schade. Aber ich kannte Ihren Namen, also dachte ich, ich rufe Sie an. Und ich wollte Ihnen auch gratulieren – diese Sache am Flughafen war ziemlich beeindruckend.«
»Danke.« Ihre Wangen glühten.
»Hören Sie, ich bin hier drüben im Gefängnis – kommen Sie doch mit Ihrem Kollegen rüber, der den Fall übernommen hat. Ich verspreche Ihnen, ich spiele Ihnen ein interessantes Band vor. Danach können wir die Dame ja gemeinsam verhören.«
Skip holte Cappello und Joe Tarantino.
Nachdem sie die Formalitäten erledigt hatten, erklärte Agent Shellmire: »Warten wir noch einen Moment mit dem Band. Ich glaube, Ms. Garibaldis Anwalt ist gerade eingetroffen. Sie möchten Ihn doch sicher kennenlernen?«
»Ganz bestimmt.«
Annas Anwalt wartete schon auf Shellmire, schnaubend vor Wut und in einem Anzug, der vermutlich mehr gekostet hatte als Skips gesamte Wohnungseinrichtung.
»Ich dachte, Sie würden jetzt mit dem Verhör beginnen. Sie glauben doch wohl nicht, daß ich die Zeit habe, hier rumzusitzen und gesiebte Luft zu atmen.« Angewidert verzog er die Oberlippe.
»Hallo, Mr. Delmonico. Lange nicht gesehen.« Bobby Delmonicos Anwesenheit bestätigte Skips Verdacht. Viele sei-

ner Klienten – Dealer, Schläger, der eine oder andere Mörder – hatten italienische Namen.
Wer immer der Drache war, sie hatte Verbindungen.
»Ich glaube nicht, daß ich Sie kenne«, erwiderte Delmonico.
»Shellmire, Agent Turner Shellmire. Das hier sind Detective Langdon, Lieutenant Tarantino und Sergeant Cappello vom NOPD. Haben Sie schon mit Ihrer Klientin gesprochen?«
»Ja. Sie ist ein bißchen durcheinander. Es könnte sein, daß sie ein medizinisches Problem hat.«
»Wie bitte?«
Delmonico breitete hilflos die Hände aus. »Anscheinend glaubt sie, sie brauche keinen Anwalt.«
»Das ist ihr gutes Recht.« *Es muß eine Kehrseite geben; so viel Glück können wir doch nicht haben!*
»Ich kenne Ihre Familie schon sehr lange. Anna ist immer, äh, ein bißchen labil gewesen.«
»Mr. Delmonico, sehen Sie hier Geschworene? Glauben Sie nicht, es ist ein bißchen früh für so etwas?«
»Hören Sie, sie braucht einen Rechtsbeistand, und sie will im Augenblick keinen Rat annehmen – geben wir ihr doch die Gelegenheit, es zu überschlafen. Wir können morgen weitermachen.«
»Überschlafen? Aber sicher, wir ziehen schon mal die Seidenlaken auf.«
»Ich dachte nur...« Skip bemerkte, wie verzweifelt der Anwalt war, und das gefiel ihr.
»Hören Sie«, sagte Shellmire, »ich werde die Gefangene jetzt verhören. Kommen Sie mit oder nicht?«
Schulterzuckend folgte ihnen der Anwalt in das kleine Zimmer, in das man Anna gebracht hatte. Sie saß am Tisch, den Kopf auf die linke Hand gestützt, den Rücken gebeugt, und sah verloren und gealtert aus. Dann hob sie den Kopf, mobilisierte ihre gesamte Wut und ließ sie auf Delmonico los. »Ich hab Ihnen doch gesagt, Sie sollen verschwinden.«
Sie hatte genug Feuer in der Stimme für eine ganze Herde von Drachen.

Delmonico warf Shellmire einen flehenden Blick zu, aber der zuckte nur die Achseln. »Klingt, als wären Sie gefeuert.«

Nachdem der Anwalt verschwunden war, sagte Anna: »Ich habe jemanden telefonisch gebeten, mir einen anderen Anwalt zu besorgen, aber bisher ist niemand aufgetaucht.«

Shellmire führte die anderen wieder nach draußen. »Und jetzt hab ich eine nette Überraschung für Sie.«

Die Tonbandaufnahme begann mit einer Männerstimme.

»Hallo?«

Ein anderer Mann antwortete.

»Eddie, hier ist Gus. Ich muß mit Anna sprechen.«

Nach einer kurzen Pause war Annas Stimme zu hören. »Gustavo?«

»Anna, ist alles in Ordnung?«

»Warum habe ich noch nichts von dir gehört?«

Skip glaubte, ein leichtes Schleppen in der Stimme wahrzunehmen, als habe man Anna aus tiefem Schlaf geweckt.

»Anna, es ist etwas Schlimmes passiert. Ich bin im Ausland. Ich kann nicht nach Amerika zurückkommen.«

Anna schnappte entsetzt nach Luft.

»Anna, hör zu. Sie glauben, ich hätte sie betrogen. Wenn sie mich finden, bringen sie mich um.«

Ein Keuchen.

»Du mußt zu mir kommen.«

»Was sagst du da?«

»Ich möchte, daß du nach New York kommst und zu unserem Freund gehst. Du weißt, wen ich meine.«

»Ja.«

»Er wird dir ein Ticket besorgen. Hier wird es dir gefallen, es ist wunderschön.«

»Gustavo, wovon redest du eigentlich?«

»Anna, wir müssen beide das Land verlassen. Sie werden mich umbringen, verstehst du das denn nicht?«

»Mich nicht.«

»Als erstes werden Sie dir alles abnehmen, was du besitzt. Weil es dir nicht gehört, erinnerst du dich? Und dann werden sie versuchen, durch dich an mich heranzukommen.«

»Pah! Das hätten sie längst getan.«
»Nein. Ich hab dir Schutz gekauft. Bete zu Gott, daß nur das FBI mithört, denn wenn die anderen das herausfinden, bist du so gut wie tot. Du hast keine Ahnung,was mich das gekostet hat!«
Anna gab ein Geräusch von sich – ob es ein Keuchen oder Schluchzen war, hätte Skip nicht sagen können.
»Aber die Zeit läuft ab. Es reicht nur noch für ein paar Tage.«
»Ich verstehe das nicht.«
»Das brauchst du auch nicht zu verstehen. Du mußt nur wissen, daß du schon heute verschwinden mußt. Du mußt nach New York fliegen und mit unserem Freund reden.«
»Und ich werde nie wieder herkommen können?«
»Es tut mir leid, Anna.«
»Ich muß alles zurücklassen...«
Sie schrie so laut, daß Shellmire die Lautstärke herunterdrehen mußte.
Der Anrufer unterbrach sie mit noch lauterer Stimme: »Sei still, Anna! Eddie und Mike dürfen das nicht erfahren.«
»O Gott! Was wird aus ihnen?«
»Mach dir um die keine Sorgen. Kümmere dich lieber um dich selbst.« Shellmire stellte wieder lauter. »Du hast getrunken, oder?«
»Ich bin vollkommen durcheinander. Du verschwindest für Tage, ich höre nichts mehr von dir, du überläßt alles mir, und ich weiß nicht, was ich tun soll...«
»Anna, sei jetzt still und hör mir zu. Ich werde dir jetzt sagen, was du tun sollst. Hörst du? Kannst du mich verstehen?«
»Ja.«
»Pack einen Koffer und ruf die Bank an – laß dein Geld nach New York überweisen. Du weißt doch, wohin?«
»Ja.«
»Dieses Geld ist alles, was du brauchst. Das und ein paar Kleider.«
»Ich soll alles, was ich habe, zurücklassen?«
»Um Himmels willen, dann nimm eben die Familienbilder

mit. Sonst gehört dir ohnehin nichts, verstehst du das denn nicht? Es gehört ihnen. Es hat immer ihnen gehört. Es war nur geliehen.«

»Der Fischgroßhandel gehört mir.«

»Sie haben ihn dir überlassen, weil du einen ehrbaren Eindruck machst. Und weil du meine Schwester bist. Du warst nur die Fassade für sie. Kapier das endlich. Es ist vorbei.«

Man konnte fast spüren, wie ihr das Leben aus den Händen glitt.

Der Anrufer sagte: »Schick Mike und Eddie nach Hause. Dann gehst du an den Safe im Schrank, holst alle Papiere raus und verbrennst sie. Dann fährst du zum Flughafen, und wenn es innerhalb einer Stunde keine Maschine nach New York gibt, nimmst du die nächste sonstwohin und fliegst von dort aus nach New York.«

»Ich kann nicht einfach hier weg.«

»Du kannst und du wirst.«

»Du verstehst das nicht, Gustavo. Nachdem du weg warst, gab es nur noch Durcheinander, und ich tat, was ich konnte. Ich habe die ganze Zeit darauf gewartet, daß du anrufst und mir sagst, was ich machen soll. Ich bin vollkommen aufgelöst.«

»Was ist denn eigentlich los?«

»Ich habe vier Leute hier eingesperrt, darunter eine Polizistin. Und ein kleines Kind!«

»Du hast was?« Diesmal drehte Shellmire nicht leiser.

»Ich konnte nicht anders, Gus, ich…«

»Du dumme Kuh! Verdammte Scheiße, wie konntest du nur so blöd sein? Ich schwöre, ich drehe dir den…«

»Alles ist plötzlich zusammengebrochen, Gustavo. Was hätte ich denn tun sollen?« Ihre Stimme war nur noch ein Winseln.

»Schon gut, schon gut, bleib ruhig. Denk an Eddie und Mike. Also, laß mich noch mal mit Eddie reden. Ich werde sie jetzt heimschicken.«

Shellmire meinte: »Ich spule vor, bis Anna wieder am Apparat ist.«

Er erwischte die Stelle nicht genau, und Skip hörte das Ende des Gesprächs mit Eddie, das Gus mit vollkommen ruhiger, vernünftiger Stimme führte. Sobald Anna wieder am Telefon war, setzte er seine Tirade fort, als wäre er nie unterbrochen worden.

»Verdammt, wie konnte das passieren? Wer hat dir erlaubt, Leute gefangenzunehmen? Und dazu auch noch eine Polizistin. Eine Polizistin! Du bist die dämlichste Kuh in diesem ganzen bescheuerten Louisiana.«

»Wenn du mich zu Wort kommen läßt, werde ich dir sagen, was passiert ist.«

»Es ist mir scheißegal, was passiert ist. Wieso sollte mich das interessieren? Ich bin raus aus diesem Drecksland und aus diesem Scheißspiel. Und wenn du am Leben bleiben willst, Anna, solltest du auch verschwinden.«

»Gustavo, was soll ich nur mit diesen Leuten machen?«

»Von mir aus kannst du ihnen die Bude überm Kopf anzünden, das ist mir doch egal! Was willst du denn sonst machen? Sie freilassen?

Wenn einer von ihnen rauskommt, bist du dran. Willst du lebendig rauskommen? Dann bring sie um. Ich schwöre, das ist deine einzige Chance.«

»Aber Gustavo, du kannst doch nicht –«

»Ich kann was nicht? Ich hab die ganze Woche darum gekämpft, meinen verfluchten Hals aus der Schlinge zu ziehen, und jetzt das!«

»Ich kann das einfach nicht!«

»Dann stirbst du, Anna. Eine Alternative gibt es nicht. Aber verbrenn vorher noch die Papiere, ja?«

Er legte auf.

Shellmire schaltete den Recorder ab. »Was halten Sie davon?«

Cappello sagte: »War er das tatsächlich?«

Shellmire nickte. »Gus Lonzano. Den wir jetzt nie mehr erwischen werden. Er ist wieder in der alten Heimat oder sonstwo. Aber wenn wir zusammenarbeiten, erwischen wir vielleicht ein paar seiner Freunde.«

Cappello und Tarantino murmelten zustimmend. Skip sagte: »Agent Shellmire?«
»Sie wollen fragen, ob Sie beim Verhör dabeisein dürfen?«
»Wie sind Sie darauf gekommen?«
Die anderen lachten.

Annas neuer Anwalt war eine junge Frau namens Dina Roth. Sie hatte glänzendes schulterlanges Haar und den klaren Blick einer Antialkoholikerin – ein seltener Anblick in New Orleans.
»Meine Klientin«, sagte sie, »will Ihnen etwas sagen, noch bevor Sie anfangen. Ich rate Ihnen, sie anzuhören. Es könnte Ihnen eine Menge Ärger und Mühe sparen.«
»Sicher«, entgegnete Shellmire. »Ich möchte Ms. Garibaldi nur an ihre Rechte erinnern.« Anna runzelte die Stirn, während er sprach, und schließlich nickte sie ungeduldig.
»Ich möchte Ihnen sagen, wieso ich auf einem Anwaltswechsel bestanden habe«, erklärte sie. »Ich habe Bobby Delmonico nie benachrichtigt. Ich war so arrogant, ich habe mich überhaupt nicht um einen Anwalt bemüht, nur mit ein paar meiner einflußreichen ›Freunde‹ telefoniert, die mich hier rausbringen sollten.
Als erstes rief ich Maurice Gresham an, der, soweit ich weiß, mit dreien von Ihnen zusammenarbeitet. Er ist ein sehr guter Freund, oder er war es jedenfalls, bevor er sich weigerte, meinen Anruf entgegenzunehmen.
Dann benachrichtigte ich meine Freunde im Kasino-Ausschuß und meine Freunde im Büro des Gouverneurs; jeder einzelne von ihnen konnte es kaum erwarten, den Hörer wieder aufzulegen. Insgesamt habe ich zehn Leute angerufen, und ich werde Ihnen gern all ihre Namen und eine Liste der Verbrechen geben, von denen ich weiß, daß sie sie begangen haben, weil ich Zeugin gewesen bin.
Einer von ihnen hat mir offenbar diesen Delmonico geschickt, der mir riet, kein Wort zu sagen, aber ich hatte den Eindruck, dies sollte nur dem Schutz meiner ›Freunde‹ dienen und nicht meinem.

Ich habe jetzt genug davon. Ich bin die Schwester von Gus Lonzano. Unsere langjährigen Arbeitgeber haben nun versucht, meinen Bruder umzubringen, und ihn ins Exil getrieben. Ich habe vier Menschen eingeschlossen und gefangengehalten, weil ich unsere Arbeitgeber und ihre ›Freunde‹ schützen wollte, und dann glaubte ich, keine andere Wahl zu haben, als sie umzubringen. Mein Bruder hat mich informiert, daß unsere Freunde auch hinter mir her sind, obwohl ich das bezweifle, weil sie einen normalerweise nur dann umbringen, wenn man sie betrogen hat oder sie sich das einbilden.
Doch ich will, daß sie dafür bezahlen, ich bin jetzt bereit zu singen wie der sprichwörtliche Kanarienvogel, und nicht nur über meinen eigenen Fall, sondern über alles, was ich über das organisierte Verbrechen in New Orleans weiß. Und natürlich über all unsere lieben ›Freunde‹.« Sie hielt inne, die Hände im Schoß gefaltet, und lächelte liebenswert wie die Kirchendamen, die Skip vor kurzem kennengelernt hatte.
»Also gut, Anna«, sagte die Anwältin. »Das sollte fürs erste genügen.« Sie wandte sich den anderen zu. »Sie wird Ihnen heute abend zunächst ihre eigene Geschichte erzählen. Wenn wir weiter verhandelt haben, kümmern wir uns um den Rest. Den Kanariengesang.«
Shellmire sah aus, als hätte man ihn geradewegs ins Paradies befördert: Er fragte: »Haben Sie etwas dagegen, wenn dieses Gespräch mitgeschnitten wird?«
Roth schüttelte den Kopf. »Nicht das geringste.«
Inzwischen sah Anna für eine Frau, die soviel durchgemacht hat, wieder recht gut aus. Vielleicht gehörte sie ja auch zu jenen Kriminellen, die es darauf anlegen, erwischt zu werden. Vielleicht zog sie das Gefängnis tatsächlich einem unsicheren Leben in einem unbekannten Land vor.
Und ihre Rache.
Sie sagte: »Wo sollen wir anfangen?« Welten lagen zwischen dieser eiskalten Frau und dem verängstigten, zitternden Nervenbündel, das Skips Handtasche durchwühlt hatte.
Es ist vermutlich die Ernüchterung, und nicht nur im körperlichen Sinn.

»Wo Sie möchten.«
»Ich glaube, irgendwie hatte ich immer mit der Mafia zu tun, wegen des Fischgroßhandels, obwohl ich es damals nicht wußte. Gus hat meinem Mann den Großhandel zugeschanzt, und natürlich haben sie mir nie Einzelheiten verraten, weil ich eine Frau bin. Frauen spielen in diesen Kreisen keine Rolle, sie sind nur zum Kinderkriegen gut. Aber als Phil starb, hat er mir das Geschäft hinterlassen, und ich fand heraus, daß es eine Geldwaschanlage war. Nun, ich wußte, wovon mein Bruder lebte; das hat mich nicht sonderlich überrascht. Aber ich hatte zuvor noch nie gehört, daß jemand darüber sprach. Ich gehörte nicht dazu, verstehen Sie? Weil ich eine Frau bin.
Ich nehme an, Gus mußte ziemlich darum kämpfen, daß ich den Laden behalten durfte, aber er selbst hatte keine Zeit, sich darum zu kümmern. Er wußte, daß er mir vertrauen konnte. Und ich hatte die Geschäfte geführt, seit Phil krank geworden war, und ich wußte, daß ich es konnte.
Es hat mir Spaß gemacht.
Gustavo und ich haben uns immer nahegestanden. Seine Frau hat ihn vor ein paar Jahren verlassen. Ich nehme es ihr nicht übel – wer will schon einen Mann, der nie zu Hause ist und nie über etwas Wichtiges redet? Ich hatte so einen. Aber zwischen Bruder und Schwester ist es anders – Gustavo achtet mich – soweit er überhaupt eine Frau achten kann.
Als er also auf die Idee kam, das Haus zu kaufen – das, in dem Detective Langdon mein Gast war –, fragte er mich, ob ich als Gastgeberin fungieren würde. Es ging darum, eine Art Treffpunkt zu schaffen, einen Ort, an dem wir die Leute beeindrucken konnten, die wir brauchten, verstehen Sie?«
Tarantino sagte: »Nicht ganz.«
»Politiker. Leute vom Kasino-Ausschuß. Leute, die Einfluß auf Dinge hatten, die uns betrafen.
Leute wie Arthur Hebert – auch er war oft bei uns. Ein Restaurantbesitzer ist der ideale Mann, um Nachrichten weiterzugeben – er geht umher, schüttelt den Kunden die Hände, redet mit jedem, ohne daß es auffällt. Selbstverständlich hat

er die Konzession für das Kasino-Restaurant bekommen – wer denn sonst?«
Skip wurde endlich klar, daß Sugars geheimnisvolle »Anne« vermutlich der Drache persönlich gewesen war. Sie sagte: »War Reed auch in die Sache verwickelt?«
»Nein. Aber sie mußte sich an den Ausschuß wenden, um die Form zu wahren. Armes Ding; sie hat sich die Beine ausgerissen wegen etwas, das längst erledigt war.«
Shellmire warf ein: »Könnten wir auf das Haus zurückkommen? Wozu haben Sie es gebraucht?«
Anna lehnte sich zurück. »Wir haben Leute zu Partys eingeladen oder ihnen das Haus für ihre eignen Feiern zur Verfügung gestellt.« Sie zuckte die Achseln. »Wir haben ihnen sogar Mädchen besorgt, wenn sie es wollten. Natürlich hatte ich damit nichts zu tun. Gustavo hat immer versucht, mich zu beschützen…« Sie blinzelte und hielt einen Augenblick inne. »Es funktionierte in zweierlei Richtung: Für den, der zu uns gehörte, war es eine Art Clubhaus mit Swimmingpool, Fitneßraum, Billardzimmer – all dieses Zeug. Ihr Sergeant Gresham zum Beispiel hat gern seine Freundinnen mitgebracht.
Leute, die nicht mit uns zu tun hatten, konnten dort in scheinbar ehrbarer Umgebung andere treffen und erfuhren nicht, wer eigentlich dahintersteckte, bis es zu spät war, und dann waren sie erpreßbar.
Und ich war sozusagen die Haushälterin. Ich stellte Personal ein, organisierte die Partys, kümmerte mich um Lieferanten… um alles, bis auf die Mädchen. Außerdem habe ich den Fischgroßhandel weitergeführt. Wenn Sie sich Maurice Greshams Akte ansehen, werden Sie feststellen, daß er eine Menge privaten ›Personen- und Objektschutz‹ für uns geleistet hat.«
»Was gar nicht der Fall war?«
»Seit wann brauchen Fischläden Schutz? Er hat uns die Art von Gefallen getan, die jemand, der sich bei den Bullen auskennt, eben tun kann.«
Cappello fing Skips Blick auf. Skip zog die Braue hoch; beide erinnerten sich an das Gespräch vor ein paar Tagen.

»Das war also der Rahmen«, sagte Sylvia. »Und was ist letzten Montag passiert?«
»Ach, der Abend, an dem Mos dummes Weibsstück mit dem Kind auftauchte. Wir hatten drei Leute vom Kasino-Ausschuß da. Die Besprechung war gerade zu Ende, aber viele Teilnehmer waren noch im Haus. Was hätte ich mit dieser Verrückten anfangen sollen? Ich hatte keine andere Wahl.«
Sie war einen Augenblick lang sehr wütend – zweifellos die Anna, die Reed gesehen hatte, die Frau, die den Großhandel und das Mafiaclubhaus wie ein Vier-Sterne-Hotel geführt hatte.
»Wieso haben Sie Reed nicht einfach nach Haus geschickt?«
»Aber sie hat all diese Ausschußleute gesehen – verstehen Sie das denn nicht? Wissen Sie, was das bedeutet? Dann stellte sich raus, daß sie die drei nicht nur kannte, sondern auch umgekehrt. Sie hat gesehen, wie sie aus einem Clubhaus der Mafia kamen. Wer weiß, wo das hingeführt hätte? Und ich wußte nicht, was ich tun sollte. Ich konnte nur den Schaden so gering wie möglich halten. Soviel wußte ich immerhin.
Also ließ ich sie von Eddie und Mike reinbringen, zusammen mit der Blonden, die völlig betrunken war – oder was auch immer – und keinem vernünftigen Argument zugänglich. Und das kleine Mädchen. Sally.« Anna lächelte. Als sie den Namen aussprach, veränderte sich ihre Miene.
Sie sah Skip an, vermutlich, weil sie sie ein paar Stunden länger kannte als die anderen. »Geht es der Kleinen gut?« Auch ihre Stimme klang jetzt anders, höher und zu dünn.
»Es geht ihr gut.«
»Ich habe mich um sie gekümmert. Ich hätte ihr nie weh getan. Das wußten Sie, nicht wahr? Die Pistole war nicht geladen.«
Das stimmte; in der Pistole, die sie Sally an den Kopf gehalten hatte, waren keine Kugeln gewesen.
»Ich wußte nicht, was ich tun sollte. Gustavo war nicht zu erreichen, er war ein paar Tage in New York, und ich mußte schnelle Entscheidungen treffen. Ich habe ihm sofort ein Fax

geschickt und glaubte, er werde bald von sich hören lassen. Er hatte keine Anweisungen hinterlassen, keinen Stellvertreter eingesetzt. Niemanden.
Also mußte ich mich um alles kümmern. Ich wußte, wenn ich nichts von ihm hörte, würde ich so tun müssen, als ob; ich durfte keinen wissen lassen, daß er nicht erreichbar war.«
»Das hatten Sie mit ihm vereinbart?«
Anna warf Shellmire einen kalten Blick zu. »Wenn man in diesen Kreisen aufwächst, weiß man das.«
»Aha.«
»Ich glaubte immer noch, er werde sich jeden Augenblick melden, aber ich wußte auch, daß da etwas überhaupt nicht stimmte. Ich war halb verrückt vor Sorge. Ich fing an zu trinken und konnte nicht mehr aufhören. Normalerweise passiert mir so etwas nicht.« Sie wirkte selbst überrascht.
»Ich meine, so etwas habe ich in meinem ganzen Leben noch nicht getan.« Sie sah alle nacheinander an. »Aber ich hatte auch nie... nie ein solches Problem. Könnte ich bitte einen Kaffee bekommen?«
»Lassen Sie uns zehn Minuten Pause machen.«
Shellmire war sehr daran interessiert, daß sie wach und konzentriert blieb. Und weitersprach.
Als sie sich wieder zusammensetzten, wirkte Anna tatsächlich ein wenig frischer. »Ich glaube nicht, daß Sie sich vorstellen können, wie meine Panik von Minute zu Minute schlimmer wurde, von Stunde zu Stunde. Ich will damit nicht entschuldigen, was ich getan habe – es tut mir furchtbar leid, und ich weiß, daß ich bestraft werde. Ich möchte nur, daß Sie wissen, wie verängstigt ich war.«
Sie hielt inne, schwieg ein paar Minuten. Offenbar fällte sie einen Entschluß. Sie starrte einen Fleck an der Wand an, projizierte ihren ganz privaten Film.
»Nein, ich lüge, wenn ich sage, daß ich mich nie zuvor so gefühlt hatte. Als mein Sohn starb, war es genauso.« Tränen liefen ihr über die Wangen. »Ich habe damals angefangen zu trinken und nicht mehr aufhören können. Zwei Wochen lang. Aber dann habe ich aufgehört.

Ich bin keine Alkoholikerin. Ich nehme an...« Sie schwieg wieder, überlegte. »Ich glaube, ich tue so etwas, wenn ich mich der Wirklichkeit nicht stellen will. Ich hielt Gustavo für tot. Ich dachte, ich wäre allein auf der Welt. Jetzt wird mir klar, daß ich dadurch vermieden habe nachzudenken. Und Sie dürfen Sally nicht vergessen. Ich empfand genau dasselbe – diese Trauer, diese entsetzliche Verzweiflung – wie damals, als ich meinen Sohn verlor, und ich habe mich jeden Tag ein bißchen mehr in dieses kleine Mädchen verliebt.

Ich hätte ihr niemals weh getan. Das müssen Sie mir glauben. Ich dachte, das wäre die einzige Möglichkeit, bei ihr zu bleiben. Und ich wollte bei ihr sein.«

Skip dachte daran, wie fest Anna das Kind gehalten hatte, an den entsetzten Blick der Kleinen, an die Schreie nach der Mutter.

Was für merkwürdige Dinge man aus Liebe tut.

Shellmire sagte: »Ihr Sohn war Frankie Garibaldi.«

Anna blickte überrascht auf. »Ja. Er ist ermordet worden. In New York. Sie haben ihn reingelegt.«

»Wie das?«

»Sie haben ihn hingeschickt. Sie hätten Johnny schicken können. Oder Carlos oder Martin. Die hatten alle erheblich mehr Erfahrung. Sie hätten nicht Francis zu schicken brauchen.«

Shellmire spreizte die Finger. »Das hört sich eher an, als hätten sie ihm eine Chance gegeben und er hätte es versaut.«

»Nein. Die Dreckskerle haben ihn reingelegt.«

28

Adam Abasolo wohnte in einem kleinen Haus in der Innenstadt, das zwar frisch angestrichen war, dessen gepflegter Eindruck aber von einer unordentlich vollgeräumten Veranda verdorben wurde. »Was hältst du davon?« fragte er Skip, als sie ihn abholte. »Ich bin gerade erst eingezogen. Das heißt, bin ich immer noch mitten im Umzug.«

»Hübsch.«
Er stieg ein. »Wird noch hübscher. Ich werde diese schrecklichen Azaleen ausbuddeln und statt dessen Rosen pflanzen. Und dann schaffe ich mir ein paar schöne einjährige Stauden an, nur für den Übergang, während ich darüber nachdenke, was ich auf Dauer pflanzen will.«
»Ich hätte dich nie für einen Gärtner gehalten. Du hast wirklich verborgene Qualitäten.«
Er trug die bei einem solchen Einsatz üblichen dunklen Sachen – Jeans und ein schwarzes T-Shirt und wirkte etwa so angespannt wie ein Mann auf dem Weg zu einem Baseballspiel.
»Wohin fahren wir eigentlich?«
»In den schönen Osten von New Orleans. Hat Cappello dir schon alles erzählt? Der Gangster, der mich nach Iberville geschickt hat, wo Jim dann erschossen wurde, ist Delavon.«
»Glaubst du, er hat dir eine Falle gestellt?«
»Eigentlich nicht. Er hat nicht wissen können, wann ich dort aufkreuzte, und ich glaube auch nicht, daß seine Leute Jim an meiner Statt erschossen hätten – Jim ist wahrscheinlich einfach in die Schußlinie geraten. Aber Delavon hat dafür gesorgt, daß ich von dem Heroindealer wußte, der in der Siedlung arbeitet. Wahrscheinlich wollte er nicht mehr warten, bis wir ihn hochnehmen würden, und es lieber selbst erledigen. Jedenfalls habe ich in dieser Nacht jemanden gesehen, und derselbe Typ hat ein paar Tage später O'Rourke verprügelt, während ich gerade mit Delavon sprach.«
»Er arbeitet also für Delavon?«
»Und er hat einen Handel mit uns abgeschlossen. Daher unser Abenteuer heute abend.«
»Und was, glaubst du, hat dieser Delavon vor?«
Skip schüttelte den Kopf. »Ich hab ein schlechtes Gefühl, was den Kerl angeht.«
»So was wie eine Vorahnung?«
»Ich wünschte, ich hätte eine. Ich habe ihn inzwischen ein bißchen kennengelernt.« Wieder schüttelte sie den Kopf. »Ich weiß nicht. Ich weiß einfach nicht.«

»He, du driftest ab. Erzähl es mir lieber.«
»Es ist so ein düsteres Gefühl, als wäre das Schlimmste schon passiert. Und ich hab es jedesmal, wenn ich in seine Nähe komme. Sogar, wenn ich nur an ihn denke.«
»Aha. Depressionen.«
»Keine Depressionen. Eher wie das leibhaftige Böse.«
Abasolo warf ihr einen forschenden Seitenblick zu. »Vielleicht sollten wir lieber wieder über Stauden reden.«
Sie kam sich ein bißchen verraten vor. »Du wolltest es schließlich wissen.«
Sie waren jetzt fast am Ziel. Die Gegend im Osten von New Orleans, die sie gerade durchquerten, war ein ziemlich verfallenes Viertel. Block für Block reihten sich schäbige Mehrfamilienhäuser mit vergitterten Fenstern aneinander. Einige waren so nachlässig gebaut, daß sie buchstäblich auseinanderfielen.
Diese großen Häuser waren schon deprimierend, aber wirklich herzzerreißend waren die kleinen, ordentlichen Häuschen, die ebenfalls verfielen – und ebenfalls vergitterte Fenster hatten. Es fiel Skip schwer, sich auszumalen, daß Delavon in einem davon wohnte. Sie stellte sich die Bewohner als ehrliche, hart arbeitende Leute vor – vielleicht Postboten, Arbeiter, Krankenpflegerinnen –, die unter bedrückenden Bedingungen lebten, an denen sie nichts ändern konnten.
Drogendealer auf dem Parkplatz des Supermarkts und in den Eingängen der Mehrfamilienhäuser.
Nächtliches Gewehrfeuer.
Angst, daß die Kinder in Gangs enden würden oder als Drogensüchtige. Oder tot.
Sie hielten vor einem roten Backsteinhaus an, das so winzig war, als hätte es als Vorbild für das Haus in der Geschichte von den drei kleinen Schweinchen gedient – ein gemütliches kleines Häuschen, das auch dem Pusten des bösen Wolfs standhalten würde.
Im Vorgarten gab es einen gepflegten Rasen und Beete mit Zinnien und Ringelblumen, die sich stolz in die Nacht reckten. Hinter dem Haus wuchsen vermutlich Zuckererbsen und

Gemüse. Wahrscheinlich schickte die Hausfrau jeden Sonntag eines der Kinder nach draußen, um ein paar reife Tomaten und Gurken zum Mittagessen hereinzubringen, zum Huhn und dem Reis und den frischen Erbsen und dem Mais und all den anderen Gemüsen, die sie vorbereitet hatte.

Was für eine Hausfrau? Was phantasiere ich denn da vor mich hin?

Es war, als wäre sie in Trance gefallen und hätte vergessen, weshalb sie eigentlich gekommen waren.

Abasolo sagte: »Wie willst du vorgehen?«

»Es ist dein Einsatz.«

Er schüttelte den Kopf. »Du kennst ihn.«

»Also gut. Das sollten wir ausnutzen. Ich werde klopfen. Du hältst dich ein bißchen hinter mir. Wenn er an die Tür kommt, schnappen wir ihn uns. Wenn nicht, gehen wir frei Schnauze vor.«

»Frei Schnauze ist prima. War mir immer am liebsten.« Sie warf ihm einen Blick zu, wollte sehen, ob er das sarkastisch meinte, aber sie sah nur einen langbeinigen, lässigen, vollkommen entspannten, hervorragend geschulten Cop. Der Anblick bewirkte, daß sie sich besser fühlte. Sie zog die Pistole aus der Handtasche und steckte sie in die Jackentasche.

Die Uniformierten warteten schon. Abasolo schickte einen nach hinten und wies den anderen an, vor dem Haus zu bleiben.

Es war beinahe zehn. Das Haus war hell erleuchtet, und Skip konnte einen Fernseher hören.

Sie hämmerte gegen die Tür.

Ein kleines Mädchen öffnete und lächelte sie an. Aber als sie Skip sah, wirkte sie enttäuscht. Sie war ungefähr sieben, trug rosa Jeans, ein Seejungfrau-T-Shirt und Badelatschen. »Ich dachte, du wärst Onkel Eric«, sagte sie.

»Ich will zu deinem Daddy.«

»Mein Daddy kennt dich aber nicht.« Der Geruch des Abendessens hing noch in der Luft.

»Shavonne, Shavonne, wer ist denn da?« rief eine Frauen-

stimme, und dann kam eine ältere Frau in Skips Blickfeld.
Sie war übergewichtig und hatte weiße Strähnen im Haar, aber ihr Gesicht war faltenlos, rund und ausdrucksvoll. Sie hatte eine ausgesprochen würdevolle Haltung; sie hätte das Modell für die Statue einer afrikanischen Göttin sein können, vielleicht für Yemaya.
Skip spürte ein Ziehen in der Brust. Diese Frau sah aus wie eine Sonntagsschullehrerin. Im Hintergrund waren mehrere Frauenstimmen zu hören, wahrscheinlich aus der Küche.
»Wir möchten zu Delavon.«
»Delavon?« Die Frau drehte den Kopf nach hinten. »Der telefoniert gerade. Kommen Sie doch rein.« Sie öffnete die Tür weit.
Irgendwas stimmte hier nicht. Das war nicht die Sorte von Heim, in dem das Böse gedieh.
Skip sah ein Zimmer voller Kinder, die gebannt vor dem Fernseher hockten. Sie warf Abasolo einen Blick zu. Er wirkte jetzt erheblich nervöser, drehte hektisch den Kopf, um alles überblicken zu können.
»Ich bin Martha Redman – ich bin aus Illinois zu Besuch bei meiner Tochter. Früher hab ich auch hier gewohnt, und stellen Sie sich vor, manchmal fehlt es mir immer noch. Wir haben diese Woche ein großes Familientreffen. Möchten Sie einen Teller Gumbo?«
Skip trat ein, und Abasolo folgte. Martha Redman wandte sich zur Küche, aber Abasolo ging an Skip vorbei auf das Zimmer mit den Kindern zu.
Skip folgte ihrer Gastgeberin. Hinter Martha Redman, an der Wand zum Wohnzimmer, stand ein altmodischer Sekretär mit Regalen über der Schreibplatte. Die Regale hatten Schiebetüren aus Glas, und im Glas sah Skip das Spiegelbild eines Mannes.
Er trug ein T-Shirt und eine weite, buntbedruckte Hose. Er richtete eine Pistole auf sie.
Sie wußte nicht, ob es Delavon war. Sie ging in die Hocke, fuhr herum und zog ihre Waffe.

Der Sekretär explodierte, und Martha Redman schrie auf.
Glas rieselte auf Skip herunter. Sie schoß.
Der Mann fiel und ließ die Waffe los, Blut breitete sich auf seinem weißen T-Shirt aus. Skip versuchte aufzustehen, schaffte es aber nicht. Also blieb sie auf dem Boden sitzen und sah, wie Abasolo in den Flur gestürzt kam, spürte Martha Redman hinter sich.
»Polizei«, sagte Abasolo, der ebenfalls die Waffe gezogen hatte. Frauen kamen aus der Küche und jammerten laut. Links von Skip waren die Kinder vor dem Fernseher wie erstarrt und gaben keinen Laut von sich.
»Mein Kind, mein Kind«, schrie eine der Frauen, vielleicht Delavons Mutter oder die Mutter eines der Kinder.
Und dann sprang Shavonne, das Mädchen in den rosa Jeans, auf und schrie: »Mama!«
Skip konnte ihr Gesicht nur für den Bruchteil einer Sekunde sehen, bevor Shavonne auf die Frauen zustürzte, aber ihr war klar, daß die Kleine wußte, daß ihre Welt in Trümmern lag. Shavonne stolperte in ihren Badelatschen und fiel hin, mit einem Geräusch, als wäre ein Stein von der Zimmerdecke gefallen.
Sie schien es nicht einmal zu bemerken.
»Mama! Mama!« schrie sie wieder, und dann fing sie an zu kriechen, so schnell, als wäre ein ganzes Rudel Wölfe hinter ihr her. Skip konnte nicht verstehen, wieso ihre Mutter ihr nicht entgegenkam, bis ihr einfiel, daß Abasolo die Pistole auf die Frauen gerichtet hatte.
Schließlich gelang es Shavonne, auf die Beine zu kommen.
»Alles in Ordnung?« fragte Abasolo.
»Ich glaube schon.« Skip sah sich um, versuchte sich zu orientieren. In der Küche hinter den Frauen stand ein Polizist in Uniform, ebenfalls mit gezogener Waffe. Der andere stand in der Haustür und sprach in sein Funkgerät.
Abasolo sagte: »Niemand rührt sich. Seid alle mal einen Augenblick still, und alles wird wieder gut.« Dann sprach er Skip an. »Soll ich alles überprüfen?«
Jemand mußte nachsehen, ob noch mehr Leute im Haus wa-

ren. Skips Beine fühlten sich an, als wären sie aus Gummi, aber das hätte sie nie zugegeben.
»Ich mach das schon.«
Shavonne hatte ihre Mutter erreicht, die sie nun festhielt und auf sie einredete. »Schon gut, Kleines, alles in Ordnung. Es wird alles wieder gut.«
Skip wandte sich dem Zimmer voller Kinder zu. »Bleibt alle hier drin. Ich bin gleich wieder da.«
Ich bin gleich wieder da. Als wäre ich ihre Mutter, die nur ein Glas Wasser holen geht.
Einer der Uniformierten schloß sich ihr an, der andere trat zu dem angeschossenen Mann.
Der Schütze war der einzige Mann im Haus gewesen. Skip fand offene Koffer, schmutzige Kinderkleider, zusammengelegt oder einfach irgendwo hingeworfen – es sah ganz nach dem Familientreffen aus, das Martha Redman erwähnt hatte.
Sie ging zurück zu dem Mann am Boden. Sobald sie sich neben ihn gekniet hatte, wußte sie, daß er tot war. Daß sie ihn getötet hatte.
Es war Delavon.
Vermutlich war eine der Frauen seine Ehefrau. Skip hatte ihn vor ihren Augen erschossen, vor seinen Kindern und deren Cousins und Cousinen, ihren Tanten und ihrer Großmutter.
Der Raum verschwamm vor ihren Augen.
»Langdon!« rief Abasolo. »Setz dich hin, und laß den Kopf nach unten hängen.«
Sie gehorchte, und einen Augenblick später fühlte sie sich etwas besser.
Na phantastisch. Erst bringst du jemanden um, und dann wirst du ohnmächtig.
Als sie wieder stehen und sich wie eine Polizistin benehmen konnte, ging sie mechanisch vor und dachte nur noch eins:
Es ist so schnell gegangen. Wie war das nur möglich?
Langsam ließ der Schock nach. Die Kinder fingen an zu weinen, und Abasolo und Skip schickten sie zu den Frauen, aber

Abasolo hielt die Waffe auf die Frauen gerichtet, bis die Streifenwagen eintrafen.
Aber zuerst kam ein grinsender Mann mit einer Tasche voller Eis herein. Onkel Eric, auf den Shavonne gewartet hatte.
Abasolo brachte Skip nach draußen. »Alles in Ordnung?«
Sie zuckte die Achseln. »Klar.«
Passiert doch jeden Tag. Ich erschieße den Vater eines kleinen Mädchens und sehe dann zu, wie sie über den Boden kriecht.
»Hast du eigentlich eine Ahnung, wie blaß du bist?«
Für sie klang das wie eine Anschuldigung. »Verdammt, laß mich doch in Ruhe.«
Sie wandte sich ab, aber er packte sie am Arm.
»Ich kenne mich mit Farbnuancen aus. Du bist Navajo-Weiß.«
»Es geht mir gut. Können wir bitte wieder an die Arbeit gehen? Es ist ja nicht so, als ob wir nichts zu tun hätten.«
»He! Du hast Jims Mörder erwischt. Du bist eine Heldin. Glaubst du nicht, du hast ein paar Minuten Pause verdient?«
»Ach Quatsch. Du weißt ja noch nicht mal, was passiert ist.«
»Ich höre zwei Schüsse, drehe mich rum, du hast Glas im Haar, und der andere liegt auf dem Boden, eine Pistole in der Hand. Die Geschichte kann ich mir selbst zusammenreimen.«
»Ich hab Glas im Haar?«
»Ja, aber lassen wir es noch drin. Ich will dafür so viele Zeugen wie möglich.«
»In dem Glas hab ich ihn gesehen – in der Scheibe der Regaltür. Er zielte schon auf mich.«
»Scheiße.«
»Also hab ich mich geduckt. Was hättest du getan?« Sie mußte lachen.
»Ich wäre wahrscheinlich stehengeblieben und erschossen worden.« Er lachte ebenfalls, ein wenig unsicher, als wüßte er nicht genau, wie Skips Lachen enden würde. Er legte ihr eine

Hand auf die Schulter – um sie zu beruhigen, dachte sie, und sie spürte, daß sie ihm sehr dankbar dafür war.
Zuvor war sie wie betäubt gewesen. Aber als Abasolo das Glas in ihrem Haar und die Zeugen erwähnt hatte, hatte sie ein Reißen in der Brust gespürt, das Angst signalisierte.
»Niemand hat gesehen, was passiert ist«, meinte sie. »Aber sie könnten es behaupten. Sie könnten alles erzählen, was sie wollen.«
Ungeschickt streichelte Abasolo ihren Arm. »Du vergißt, daß ich auch da war. Und zwei andere Cops. Es wird schon alles gut werden. Glaub mir, es wird alles gut.«
Das hast du auch diesen Frauen gesagt, deren Mann und Schwiegersohn und Bruder tot am Boden liegt. Das hat Shavonnes Mutter auch gesagt.
Sie gab ihre Pistole als Beweisstück ab, dann fuhr sie zurück zur Zentrale und machte ihre Aussage, erst vor den Leuten vom Internen Untersuchungsausschuß, dann vor Cappello, die man zurückgerufen hatte, um das Protokoll aufzunehmen. Es dauerte Stunden, ehe man sie gehenließ.
Aber sie stellte fest, daß Abasolo auf sie gewartet hatte, um sie heimzufahren. Sie war verärgert. »Ich kann selbst fahren.«
»Immer mit der Ruhe. Ich möchte mit dir reden.«
»Worüber?«
»Komm schon. Laß uns einsteigen.«
»Das ist lächerlich. Das hier ist mein Auto, also müßte eigentlich ich dich heimfahren.«
»Ach, hör doch auf, mich anzugiften. Ich bringe dich heim und nehme mir im French Quarter ein Taxi. In Ordnung?«
Sie schwieg, bis sie im Wagen saßen. Sie schämte sich, ihn angefaucht zu haben, und wußte nicht einmal mehr, wieso sie es getan hatte. Aber dann sagte sie wieder: »Ich kann selbst fahren.«
»Du spinnst doch. Es ist mir eine Ehre, die Heldin des Tages chauffieren zu dürfen.«
»Hör auf, mir schmeicheln zu wollen.«
Sie waren jetzt allein, saßen im Dunkeln nebeneinander. Er

ließ den Motor nicht an, er steckte nicht mal den Schlüssel ins Schloß.
Er sagte: »Weißt du, mir ist gar nicht wohl bei dieser Sache.«
Sie spürte wieder die Angst. »Wieso? Was soll denn schon passieren?«
Er berührte ihren Arm, und wieder fand sie die Geste tröstlich. »Wirst du jetzt endlich damit aufhören? Natürlich ist alles in Ordnung. Es geht mir um dich; ich bin beunruhigt, weil es dir schlechtgeht.«
Das traf sie hart. Sie spürte, wie sie rot wurde und ihre Gesichtsmuskeln sich zu einer Art Lächeln verzogen. »Das ist das Netteste, was ein anderer Cop je zu mir gesagt hat.«
»Ich hab das schon einmal durchgemacht.«
»Du hast jemanden erschossen?«
»Mein Partner. Es war wie heute abend – mein Gott, das war wirklich déjà vu! Wir waren in einem Privathaus, und es gab eine Menge schreiender Kinder. Wir konnten unser eigenes Wort kaum verstehen, also gingen wir mit dem Verdächtigen in ein anderes Zimmer. Und dann hörte ich die Schüsse.« Er zögerte. »Ich war verzweifelt, weil ich nichts tun konnte.«
Er hielt inne und seufzte. »Aber das hat im Augenblick nichts zu bedeuten. Ich wollte dir nur erzählen, was mit ihm passiert ist. Er hat sich wie ein Wilder in die Arbeit gestürzt; er wurde genauso patzig und kurz angebunden wie du.«
»Tut mir leid; ich weiß nicht, was mit mir los ist.«
»Irgendwann hab ich dann kapiert, daß er damit nur versuchte, seine Gefühle unter Kontrolle zu halten. Aber – sag mir, wenn ich mich irre – du fühlst dich überhaupt nicht wie eine Heldin, die alles im Griff hat, oder? Du fühlst dich verwundbar.«
Sie starrte den hellen Kreis an, der alles war, was sie von seinem Gesicht erkennen konnte. »Woher weißt du das?«
»Ich habe recht, nicht wahr? Ich habe recht.« Er klang triumphierend.
»Woher weißt du das?«
»Na ja, weil ich mich auch immer so fühle, wenn ich mich so

benehme. Wenn ich alle anfauche, als würden sie sich in was einmischen, was sie nichts angeht.« Er steckte den Zündschlüssel ins Schloß und drehte ihn, offensichtlich zufrieden, zu ihr durchgedrungen zu sein.

Als sie aus der Garage heraus waren, sagte er: »Das habe ich irgendwann rausgefunden. Aber ich weiß immer noch nicht, wieso es dir gerade jetzt so geht.«

»Ich bin selbst nicht sicher. Ich nehme an... es ist so... man will einfach nicht daran denken. Und jeder, der vorbeikommt und fragt: ›Wie geht's dir denn?‹ erinnert einen wieder daran. Und das ist das letzte, was du dir wünschst.«

Er nickte. »Möchtest du was trinken?«

Das wollte sie. Je mehr desto besser. Sie gingen in den Blacksmith Shop, Skip trank zwei Bier und erzählte Abasolo noch einmal jede Einzelheit der Szene in Delavons Haus und alles, was dazu geführt hatte – auch, daß sie von Delavons Handlangern entführt worden war.

»Also das ist es«, sagte er. »Jetzt glaube selbst ich dir kein Wort mehr. Er hat nicht als erster geschossen. Du mußtest ihn einfach umlegen.«

»Was meinst du mit ›selbst ich‹?«

»O Gott, ich hab ganz vergessen, es dir zu sagen. Die Leute vom Ausschuß werden nichts sagen, ehe es offiziell ist, aber du bist sauber. Diese wunderbare Frau – Martha Soundso – hat deine Aussage hundertprozentig bestätigt.«

»Sie kann es nicht gesehen haben. Sie stand mit dem Rücken zu mir.«

»Sie sagt, sie habe sich umgedreht, um etwas zu dir zu sagen.«

»Das glaube ich nicht. Ich habe es nicht gesehen.«

»Du hast in die Glastür geschaut.«

»Ja, aber so etwas spürt man doch. Bewegungen. Ich glaube, sie war schon in der Küche.«

»Wärst du etwa glücklich, wenn deine Tochter Delavon geheiratet hätte? Sie wird dir wahrscheinlich Blumen schikken.«

Sie war froh, daß Abasolo auf sie gewartet hatte, um mit ihr zu reden. Morgen war sein zweiter Tag bei der Mordkommission, und bis dahin waren es nur noch ein paar Stunden; er wäre sicher gern ausgeruht angetreten.

Sie dachte: *In diesen Mann könnte ich mich verlieben*, und sie wußte, das lag nicht nur am Bier. Er erinnerte sie an Steve.

Als sie zu Hause war, allein, im Bett, kamen ihr die Tränen. Steve fehlte ihr so sehr, daß es körperlich weh tat, und sie mußte sich zwingen, nicht zum Telefon zu greifen. Es gab Zeiten, da hätte sie in einer solchen Situation Jimmy Dee angerufen, ganz gleich, wie spät es war, aber seit er die Kinder im Haus hatte, konnte sie so etwas nicht mehr tun.

Nach einer Weile schlief sie ein, aber sie erwachte früh, von ihrem eigenen Schluchzen. Das Bild der kleinen Shavonne, wie sie stolperte, fiel und zu ihrer Mutter kroch, ging ihr nicht aus dem Kopf.

29

Sie stieg aus dem Bett, setzte sich auf den Boden und versuchte zu meditieren. Das probierte sie jedesmal, wenn es ihr nicht gutging, und immer scheiterte sie. Sie konnte einfach nicht lange genug stillsitzen, um ihren Geist zu leeren.

Diesmal war es, als schliefe sie im Sitzen.

Sie hatte keine Ahnung, wie lange sie dagesessen hatte, die Beine über Kreuz, mit geradem Rücken, die Hände offen auf den Knien, aber als ihr Wecker klingelte, störte das Geräusch ihren Frieden wie ein Pistolenschuß. Sie riß die Augen auf und wollte aufstehen, aber die Knie taten ihr weh, und sie mußte sie langsam wieder geradebiegen, wodurch ihr erst klar wurde, wie lange sie so gesessen haben mußte.

Sie wußte nicht, was sie eigentlich getan hatte, und das beunruhigte sie. Es war kein richtiger Schlaf gewesen und auch keine Meditation, eher eine Art Schattendasein, verursacht durch den Schock.

Das Telefon klingelte. »Ist alles in Ordnung, Schatz?« Es war

Cindy Lou, die sie noch nie »Schatz« genannt hatte und die sonst nie, aber auch nie, so ängstlich klang.
»Lou-Lou. Was ist denn?«
»Ich habe gehört, was passiert ist. Cappello hat mich angerufen.«
»Es war ziemlich hart.«
»Warum um alles in der Welt hast du mich nicht angerufen?«
»Ja. Du bist genau der Mensch, den ich hätte anrufen sollen.«
»Da hast du verdammt recht. Ich bin deine beste Freundin, und ich bin Psychologin. Ha! Anrufen – du hättest einfach vorbeikommen sollen.«
»Na ja, es war sehr spät, und ich wollte dich nicht...«
»Spät! Es ging dir doch schlecht, oder? Kann gar nicht anders sein. Und versuch nicht, mir was anderes zu erzählen – du bist nicht die erste, der so was passiert.«
Skip fing an zu weinen. »Das meinst du ernst, oder? Es hätte dir nichts ausgemacht, ganz gleich, wie spät es ist?«
»Was glaubst du, was für eine Freundin ich bin? Außerdem bin ich die zuständige Revier-Psychologin. Wahrscheinlich hätten sie mich sogar dafür bezahlt – he, das sollte nur ein Witz sein. Ich wollte dir nur sagen, daß ich für dich da bin – hast du das kapiert?«
Aus irgendeinem Grund war das zuviel für Skip. Sie war unendlich traurig, daß sie sich ihren Mitmenschen so wenig verbunden gefühlt hatte; sie hatte nicht einmal daran gedacht, Cindy Lou anzurufen. Sie brach in Schluchzen aus.
»Schon gut, Kleine, schon gut.« Lou-Lou klang ganz anders als sonst – wie eine Mutter, die ihr Kind tröstet. »Warte mal – ich komme gleich rüber und koche dir Kaffee. Vielleicht mache ich dir auch Toast. Hört sich das nicht gut an?«
»Ich muß ins Büro.«
»Quatsch. Ich soll dir von Cappello ausrichten, daß du daheimbleiben sollst.«
»Nein, ich muß unbedingt mit Reed sprechen.«
»Wie? Mit Reed?«

»Ach, sie hat dir nicht alles erzählt?«
»Nur, daß du Delavon erschossen hast und deshalb ziemlich fertig bist.«
»Na ja, es sind auch noch ein paar andere Sachen passiert. Jedenfalls ist Sally wieder da und Reed ebenfalls.«
»Skip – das ist ja toll.«
»Es war ein furchtbarer Tag.« Skip seufzte. »Aber es ist mein Fall, und ich werde das Gespräch keinem anderen überlassen.«
»Also gut. Du klingst auch schon besser. Aber ruf mich an, wenn du fertig bist, versprich mir das.«
»Na gut.« Es ärgerte sie ein wenig, so bedrängt zu werden, aber gleichzeitig fand sie Cindy Lous Sorge rührend.
Das hat sie wirklich ernst gemeint. Ich hätte sie mitten in der Nacht anrufen können.
Plötzlich wurde Skip klar, daß sie auch Steve oder Jimmy Dee hätte anrufen können, trotz des Zeitunterschieds oder der Kinder.
Sie fühlte sich ein wenig besser.
Sie wählte ihre Kleidung sorgfältig aus, wollte nicht abgekämpft aussehen, weil sie überzeugt war, daß alle sie beobachten würden. Aber auf das, was dann tatsächlich geschah, war sie überhaupt nicht vorbereitet. »He, Langdon«, sagte jemand, als sie das Büro betrat, und dann sprangen alle auf und applaudierten.
Sie war verwirrt. »Was ist denn los?« murmelte sie und sah sich um.
Joe Tarantino kam aus seinem Büro. »Gut gemacht, Skip. Gratuliere.« Er schüttelte ihr die Hand.
Als sie an ihren Schreibtisch kam, sah sie, daß O'Rourke an seinem Tisch saß, tief in seine Arbeit vergraben. Skip hatte ihn nicht bemerkt, als alle aufgestanden waren, aber ihr wäre sicher aufgefallen, wenn er sitzen geblieben wäre. War er wirklich aufgestanden und hatte ihr applaudiert?
Unmöglich. Oder nicht?
Sie war zu stolz, jemanden zu fragen, selbst Cappello nicht. Sie würde es nie erfahren.

Abasolo kam vorbei und drückte ihr die Schulter.
»Alles klar?«
»Prima.« *Lügnerin.* Sie lächelte ihn unsicher an. Er drückte ihre Schulter noch ein bißchen fester, ermutigender.
Da sie viel durchgemacht hatten, hatte man Reed und ihre Tochter noch nicht verhört, sondern sie erst einmal nach Hause geschickt. Man hatte sie gebeten, um halb zehn zu einer Aussage vorbeizukommen.
Bis dahin hatte Skip Kaffee getrunken und mit Jimmy Dee telefoniert, der sagte: »Mein kleiner Liebling, wieso kommst du nicht rüber zu Dee-Dee und schmust ein bißchen mit einem kleinen weißen Welpen? Was hast du dir nur dabei gedacht, das ganz allein durchstehen zu wollen?«
»Ich muß verrückt gewesen sein, Dee-Dee. So was mache ich nie wieder.«
»Aber ganz bestimmt nicht, mein Engel. Komm heute abend vorbei, versprich es mir.« Er klang so bestimmt, daß sie nicht widersprach.
Als Reed eintraf, war sie ganz die Restaurant-Königin der Stadt, in einem weizengelben Seidenkostüm mit cremefarbener Bluse, einem silbernen Anhänger mit einem Karneol und passenden Ohrringen. Sie schien sich gut erholt zu haben. Skip fragte sich, wie es sein mochte, zu einem heroinabhängigen Mann nach Hause zu kommen und zu einer Mutter, die offenbar beschlossen hatte, die Stellung zu übernehmen, für die Reed sich ihr halbes Leben lang abgerackert hatte.
»Gehen wir in ein Verhörzimmer. Dann haben wir ein bißchen Ruhe und werden schnell fertig sein.«
»Leider werde ich keine Aussage machen können, tut mir leid.«
»Wie bitte.«
»Auf Anraten meines Anwalts.«
O Mann. Jetzt geht's aber los. »Aha. Wird er auch herkommen?«
»Werde ich ihn brauchen? Er meinte, ich solle nur sagen…«
Skip wartete nicht auf den Rest des Satzes. »Sie sollten ihn lieber anrufen.«

Am Ende lief es auf Folgendes hinaus: Reed hatte nichts dagegen, über den Drachen zu reden, verweigerte aber jede Aussage zum Tod ihres Vaters.

Dann war es also doch Dennis! Er hat es Evie in die Schuhe geschoben, und Reed will das nicht bestätigen. Aber sie will auch ihren Mann nicht belasten.

Sie war allerdings nicht die einzige Zeugin.

Skip nahm Abasolo mit – sie wollte nicht allein vorgehen – und besuchte Evie im Krankenhaus.

Evie war ungekämmt und nicht geschminkt, aber sie hatte sich ein wenig erholt. Sie war blaß und dünn, aber Skip konnte die Schönheit erkennen, die Dennis, Maurice Gresham und Manny Lanoux in ihren Bann geschlagen hatte.

Sie stellte sich und Abasolo vor.

»Sie sind diejenige, die in Annas Haus festsaß.«

»Erinnern Sie mich nicht daran.«

»Sie haben uns gerettet – Reed und mich. Und auch Sally, habe ich gehört. Anna war völlig hin und weg von der Kleinen – so was hab ich noch nie gesehen. Sie hat nur noch gegurrt und gezwitschert; es hätte einem glatt schlecht werden können.«

Abasolo warf Skip einen amüsierten Blick zu.

»Geht es Sally gut?« fragte Evie.

Skip nickte. »Ja. Und was ist mit Ihnen?«

»Mein Hals tut widerlich weh. Vom Rauch, sagen sie. Aber ich kann reden, solange ich immer wieder Eis lutsche.« Sie zeigte auf ein Glas mit Eisstückchen und steckte sich eins davon in den Mund.

»Wir möchten mit Ihnen sprechen, aber ich muß Ihnen zunächst etwas sagen.« Skip informierte sie über ihre Rechte.

»Bin ich verhaftet?« fragte Evie ruhig.

»Ja. Möchten Sie einen Anwalt?«

»Ja. Später, für den ganzen formalen Mist.«

Skip würde ihr nicht widersprechen. »Erzählen Sie uns, was Montag vor einer Woche passiert ist.«

Evie lehnte sich seufzend zurück, dann blies sie die Wangen auf. »Muß ich wirklich? Es ist einfach zu peinlich.«

Und das ist noch gelinde ausgedrückt. »Ich fürchte, Sie müssen.«
»An diesem Abend habe ich mich betrunken und beschlossen, mein verlorenes Kind zurückzufordern. Genial, wie?«
Abasolo lächelte.
»Ich weiß nicht, was in mich gefahren ist, ich weiß es wirklich nicht.«
»Ich schon«, meinte Abasolo. »Ich hab früher auch getrunken.«
»O nein. Sie wollen mir doch nicht mit diesem Zwölf-Schritte-Mist kommen, oder?«
Er schüttelte den Kopf. »Nein. Es sei denn, Sie wollen es hören.«
Sie zögerte, dann winkte sie ab. »Ach, sparen Sie sich's.«
»Was ist passiert, Evie?«
»Sie haben mich reingelassen, und ich hab mein Recht als Mutter eingefordert.« Skip hätte schwören können, daß Evies Wangen sich ein wenig röteten, als sei ihr die Erinnerung tatsächlich peinlich. »Was habe ich mir nur eingebildet? Ich verstehe weniger von Kindern als W.C. Fields.«
Es ist mir scheißegal, was du dir eingebildet hast. Erzähl gefälligst weiter. Skip wäre vor Ungeduld beinahe geplatzt, aber Abasolo nickte nur und lächelte Evie höflich an.
Als würde er flirten, dachte Skip. *Er ist wirklich gut.*
Sie zuckte die Achseln. »Dennis hat versucht, mir die Waffe abzunehmen. Kann man ihm nicht übelnehmen, nicht?«
Entschlossen nahm Evie Augenkontakt mit Abasolo auf, der diesmal den Kopf schüttelte.
»Wir haben miteinander gekämpft – ich und Dennis. Sie können sich ausrechnen, wie meine Chancen waren. Ich hab mir aber tatsächlich eingebildet, ich könnte gewinnen. Um ehrlich zu sein, ich hätte es auch beinahe geschafft.« Sie zögerte. »Es ist alles ein bißchen verschwommen. Jedenfalls ist die Pistole dann irgendwie quer durchs Zimmer gesegelt. Ich meine, echt geflogen.
Dann wurde es wirklich verrückt. Wenn ich es mir recht überlege, ergibt es gar keinen Sinn. Reed griff nach der

Waffe, und Daddy versuchte, sie ihr abzunehmen. Das kann ich noch verstehen – das war typisch Daddy.« Sie verzog angewidert das Gesicht. »Haben Sie eine Ahnung, wie er war? Als ich in der High School war, hatten wir diesen neuen elektrischen Dosenöffner. Also kam ich eines Tages heim und fragte: ›Wie funktioniert das Ding?‹ Grady zeigte es mir – er kommt mit solchen Sachen immer gut zurecht. Sie wissen, daß ich einen Bruder habe? Grady?«

Skip nickte.

»Aber Daddy war auch in der Küche. Hat sich einen Eistee geholt oder so. Ich fange also mit dem Dosenöffner an, und ich war ein bißchen schwer von Begriff. Ich hab die Dose nicht richtig gehalten, und sie ging schief auf oder so. Ich nahm sie und probierte es noch mal, aber es war immer noch nicht richtig. Grady sagte: ›Schon gut, du mußt sie nur ein bißchen weiter nach links schieben.‹ Also greife ich zu, um das zu machen, und ich merke, wie jemand sich hinter mich stellt, mich festquetscht, so daß ich mich nicht mehr bewegen kann, und mir die Dose aus der Hand nimmt.

Das war selbstverständlich Daddy. Er sagte: ›Keiner von euch kann irgendwas richtig machen‹, und er stand da – ich war zwischen ihm und der Arbeitsplatte eingeklemmt – und öffnete die Dose. Was soll man von so einem Mann schon halten?«

Abasolo sagte: »Hm.« Skip schüttelte den Kopf in demonstrativem Unglauben. Sie dachte: *Wie schrecklich, wenn man über dreißig Jahre Vater gewesen ist und nicht mehr für sich verbuchen kann als das.*

»Kommen wir auf Montag abend zurück.« Skip wartete mit klopfendem Herzen.

»Jedenfalls, er sagte: ›Gib mir die Pistole‹, und streckte die Hand danach aus, aber sie winkt nur damit und sagt: ›Ich kümmere mich darum, Dad. Halt dich einfach raus.‹ Also schreit er sie an: ›Gib sie sofort her, Reed.‹ Und sie wendet sich ihm eine volle Minute lang zu – was gut für mich ist, weil sie dadurch abgelenkt ist.

Und dann sagt sie: ›Sally ist mein Kind. Geh aus dem Weg.‹

Das heißt, eigentlich hat sie geschrien. Wir waren alle ziemlich aufgeregt.
Also nutze ich meinen Vorteil, schnappe mir Sally, und dann höre ich, wie die Pistole losgeht. Ich denke natürlich sofort, ich sei getroffen. Und Sally schreit, als würde ihr jemand die Beine ausreißen. Aber ich spüre gar nichts, also sehe ich mich um, und da spritzt Blut aus Daddys Bein, wie ein Springbrunnen – ziemlich weit oben, direkt unter dem Bauch. Und er sieht aus – ich kann es kaum beschreiben –, also, ich hab noch nie jemanden so überrascht dreinschauen gesehen. Irgendwie... ich weiß nicht genau, wie es passiert ist... Irgendwie fiel der Tisch um, und dann hörte ich noch einen Schuß. Und dann lag Dad am Boden.«
Sie hielt inne, aber Skip hakte nach. »Und dann?«
»Es war ziemlich unheimlich. Dennis sagte: ›Reed!‹ mit einer ganz merkwürdigen Stimme. Wissen Sie, was ich meine? Wie wenn man mit Kindern redet, wenn sie Mist gebaut haben. Wie ich ›Sally!‹ sage, wenn sie ihr Essen runterwirft. Wissen Sie, was ich meine? Als wäre Reed ein böses kleines Mädchen.
Jedenfalls hat er es gesagt, und dann schrie Reed zurück: ›Verdammt noch mal, er hätte aus dem Weg gehen sollen.‹ Ich nahm an, sie würden sich noch eine Weile streiten, also schnappte ich mir Sally und verschwand.«
»Und Sie haben die Waffe natürlich mitgenommen?«
»Soll das ein Witz sein? Wozu hätte ich die Waffe noch gebraucht? Und wie hätte ich drankommen sollen? Ich hab mich einfach umgedreht und bin abgehauen. Was hätten Sie denn gemacht?«
»Wer hat Ihren Vater erschossen, Evie?«
»Was?« Evie war verblüfft.
»Sie lügen. Was ist wirklich passiert?«
Langsam begann sie zu begreifen, das konnte man ihr ansehen. Aber auch ihre nächste Äußerung zeugte nur von blankem Unverständnis. »Verdammte Scheiße!« Das war ein Ausdruck der Verblüffung, kein Schimpfen. »Sie glauben mir nicht.«

»Wieso sollte ich Ihnen glauben? Sie saufen, Sie sind heroinabhängig, Sie haben ein Kind entführt – und Sie sind auch eine Mörderin, nicht wahr?«

»Ich bin seit Jahren kein Junkie mehr, verdammt!«

»Aber Sie haben Ihren Vater umgebracht.«

»Wollen Sie mich verarschen, oder was?«

»Geben Sie auf, Evie. Sie waren nicht die einzige in diesem Zimmer.«

»Oh.« Sie schwieg einen Augenblick. »Dieses Miststück will es mir anhängen! Und gerade, als ich gedacht habe... verflucht! Natürlich drehen sie es so. Ich bin immer Dreck für sie gewesen, und daran hat sich nichts geändert.« Eine Träne glitzerte in ihrem Augenwinkel. »Und der bescheuerte Dennis ist kein bißchen besser.«

Sie tat Skip ungeheuer leid. Beinahe hätte sie ihr sogar die Entführung von Sally verziehen. *Ein kleines Kind urteilt nicht und verrät einen nicht. Solange man es füttert, muß es einen lieben. Etwas anderes gibt es nicht.*

Evie schwieg eine Weile. Als es ihr schließlich gelungen war, sich zu fassen, sagte sie: »Ich möchte einen Anwalt.«

Auf dem Weg zurück ins Büro tat Abasolo sein Bestes, um Skip zu trösten. »Vielleicht taucht die Pistole im Schutt von Annas Haus auf.«

Aber das geschah nicht.

Sie fand sich auch nicht in dem Wagen, den Evie gefahren hatte, oder in Reeds Auto.

Anna bestritt, daß sie oder einer ihrer Handlanger einer der Frauen eine Waffe abgenommen habe. Maurice Gresham – jetzt einer umfangreichen Ermittlung ausgesetzt – bestritt das ebenfalls.

Wahrscheinlich hatte Dennis die Pistole verschwinden lassen – hatte sie entweder verkauft oder weggeworfen, um Reed zu schützen.

In den folgenden Tagen ließ ihn Skip wiederholt zum Verhör bringen, ebenso wie Reed. Aber Dennis beharrte darauf, daß Evie ihren Vater erschossen habe – obwohl Skip hätte schwö-

ren können, daß er inzwischen verlegen aussah, wenn er das behauptete –, und Reed schwieg einfach, auch wenn sie jedesmal rot anlief und zu schwitzen begann.
Einmal, nachdem Skip eine Stunde lang vergeblich versucht hatte, etwas aus ihr herauszubekommen, ertappte sie Reed bei einem Gesichtsausdruck, der sie an Anna Garibaldi erinnerte, und ihr wurde etwas Erstaunliches klar:
Sie sind vom selben Schlag.
Beide sind in einen Familienbetrieb eingestiegen, wobei sie sich vollkommen den Männern unterworfen haben.
Sie sind beide kleine Mädchen, die nie gegen die Regeln verstoßen haben und nur darauf warteten, daß man ihnen anerkennend den Kopf tätschelte.
Und dabei haben sie vermutlich ein derartig gewaltiges Depot von unterdrücktem Ärger angelegt, wie ich es nicht einmal im Ansatz begreifen könnte. Ich hätte den verdammten Fischladen in die Luft gejagt. Das Restaurant abgefackelt. Sie haben nur den Kopf eingezogen und sich noch mehr abgeplagt.
Und eines Tages haben sie sich aufgelehnt.
Gewaltig.
Evie blieb fest bei ihrer Aussage.
Susan Belvedere, die mit dem Fall befaßte Staatsanwältin, war mit einem Mann verheiratet, der als Schüler mit Reed befreundet gewesen war und erklärte, sie könne mit Sicherheit keiner Fliege etwas zuleide tun – sie sei zu überzeugt, daß sie dafür in der Hölle landen würde. Aber Susan glaubte Evie ebenso wie Skip.
Lange bevor sie Evie so aggressiv verhört hatte, schon bevor sie die Geschichte mit dem Dosenöffner kannte, hatte Skip ein bestimmtes Gefühl gehabt. Evie war zu entspannt, hatte ihr Recht auf einen Anwalt zu leicht aufgegeben – sie hatte nicht wie jemand gewirkt, der eine Mordanklage befürchtete.
Und dann war da Evies Geschichte.
»Was hältst du davon?« fragte sie Abasolo.
»Ich nehme es ihr nicht übel. Ich hätte es auch getan.«
»Verdammt, wem nimmst du es nicht übel?«

»Um Himmels willen, Skip, wenn Evie ihren Vater erschossen hat, wieso schweigt Reed dann?«

»Um Evie zu schützen?«

»O nein. Nicht ein so braves Mädchen. Sie würde ihr den besten Anwalt bezahlen, all diesen Mist, aber tief, tief in ihrem braven Staatsbürgerherzen würde sie glauben, daß ›Evie zwar immer noch meine Schwester ist und ich sie liebe, daß sie aber vor der Gesellschaft für ihre Schuld einstehen muß‹. Glaub mir, ich kenne die Typen.«

»Nanu, Adam, ich dachte nicht, daß ein Schuft wie du etwas für solche Frauen übrig hat.«

»Habe ich nicht. Es ist umgekehrt – sie wollen mich alle bekehren.«

»Kann sein. Reed hat Dennis bekehrt.«

»Und genau das ist der Grund, wieso ich Single bin.«

Trotz Skips und Susan Belvederes Anstrengungen und aller Unterstützung, die Abasolo leisten konnte, hatten sie immer noch keine Beweise und zwei Zeugen mit unterschiedlichen Geschichten.

Es bestand einfach keine Möglichkeit, den Fall vor Gericht zu bringen. Aber sie konnten ihn wenigstens den Geschworenen einer Voruntersuchung präsentieren.

Das glaubte Skip zumindest, bis Susan Belvedere eines Tages den Kopf schüttelte. »Sugar hat sich hinter meinen Boß geklemmt.«

»Sugar! Wovon reden Sie da?«

»Die Heberts sind in dieser Stadt verdammt einflußreich, wußten Sie das nicht?«

»Ich weiß, daß sie Verbindungen zur Mafia hatten. Meinen Sie das?«

»Ich weiß nicht, ob es damit zu tun hat. Aber gestern ist Sugar aufgekreuzt, und sie hatten eine Besprechung hinter verschlossenen Türen. Und dann wurde mir gesagt, ich solle die Ermittlungen für die Voruntersuchung einstellen.«

»Nein!« Skip konnte es einfach nicht glauben.

»Tut mir leid, Skip. Es tut mir mindestens so leid wie Ihnen.«

»So was passiert«, sagte Cappello. »Laß es auf sich beruhen, Skip. Der alte Knacker hatte es sowieso nicht besser verdient.«

Das meinte sie natürlich nicht ernst.

Skip kannte sie. Obwohl sie – wie Reed – kleine Kinder hatte, obwohl sie wußte, daß Sally Dennis und Sugar überlassen bliebe, wenn Reed verurteilt würde, hätte Cappello Reed hinter Gitter gebracht und den Schlüssel weggeworfen, wenn sie die Möglichkeit dazu gehabt hätte. Sie versuchte einfach nur, es Skip leichter zu machen.

Aber das schaffte im Augenblick niemand.

30

Wenn sie von der Arbeit nach Hause kam, fiel sie sofort ins Bett, unfähig, noch etwas zu lesen oder fernzusehen. Sie versuchte, einige Zeit mit Dee-Dee und den Kindern zu verbringen, aber auch die heiterten sie nicht auf, im Gegenteil, Skip deprimierte sie. Und das wollte sie auf keinen Fall; die Kinder hatten genug eigene Probleme.

Manchmal träumte sie von der Nacht auf der Conti Breezeway, sah Jims Gesicht, als er verwundet am Boden lag, und Augustine Melancons Gesicht war nicht das erschrockene Kindergesicht eines Teenagers, der sich in einem Alptraum wiederfindet, es war eine Teufelsmaske, die auf sie einsprach, dröhnend und schleppend wie eine Schallplatte, die mit der falschen Geschwindigkeit abgespielt wird.

»Jetzt bist du dran«, sagte die Maske, und dann wachte Skip schweißüberströmt auf.

Im Traum glaubte sie manchmal, die Maske sage ihren Tod voraus, und manchmal zitterte sie hinterher so, daß sie nicht mehr einschlafen konnte.

Aber bei Tageslicht erinnerte sie sich jedesmal wieder daran, was es wirklich zu bedeuten hatte, was sie immer vergaß, wenn sie träumte: Jetzt war sie dran mit Töten.

Es war komisch. Sie hatte Angst vor dem Einschlafen, weil sie sich vor den Träumen fürchtete, aber sie träumte nie von dem, wovor sie wirklich Angst hatte: Nie sah sie die kleine Shavonne im Traum über den Boden auf ihre Mutter zukriechen.

Doch in ihren wachen Stunden hatte sie sie beinahe ständig vor Augen. Jedesmal, wenn sie ein paar rosa Jeans sah oder Strandsandalen oder manchmal auch einfach ein kleines schwarzes Mädchen mit Zöpfen, kam Shavonne zurück, wie in einer Rückblende.

Manchmal gelang es ihr dann, ganz entschlossen die Bilder zu ändern, die Kamera auf Delavon zu schwenken, der am Boden lag, getroffen von ihrer Kugel. Sie wollte sich nicht hinter seiner Tochter verstecken, wollte die Verdrängung aufbrechen und tief drinnen verstehen, daß sie einen Menschen umgebracht hatte.

Und dennoch traf das Bild Shavonnes sie tiefer als das des toten Dealers. Manchmal fand sie es ganz und gar unerträglich, und es kam vor, daß sie sich mitten im Büro mit der Hand an den Kopf fuhr, als umkreiste es sie wie ein Schwarm Bienen. Die anderen starrten sie an. Cappello brachte ihr Kaffee und fragte, ob alles in Ordnung sei.

Skip erklärte immer, es gehe ihr gut, denn sie wußte, der Job war im Augenblick das einzige, was sie in Gang hielt, und sie wollte nicht riskieren, versetzt zu werden. Der Druck war ungeheuer.

Das Komische war, daß man sie im Büro immer noch als Heldin betrachtete. Der Applaus am Tag nach der Schießerei war erst der Anfang gewesen. Sie bekam eine Medaille, einen kleinen Goldknopf, der wie ein Polizeiabzeichen geformt war. Leute, deren Namen sie nicht einmal kannte, gratulierten ihr, Fremde, die sie auf dem Flur ansprachen. Schließlich gab sie sogar, auf direkte Anordnung des Polizeipräsidenten hin, Eileen Moreland ein Interview.

»Heldenhafte Polizistin« war eine gute Schlagzeile für eine Institution, die dringend positive Propaganda brauchte.

Darauf folgte dann die zweite Gratulationswelle.

Joe Tarantino, ihr Lieutenant, ermutigte sie, sich zur Sergeantenprüfung anzumelden; er erklärte, sie sei jetzt »bereit« dazu, sie sei »reifer geworden«, habe »Erfahrungen sammeln« können.

All diese Worte erschienen ihr wie Hohn.

Wird man reifer, wenn man jemanden erschießt? Ein erfahrener Cop ist also ein Mörder?

Verdammt, was tue ich hier eigentlich?

Sie arbeitete, weil es ihr Job war und weil sie die Arbeit brauchte, um wenigstens auf diese Art mit der Welt in Kontakt zu bleiben. Aber selbst im Büro konnte sie ihre Hoffnungslosigkeit nicht an der Tür abgeben.

Cindy Lou riet ihr immer wieder, sie solle eine Therapie machen, aber sie konnte sich nicht aufraffen, einen Psychologen zu suchen und Termine auszumachen.

Sie konnte auch nicht die Energie aufbringen, einzukaufen oder zu kochen. Sie bestellte fettige Po'boys vom Verti Marte oder Quarter Master, und ihre Kleider wurden langsam enger.

Steve Steinman, besorgt und überzeugt, daß er sie heilen könnte, kam für ein Wochenende vorbei und flog noch besorgter wieder zurück. Sie ging mit ihm ebenso um wie mit ihren anderen Freunden, mit Cindy Lou und Jimmy Dee, selbst mit den Kindern und Darryl – sie hörte höflich zu, aß und trank, wenn es erwartet wurde, lachte sogar an den richtigen Stellen, aber sie steuerte selbst so gut wie gar nichts bei.

»Liebling, das Glitzern ist weg«, jammerte Dee-Dee. »Du hast dieses Strahlen nicht mehr, das man aus zwanzig Metern Abstand sehen konnte. Du bist einfach nicht mehr Margaret Langdon. Nur noch eine erbärmliche Imitation.« Er flehte sie an, ein paar Tage Urlaub zu nehmen.

Alle schienen zu wissen, was ihr helfen würde.

Aber es vergingen Wochen, und nichts änderte sich.

An einem Samstag klingelte es an Skips Haustür.

Überzeugt, daß es nur ein Betrunkener sein konnte, der zu

seinem Vergnügen alle Klingeln im French Quarter drückte, ignorierte sie es. Aber dann läutete es wieder, und sie schreckte auf – die Witzbolde nahmen sich eigentlich selten die Zeit, zweimal zu klingeln.

Sie hatte wie üblich geschlafen, aber sie dachte, es könnte eines der Kinder sein, das sich vielleicht ausgeschlossen hatte. Sie raffte sich auf. »Wer ist da?«

»Tricia. Wiedererstanden von den Toten.«

Sie war zu desorientiert, um gleich antworten zu können.

Tricia sagte: »Redest du noch mit mir?«

Ich kann mich kaum mehr daran erinnern, wer du bist.

Aber sie sagte: »Selbstverständlich. Ich komme sofort.« Zu spät fiel ihr ein, daß Tricia alkoholabhängig war.

Na ja, wenn sie betrunken ist, schicke ich sie weg. Es ist hellichter Tag, es wird schon nichts passieren.

Aber sie wußte, sie würde sich um Tricia kümmern, falls die Freundin sie brauchte; Kümmern war eine der wenigen Aktivitäten, für die sie noch genügend Kraft aufbringen konnte.

Das hat vermutlich was mit Schuldgefühlen zu tun.

»Ich hab dir was mitgebracht.« Tricia hielt ein Päckchen mit Schleife hoch. Sie sah gut aus, in einem T-Shirt und Shorts, die ihre langen, gebräunten Beine zeigten. Ihre Augen waren hell und klar.

Sie *hat dieses Strahlen*, dachte Skip, *das man aus zwanzig Metern Entfernung sehen kann.*

»Du siehst toll aus.« Sie spürte eine Woge der Herzlichkeit für die Freundin in sich aufsteigen und breitete die Arme aus.

»Ja, nicht wahr? Ich schwebe auf einer rosa Wolke.«

»Was soll denn das heißen? Eine neue Liebe?«

»So nennen wir es bei den Anonymen Alkoholikern auch.«

»Ach. Die Anonymen Alkoholiker.«

Sie gingen in den Hof, wo ausnahmsweise keine Kinder und kein Welpe tobten. »Möchtest du hier draußen sitzen?«

»Gern.«

Skip holte jeder eine Cola Light. »Erzähl mir von dieser rosa Wolke.«

»Es ist dieses großartige Gefühl, was man hat, wenn man end-

lich entgiftet ist.« Sie spreizte die Finger, als wolle sie ihre Reinheit demonstrieren. »Und dein Leben hat wieder eine Richtung, und du bist umgeben von freundlichen Menschen, die dir helfen. So etwas dauert natürlich nicht ewig – das wissen wir alle –, aber eine Weile fühlt es sich toll an.
Ich bin jetzt seit einem Monat trocken. Du kannst mir gratulieren.«
»Tricia, das ist wunderbar.«
»Ich habe eine einwöchige Behandlung gemacht. Und seit drei Wochen bin ich wieder draußen – ich bin ein neuer Mensch.« Sie hob ihr Glas. »Und du hast mir geholfen, als ich ganz unten war.«
»Du meinst die Szene vor Mayas Wohnung?«
»Ach, das war gar nichts. Ich wette, im letzten halben Jahr hatte ich zehn solcher Anfälle. Nein, ich meine, daß du mich ausgerechnet an... an diesem Ort gesehen hast. Ich dachte, ich falle auf der Stelle tot um.«
»Das begreife ich nicht.«
»Du kannst dir nicht vorstellen, daß die schiere Scham ausreicht, nicht wahr? Du meinst, es muß erst so weit kommen, daß man körperlich zusammenbricht oder sein Kind schlägt oder so – nur das könnte einen ernüchtern. Aber dann findet meine älteste Freundin, die geglaubt hat, ich wäre nüchtern und käme prima zurecht, mich in einer solchen Umgebung.« Sie schüttelte den Kopf. »Ich kann es einfach nicht erklären. Ich weiß nur, daß ich dachte: ›Verdammt, was ist aus mir geworden?‹«
Skip lachte. »Na ja, es war wirklich ziemlich unpassend für eine Schülerin von McGehee's.«
Tricia schlug die Hände vors Gesicht, als wollte sie sich verstecken. »Das Leben ist albern, findest du nicht?«
Skip war nicht ganz überzeugt; ihr war es in der letzten Zeit tödlich ernst vorgekommen.
»Jedenfalls ist das alles dein Verdienst.« Tricia reichte ihr das Päckchen. »Also hab ich dir ein Geschenk mitgebracht.«
Es enthielt ein gerahmtes Bild, die Tuschzeichnung einer großen, stolzen Schwarzen. Mit sparsamen Strichen hatte die

Künstlerin eine Haltung eingefangen, die besagte: »Ich bin eine Göttin, vergiß das bloß nicht.«
Skip war gerührt. »Carol Leake! Ich hab eines ihrer Aquarelle.«
»Soll das ein Witz sein?«
»Ich zeige es dir.« Ihr wurde klar, daß ihre älteste Freundin nicht ein einziges Mal in ihrer Wohnung gewesen war.
Tricia war angemessen entzückt über die geschmackvolle Einrichtung und die schönen Bilder, das bewußte Aquarell eingeschlossen, das sich bei näherem Hinsehen als Studie derselben Frau erwies, die auch für die Zeichnung Modell gestanden hatte.
Die Wärme, die Skip für Tricia empfand, wurde mit jedem Augenblick stärker, und die unterbrochenen Bindungen erneuerten sich von selbst, während sie sich an Dinge erinnerten, die sie vor so vielen Jahren zusammen erlebt hatten. Irgendwie gab die Tatsache, daß Tricia ausgerechnet diese Zeichnung ausgewählt hatte, Skip das Gefühl, daß die Freundin sie kannte.
Sie verstand.
Daß sie Teil einer lebendigen Beziehung war, die andauern würde.
Aber auch dieses Gefühl ließ wieder nach.
Sie hängten das Bild auf, Tricia gab Ratschläge für die richtige Plazierung, und dann setzten sie sich wieder. Und nach einiger Zeit begann Tricia, ihr auf die Nerven zu gehen.
Sie ist so verdammt selbstzufrieden, so begeistert von ihrem kleinen Erfolg.
Skip erinnerte sich an Tricias Schreie, als sie vor Mayas Wohnung am Boden gelegen hatte, und dachte: *Was bildet sie sich eigentlich ein? Das wird nie andauern.*
Sie war so durcheinander, ihre Nerven so überlastet, daß sie damit herausplatzte: »Ach, komm schon, Tricia, du hattest es schon einmal geschafft. Was bringt dich auf die Idee, daß es diesmal von Dauer ist?«
Und dann dachte sie: *Jetzt steht sie gleich auf, geht raus und fängt wieder an zu saufen. Und das ist alles meine Schuld.*

»O Gott, Tricia, es tut mir leid. Ich weiß nicht, wieso ich das gesagt habe.«

Aber Tricia lächelte, offenbar ungerührt. »Schon gut. Das frage ich mich auch ständig.« Sie lehnte sich herüber und tätschelte Skips Hand. »Schau nicht so elend drein. Es ist schon gut. Wirklich.«

Skip hätte immer noch im Boden versinken mögen. »Willst du noch eine Cola?«

Tricia ignorierte die Frage. »Es ist schlimmer, als du denkst, Skip. Ich hab es schon zweimal gemacht. Aber um deine Frage zu beantworten: Ich habe keine Ahnung, ob es andauert. Du weißt, wie es heißt: immer nur ein Tag auf einmal.«

Das ist so verflucht glatt.

»Weißt du was? Ich hänge an einem seidenen Faden. Aber heute ist ein guter Tag.

Wenn ich mich morgen besaufe, dann läßt sich das wohl nicht ändern. Aber heute geht es mir gut.« Sie zuckte die Achseln. »Und ich habe das Gefühl, daß ich mein Leben wiederbekommen habe.«

Skip spürte so etwas wie Neid. »Du scheinst… beinahe glücklich zu sein.«

»Es ist der reine Freudentaumel. Ich versuche, Schriftstellerin zu sein, aber ich schreibe nicht, weil ich die letzte Zeit so daneben gewesen bin. Statt dessen arbeite ich als Kellnerin. Zwei Jahre lang hatte ich keine Beziehung, die den Namen verdiente. Ich habe mit ein paar Typen geschlafen, an deren Namen ich mich nicht mal mehr erinnern kann, aber nicht mehr. Ich bin erst einen Monat lang nüchtern, und ich hab den Kampf schon zweimal verloren – also kurz gesagt, ein Desaster. Aber trotzdem bin ich glücklich. Ich bin ganz außer mir vor Freude. Das Leben ist schon verrückt, wie?«

Skip dachte an den Abend vor vielen Wochen, als sie mit Steve, Cindy Lou, Layne und Jimmy Dee essen gewesen und so glücklich gewesen war, daß sie den Abend am liebsten für immer in Bernstein gegossen hätte. Am selben Abend hatte Toni ihr aus der Hand gelesen; am Abend, bevor Jim erschossen wurde.

»Ja. Ziemlich verrückt.« Skip strengte sich an, nicht höhnisch zu klingen.
»Oh-oh. Was ist denn?«
»Du weißt es wirklich nicht, oder?« Tricia war vermutlich im Entzug gewesen, als Skip Schlagzeilen gemacht hatte. Skip hatte keine Lust, um den heißen Brei herumzureden. »Jemand hat meinen Kollegen umgebracht, und schließlich habe ich den Mörder erschossen.«
Tricia schwieg lange, aber schließlich sagte sie: »Wie kommst du damit zurecht?«
»Verdammt schlecht.« Sie saß einer Frau gegenüber, die sie ihr ganzes Leben lang gekannt hatte, die sie vielleicht nicht für verrückt halten würde, wenn sie erwähnte, daß auch sie an einem seidenen Faden hing. Sie erzählte Tricia alles. »Das schlimmste ist, daß ich das Gefühl habe, daß es alles keinen Sinn macht. Ich kann einfach nicht rausfinden, was es zu bedeuten hat.«
»Zu bedeuten?«
»Hab ich das alles umsonst durchmachen müssen? Gibt es nicht etwas, was ich daraus lernen kann? Es muß doch was geben. Aber nein. Alle erzählen mir, ich sei eine Heldin und hätte großartige Arbeit geleistet. Und ich weiß, daß ich gut war. Als ich schoß, hatte er schon versucht, mich umzubringen. Er hat zuerst gefeuert, und er hätte mich vermutlich erwischt, wenn ich sein Spiegelbild nicht gesehen hätte – also habe ich wirklich gute Arbeit geleistet, und nicht nur das, ich hatte auch noch Glück.« Frustriert breitete sie die Arme aus. »Ich bin hier und er nicht. Und was hat das, verdammt noch mal, zu bedeuten?«
Tricia lehnte sich auf Skips gestreiftem Sofa zurück. »O Gott, wenn mir so was passiert wäre, wäre ich auch fertig.«
Skip versank wieder in Verzweiflung. »Ja.«
Tricia sagte: »Ich muß einen Moment nachdenken.« Sie schloß die Augen und kratzte sich am Kopf. Dann stand sie auf und trat ans Fenster.
Als sie sich wieder umdrehte, sagte sie: »Es muß einfach etwas geben, was du daraus lernen kannst.«

»Meine Rede.«
»Ich bin sicher, daß du es herausfinden wirst. Aber ich muß dich warnen. Es kann Jahre dauern. Du kannst nicht die ganze Zeit dasitzen und auf göttliche Eingebungen warten. Du könntest eine Therapie machen – oder tust du das schon?«
Skip schüttelte den Kopf.
»Das dachte ich mir. Ich habe nicht den Eindruck, als wäre es etwas, das in dir drinsteckt. Die Antwort, meine ich. Wenn es kommt, kommt es.«
»Was?«
»Die Lektion, die Rechtfertigung. Ich weiß nicht... das Wissen. Das, was alles erklärt.«
»Wieso bist du so sicher?«
Tricia lachte. »Niemand kann das Gegenteil beweisen, oder? Ich sage gern die Zukunft voraus – wer kann mir schon widersprechen?«
Das wäre zu einfach. Aber sie begann, darüber nachzudenken.
Selbst als Kind, in der Schule, hast du nie kapiert, um was es ging. Du hast nie verstanden, wieso du addieren lernen solltest oder Aufsätze schreiben, und heute machst du deine Steuererklärung oder schreibst einen blöden Fallbericht und denkst nie: »Ach, dafür war es gut!« Du hast es einfach gelernt und benutzt es.
Vielleicht wird es mit dieser Geschichte so ähnlich sein.
Plötzlich war sie unerträglich müde, konnte kaum erwarten, daß Tricia ging. Sobald wie möglich riß sie sich die Kleider vom Leib und warf sich aufs Bett.
Bevor sie einschlief, spürte sie den Geschmack von Tränen im Mund.

Carlene Thompson

Sieh mich nicht an

Roman

Aus dem Amerikanischen von Anne Steeb

Band 14538

Deborah Robinson, ihr Mann Steve und die fünfjährigen Zwillinge Brian und Kimberley sind eine richtige Bilderbuchfamilie – bis zu dem Tag nach der traditionellen Vorweihnachtsfeier in ihrem Hause, als Steve spurlos verschwindet. Deborah hatte gespürt, dass Steve sich Sorgen machte. Nun erfährt sie von Steves Kollegen und Freunden, dass der Mann, der aufgrund von Steves Zeugenaussage wegen der brutalen Vergewaltigung von Steves kleiner Schwester seinerzeit verurteilt worden war, nach fünfzehn Jahren Haft frei gelassen wurde und gedroht hatte, sich zu rächen. Doch die Polizei stellt nun plötzlich Steves damalige Zeugenaussage in Frage. Deborah beginnt, die Vergangenheit ihres Mannes zu erforschen. Was sie herausfindet, erschreckt sie zutiefst. Sie kann sich nicht länger sicher sein, Steve wirklich zu kennen. Sie weiß nur, dass irgend jemand ihr Haus beobachtet, jemand, der skrupellos getötet hat – und bloß darauf wartet, wieder loszuschlagen...

Fischer Taschenbuch Verlag

fi 707 / 8

Carlene Thompson

Heute Nacht oder nie

Roman

Aus dem Amerikanischen von Anne Steeb

Band 14779

Nach dem Mord an den zwei Männern, die Nicole brutal vergewaltigt hatten, war seinerzeit der berühmte Pianist Paul Dominic, Nicoles Geliebter, spurlos verschwunden und später für tot erklärt worden. Fünfzehn Jahre später lebt Nicole, inzwischen verheiratet und Mutter eines Kindes, wieder in ihrer Heimatstadt San Antonio, Schauplatz ihrer schmerzlichsten Erinnerungen, und ihre Ehe ist am Ende. Kurz darauf wird Nicoles Vater tot aufgefunden; anscheinend hat er sich das Leben genommen, nachdem er mit der Post seltsame Briefe erhalten hatte. Bei der Beerdigung meint Nicole für einen flüchtigen Moment, Paul zu erblicken. Doch als sie nach ihm sucht, ist der Mann verschwunden. Nicole wird zunehmend von Träumen gequält und versucht verzweifelt, sich an jene Nacht zu erinnern, in der ihre Vergewaltiger getötet wurden. War sie selbst dabei? Vorsorglich lässt Sergeant Ray DeSoto Nicole Tag und Nacht überwachen...

Fischer Taschenbuch Verlag

fi 149 / 11

Carlene Thompson

Schwarz zur Erinnerung

Roman

Aus dem Amerikanischen von Ann Anders

Band 14227

Vor zwanzig Jahren wurde Carolines sechsjährige Tochter Hayley entführt und ermordet. Der Täter wurde nie gefasst. Carolines Ehe ist über diesem schrecklichen Verlust zerbrochen. Nun werden sie und ihre kleine Tochter Melinda erneut terrorisiert – von einem Unbekannten, der über die schreckliche Vergangenheit erstaunlich gut Bescheid zu wissen scheint. Caroline ist nie wirklich hinweggekommen über den Verlust ihres ersten Kindes und das Zerbrechen der Liebesbeziehung zu ihrem ersten Mann. Aber sie hat sich ein neues Leben aufgebaut. Sie ist glücklich verheiratet, hat zwei Kinder und näht nebenbei für den Designermöbelladen ihrer besten Freundin. Da beginnt an dem Tag, an dem Hayley fünfundzwanzig Jahre alt geworden wäre, eine Kette unerklärlicher, erschreckender Ereignisse, die Caroline fast an ihrem Verstand zweifeln lassen. Ist Hayleys Mörder zurückgekehrt? Irgend jemand scheint es auf die achtjährige Melinda abgesehen zu haben...

Fischer Taschenbuch Verlag

fi 726 / 10

Val McDermid

Clean Break

Roman

Aus dem Englischen von Brigitta Merschmann

Band 15007

Privatdetektivin Kate Brannigan gerät gleich von mehreren Seiten unter Druck. Sie ist wegen eines Gemäldediebstahls und der Erpressung einer Putzmittelfirma im Dauereinsatz. Dann kommt es in dem Erpressungsfall zum Mord. Und schließlich braucht Kate auch noch Kraft, um zu verhindern, dass bei all dem Stress ihr Privatleben vollends aus den Fugen gerät...

Fischer Taschenbuch Verlag

fi 3 / 1

Marcia Muller

Am Ende der Nacht

Roman

Aus dem Amerikanischen von Cornelia Holfelder-von der Tann

Band 14352

Irgend etwas stimmt nicht, ahnt Sharon McCone, als ihre Freundin und frühere Fluglehrerin Matty Wildress sie Monate vor dem Fälligkeitstermin zur Überprüfung ihrer Fluglizenz bestellt. Und ihr Instinkt trügt nicht. Mattys Lebensgefährte John Seabrook ist seit einer Woche verschwunden und hat seinen elfjährigen Sohn Zach bei ihr zurückgelassen. In einem Abschiedsbrief fleht John Matty an, zusammen mit Zach eine Weile unterzutauchen. Doch Matty will zunächst noch an dem geplanten Schaufliegen teilnehmen – schließlich ist sie professionelle Fliegerin und dieser Termin ist für ihre Karriere wichtig. Aber dann läuft etwas fürchterlich schief, und vor den Augen des entsetzten Publikums stürzt Matty mit ihrer Maschine ab. Die Polizei vermutet menschliches Versagen als Unfallursache. Sharon McCone ist jedoch sicher, daß Mattys Tod kein Unfall war. Unterstützt von ihrem Freund Hy Ripinsky, stellt sie eigene Ermittlungen an, um nicht nur den Vater des kleinen Zach, sondern auch den Mörder ihrer Freundin zu finden.

Fischer Taschenbuch Verlag

fi 791 / 7

Marcia Muller

Dieser Sonntag hat's in sich
Kriminalroman. Band 14713
Aus dem Amerikanischen von Gabriele Graf

Mord ohne Leiche
Kriminalroman. Band 14541
Aus dem Amerikanischen von Monika Blaich und Klaus Kamberger

Tote Pracht
Kriminalroman. Band 14542
Aus dem Amerikanischen von Gabriele Graf

Niemandsland
Kriminalroman. Band 14543
Aus dem Amerikanischen von Monika Blaich und Klaus Kamberger

Letzte Instanz
Kriminalroman. Band 14544
Aus dem Amerikanischen von Monika Blaich und Klaus Kamberger

Wölfe und Kojoten
Kriminalroman. Band 14545
Aus dem Amerikanischen von Monika Blaich und Klaus Kamberger

Ein wilder und einsamer Ort
Kriminalroman. Band 14546
Aus dem Amerikanischen von Cornelia Holfelder-von der Tann

Am Ende der Nacht
Kriminalroman. Band 14352
Aus dem Amerikanischen von Cornelia Holfelder-von der Tann

Wenn alle anderen schlafen
Kriminalroman. Band 14537
Aus dem Amerikanischen von Cornelia Holfelder-von der Tann

Spiel mit dem Feuer
Kriminalroman. Band 14775
Aus dem Amerikanischen von Cornelia Holfelder-von der Tann